Melissa Foster

Liebe zwischen den Zeilen

Die Remingtons

DIE AUTORIN

Melissa Foster ist eine preisgekrönte *New-York-Times-* und *USA-Today*-Bestsellerautorin. Ihre Bücher werden vom *USA-Today-Bücherblog*, vom *Hagerstown Magazin*, von *The Patriot* und vielen anderen Printmedien empfohlen. Melissa hat mehrere Wandgemälde für das *Hospital for Sick Children*, eine Kinderklinik in Washington, D. C., gemalt.

Besuchen Sie Melissa auf ihrer Website oder chatten Sie mit ihr in den sozialen Netzwerken. Sie diskutiert gern mit Lesezirkeln und Bücherclubs über ihre Romane und freut sich über Einladungen. Melissas Bücher sind bei den meisten Online-Buchhändlern als Taschenbuch und E-Book erhältlich.

www.MelissaFoster.com

Melissa Foster

Liebe zwischen den Zeilen

Die Remingtons

Love in Bloom – Herzen im Aufbruch

Aus dem Amerikanischen von Janet König

Die Originalausgabe erschien erstmals 2014 unter dem Titel
»Read, Write, Love – The Remingtons« bei World Literary Press, MD, USA.

Deutsche Erstveröffentlichung
2021 bei World Literary Press, MD, USA
© 2014 der Originalausgabe: Melissa Foster
© 2021 der deutschsprachigen Ausgabe: Melissa Foster
Lektorat: Judith Zimmer, Hamburg
Umschlaggestaltung: Natasha Brown
V1. 3-30-21
ISBN: 978-1948868662

Vorwort

Welch eine Freude, über einen Autor zu schreiben, der selten aus seiner Schreibhöhle herauskommt. Wer sich damit wohl gut identifizieren kann? Kurt brauchte eine ganz besondere Frau, die ihn ans Licht der realen Welt zieht, und vom ersten Moment an wusste ich, dass Leanna Bray die perfekte Seelenverwandte für ihn ist. Der Schauplatz dieses Buches ist Cape Cod und Sie werden hier vier Figuren aus der Serie *Seaside Summers* kennenlernen, die Ihnen später in ihren eigenen Bänden wiederbegegnen. Ich hoffe, Sie haben ebenso viel Vergnügen an ihnen wie ich.

Abonnieren Sie meinen Newsletter, um über Neuerscheinungen informiert zu werden:
www.MelissaFoster.com/Newsletter_German

Die Remingtons sind nur eine der verschiedenen Serien in der weitverzweigten »Love in Bloom – Herzen im Aufbruch«-Familie. Figuren aus allen Serien tauchen auch in anderen Romanen immer wieder auf, sodass Sie keine Verlobung, Hochzeit oder Geburt verpassen.

Eine vollständige Liste der Serientitel finden Sie am Ende dieses Buches und noch mehr Informationen gibt es auf:
www.MelissaFoster.com/Herzen-im-Aufbruch

Besuchen Sie auch meine Seite mit »Reader Goodies«! Dort gibt es zahlreiche Extras zum Download wie zum Beispiel Familienstammbäume (in englischer Sprache):

www.MelissaFoster.com/RG

Die ultimative Serien-Checkliste zur Reihe »Love in Bloom – Herzen im Aufbruch« gibt es jetzt auch auf Deutsch: www.MelissaFoster.com/LIB_Lesereihenfolge

Alle Bücher der Reihe »Love in Bloom – Herzen im Aufbruch« können als Teil der Serien, aber auch unabhängig voneinander gelesen werden, also stürzen Sie sich einfach hinein und genießen Sie unterhaltsame und leidenschaftliche Lesestunden!

Melissa Foster

Eins

Die Wellen nippten am Strand nahe des Bungalows mit seiner Fassade aus Zedernholzschindeln, auf dessen Veranda Kurt Remington gerade vor der Tastatur saß und an seinem aktuellen Manuskript arbeitete. *Finstere Zeiten* musste bis Ende des Monats bei seiner Agentin sein, und Kurt war in sein Sommerhaus in Wellfleet am Cape Cod in Massachusetts gekommen, um das Projekt den Sommer über zu Ende zu bringen. Den Rest des Jahres lebte er außerhalb von New York City und schrieb täglich, manchmal zehn oder zwölf Stunden ohne Pause. Aber im Sommer genoss er den Tapetenwechsel auf Cape Cod, wo er sich von der frischen Luft und den Geräuschen des Meeres inspirieren lassen konnte.

Das Grundstück hatte er vor ein paar Jahren von einem Maler aus der Region gekauft, und eigentlich hatte er das alte Atelier, das eingebettet in eine Baumgruppe am anderen Ende des Grundstücks lag, renovieren wollen. Anfangs war Kurt davon ausgegangen, er könnte das Atelier als Rückzugsort zum Schreiben nutzen, getrennt von seinem Wohnbereich. So müsste er das Haus zum Arbeiten verlassen und würde vielleicht auch ein wenig das Leben genießen und nicht den Druck verspüren, rund um die Uhr zu schreiben. Letztendlich war er aber zu dem Schluss gekommen, dass das Atelier zu weit weg von dem Ausblick und den Geräuschen lag, die ihn inspirierten, und ihn das noch mehr zu einem Einsiedler machen würde, als er es ohnehin schon war. Ihm war natürlich klar, dass ihn nicht der Ort, an dem sein Computer stand, unter Druck setzte. Ein innerer Drang und seine Liebe zum Schreiben trieben seine Finger in jeder wachen Minute zur Tastatur. Der Gedanke, das Atelier zu einer Ferienwohnung zu machen, lag nahe, aber das würde den Wunsch voraussetzen, Gäste zu haben, und das wiederum würde bedeuten, dass er einen Teil seiner geliebten Schreibzeit aufgeben müsste, um sich um die Gäste zu kümmern. Also blieb das Atelier unberührt, in Erwartung auf … etwas. Auch wenn er keine Ahnung hatte, was das sein könnte.

Das Sommerhaus befand sich an einer Privatstraße auf einer Düne, an die sich direkt ein Privatstrand anschloss. Kurt spürte, wie die Luft sich veränderte. Er hob kurz den Blick, registrierte die dunkler werdenden Wolken und den drohenden Regen. Es war Abend, zwanzig nach sieben, und er schrieb seit neun Uhr morgens, wie jeden Tag. Gleich nach seinem Drei-Meilen-Lauf, den zwei Tassen Kaffee und einem kurzen Blick in die Zeitung und die E-Mails fing er an. Wenn Kurt erst einmal in seine Geschichte abgetaucht war, wechselte er – wenn er sich nicht gerade etwas zu essen holte – kaum seinen Standort. Die Vor-stellung, ins Haus umzuziehen und seinen Gedankengang zu unterbrechen, war beunruhigend.

Er legte die Hände wieder auf die Tastatur und las noch einmal die letzten Sätze des Manuskripts, das sein dreizehnter Thriller werden sollte. In der Ferne bellte ein Hund, und Kurt zog die dichten, dunklen Augenbrauen zusammen, ohne den Rhythmus seiner Anschläge zu verändern. Kurt hatte es nicht in die Riege von Patterson, King und Grisham geschafft, indem er sich leicht ablenken ließ.

»Pepper! Komm schon, Junge!« Eine Frauenstimme durchkreuzte seine Konzentration. »Komm schon, Pepper. Wo bist du?«

Kurts Finger zögerten nur einen kurzen Moment lang, dann war er wieder bei dem Killer, der in seiner Geschichte vor dem Fenster lauerte.

»Pepper!«, schrie die Frau erneut. »Ach Mensch, Pepper, muss das sein?«

Kurt schloss kurz die Augen, während der Wind auffrischte. Die Frauenstimme lenkte ihn sehr wohl ab. Er atmete einmal tief durch und machte sich wieder an die Arbeit. Kurt sehnte sich nach Stille. Je ruhiger es war, umso besser hörte er seine Figuren und konnte er ihre Probleme durchdenken. Er versuchte, das laute Planschen zu ignorieren, und schrieb weiter.

»Pepper! Pepper, nein!«

Großartig. Er hoffte, noch ein paar Stunden auf der Veranda schreiben zu können, bevor er einen Spaziergang am Strand machte, aber wenn diese Frau weiter so herumkrakeelte, müsste er drinnen weiterarbeiten – und wenn Kurt eines hasste, dann war es ein Ortswechsel, während er mittendrin in seiner Geschichte war. Schreiben war eine Kunst, die totale Konzentration erforderte. Mit der Effizienz eines Militärausbilders hatte er sein Können verfeinert, was vielleicht damit zusammenhing, dass sein Vater ein Vier-Sterne-General war.

Das Geplansche hörte nicht auf.

»Oh nein! Pepper? Pepper!«

Die Stimme der Frau wurde panisch und riss ihn aus seiner Konzentration. Seine Schwester Siena fiel ihm ein, und einen kurzen Moment dachte er darüber nach, aufzustehen und nachzusehen, ob die Sorge der Frau berechtigt war. Dann erinnerte er sich daran, dass seine Schwester oft überreagierte. Frauen reagierten oft über.

»Pepper! Oh nein!«

Ein älterer Bruder zu sein, hatte Kurt schon in jungen Jahren ein Verantwortungsgefühl eingeimpft, das er sehr ernst nahm. Diese laute Frau da draußen war die Tochter von irgendjemandem. Sein Gewissen gewann gegen seinen Wunsch nach Konzentration, und so stand er mit einem Seufzer vom Tisch auf und ging ans Geländer. Er entdeckte eine Frau, die hüfttief in den unruhigen Wellen des Ozeans stand.

»Pepper! Du meine Güte, bitte, komm zurück, Pepper!«, schrie sie.

Kurt folgte ihrem Blick weiter aufs Meer hinaus, das immer wilder wurde, während sich die Wolken verdunkelten und der Wind noch stärker auffrischte. Nirgends im Wasser sah er einen Hund. Er schaute über den leeren Strand – auch kein Hund in Sicht.

»Pepper! Bitte, Pep! Komm her, Junge!« Die nächste Welle riss sie um, sie fiel auf den Hintern und versuchte mühsam, wieder auf die Füße zu kommen.

Herrschaftszeiten! Muss das jetzt wirklich sein? Das konnte er beim besten Willen nicht gebrauchen. Er beobachtete, wie sie sich durch die Brandung kämpfte. Sie stand jetzt bis zu den Schultern im Wasser. Kurt kannte die Gefahren von heftigen Strömungen und Stürmen und fragte sich, warum zum Henker sie offensichtlich keine Ahnung davon hatte. Bei einem aufkommenden Sturm hatte sie im Wasser nichts zu suchen!

Regentropfen fielen auf Kurts Arme. Er wischte sie mit grimmigem Gesichtsausdruck fort und behielt die Frau weiter im Blick.

»Bitte, komm zurück, Pepper!«

Die einzelnen Tropfen wurden jetzt zu einem heftigen Sprühregen. *Verdammt noch mal…* Kurt griff sich seinen Computer und die Notizen und trug alles hinein. Er überprüfte noch einmal, ob er seine Datei gespeichert hatte, schob den Laptop dann in sichere Entfernung von der Kante des Küchentresens und ging zurück zur Verandatür. *Ich könnte die Tür jetzt schließen und mich direkt wieder an die Arbeit setzen.* Er schaute zu seinem Laptop.

»Pepper!«

Sie klang jetzt weiter entfernt. Vielleicht hatte sie ihren Weg fortgesetzt. Er ging zurück auf die Veranda, um zu sehen, ob sie Vernunft angenommen hatte.

»Pep–« Erneut riss eine Welle sie um. Sie war jetzt noch weiter draußen und schien von der Strömung mitgerissen zu werden.

»Hey!«, schrie Kurt, um sie davon abzubringen, noch tiefer hineinzugehen. Sie schien ihn nicht gehört zu haben. Noch einmal blickte er übers Wasser und sah dann etwas, ungefähr zehn Meter von ihr entfernt. *Dämlicher Hund.* Hunde stanken, haarten und forderten Zeit und Aufmerksamkeit ein. Alles Gründe, weshalb Kurt kein Fan dieser Kreaturen war.

Regen und Wind wurden stärker. *Verdammt!* Er schnappte sich von drinnen ein Handtuch, stapfte die Stufen hinunter und ließ die *Finsteren Zeiten* widerwillig hinter sich.

Leanna Bray war nass, durchgefroren und haltlos. Im wahrsten Sinne des Wortes. Seit achtundzwanzig Jahren war sie haltlos, daher war das nichts Neues, aber von Regen, Wind und Wellen bearbeitet zu werden, während sie einen Hund jagte, der nie hörte? Das war neu.

»Pepp–« Eine Welle riss sie von den Füßen, sie tauchte unter und nahm gleich einen Schluck Salzwasser mit. Unter der Wasseroberfläche schlug sie Purzelbäume.

Jetzt ertrinken Pepper und ich beide. Na super.

Irgendwas griff nach ihrem Arm, und reflexartig wehrte sie sich dagegen, während sie noch mehr Salzwasser inhalierte, bevor sie es an die Oberfläche schaffte und mit den Armen fuchtelnd und hustend gegen diese kräftige Hand kämpfte, die sie auf die Füße stellte.

»Alles in Ordnung?« Eine tiefe, verärgerte Stimme erreichte sie über das Getöse der brechenden Wellen hinweg.

Hust. Hust. »Ja, ich –« *Hust. Hust.* »Mein Hund.« Sie kniff immer wieder die Augen zu und versuchte, sie von Meerwasser und Regen zu befreien. Der nasse dunkle Haarschopf des Mannes kam in ihr Blickfeld. Er umklammerte ihren Arm und suchte gleichzeitig die Wasseroberfläche in der Richtung ab, wo sie Pepper zuletzt gesehen hatte. Seine Kleidung klebte an ihm wie eine zweite Haut, legte sich über die Wölbungen seines beeindruckenden Oberkörpers, während er einen Arm um ihre Rippen gelegt hatte und sie so über Wasser hielt.

»Kommen Sie.« Sie hustete, als er mit ihr an seine Seite gedrückt durch die Brandung pflügte. Sie rutschte an seinem Körper hinunter, und er nahm sie mühelos auf den Arm, trug sie, wie er vielleicht ein Kind tragen würde, und drückte sie an seinen Oberkörper, während er gegen die Wellen kämpfte.

Sie drückte sich von seiner Brust ab, fühlte sich lächerlich und hilflos ... vielleicht auch etwas dankbar, aber sie ignorierte dieses Gefühl.

»Mein Hund! Ich muss meinen Hund finden!«, schrie sie.

Mr. Stark, Groß und Stoisch sagte kein Wort. Er stellte sie auf dem nassen Sand ab und warf ihr ein durchnässtes Handtuch zu. »Das war mal trocken.« Er zeigte an ihr vorbei auf eine Holztreppe. »Gehen Sie auf die Veranda.«

Sie ließ das Handtuch fallen und marschierte hinter ihm her auf das Wasser zu. »Ich muss meinen Hund finden.«

Er schnappte sich ihren Arm und blickte sie mit so strahlend blauen Augen an, wie sie noch nie welche gesehen hatte – und mit einem so finsteren Blick, dass sie kein Wort mehr herausbekam.

»Gehen Sie.« Er zeigte erneut auf diese dämliche Treppe. »Ich hole Ihren Hund.« Er ging einen Schritt auf das Wasser zu und sie folgte ihm wieder.

»Sie brauchen n–«

Er hob sie wieder hoch und trug sie zur Treppe. »Wenn Sie sich wehren, wird Ihr Hund ertrinken. Lange hält er da draußen nicht mehr durch.«

Sie drückte sich erneut von seiner Brust ab. »Lassen Sie mich runter!«

Er setzte sie auf der Treppe ab. »Die Wellen ziehen Sie unter Wasser. Ich hole Ihren Hund. Bitte bleiben Sie hier.«

Ihr Herz hämmerte gegen ihren Brustkorb, während sie zusah, wie er davonstapfte und wieder durch die Wellen pflügte, als sei er unverwüstlich. Sie kauerte sich auf der untersten Stufe unter das nasse Handtuch und versuchte krampfhaft, ihn in dem peitschenden Regen auszumachen. Schließlich entdeckte sie ihn ziemlich weit draußen, die Arme um Pepper geschlungen – um den Hund, der sich nie von irgendjemandem tragen ließ. Er beugte sich schützend über Pepper, während er sich durch die hohen Wellen zurück ans Ufer kämpfte.

Sie rannte ihnen entgegen, zitternd und mit Tränen in den Augen. »Danke!« Sie streckte die Hände nach Pepper aus, woraufhin der Hund winselte und seinen ebenfalls zitternden Körper enger an den Typen schmiegte.

»Haben Sie eine Leine?«

Sie schüttelte den Kopf. Ihre nassen Haare schlugen ihr gegen die Wange und sie drehte den Rücken in den Wind. »Die mag er nicht.«

Er fasste sie wieder am Arm. »Kommen Sie.« Er führte sie die Stufen zu seiner Holzterrasse hinauf, öffnete die Verandatür und wies sie durch den strömenden Regen hindurch an: »Gehen Sie hinein.«

Sie trat auf makelloses Parkett. Es war warm im Haus und es roch nach Kaffee und nach etwas Süßlichem und Maskulinem, wie ein Lagerfeuer. Sie streckte die Hände nach Pepper aus. Pepper winselte erneut und schmiegte sich an die Brust des Mannes.

»Er …« Ihre Zähne klapperten vor Kälte. »Er ist anscheinend verängstigt.«

»Ich hole Ihnen ein Handtuch.« Er beäugte den Hund auf seinem Arm und schüttelte den Kopf, bevor er über eine Treppe nach oben verschwand.

Leanna nahm das gemütliche Haus in Augenschein und hielt nach Anzeichen für *verrückt* Ausschau. Wie verrückt war er wohl? Gerade hatte er sie und Pepper gerettet, und Pepper zeigte sich schon ziemlich anhänglich. *Dieser Typ ist mitten in einem Sturm ins Wasser gegangen, ohne die geringste Spur von Angst. Total verrückt.* Ihr wurde bewusst, dass sie zwar das Gleiche getan hatte, aber es war ja klar, dass *sie* nicht verrückt war. Sie hatte keine Wahl gehabt. Rechts von ihr befand sich eine kleine Küche mit teuer aussehenden Schränken aus hellem

Holz und schicken Zierleisten. Neben zwei sorgfältig gestapelten Notizbüchern stand ein offener Laptop auf dem Marmortresen. Der Bildschirm war dunkel, und nur zu gern hätte sie eine Taste gedrückt, um ihn zum Leben zu erwecken, aber sie wollte auch nicht unbedingt wissen, ob sich etwas Gruseliges darauf befand. Vielleicht hatte er sich gerade einen Porno angeschaut, konnte doch sein, obwohl er sie kein einziges Mal beäugt hatte, trotz ihres nassen T-Shirts und den mehr als kurzen Jeansshorts. Sie konnte sich nicht entscheiden, ob das höflich oder unheimlich war.

Sie lenkte ihre Gedanken fort von dem Computer und hin zu der anheimelnden Frühstücksecke links von ihr. Ihr Blick wanderte über eine kleine Nische mit zwei geschlossenen Türen, zu einer Treppe neben der Küche und dann hin zu dem Wohnzimmer mit seinen weißen Wänden. Nirgends ein Hauch von Unordnung. Flipflops standen an der Eingangstür, perfekt neben einem Paar Joggingschuhe an der Wand aufgereiht. Und nun sah sie auch, woher der Geruch von Lagerfeuer kam. Ein wunderschöner zweistöckiger Steinkamin nahm fast die ganze Wand neben einem riesigen braunen Sofa ein. Ein kleiner Stapel Holzscheite lag in einem Metallkorb neben der Feuerstelle. Angesichts der Tatsache, dass in dem Kamin kein Feuer brannte, war es in dem Sommerhaus überraschend warm. Bücherregale aus dunklem Holz säumten die Wand auf der anderen Seite, von der Decke bis zum Boden, versehen mit einer Bibliotheksleiter. Der Raum war voll mit Dingen unterschiedlichster Beschaffenheit: Eine Chenille-Decke lag ordentlich zusammengelegt über der Rückenlehne des Sofas, ein dicker brauner Flokatiteppich zierte den Boden vor dem Steinkamin und ein aufwändig geschnitzter Holztisch stand vor dem Sofa. Leanna hatte Ahnung von *Beschaffenheit,* und genau in diesem Moment bedeckte sie die Beschaffenheit des wunderschönen Parketts mit Wassertropfen. Sie schnappte sich gerade ein Geschirrtuch aus der Küche, als der Mann wieder herunterkam – mit Pepper wie ein Baby in ein dickes, flauschiges Handtuch gewickelt auf dem Arm.

Die Sorge, dass er verrückt sein könnte, verflüchtigte sich augenblicklich. *Verrückte tragen Hunde nicht wie Babys durch die Gegend.*

Er trug Pepper auf einem Arm und reichte ihr ein frisches Handtuch. »Bitte. Ich bin übrigens Kurt.«

Pepper richtete sich – fröhlich hechelnd – auf. *Angeber.*

»Danke. Ich bin Leanna. Und das ist Pepper.« Sie versuchte, den Boden um sich herum trocken zu wischen, doch jede Bewegung sorgte für noch mehr Tropfen, die von ihren triefend nassen Klamotten herunterfielen. »Entschuldigen Sie. Dieses Chaos. Und meinen Hund. Und …« Hektisch wischte sie mit dem Geschirrtuch auf dem Boden herum, während sie mit dem zusammengeknüllten Handtuch in der anderen Hand ihre Kleidung abwischte und verzweifelt versuchte, dem Wasserfluss Einhalt zu gebieten, der von ihren Klamotten auf das nicht mehr ganz so makellose Parkett strömte. Sie hob den Blick. Er hatte ein leicht amüsiertes Grinsen in seinem sehr schönen Gesicht. Mit einem resignierten Seufzer stand sie auf.

»Es tut mir so leid, und danke, dass Sie Pepper gerettet haben.«

Er schaute kurz zu seinem Laptop und sofort wandelte sich der amüsierte Blick in verkniffene Verärgerung. Mit zusammengepressten Lippen schaute er wieder zu ihr, nachdenklich, und trat dann zum Computer und klappte ihn zu.

»Sie hätten« – Pepper bellte ihm ins Ohr, Kurt schloss die Augen und atmete aus – »den Hund an der Leine führen sollen.«

Den Hund.

»Das hasst er. Wie so vieles: gehorchen, Leinen, alles Mögliche.« Pepper leckte Kurts Wange. »Nur Sie anscheinend nicht.«

Kurt stöhnte auf und setzte Pepper auf den Boden. »Sitz«, sagte er mit tiefer, strenger Stimme.

Pepper setzte sich zu seinen Füßen.

»Wie haben Sie das denn gemacht? Er gehorcht sonst nie.«

Er trocknete Peppers Pfoten mit dem Handtuch ab und ignorierte offensichtlich die Frage.

»Labradoodle?«

Er kennt sich mit Hunden aus? Seine Vielschichtigkeit faszinierte sie. Er war klug, nachdenklich und vielleicht sogar etwas kalt, und doch folgte Pepper ihm zum Kamin, als würde er Leckerlis austeilen. Wider Willen bemerkte Leanna, wie Kurts nasse Jeans seinen Hintern betonte. *Seinen richtig heißen Hintern.* Er hockte sich vor den Kamin, dabei klebte sein T-Shirt eng an seinem breiten Rücken, die Ärmel rutschten über seine prallen Muskeln nach oben, und sie erkannte die Umrisse eines Tattoos auf seinem Oberarm.

»Ja, Labradoodle. Woher wissen Sie das? Im Moment sieht er ja wie ein x-beliebiger nasser Köter aus.«

Er zuckte mit den Schultern, schichtete gekonnt das Holz auf und entzündete dann ein kleines Feuer. »Wo wohnen Sie?« Er warf Pepper einen verärgerten Blick zu und schüttelte den Kopf.

»Äh, wohnen?«, fragte sie und war von Peppers Gehorsam ebenso abgelenkt wie von Kurts Tattoo. *Was ist das? Eine Schlange? Ein Drachen?*

Er sah sie wieder mit diesem amüsierten Funkeln in den

Augen an. »Haus? Ferienhaus? Campingplatz?«

»Ach so, Ferienhaus. Entschuldigung.« Sie merkte, dass sie rot wurde. »Etwa anderthalb Meilen von hier. Seaside. Kennen Sie die Siedlung? Das Haus gehört meinen Eltern. Ich bin nur den Sommer über hier. Die Leute dort kenne ich schon seit Ewigkeiten und Pepper gefällt es auch.«

Er schaute wieder zum Kamin, das amüsierte Funkeln in seinem Blick wich einem ernsten Ausdruck. »Kommen Sie zum Feuer und wärmen Sie sich auf.«

Sie warf die Handtücher auf die Arbeitsfläche und kam zu ihm ans Feuer. Ein Schauer überkam sie, als sie ihre Hände wärmte.

Er hielt den Blick aufs Feuer gerichtet.

»Sind Sie mit dem Auto hergefahren?« Mit einer großen Hand nahm er ein Scheit und legte es aufs Feuer.

»Nein, mit dem Fahrrad.«

»Mit dem Fahrrad?«

»Ich fahre hier ein paarmal in der Woche mit Pepper Fahrrad, aber normalerweise nehmen wir den Weg in die andere Richtung. Pepper ist dieses Mal einfach nur abgehauen. Ich habe mein Fahrrad am Eingang zum öffentlichen Strand stehen gelassen.«

Er schaute zu Pepper und dann wieder ins Feuer. »Ich kenne Seaside nicht, aber ich zieh mich kurz um und fahr Sie dann nach Hause.« Er ging zur Treppe, Pepper hinterher. Kurt blieb stehen und starrte den Hund an. Pepper hechelte, was das Zeug hielt. Kurt schaute zu Leanna, als ob sie den Hund kontrollieren könnte.

Wohl kaum. »Gehorsam ist nicht gerade seine Stärke«, meinte sie achselzuckend.

Kurt nahm Pepper hoch und trug ihn zu Leanna. »Halten

Sie ihn am Halsband fest.«

Na gut. Sie legte den Finger in Peppers Halsband und beobachtete, wie Kurt in die Küche ging und den Boden mit dem Tuch trocknete, das er ihr gegeben hatte. Dann wischte er die Arbeitsfläche mit einem Schwamm ab, bevor er in der Kammer neben der Küche verschwand. Er kam mit einem Wäschekorb zurück, warf die dreckigen Handtücher hinein, brachte den Korb wieder zurück und ging die Treppe hinauf.

»Sieht so aus, als ob er etwas gegen Dreck hätte ... und gegen Hunde«, sagte sie zu Pepper.

Pepper riss sich los und rannte hinter Kurt her die Treppe hoch.

Leanna schloss laut seufzend die Augen.

Ich geb mir die Kugel.

Zwei

Kurt stand im hellen Badezimmer, bekleidet mit einer frischen Calvin-Klein-Unterhose, und rieb sich die restliche Feuchtigkeit von Armen und Beinen ab. Das Schreiben konnte er für heute Abend vergessen. Wie sollte er sich auf das Schreiben eines finsteren Krimis konzentrieren, wenn er einen nassen Hund und eine wahnsinnig sexy Frau im Haus hatte? Ihre Klamotten schmiegten sich um jede einzelne Kurve ihres sehr weiblichen Körpers, und er hatte seine volle Konzentration aufbringen müssen, um wegzuschauen. Sie war aber auch süß. Verdammt süß, wie sie sich gegen ihn gewehrt hatte, um diesen dämlichen Hund zu retten. *Pepper. Pepper?* Der Hund hatte so gar nichts von Pfeffer an sich, er war weiß, kein einziger schwarzer Sprenkel nirgendwo. Pepper? Wie wär's mit Salty oder Sugar? Er schüttelte den Kopf und dachte daran, wie sie zu ihm aufgeschaut hatte, mit diesen mandelförmigen blau-grünen Augen, und gleichzeitig vollkommen nervös versucht hatte, den Boden aufzuwischen.

Er fuhr sich mit der Hand durch die feuchten Haare, warf seine nassen Klamotten in den Rattankorb und ging ins Schlafzimmer, um sich anzuziehen.

»Willst du mich verarschen?« Pepper lag – alle viere von sich gestreckt – auf seiner weißen Bettdecke. »Runter da!« Pepper setzte sich auf und hechelte eifrig.

Großartig. Nasser Hund, mein Lieblingsgeruch. Kurt nahm Pepper unter einen Arm, zog die Decke mit der freien Hand vom Bett, knüllte sie zusammen und trug beides nach unten.

»Hier.« Er übergab Leanna den Hund und brachte die Decke in die Waschküche, wobei er etwas über seine geflüchtete Muse vor sich hin brummelte, während er die Waschmaschine füllte und auch die Decke hineinwarf. Er wollte gerade wieder nach oben gehen, als Leannas starrer Blick ihn innehalten ließ.

»Was ist?«

»Ähm, nichts.« Sie zog die Nase kraus, senkte den Blick und biss sich auf die Unterlippe.

So verdammt süß.

Er folgte ihrem Blick zu seiner Unterhose und merkte, dass er vergessen hatte, sich fertig anzuziehen.

»Mist.« Er schüttelte den Kopf. »Dafür können Sie sich bei Pepper bedanken.« Er ging nach oben, um sich anzuziehen, und hätte schwören können, dass sie dem verdammten Hund ein *Danke* zuflüsterte.

Kurt kam mit einem Sweatshirt der Duke University und einem weiteren trockenen Handtuch zurück. »Bitte.« Er gab Leanna das Sweatshirt. »Nicht, dass Ihnen kalt wird. Sie können sich im Badezimmer umziehen.«

»Danke, aber ich wohne ja nur ein paar Minuten entfernt. Ich möchte nicht Ihre Sachen nehmen.«

»Das ist okay, wirklich.« Er ging zur Tür und schlüpfte in die Flipflops. Als er sich umdrehte, stand sie mit dem bloßen Rücken zu ihm, die schmale rosafarbene Linie ihres BHs war unter dem nassen dunklen Haar kaum auszumachen. Kurts Blick glitt über ihre glatte, gebräunte Haut, folgte der anmutigen Kurve ihres Rückens hinab zu ihren heißen Hüften in den tiefsitzenden Shorts. Kurz darauf fiel der rosafarbene Spitzen-BH auf den Boden, sie zog sich sein Sweatshirt über den Kopf und bedeckte diesen wunderschönen Rücken – und Kurt kam gehörig ins Schwitzen.

Sie drehte sich mit einem süßen Lächeln und einem Seufzer um. »Schon viel besser.«

Er schüttelte erneut den Kopf, um seine gaffende Benommenheit loszuwerden. »Entschuldigen Sie, ich dachte …« Er schaute zur Tür neben der Treppe. »Das Gästebad ist gleich da.«

»Ach, ich bin nicht schüchtern.« Sie winkte ab. »Außerdem stand ich ja mit dem Rücken zu Ihnen, also haben Sie mich quasi nicht nackt gesehen. Danke übrigens. Der Pulli ist wirklich viel gemütlicher als mein nasses T-Shirt und dieser grauenhafte BH.« Ein Schauder packte sie.

Grauenhafter BH? »Sind Sie …?« Er räusperte sich, um das Bild von ihrem nackten Rücken aus seinem Kopf zu bekommen. Funktionierte nicht. »Sind Sie so weit?«

»Klar. Danke noch mal.« Sie kam zu ihm an die Tür.

Er schaute auf ihre bloßen Füße. »Schuhe?«

»Oh Mann! Das hab ich gar nicht gemerkt. Die muss ich im Wasser verloren haben. Aber egal. Ich hab noch andere.« Sie ging schwungvoll hinaus und rannte durch den Regen zur Beifahrerseite seines Cabrios, einem Mercedes SL in Metallic-Silber.

Kurt trug Pepper zum Auto, damit seine Pfoten nicht wieder dreckig wurden. Nachdem Leanna auf dem Beifahrersitz Platz genommen hatte, legte er das Handtuch zu ihren Füßen und setzte Pepper darauf ab.

»Bleib«, befahl er. Bis er das Auto angelassen hatte, war Pepper schon zentimeterweise über Leannas Schoß in Richtung

Mittelkonsole gerobbt, wo er sein flauschiges weißes Gesicht auf die Vorderpfoten legte, durch die Nase schnaufte und Kurt mit seinen großen dunklen Augen anschaute.

»Es tut mir wirklich leid, aber egal, was ich mache, er hört nicht. Hat er noch nie.« Leanna streichelte Peppers Rücken.

Kurt verbiss sich einen Kommentar darüber, dass der Hund sein Auto verdreckte. Anscheinend würde es ohnehin nichts nützen, zumindest laut der kleinen Miss Hinreißend-sexy-und-nicht-schüchtern-Leanna. Sie wies Kurt den Weg zur Ferienhaussiedlung Seaside, und er versuchte, sich währenddessen weder von dem Hund auf dem Leder noch von dem rosafarbenen Spitzen-BH in Leannas Hand beunruhigen zu lassen.

Um sich abzulenken, fragte er: »Wie lange haben Sie ihn schon?«

»Pepper? Weiß nicht genau. Ein Jahr vielleicht?« Sie gab ihm einen Kuss auf sein feuchtes weißes Fell.

»Und er gehorcht noch immer nicht?« Kurt schaute zu dem Hund, der nun tief schlief und schnarchte.

»Ich versuche es ja, aber …« Sie zuckte mit den Schultern. »Er ist irgendwie ein Freigeist, wie ich wahrscheinlich.« Sie krempelte die Ärmel von Kurts Sweatshirt hoch und wischte über ihr halbnasses, halbtrockenes Haar, das sich zerzaust um ihr hübsches Gesicht legte.

Freigeist. Seine Gedanken wanderten zu ihrem nackten Rücken und sofort wurde ihm wieder heiß.

Sie schaute an sich herab und zog sein Sweatshirt in die Länge. »Waren Sie auf der Duke University?«

»Ja, war ich.«

Pepper seufzte im Schlaf.

»Ich war auf der University of Virginia. BWL.«

Sie beugte sich hinunter und legte die Wange auf Peppers Rücken, während Kurt nur an den Geruch von nassem Hund denken konnte – und daran, dass er unwahrscheinlich gern dieser nasse Hund wäre. *Meine Güte! Jetzt hör aber auf!* Einen redseligen Freigeist brauchte er ebenso, wie er eine Schreibblockade brauchte. Er richtete den Blick starr auf die Straße und flehte darum, dass seine Gedanken folgen mochten. Der Regen flaute zu einem Nieseln ab, als er in die Siedlung Seaside Cottages einbog.

»Ich bin Ihnen wirklich dankbar, dass Sie mich nach Hause fahren. Wenn es nicht regnen würde, hätte ich laufen können.« Sie zeigte nach rechts. »Folgen Sie diesem Weg, aber langsam. Es gibt hier Streifenhörnchen.«

»Streifenhörnchen?«

»Ja, ich sehe sie immer morgens. Ich weiß nicht, ob sie im Regen überhaupt herauskommen, aber ich möchte nicht, dass Sie eins überfahren.«

Streifenhörnchen. Er konnte sich nicht erinnern, wann er das letzte Mal ein Streifenhörnchen auch nur bemerkt hätte. Er folgte dem schmalen Kiesweg eine Steigung hinauf zu einer Gabelung, wo er auf ihre Anweisung hin rechts abbog. Kiefern säumten den Weg und füllten die engen Räume zwischen den kleinen, eingeschossigen Häusern, die mit Holzschindeln verkleidet waren.

»Da wohne ich. Gleich hier.« Sie zeigte auf eine Auffahrt, die mit Muschelschalen bedeckt war.

Als er einbog, fragte er: »Haben Sie ein Auto?« Es war am Cape üblich, dass man mit dem Fahrrad fuhr, aber die meisten hatten ein Auto, auch wenn sie es nicht nutzten. Die Muscheln knirschten unter seinen Reifen. Auffahrten mit zerbrochenen Muscheln gab es auf Cape Cod oft, und immer wenn Kurt sein

Auto auf eine solche lenkte, hoffte er insgeheim, dass sie seine Reifen nicht aufschlitzten.

»Schon, aber es ist so groß, dass es die Sicht auf das Haus meiner Freundin versperrt, wenn ich auf der Veranda bin.« Sie zuckte mit den Schultern. »Also stelle ich es beim Waschhaus ab.« Sie strich sich die Haare hinters Ohr und streichelte Pepper über den Rücken.

Das Haus war kaum breiter als sechs Meter, hatte fliederfarbene Fensterläden und ein verwittertes Geländer um die Veranda. Der Vordergarten bestand aus einem Mix aus Blumen und Büschen und erinnerte Kurt an Leanna: ein bisschen zerzaust, ein bisschen wild und unglaublich hübsch. Er stellte das Auto ab und ging herum, um ihr die Tür zu öffnen, während er über die Vorstellung eines separaten Waschhauses nachdachte.

»Danke, das hätte ich doch auch allein geschafft.« Pepper sprang von ihrem Schoß und rannte um Kurts Beine herum. »Pepper bedankt sich ebenfalls. Hab ich Ihnen erzählt, dass ich ihn neben einem Müllcontainer gefunden hab? Er war so dürr, ich dachte, er stirbt. Man sollte glauben, er würde auf mich hören, nachdem ich ihm das Leben gerettet habe. Von wegen! Er ist so etwas wie der schlimmste beste Freund, den ich je hatte.« Sie stieg aus dem Auto und stützte sich an Kurts Brust ab, während sie an ihren nassen Shorts zupfte und keine Sekunde lang ihren Monolog unterbrach. »Er hört nur auf mich, wenn ihm danach ist.« Sie zuckte mit den Schultern. »Aber ich liebe ihn, also …«

Ihre Erklärung erreichte Kurt kaum, so sehr war er damit beschäftigt, wie sich ihre Hand auf seinem Brustkorb anfühlte. Seit Monaten war er nicht mehr in die Nähe einer Frau gekommen. Ein Abgabetermin hatte den nächsten gejagt, und Frauen waren das Letzte gewesen, woran er gedacht hatte.

Bis jetzt.

»Kommen Sie doch noch auf einen Drink herein. Hey, der Regen hat aufgehört. Wir haben Glück.« Sie öffnete die Tür zur Veranda. »Komm, Pepper.«

Noch bevor er ihr Angebot verstanden hatte, war sie verschwunden. Er wollte gerade die Beifahrertür schließen, als er ihren BH und das T-Shirt auf dem Boden entdeckte. Er stöhnte und hob beides auf, wobei er das T-Shirt um den BH wickelte, damit sie ja nicht dachte, er wäre ein Perverser, der gern Unterwäsche befummelte. Dabei hätte er genau das gern getan. Wenn sie sie noch angehabt hätte.

Zwei Handtücher, ein Badeanzug und ein T-Shirt hingen über dem Geländer, vom Regen durchnässt. Die Veranda war für ein so kleines Häuschen ziemlich groß. Es gab einen Grill, einen Tisch und Stühle. Auf der gegenüberliegenden Seite führte ein Tor zu einer Grasfläche, um die sich noch mehr Häuschen reihten, alle mit verschiedenfarbigen Fensterläden. Das Wort *malerisch* kam ihm in den Sinn. Kurt klopfte an den Holzrahmen der Fliegengittertür.

Leanna kam mit dem Bund seines Sweatshirts zwischen den Zähnen aus einem Zimmer heraus und zog gerade den Reißverschluss einer Jeans hoch – doch nicht bevor Kurt einen Blick auf bloße Haut erwischte, dort wo eine Unterhose hätte sein müssen.

Sie winkte ihn herein und nahm das Sweatshirt aus ihrem Mund. »Kommen Sie.«

Drinnen erfasste er mit einem Blick die Umgebung. Die Küche und der schmale Wohnraum nahmen die Breite des Häuschens ein, und abgesehen von einem kleinen Tisch mit drei Stühlen, die rechts an der Wand standen, gab es keinerlei

Sitzgelegenheit. Pepper war unter dem Tisch augenblicklich in einen Tiefschlaf verfallen. Kurts Nackenmuskeln spannten sich an, als sein Blick über die Reihe von grünen Schränken an der linken Wand wanderte, unter der sich die Spüle befand – voll mit dreckigem Geschirr. Jeder Quadratzentimeter des Tisches und der Arbeitsfläche war vollgestellt mit Marmeladen- und Geleegläsern, großen Metalltöpfen, Löffeln und anderem Geschirr, das mit getrocknetem rotem Zeugs verklebt war. Links von ihm türmte sich neben Peppers Fress- und Wassernäpfen ein riesiger Berg aus Sneakern, Flipflops und Regenstiefeln auf. Genau gegenüber von ihm befand sich eine leicht geöffnete Tür, durch die er den Rand eines Waschbeckens erspähte. *Badezimmer.*

Heilige Scheiße.

»Hier ist es … süß.«

Sie lächelte und griff nach der Kühlschranktür. »Danke. Da geht's zu einem richtig süßen Dachboden.« Sie zeigte auf die Tür rechts von Kurt. »Mit einer schönen altmodischen Ausziehleiter. Meine Geschwister und ich haben uns immer darum gestritten, wer da oben schlafen durfte. Da kann man nicht mal aufrecht stehen, so niedrig ist die Decke, aber wir fanden es toll. Und in dem Zimmer steht eine Ausziehcouch und ein Fernseher, aber die benutze ich nie.« Sie zuckte mit den Schultern und schaute in den fast leeren Kühlschrank. Gleich darauf nahm sie zwei Flaschen Bier heraus und drehte die Verschlüsse mithilfe der Innenseite seines Duke-Sweatshirts auf.

»Bitte.« Sie reichte Kurt eine Flasche, dann fiel ihr Blick auf das T-Shirt und den BH, die er immer noch in der Hand hielt.

»Oh Mann«, sagte sie, wieder mit dieser niedlich gekräuselten Nase. Sie tauschte die Sachen gegen das Bier aus. »Ich schwöre, ich würde meinen Kopf vergessen, wenn der nicht festgewachsen wäre.« Sie machte die Tür zu dem Zimmer auf, aus dem sie vorher gekommen war, und warf die nassen Sachen einfach so hinein. Kurt nahm an, es war ihr Schlafzimmer. Dann nahm sie einen Haufen Klamotten von einem Stuhl und brachte sie auch dorthinein. Dabei rief sie: »Setzen Sie sich. Unterhalten wir uns ein bisschen.«

Ein bisschen unterhalten? Allein von so einem Chaos umgeben zu sein, versetzte ihn in Panik. »Danke, aber ich kann wirklich nicht bleiben.«

»Wirklich nicht? Sie können nicht einen Augenblick bleiben? Schade.« Sie kam aus dem Schlafzimmer, die Lippe zwischen die Zähne geklemmt, den Kopf auf eine Seite gelegt, und versuchte, mit den Fingern die Knoten aus ihren feuchten Haaren zu bekommen. Sie schien sich ihrer Bewegungen überhaupt nicht bewusst zu sein – auch nicht darüber, wie heiß sie dabei aussah – und legte dann den Kopf auf die andere Seite, um die Knoten dort zu entwirren.

Kurt dagegen nahm alles sehr bewusst wahr, was sie anging. Sie fuhr mit der Zunge über die losgelassene Lippe, die davon feucht und verführerisch glänzte.

Die Haustür wurde aufgerissen und eine große blonde Frau mit einem bunten Sommertuch über einem Badeanzug trat herein. »Du meine Güte, das ist heute Abend ja irre da draußen.«

Kurt trat beiseite, um ihr Platz zu machen.

Die Blonde stemmte die Hände in die Hüften, atmete laut aus und inspizierte Kurt mit einem Blick von oben bis unten. »Ich wollte nur mal schauen, wem das nette Gefährt da draußen gehört.« Sie streckte Kurt die Hand entgegen. »Bella Abbascia. Freut mich. Ich bin Leannas Nachbarin.«

Er gab ihr die Hand. »Kurt Remington.«

»Echt jetzt?« Bella sah zu Leanna. »Ist nicht dein Ernst!«

Leannas Blick schoss zwischen ihnen hin und her. »Was?«

Kurt schaute zu Boden und bereitete sich auf das vor, was er eigentlich immer gern mied. Aufmerksamkeit.

Bella trat an ihn heran und Kurt lehnte sich etwas zurück.

»Sie sind es tatsächlich. Heiliges Kanonenrohr, Leanna Bray, du hinterhältiges kleines Biest. Warum hast du mir nicht erzählt, dass du ihn kennst? Mensch, ich bin ein riesiger Fan von Ihnen. Sie schreiben das gruseligste Zeugs, das ich je gelesen hab.« Bella schüttelte den Kopf und ihre dicken blonden Haare fielen wallend über ihre Schultern.

»Zeugs?« Doch Kurt erkannte an ihren aufgerissenen Augen und dem Lächeln, dass ihr seine Arbeit gefiel und *Zeugs* nicht abwertend gemeint war.

»Sie wissen schon, was ich meine.« Bella nahm ihn am Arm und zog ihn zu dem freien Stuhl. »Setzen Sie sich, bitte. Ich würde mich liebend gern mit Ihnen unterhalten.«

»Eigentlich war ich gerade im Aufbruch.« Er wandte sich zur Tür. »Ich muss noch ein bisschen schreiben.«

»Moment, Sie sind Schriftsteller?«, fragte Leanna.

»Meine Güte, Lea, guck dich hier mal um.« Bella fing an, Geschirr zusammenzuräumen. »Er ist nicht nur irgendein Schriftsteller. Er ist einer der gefragtesten Krimiautoren überhaupt.« Sie beäugte ihn noch einmal ausgiebig. »Sie wissen, was ich meine.«

»Bella.« Leanna schlug ihr leicht auf den Arm. »Ich war heute Morgen spät dran und hatte keine Zeit aufzuräumen, nachdem ich die letzte Ladung gemacht hatte.« Sie sah zu Kurt. »Entschuldigen Sie. Ich bin so daran gewöhnt. Ich bemerke die Unordnung gar nicht mehr.«

»Kein Problem. Ich muss jetzt auch los.«

»Kurt, warten Sie, bitte.« Bella stemmte die Hände wieder in die Hüften. »Wissen Sie was? Ich verstehe, warum Sie flüchten wollen. Hier sieht's aus, als hätte ein Taifun gewütet oder so. Ich würde Ihnen ja gern sagen, dass sie normalerweise nicht so ist, aber unser Marmeladen-Mädel ist immer ein bisschen … nun ja, so.«

»Marmeladen-Mädel?«

»Sie macht Marmeladen und Gelees und verkauft sie auf dem Flohmarkt.« Bella schaute zwischen den beiden hin und her. »Wartet mal. Woher kennt ihr euch? Ihr wisst nicht mal, wie der andere seinen Lebensunterhalt verdient? Habt ihr euch erst heute Abend gegenseitig aufgegabelt, oder wie?«

Flohmarkt?

»Nein, nein, nein.« Leanna schob Kurt in Richtung Tür. »Es tut mir leid. Bella kennt keine Grenzen.«

Ihre Hände lagen wieder auf seiner Brust und sie schaute ihn mit einem Blick – voll Verlegenheit, vielleicht – aus ihren wunderschönen blau-grünen Augen an. *Taifun* war vielleicht genau das treffende Wort für sie. Sie war das Chaos in Person. Ein heißes, unglaublich sexy Chaos, in dessen Gegenwart ihm etwas schwindelig wurde.

Überraschenderweise gefiel ihm das.

»Danke für Ihre Hilfe und dass Sie uns nach Hause gefahren haben.« Sie warf Bella einen wütenden Blick zu.

Du schiebst mich raus? Wie kommt es, dass ich dann erst recht bleiben will?

»Gern. Seien Sie das nächste Mal vorsichtiger. Bei der Strömung hätte Ihnen wirklich etwas zustoßen können.«

Pepper hüpfte aus seinem Korb und sprang an Kurts Beinen hoch. Leanna beugte sich hinunter, um ihn auf den Arm zu nehmen, aber er entkam ihr und flitzte im Kreis um Kurt herum.

»Sehen Sie? Ich sagte doch, er hat keine Manieren.« Leanna blies sich eine eigensinnige Strähne aus dem Gesicht. Sie fiel gleich wieder zurück.

Mit dem bellenden Hund, der um ihn herumrannte, und Leanna, die seine Brust berührte, konnte Kurt kaum einen richtigen Gedanken fassen.

Leanna blies die Strähne erneut weg. Sie flatterte hoch und fiel ihr dann wieder vor die Augen. Jetzt wurde sein Tagtraum auch noch von Peppers Gejaule untermalt.

Kurt warf dem Hund einen Blick zu. »Aus«, sagte er streng.

Pepper setzte sich mit einem kleinen Winseln und heraushängender Zunge zu seinen Füßen hin.

Leanna blies noch einmal nach ihrer Strähne und Kurt streckte die Hand aus und klemmte die widerspenstige Locke sanft hinter ihr Ohr.

»Wow.« Bella öffnete den Kühlschrank und nahm sich ein Bier heraus. »Sie schaffen es, dass Pepper gehorcht. Sie können schreiben *und* Sie haben Zauberkräfte? Beeindruckend.«

Dieser Abend ist so was von seltsam.

Kurt hielt seine Flasche hoch. »Danke für das Bier.« *Ach, Mensch! Leannas Fahrrad.* Hatte sie seinen Kopf vollkommen außer Gefecht gesetzt? Wie konnte er das vergessen? »Ihr Fahrrad. Soll ich es in meine Garage stellen?«

»Ja, gern. Ich hole es mir dann irgendwann ab.«

Er nickte und unterdrückte das Bedürfnis, nach dem Wann zu fragen. Außerdem musste er zunächst Zeit dafür verschwenden, ihr Fahrrad zu suchen, doch aus irgendeinem Grund störte ihn das kein bisschen.

»Einen schönen Abend noch, meine Damen.« Er verließ die Siedlung vollkommen verwirrt – und fasziniert – von diesem chaotischen Freigeist namens Leanna Bray.

Drei

Es war Viertel vor vier am Samstagnachmittag und selbst unter der Markise ihres Standes auf dem Flohmarkt war es extrem heiß. Der Flohmarkt fand auf dem Gelände des Autokinos von Wellfleet statt, dort wo sie Al Black als kleines Mädchen kennengelernt hatte. Im Laufe der Jahre waren sie und der ältere Marmeladenhersteller aus Plymouth gute Freunde geworden. Als Al im vergangenen Jahr krank wurde, hatte er sich bei Leanna gemeldet, ihr seine Rezepte anvertraut, und nachdem er wenige Monate darauf im hohen Alter von zweiundachtzig Jahren verstarb, entstand die Idee für »Luscious Leanna's«, ihre eigene Marmeladenmarke. Zu Ehren ihrer Freundschaft mit Al und mit der Unterstützung ihrer treuesten Freunde hatte sie sich ans Cape aufgemacht, in der Hoffnung, dort das Geschäft erfolgreich aufbauen zu können.

Normalerweise sehnte Leanna das Ende des Flohmarkttages nie herbei. Sie genoss das permanente Kommen und Gehen von Menschen und freute sich darüber, dass diese ihre Produkte mochten. Aber heute wollte sie noch einen Korb mit ein paar Kleinigkeiten bei Kurt vorbeibringen, um sich dafür zu bedanken, dass er sie und Pepper am Abend zuvor gerettet hatte. Bella hatte ihr die Hölle heiß gemacht, weil sie ihn quasi aus dem Haus geworfen hatte, und noch viel mehr, weil sie nicht versucht hatte, mit ihm anzubandeln. Aber Leanna war nicht in Wellfleet, um einen grübelnden Schriftsteller aufzugabeln. Sie war dort, um sich über ihre berufliche Zukunft klar zu werden. Wenn sie in der kurzen Zeit eines über Kurt Remington erfahren hatte, dann, dass er vielleicht mutig, heiß und erfolgreich war, aber auch der Inbegriff von organisiert und – was sie von sich nie zu hoffen wagte – ordentlich. Fast schon krankhaft, soweit Leanna es beurteilen konnte. Und für eine junge Frau, die an ihrem Tanktop schnüffelte, um herauszufinden, ob sie es noch einen zweiten Tag über ihrem Badeanzug tragen konnte, war dies ein beängstigender Gedanke. Doch gut erzogen wie sie war, wusste sie, dass es sich gehörte, Dankbarkeit zu zeigen. Auch wenn sie zuweilen gut aussehende Männer aus ihrem Haus schmiss, damit ihre manchmal etwas aufdringliche Freundin sie nicht anbaggerte.

Sie war an diesem Morgen wieder spät gekommen und hatte den ersten Ansturm von Kunden verpasst. Leanna hatte einige ihrer neuen Marmeladensorten zum Flohmarkt mitgebracht – Aprikose-Limette und Erdbeer-Aprikose – und damit die Aufmerksamkeit einiger ihrer Stammkunden erregt. Sie fragte sich, wie viel Einnahmen ihr entgangen waren, weil sie so spät dran gewesen war. Egal wie sehr sie es auch versuchte oder wie früh sie aufstand, sie war immer spät dran. Für alles. Sie war sogar eine Woche zu spät zur Welt gekommen. Ihre Mutter hätte diesen Wesenszug im Keim ersticken müssen, als Leanna noch kleiner war. Sie mehr antreiben müssen oder so. Irgendwas. Aber Gina Bray hätte nie etwas so Striktes getan – oder erwartet. *Ich möchte nicht, dass meine Kinder zu Nullachtfünfzehn-Klonen von anderen Kindern werden.* Wie oft hatte sie ihre Mutter dies zu ihren Lehrern sagen hören, wenn die sich darüber beschwerten, dass Leanna unkonzentriert war oder zu viel redete oder zu laut war. Und ihr Vater, Colonel Will Bray, der – angesichts seiner militärischen Laufbahn – strikter und strenger hätte sein müssen, war ebenso nachsichtig, wenn es um die Fehler seiner Kinder ging. Es grenzte schon fast an ein Wunder, dass sie und ihre Geschwister überhaupt mal irgendwo rechtzeitig erschienen waren oder irgendwas in ihrem Leben auf die Reihe und zu Ende gebracht hatten. Aber das hatten sie. Zumindest ihre Geschwister. Colby war Mitglied der Spezialeinheit Navy SEALs und Wade war ein Freak in Sachen Künstliche Intelligenz. Auch ihre jüngeren Geschwister hatten ihre Bestimmung gefunden. Bailey war Musiker, und Dae, den ihre Eltern als Baby aus Korea adoptiert hatten, war Abriss-Experte. Nur Leanna schien noch haltlos durchs Leben zu trudeln, und mit ihren achtundzwanzig Jahren fragte sie sich, ob sie je etwas finden würde, bei dem nicht die Sehnsucht nach mehr bliebe.

Zu ihren Füßen winselte Pepper, den sie mit einer langen Leine am Tischbein festgemacht hatte. Sie band ihn nur sehr ungern so fest, aber auf dem Flohmarkt mussten Hunde angeleint werden. Leanna dachte an Kurt. Wahrscheinlich hätte sie Pepper gestern an der Leine führen sollen, aber sie war froh, dass sie es nicht getan hatte.

»Wir gehen in ein paar Minuten. Kannst du noch warten?« Leanna tätschelte seinen Kopf. Der Flohmarkt war um vier Uhr zu Ende und den Abbau des Standes hatte sie zu einer Wissenschaft gemacht. Innerhalb von einer Viertelstunde war sie damit durch. Meistens. Sie hoffte, dass es ihr heute gelang, denn sie konnte es nicht abwarten, Kurt den Korb vorbeizubringen.

Pepper sah sie mit flehenden, großen, runden Augen an und

bellte. Er hatte sich schon unzählige Male um das Tischbein gewickelt und sie musste den unglücklichen Hund befreien. Er wollte sich losreißen – was sie ihm nicht übelnehmen konnte, da in ihren Adern auch dieser Drang nach Freiheit floss.

Heute hatte Leanna einhundertzweiundvierzig Gläser Marmelade und Gelee verkauft, und bei vier Dollar pro Glas war das nicht gerade ein Hammerumsatz, aber es war okay. Sie liebte die Arbeit auf dem Flohmarkt. Es gab immer wieder neue Händler und somit ständig neue Leute, die man beobachten oder mit denen man sich unterhalten konnte. Sie hatte unter dem Tisch immer ein kleines Radio an, und wenn nicht allzu viel los war, tanzte sie vor sich hin. Mit ihren Standnachbarn hatte sie sich angefreundet, und weil sie von Natur aus vertrauensvoll war, hatte sie kein Problem damit, ihren Stand anderen Verkäufern zu überlassen, wenn sie mal mit Pepper eine Runde gehen musste oder selbst austreten wollte.

Pepper winselte erneut.

Auf dem Flohmarktgelände war nur noch eine Handvoll Kunden und Pepper wickelte seine Leine gerade schon wieder um das Tischbein.

»Hallo, Carey!«, rief sie dem schlaksigen vierundzwanzigjährigen Verkäufer am Nebenstand zu. Er hatte, wie Leanna, den ganzen Sommer über seinen Stand geführt und sie waren Freunde geworden. Ein paarmal waren sie zusammen zum Strand gegangen, hatten sich auf einen Drink getroffen und einfach ab und an Zeit miteinander verbracht. »Könntest du kurz auf meinen Kram aufpassen, damit ich mit Pepper eine Runde gehen kann?«

»Kein Problem.« Carey saß an seinem Stand, die Füße auf eine Kunststoffkiste voller Schallplatten abgestützt und bekleidet mit Cargo-Shorts und Tanktop – wie schon den ganzen Sommer über. Er war gut gebräunt und hatte längere, hellbraune, von der Sonne aufgehellte Haare, und weil sie zusammen schwimmen gegangen waren, wusste Leanna, dass sich unter seinem Tanktop ein Sixpack verbarg und dass er in seinen Boardshorts atemberaubend aussah.

»Danke. Der arme Pepper kann es hier nicht ausstehen, aber du weißt ja, ich lasse ihn nicht allein zu Hause. Da würde ich mir nur Sorgen machen, dass er sich einsam fühlt.«

Pepper hörte seinen Namen und bellte, während er immer wieder an der Leine zerrte, die Leanna gerade vom Tischbein löste. Sein weißes Fell war jetzt an Bauch und Pfoten braun vor Dreck.

»Pepper, beruhige dich, bitte.«

Pepper zerrte immer weiter, sodass die Gläser auf dem Tisch klirrend aneinanderschlugen. Als sie endlich die Leine vom Tischbein befreit hatte, rannte er los.

Leanna fuhr sich mit der Hand durch die Haare und seufzte. Sie liebte den kleinen kraushaarigen Kerl, aber er stellte ihre Geduld auf eine harte Probe.

Carey lachte.

Sie hob ergeben die Hände und schüttelte den Kopf. »Ich bin dann mal weg.«

Leanna ging in Richtung Kiosk – Peppers Lieblingsziel. Die Zelte der Händler standen in Zwölferreihen, dazwischen immer breite Wege für die Besucher. Jeder Verkäufer hatte seine eigenen Tische oder Kleiderstangen aufgestellt. Einige legten ihre Waren sogar auf Tischdecken direkt auf dem Asphalt aus. Am Flohmarkt liebte Leanna unter anderem auch die Vielfalt dessen, was angeboten wurde. Es gab professionelle Stände mit Antiquitäten, andere mit Dingen aus Privathaushalten. Hippie-Klamotten, Lederwaren, Schmuck und Bücher wurden auch verkauft. Als sie an einem Klamottenstand vorbeikam und sich dem Kiosk näherte, schwebte der Duft von Popcorn und Hotdogs in der Luft und erinnerte sie an die Zeit, als sie als Kind mit ihren Eltern und Geschwistern zum Autokino gekommen war. Sie lächelte bei dem Gedanken daran und genoss den kurzen Spaziergang auf der Suche nach ihrem Hund.

Auf der einen Seite des Kiosks gab es eine Terrasse mit Picknicktischen und Sitzgelegenheiten unter einem kleinen Sonnendach. Pepper fand sie auf der anderen Seite, auf dem kleinen Sandspielplatz, wo er gerade um ein paar Kinder herumrannte, verspielt in die Luft hüpfte und immer nur kurz innehielt, um zu hecheln. Die Kinder, vielleicht sechs oder sieben Jahre alt, kicherten vergnügt, während die Eltern mit leicht besorgtem Blick in der Nähe standen und sich ganz offensichtlich fragten, ob dieser herumspringende, fröhliche Hund wohl eine Gefahr darstellte, wenn er die Zehen eines der kleinen Mädchen ableckte.

Leanna liebte Pepper von ganzem Herzen, und zwar alles an ihm, auch dass er so verrückt bellte und immer weglief – und sie wusste, dass er in etwa so gefährlich war wie ein Baby. Seine schärfste Waffe war seine Niedlichkeit, er würde niemals jemanden beißen.

»Er beißt nicht. Macht es Ihnen etwas aus, wenn er mit den Kindern spielt?«, fragte sie ein Paar in den Zwanzigern. Sie waren einverstanden, und so lehnte sich Leanna an den Lattenzaun, der den Spielplatz umgab, und beobachtete das Ganze ein paar Minuten, bevor sie die Kinder davor bewahrte, zu viel Spaß zu haben.

»Och, kann er bitte noch bleiben?«, fragte ein Mädchen mit großen Augen und süßen Zöpfen.

Leanna schaute zu ihrem Stand, wo sich gerade eine Gruppe

Frauen ihre Marmeladen anschaute. Carey hatte sich kein Stück aus seiner entspannten Position herausbewegt. *Was sind schon ein paar Dollar mehr oder weniger?*

Bei dem Gedanken an Pepper und wie er ins Meer abgehauen war, schnappte sie sich seine Leine und setzte sich mit ihm auf den Boden, während die Kinder ihn streichelten. *Darum geht es im Leben.* Den Moment genießen, das konnte Leanna sehr gut, und dieser Moment erfüllte sie mit Freude – aber Freude bezahlte leider die Rechnungen nicht. Leanna verfügte über einen Treuhandfonds, der ihr von ihrem Großvater vermacht worden war, aber abgesehen von den College-Rechnungen, die bezahlt werden mussten, hatte sie ein paar Jahre zuvor den Entschluss gefasst, das Geld nicht anzurühren, wenn es sich irgendwie vermeiden ließ. Sie wollte etwas finden, das ihr das Gefühl gab, angekommen und erfüllt zu sein, und wenn sie sich auf ihren Treuhandfonds verließ, würde sie nie genug eigene Erfahrungen sammeln, um diesem Bedürfnis gerecht zu werden. Sie lebte genügsam, und auch wenn sie sich so langsam Sorgen machte, ob sie jemals eine erfüllende Arbeit finden würde, genoss sie das Wissen, dass sie alles, was sie erreichte, aus eigener Kraft schaffte. Ohne sich einfach zurückzulehnen und das schwerverdiente Geld ihres Großvaters auszugeben.

Nachdem die Kinder noch ein paar Minuten gespielt hatten, ging Leanna zu ihrem Stand zurück, um den Tag zu beenden und abzubauen. Carey hatte seine Auslagen schon eingesammelt und verstaute gerade den Rest in seinem Dodge Van, Baujahr 1979. Wie jeden Tag knallte er die Tür seines rostroten Vans geräuschvoll zu. *Bringt Glück, du weißt schon.*

»Wenn du so einen Bus hättest wie ich, bräuchtest du kein Glück.« Leanna schaute zu ihrem handbemalten VW-Bus von

1968, den ihr Vater ihr zum College-Abschluss geschenkt hatte. Sie wischte sich mit dem Unterarm den Schweiß von der Stirn und stellte dann den letzten Kühlbehälter mit Marmelade hinten in den Bus.

Carey lehnte sich gegen seinen Van. Angenehm anzuschauen, ein Meter dreiundachtzig pure Muskelmasse, kantige Gesichtszüge, volle Lippen und grüne Augen.

»Vielleicht hast du recht. Dein Happy-Bus bleibt nie stehen, im Gegensatz zu meinem. Sollen wir noch zum Strand?«

Sie sah zu Pepper, der sich hinten im Bus ausgestreckt hatte, und überlegte, ob sie mitgehen sollte. Sie hatten Spaß zusammen. Carey war nett und eindeutig ein heißer Typ, aber Leanna fühlte sich nicht mehr zu ihm hingezogen als zu einem Freund. Das hatte sie zuerst überrascht, wenn man bedachte, wie eng sie sich in den letzten Monaten angefreundet hatten und welch tolle Momente sie erlebt hatten. Aber wenn sie ihn betrachtete, sah sie einen netten Kerl. Einen Freund. Und das war's auch schon. Jetzt wanderten ihre Gedanken zu Kurt – in seiner Calvin-Klein-Unterhose. Ein Schauer rann ihr über den Rücken und es kitzelte in Regionen ihres Körpers, die sie seit Monaten nicht mehr gespürt hatte. Sie hatte zwar eindeutig Wichtigeres im Sinn, als einen Mann zu finden, aber sie war immer noch eine Frau.

»Geht heute nicht. Ich hab noch einiges zu erledigen, aber danke.«

Sie hatte sich eingeredet, sie sei Kurt einen Dankeschön-Korb schuldig, und daran hielt sie fest.

Die Sonne knallte auf Kurts nackten Rücken, während seine Finger über die Tastatur huschten. Er war in seine Geschichte abgetaucht. Der Mörder war nur noch einen Atemzug von dem ahnungslosen Opfer entfernt. Kurts Herz hämmerte gegen den Brustkorb, Schweiß rann seinen Oberkörper hinab und formte Tröpfchen auf seiner Stirn. Seine Hände schwitzten bei jedem entschlossenen Anschlag. Dafür lebte er. Für den Augenblick, in dem er so in sein Schreiben versank, dass er mittendrin war, bei seinem Opfer und dem Bösewicht, und mit angehaltenem Atem zwischen ihnen stand.

Er hörte Reifen auf der Auffahrt und blinzelte das Geräusch fort – in der Hoffnung, dass wer auch immer das sein mochte, sich verfahren hatte und nur wendete. Kurt konzentrierte sich wieder auf den Bösewicht, der die Augen schloss, als er den Geruch des Opfers wahrnahm, was seine perversen Gelüste anspornte.

Ein Klopfen lenkte seine Aufmerksamkeit zum Haus.

»Verdammt«, murmelte er und wandte sich wieder dem Schreiben zu.

Erneutes Klopfen. Kurt presste die Zähne aufeinander und hämmerte weiter die Szene in die Tastatur, die sich in seinem Kopf wie ein Film abspielte.

»Hallo?«

Kurts Finger erstarrten. *Leanna.* Bei dem Gedanken an sie in seinen Armen, ihren nassen Körper an seiner Brust, durchfuhr ihn eine Hitzewelle. Er starrte auf seinen Laptop, berechnete seine Schreibzeit. Fünftausend Wörter hatte er bisher geschrieben, und er hoffte, noch weitere dreitausend bis zum Ende des Tages zu schaffen. Wenn Leanna erst einmal anfing zu reden, hätte er keine Hoffnung mehr, noch ein einziges Wort zu schreiben. Sie redete mehr als seine fiktiven

Opfer, wenn sie um ihr Leben flehten.

Und aus irgendeinem ihm unbekannten Grund faszinierte sie ihn. Er wollte hören, was sie zu sagen hatte.

Ein Kratzen war auf den Stufen zur Veranda zu vernehmen und da sprang Pepper auch schon an seinen bloßen Beinen hoch und bellte ihn an.

Himmel noch mal!

Er riss sich vom Tisch los und ignorierte Pepper, als er die Stufen hinunter und ums Haus herum nach vorne ging. Bei dem Anblick eines VW-Busses in Regenbogenfarben blieb er abrupt stehen. Ein bunter Strahlenkranz umgab das Ersatzrad, das vorne am alten Bus angebracht war. Kurt umrundete das farbenprächtige, handbemalte Gefährt. Gelbe Blumen bedeckten die halbe Seite und eine riesige blaue Libelle verzierte die Fahrertür. Ein Meeresbild mit Fischen, rote Pilze und Frauen in Bikinis bedeckten die Mitte des Busses. Ein Halbmond mit Gesicht – *na klar* – schmückte das Heck, und das hochgestellte Dach war blau gestrichen, mit weißen Wolken und Sternen.

Du meine Güte, sie war nicht nur eine Chaotin, sondern auch noch ein Hippie?

Er schaute zu Pepper hinab, der hechelnd neben ihm stand.

»Hey.« Leanna kam um die Hausecke – einen Korb unter einen schlanken gebräunten Arm geklemmt – und warf ihm ein Lächeln zu, das ihn fast von den Socken haute. »Ich hab dir etwas mitgebracht. Wir sagen Du, ja?«

»Hallo.« Mehr brachte er nicht zustande. Ihr Körper glänzte verschwitzt, ihr hellblaues Tanktop klebte an Bauch und Brust. Sie trug wieder abgeschnittene Shorts, und als sie sich nach vorn beugte, um Pepper zu streicheln, blitzte dort ein Streifen bronzefarbener Haut auf, wo ihr Hintern auf die Oberschenkel traf. Kurt schluckte heftig.

Sie richtete sich wieder auf und reichte ihm den Korb. Ihr Blick wanderte gemächlich an seinem Körper hinab.

Amüsiert über diesen abschätzenden Blick hob Kurt eine Augenbraue, aber anscheinend war ihr nicht bewusst, dass sie ihn so angesehen hatte, oder es war ihr egal, dass er es bemerkt hatte, denn sie fuhr unbeeindruckt fort.

»Ich wollte mich bedanken. Das war gestern ziemlich unhöflich, als ich dich so aus dem Haus geschoben habe, aber so blöd bin ich eigentlich gar nicht. Ich hoffe, ich störe dich nicht.« Zeit für eine Antwort gab sie ihm jedoch nicht, als sie den mit Schieferplatten gepflasterten Weg entlang hinter das Haus ging. »Du warst gerade auf der Veranda?«

Mehr als zusehen und ihr folgen konnte er kaum. Leanna verwirrte ihn. Dabei verwirrte eigentlich niemand einen Kurt Remington. Er war unerschütterlich. Zumindest hatte er das immer von sich gedacht.

»Oje, du hast gearbeitet.« Sie beugte sich über seinen Bildschirm.

Kurt schloss den Laptop. »Geschrieben.«

Ihr Blick wurde ernst. »Du magst es nicht, wenn Leute es lesen, während du noch schreibst, stimmt's? Keine Sorge. Das verstehe ich, glaub ich. Falls du noch was ändern willst, richtig? Du willst nicht, dass derjenige weiß, dass du etwas geändert hast?«

Was? Nein. Zumindest glaube ich nicht, dass ich es deshalb mache. Heiliger Mist. Jetzt sorgte sie schon dafür, dass er sein Schreibverhalten hinterfragte.

»Ich habe Betaleser und Lektoren, die meine Werke vor der Veröffentlichung lesen.«

Mit einem weiteren umwerfenden Lächeln ließ sie sich auf

einen Stuhl fallen. »Was ist ein Betaleser?«

Abgelenkt von Leanna und von ihrem Hund, der es sich auf Kurts Stuhl gemütlich gemacht hatte, antwortete er nur bruchstückhaft. »Ein Testleser vor der Veröffentlichung.« Er blickte Pepper streng an und zeigte auf den Boden. »Runter.«

Pepper sprang hinunter.

»Das musst du mir beibringen«, sagte Leanna.

»Was?«

»*Das*. Runter. Sitz. Wie du ihn dazu bringst, dir zu gehorchen.« Sie legte den Kopf zurück und ließ die Arme baumeln. »Hier draußen ist es so schön. Du hast die Brise vom Meer, Sonne, bist ungestört …«

Ungestört? Hundert Dinge fielen Kurt ein, die man mit einer Frau in einer solchen Situation tun könnte – und nicht ein einziges Mal war es ihm in den Sinn gekommen, sie hier auf der Veranda zu tun. Bis jetzt. Der Gedanke an eine nackte Leanna auf dem Stuhl erregte ihn. Er wischte den Sand, den Pepper liebenswürdigerweise hinterlassen hatte, vom Stuhl und setzte sich, bevor sie etwas bemerken konnte. Nicht dass sie viel bemerkte. Sie fühlte sich anscheinend wie zu Hause.

Er betrachtete den Korb, nur um sich davon abzulenken, dass ein Schweißtropfen an ihrem Hals gen Süden lief, genau zwischen ihre Brüste.

»Danke für den Korb, aber du hättest mir wirklich nichts bringen müssen.« Er nahm ein Marmeladenglas heraus und las das Etikett. »Luscious Leanna's Sweet Treats?« *Die süßen Leckereien von Luscious Leanna. Luscious* – das bedeutete gleichzeitig köstlich und sinnlich. Himmel, jetzt war er wirklich in Schwierigkeiten.

Sie setzte sich auf und beugte sich zu ihm vor. »Wollte ich aber. Du warst so nett und bist mitten in einem Unwetter ins

Meer gegangen, um mich und Pepper zu retten. Jetzt weiß ich sogar, dass du wahrscheinlich gerade an einem verrückten Krimi geschrieben hast. Und das bedeutet, ich habe dich *richtig* unterbrochen.«

Und nicht *falsch* unterbrochen? Nur schwer kam er aus seinem Schriftsteller-Denken heraus. Sie hatte die Nase gekräuselt, als sie *richtig* gesagt hatte, und das war so verdammt süß, dass er nicht viel mehr tun konnte, als zuzusehen, wie sie aufstand und sich über das Geländer beugte. Er bemerkte Marmeladenabdrücke auf den Gesäßtaschen ihrer Shorts. Kurt wünschte, sie stammten von seinen Händen. Sie warf die Arme in die Luft und atmete laut aus, bevor sie sich wieder mit diesem herrlichen Lächeln zu ihm umdrehte.

»Du hast so ein Glück. Ich meine, das hier ist dein *Job*. Du schreibst, mit dem Meer direkt vor der Tür.« Sie schaute durch die Verandatür ins Haus und verzog ein wenig das Gesicht. »Ich hoffe, dein Parkett hat uns überlebt.«

Als sie an ihm vorbeihuschte, um sich auf einen anderen Stuhl zu setzen, berührte sie seine Schulter. Ihm gefiel diese warme Berührung, diese Vertrautheit, mit der sie das gemacht hatte. *Seltsam.* Er hatte noch keine Person kennengelernt, die sich so unglaublich wohl in ihrer Haut fühlte. Pepper leckte den Schweiß von Leannas Beinen. Kurt war etwas neidisch auf diesen nervenden Hund, doch er lächelte – obwohl er beim Schreiben unterbrochen worden war und obwohl er sich fragte, ob diese Marmelade an ihrem Hintern noch feucht war und seinen Stuhl ruinieren würde.

»Es hat euch wunderbar überlebt.« *Aber ob ich sie überlebe?* Sie weckte alle möglichen Sehnsüchte in Kurt, die er für gewöhnlich gut verstaute – und auf die er nur zurückkam, wenn seine Projekte ausreichend vorangeschritten waren oder er seinem Zeitplan voraus war und einige Stunden übrig hatte, um Dampf abzulassen. Sein Magen tat ebenfalls seltsame und unbekannte Dinge. *Was ist das? Ein Flattern? Ein Stechen? Ein Schmerz?* Er ging eine Vielzahl von Begriffen durch, die dieses Gefühl zutreffend beschreiben könnten.

»Woran denkst du gerade?«, fragte Leanna.

»Wie?«

»Deine Augenbrauen sind total zusammengezogen, und du hast den Tisch angestarrt, als wärst du vollkommen in Gedanken versunken.« Sie schaute zu seinem Computer. »Oh Mann. Ich störe dich. Es tut mir so leid.« Sie stand auf.

Pepper kroch unter Kurts Stuhl und winselte.

Er musste weiterschreiben. Er sollte sie einfach gehen lassen, sich für die Marmeladen bedanken und sie verabschieden, damit sie auf der Veranda von irgendeinem anderen Typen herumhuschen konnte. Fehlte nicht mehr viel und er würde seine Hand nach ihrer ausstrecken.

»Bleib.« Das rutschte ihm heraus und überraschte ihn ebenso wie sie.

Sie riss die Augen auf. »Bleiben?«

Er nickte. »Ich muss schreiben, aber du könntest dich in der Sonne entspannen, wenn du möchtest, oder am Strand spazieren gehen.«

Sie sah sich um. »Das würde dir nichts ausmachen?«

Er zuckte mit den Schultern und wusste, dass er wahrscheinlich einen großen Fehler beging, aber irgendetwas in seinem verrückten Inneren wollte sie um sich haben, und so etwas hatte er noch nie empfunden. Was waren denn schon ein oder zwei Stunden? Sie würde sich irgendwann langweilen und weiterziehen und in der Zwischenzeit konnte er ihren Anblick genießen.

»Überhaupt nicht.« Er zog den Laptop zu sich heran und öffnete ihn. »Im Schrank bei der Waschküche findest du Strandlaken und Handtücher.«

Sie kräuselte die Nase und lächelte wieder. Pepper kroch unter seinem Stuhl hervor und versuchte, ihm die Pfoten auf den Schoß zu legen.

Kurt sah ihn streng an. »Nein.«

Pepper legte sich wieder hin.

»In Ordnung, aber wenn wir dich nerven, sagst du einfach Bescheid, und wir sind weg.« Sie legte die Hand auf den Türgriff. »Bist du wirklich sicher? Ich hab auch ein Handtuch und eine Decke in meinem Bus. Die kann ich holen.«

Kurt schüttelte den Kopf, ging hinein, holte eine Decke und ein Handtuch und füllte noch eine Thermoskanne mit Eiswasser. Als er zurückkam, stand Leanna in einem anthrazitfarbenen String-Bikini mitten auf der Veranda und kämpfte mit ihrem Haar, um es in einem Pferdeschwanz zu bändigen.

Kurt blieb abrupt stehen. Jede einzelne sexy Rundung war betont, von ihren kurvigen Hüften bis hin zu ihren vollen Brüsten, die von dem kaum vorhandenen dunklen Stoff zusammengedrückt wurden. Zwei dünne Bänder verliefen über ihre Hüften zu einem winzigen grauen Dreieck, das ihr Gelobtes Land bedeckte. Er musste schwer schlucken und versuchte, die Kontrolle über seine Beine wiederzuerlangen. Sie war kein spindeldürres Model und auch kein Pummelchen. Unter den Tanktops und abgeschnittenen Shorts war Leanna Bray eine hundertprozentig heiße, sinnliche Lady, und sie machte alle Hoffnung zunichte, dass Kurt auch nur einen einzigen sinnvollen Gedanken würde fassen können.

Nachdem sie ihre Haare zusammengebunden hatte, nahm

sie ihm das Handtuch aus der Hand. »Vielen Dank, das ist wirklich sehr nett. Ich wollte später sowieso mit Pepper ans Wasser, aber so sparen wir Zeit.« Sie fuhr mit einem Finger über das Tattoo auf seiner Brust. »Ich hätte nie gedacht, dass du ein Typ für Tattoos bist.«

Er schaffte es gerade noch so, seinen Blick von ihrem prallen Busen weg und hin zu ihrem Finger wandern zu lassen, der über seinen nackten Oberkörper strich.

»Und das auf deinem Arm?« Sie berührte auch dieses Tattoo, und an ihrem unveränderten Tonfall erkannte er, dass sie nicht versuchte, sexy zu sein oder zu flirten. Sie war einfach nur Leanna – neugierig, süß.

Und er wurde hart. Er räusperte sich und trat zurück.

»Danke. Das waren …« Alles an Leanna versetzte ihn in eine Art Schockzustand, in dem er keine passenden Worte fand. Er war es gewohnt, die Kontrolle zu haben, und Leanna entriss sie ihm mit jedem heißen Atemzug.

Sie neigte den Kopf und sah zu ihm auf.

»Launen«, brachte er heraus. *Launen?* In seinem ganzen Leben hatte er noch nie etwas aus einer Laune heraus getan.

Sie lächelte. »Wirklich? Du kommst mir so gar nicht wie ein Typ vor, der etwas aus einer Laune heraus tut. Hm …« Sie drehte sich um und warf sich Decke und Handtuch über die Schulter. »Dann gehe ich wohl mal an den Strand. Komm, Pep.« Mit federndem Gang machte sie sich auf den Weg.

Kurt atmete auf und fuhr sich mit der Hand durch die Haare. Er sah zu, wie sie das Handtuch ausbreitete und sich auf den Rücken legte, während sie mit den Händen irgendeinen lautlosen Takt schlug, mit leicht geöffneten Lippen, und Pepper im Kreis um sie herumrannte. Sie war genau das, was er jetzt so gar nicht gebrauchen konnte. *Was mache ich hier?* Wie sollte er ans Morden und an andere finstere Dinge denken, wenn ein paar Meter weiter diese schöne, im wahrsten Sinne des Wortes berührende, allzu ungezwungene und fröhliche Frau lag?

Er erschrak fast zu Tode, als sein Handy klingelte. Die Ablenkung konnte er jetzt wirklich gebrauchen.

»Hallo, Jackie«, meldete er sich. Jackie Tolson war seit sechs Jahren seine Literaturagentin. An guten Tagen war sie etwas über eins fünfzig groß, sie wog höchstens fünfundvierzig Kilo, trug ihre glatten schwarzen Haare in einem geraden Bob und war in etwa so aggressiv wie eine gefangene Kobra.

»Kurt! Wie lebt es sich am Cape?«

Er sah sie vor sich, wie sie in ihrem makellosen Büro in Manhattan saß, das von oben bis unten in Leder, Mahagoni und Weiß eingerichtet war, in ihren geschnürten High Heels von Manolo Blahnik und dem Designer-Kostüm, mit einem Stift zwischen ihren makellosen Zähnen und einem perfekten Make-up, das ihre kantigen Züge weicher erschienen ließ. Ein Lächeln stahl sich bei dieser Vorstellung auf seine Lippen. Er mochte Jackie, und er liebte ihr akribisches Wesen und ihre terriergleiche Entschlossenheit. Beruflich waren sie ein großartiges Paar.

»Das Cape ist …«, er schaute zum Strand, wo Leanna auf allen vieren kniete und mit Pepper im Sand herumtollte, »interessant.«

»Interessant wie *inspirierend* oder wie *ich werde zu spät abgeben?*«

Er beobachtete Leanna, die Pepper gerade ins Wasser jagte. »Habe ich je einen Abgabetermin verpasst?«

»Nein, und ich warte noch auf den Tag, an dem das passiert. Ich bin mir nicht sicher, ob ich dann feiern soll, weil du endlich ein Leben hast, oder ob ich dich hassen werde, weil du uns schlecht dastehen lässt.«

»Falls ich je eine Frist verpassen sollte, bist du wahrscheinlich die Zweite, die mich umbringen wird.«

»Ja, ja, du wirst dich zuerst umbringen. Das habe ich schon von den Besten gehört. Jeder verpasst irgendwann mal einen Abgabetermin. Hast du was von Layton gehört?«

Layton war Kurts Lektor in seinem Verlag Partner Press. »Ja, er ist bereit und wartet. Zwei Monate nachdem er das Manuskript erhalten hat, gehen wir alles noch mal durch.«

»Gut. Und ich weiß ja, dass fristgerechte Überarbeitungen ein Kinderspiel für dich sind. Ich wünschte, du könntest meinen anderen Autoren deinen Einsatz und deine Arbeitsge-wohnheiten beibringen.«

Leanna drehte sich um und winkte.

»Mhmm.« *Himmel, sie ist so sexy.* Er hob die Hand und deutete ein Winken an.

»Kurt?«

Zu gern hätte er jeden einzelnen Quadratzentimeter von Leannas schimmernder Haut berührt und ihre sanfte Stimme seinen Namen rufen gehört. »Hm?«

»Du klingst abwesend. Ist etwas mit deiner Familie?«

»Familie? Ah, ja, Jack heiratet Ende des Sommers, es geht allen gut. Warum?«

»Mir fällt sonst nichts ein, was dich ablenken könnte. Was machst du gerade?«

Sie kannte ihn zu gut. »Ich gehe gerade ins Haus und hol mir ein paar Trauben.« Und das tat er auch. »Und jetzt setze ich mich wieder an meinen Computer und bringe diese Szene zu Ende.«

»Klingt gut. Und was hast du davor gemacht?«

»Einer heißen Lady dabei zugesehen, wie sie durchs Meer

tobt.«

»Ja, klar.« Sie lachte. »Okay, lass mich wissen, wenn du auf irgendwelche Probleme stößt.«

Er beendete das Gespräch und war leicht verärgert, weil sie ihm nicht geglaubt hatte, dass er Leanna beobachtete. War er so langweilig? Es war Wochen her, dass er ein richtiges Date gehabt hatte. Bevor er ans Cape gekommen war, hatte seine Schwester Siena eine Verabredung mit einer attraktiven Freundin von ihr arrangiert. Den ganzen Abend über hatte Kurt im Kopf ein Kapitel seines Buches überarbeitet. Kurt war kein Mann für *Dates*. Er hatte nichts für Smalltalk übrig und musste die Frau erst noch finden, die er dem Schreiben vorziehen würde. Mann, er hatte bisher noch überhaupt nichts gefunden, das er lieber machen würde, als vor seiner Tastatur zu sitzen und nervenaufreibende Literatur zu erschaffen. Klar, es gab Frauen in seinem Leben, die verfügbar waren, wenn er das Verlangen verspürte, ein paar Stunden in zärtlichen Armen zu verbringen. Aber diese Nächte liefen zu seinen Bedingungen und nach seinem Terminplan ab. Wie bei allem im Leben, so glaubte Kurt, dass er entschlossen und konzentriert sein und alles geben musste, um es gut zu machen. Er widmete sich viel lieber dem Schreiben.

Die folgenden zwei Stunden verbrachte er vor seinem Computer und versuchte, sich auf etwas anderes als seine Gedanken an Leanna zu konzentrieren. Er hatte sich gerade wieder fokussiert, als Pepper bellend auf die Veranda stürmte.

Ein kurzer Blick von Kurt. »Ruhig.«

Pepper winselte und ließ sich dann auf Kurts Füße plumpsen. Kurt schob ihn weg und Pepper kroch gleich wieder zurück. *Na großartig.*

Leanna kam auf die Veranda, die Haare zerzaust, von der

Hüfte bis zu den Zehen voller Sand, und schleppte die sandige Decke und das Handtuch hinter sich her.

»Das hat wirklich Spaß gemacht. Du hättest mitkommen sollen. Wie kannst du hier sitzen und nicht ins Wasser wollen?« Sie fuhr sich mit den Fingern durch die verknoteten Haare.

Dir muss doch bewusst sein, wie verdammt sexy du bist! »Das Salzwasser klebt auf der Haut.«

Sie lachte und ließ sich auf einen Stuhl neben ihm fallen – nicht ohne eine Sandspur zu hinterlassen. Als sie sich vorlehnte und seinen Oberschenkel berührte, fuhr ein Hitzeschlag bis in seine Lenden. So sehr er sich auch bemühte, er konnte den Blick nicht von den Wassertropfen abwenden, die ihr Dekolleté hinunterliefen.

»Das muss es auch. Es ist Salzwasser«, sagte sie, als wäre er ein Dummerchen. Sie lehnte sich zurück und legte einen hübschen gebräunten Fuß auf seinen Schoß.

»Wie lief's mit dem Schreiben? Hast du jemanden umgebracht?«

»Noch nicht.« Er nahm ihren Fuß und hielt ihn hoch. Dann schnappte er sich das Handtuch von ihrem Schoß und wischte sanft den Sand von ihrem Fuß, der Fessel und dem Knie. Der Sandhaufen unter ihr wurde größer.

Sie warf sich eine Weintraube in den Mund und hob die Augenbrauen. »Hast du vor, den ganzen Sand von mir abzuwischen? Denn ich glaube, in meiner Poritze ist auch noch was.«

Er erstarrte.

Sie lachte. »War nur Spaß. Danke fürs Abwischen. Ich nehme an, du magst Dreck nicht so, oder?«

Er gab ihr das Handtuch und konzentrierte sich krampfhaft auf ihren Fuß, der zu nah an seinem Schritt lag. »Ich mag es wohl eher sauber. Aber ich bin kein Sauberkeitsfanatiker.«

»Aha.« Sie lachte.

»Was ist daran so witzig?« Er nahm sich ein paar Trauben, um sich von ihrem einladenden sandigen Oberschenkel abzulenken.

»Weil du sehr wohl ein totaler Sauberkeitsfanatiker bist. Ich finde das süß.« Sie wischte sich den Sand von den Oberschenkeln.

Er presste die Lippen aufeinander. »Süß? Ich bin alles andere als süß. Und ich bin kein Sauberkeitsfanatiker.«

Sie nahm den Fuß von seinem Schoß und beugte sich wieder weit vor. »Mal sehen, wie lange du es aushältst, bis du den Sand von der Veranda fegst.«

Sie roch süß und salzig, und Kurt fragte sich unweigerlich, ob sie wohl auch so schmeckte.

»Luscious Lea–« *Mist! Wieso war ihm das jetzt rausgerutscht?* »Leanna, du kennst mich ja gar nicht.« *Aber aus irgendeinem seltsamen Grund hätte ich das gerne.*

Sie standen gleichzeitig auf und stießen mit der Brust zusammen. Um nicht zu fallen, griff sie nach seinem Arm. Ihre warme, von der Sonne verwöhnte Haut fühlte sich so unglaublich gut an, dass er nicht zurückwich. Einfach nicht zurückweichen konnte. Seine Hände fanden ihre Hüften, die Schnüre ihrer Bikinihose waren kaum spürbar. Wie sie ihn anschaute, mit diesem fragenden – und überraschten – Blick, darauf war er nicht vorbereitet.

»Sorry.« Er ließ die Hände fallen und trat zurück.

Sie schloss die Lücke zwischen ihnen wieder und blickte auf seinen Brustkorb, der sich mit jedem peinlich schweren Atemzug hob und senkte.

»Also, du großer Krimiautor, du bist es wohl nicht gewohnt,

ein Mädchen mit einer großen Klappe um dich herum zu haben, oder?«

»Ich habe eine Schwester mit einer großen Klappe.« *Du meine Güte! Schwester? In so einem Moment?* Sie verwirrte ihn zu sehr, als dass er vernünftig denken konnte.

»Bringt die dich auch so in Atemnot?« Sie legte wieder die Hände auf seine Brust.

Die kleinen Stimmen in seinem Kopf rieten ihm wegzugehen. Zu schreiben. Sich vom Acker zu machen. Aber seine Hände gehorchten nicht und wanderten wieder zu ihren Hüften und zogen Leanna näher heran, damit sie fühlte, was für eine Wirkung sie auf ihn ausübte. Das Funkeln in ihren Augen, die Art, wie sie langsam und sinnlich mit der Zunge über ihre Lippen fuhr und wie ihre Finger an seinem Oberkörper entlangglitten, zeigte ihm, dass sie es schon wusste.

»Niemand bringt mich so in Atemnot«, gestand er.

Pepper bellte sie an, und dieses Mal bedachte Kurt ihn weder mit einem strengen Blick noch mit dem Befehl, ruhig zu sein. Er beugte sich zu Leanna hinunter, näherte sich ihren Lippen, als sie sich von ihm wegdrückte.

»Ich würde mir Sorgen machen, wenn deine Schwester dich so in Atemnot brächte«, sagte sie, als hätte sie gar keine Ahnung, dass sie ihn gerade um den Verstand brachte oder dass er sie gerade hatte küssen wollen. Sie sammelte das Handtuch auf und legte es sich um die Schultern.

Er stand da wie angewurzelt. Nicht nur, dass er steinhart war, er konnte auch kaum atmen. Sie ging nach drinnen, das Öffnen und Schließen von Türen war zu hören. Angestrengt versuchte er, seine Beine zu bewegen, und er erschauderte bei dem Gedanken an die Sandspur, die sie im Haus hinterlassen würde. Wenige Minuten später kehrte sie mit einem Besen und einer Schaufel zurück.

»Hab sie schließlich hinter der Tür zur Waschküche am Haken gefunden. Du bist ja so organisiert.« Auf Zehenspitzen fegte sie mit dem Besen hin und her, schnell und ziellos, und verteilte den Sand auf der ganzen Veranda. »Wenn du niemanden umgebracht hast, was hast du dann geschrieben?« Sie fegte weiter. Sand flog umher und landete auf seinem Stuhl.

Er nahm ihr den Besen aus der Hand und fing an zu fegen, um sich davon abzuhalten, sie in die Arme zu nehmen und diesen nie stillstehenden Mund zu küssen.

»Mein Bösewicht war gerade auf dem Weg zum Opfer, von dem er besessen ist.« *Genauso wie ich in diesem Moment.*

»Schau mal, wie hübsch der Himmel da drüben aussieht.« Leanna zeigte übers Meer. »Ich liebe es, wenn es alles so violett-rosa wird.« Ihm fiel auf, dass sie sich zwar manchmal etwas simpel ausdrückte, ihre Augen aber Bildung und Wissen widerspiegelten. Süß, ja. Dumm? Auf keinen Fall. Klug und fröhlich, dabei einfach — diese Worte beschrieben Leanna perfekt.

Sie kniete nieder und hielt die Schaufel, während er den Sand hineinschob. Als sie aufstand, drehte sie sich um und stieß gegen den Tisch, woraufhin sich der Sand wieder auf seinem Stuhl und über die Veranda verteilte. »Oh, ich bin so ein Tollpatsch. Es tut mir leid.« Sie griff nach dem Besen und Kurt griff nach ihr.

Okay, tollpatschig vielleicht, aber nicht dumm — und hinreißend attraktiv.

Sie standen wieder Brust an Brust und er wollte ihre Lippen auf seinen spüren — mehr noch, als er sein nächstes Kapitel schreiben wollte. Aber er konnte keine Ablenkung gebrauchen. Er war mit seinem Schreibpensum im Rückstand und er hatte einen Abgabetermin im Nacken. Zögernd führte er sie zu einem Stuhl und fegte dann den Dreck von der Veranda, um sich Zeit zu verschaffen und zu überlegen, was zum Teufel er tun sollte. Als er fertig war, lehnte er sich gegen den Tisch, verschränkte die Arme und sah Leanna an.

Sie zog die Füße an, hielt die Knie vor die Brust und lächelte zu ihm auf. Sie lächelte immer. »Es tut mir leid.«

Pepper bellte ihn erneut an und er blickte den Hund finster an. »Ruhig!«

Pepper plumpste auf seinen Hintern, und Kurt wünschte, er könnte sich selbst auch so leicht Befehle erteilen.

»Ich muss schreiben.«

»Ich weiß. Ich wollte dir auch wirklich nur den Korb bringen.« Sorge flackerte in ihren Augen auf.

Er nahm den Korb hoch und fand darin zwei Gläser Marmelade, ein selbstgebackenes Brot und getrocknete Blumen.

»Hast du das alles selbst gemacht?«

»Mhm.« Sie fuhr sich mit dem Zeigefinger übers Knie.

Ihm war aufgefallen, dass sie das oft tat, und er fragte sich, ob sie nervös oder gelangweilt war. Er war sich nicht sicher, aber sie wurde ihm dadurch noch sympathischer.

»Das war wirklich süß. *Du* bist wirklich süß, Leanna.« *Und sexy und eine teuflische Ablenkung.*

Sie erhob sich und stand nun zwischen seinen Beinen. »Ich bin nett, aber ich bin nicht süß.«

Leannas Lippen waren einen Atemzug entfernt, so nah, dass nur wenige Zentimeter zwischen ihnen waren, aber ihr entschlossener Tonfall und der streitlustige Blick in ihren Augen sagten Kurt, dass sie gerade eine klare Ansage machte. Ihre Stärke verteidigte. Und das machte sie für ihn nur noch begehrenswerter.

»Und ich habe deine Gastfreundschaft schon über-strapaziert.« Sie fuhr noch einmal über sein Tattoo. »Schreib weiter. Ich bin wirklich froh, dass ich bleiben durfte. Es hat Spaß gemacht.«

»Wirklich?« Kurt sah sich so gar nicht als spaßigen Kerl.

»Fragst du das im Ernst? Mit Pepper am Strand zu spielen und dann als Zugabe dich noch so zu sehen, so durcheinander und mit freiem Oberkörper ... und sexy? Unbezahlbar.« Sie trat zurück. »Soll ich das Handtuch und die Decke hineinbringen?«

Er war immer noch bei *mit freiem Oberkörper und sexy. — Nein, aber ich würde dich gern hineinbringen.*

»Mach ich schon, danke. Und danke für den Korb.«

Sie winkte ab. »Ach was ... Viel Spaß beim Schreiben, aber du solltest wirklich ab und an mal rauskommen. Da draußen ist eine Welt voller Versuchungen, die du vielleicht genießen würdest. Was gibt es Schöneres als Sand zwischen den Zehen? Also ehrlich!«

»Ich gehe jeden Abend am Strand spazieren und ich genieße jede Menge *Versuchungen*.« Er brachte sie zu ihrem Bus, Pepper dicht auf ihren Fersen, und dachte an die Versuchung, die keinen halben Meter entfernt war.

Sie blickte ihn eindringlich an. »Irgendwie habe ich das Gefühl, dass deine Vorstellung von Versuchung eine andere ist als meine.«

Und genau deshalb musst du jetzt gehen. Er betrachtete ihren bunten Bus. »Nettes Gefährt.«

»Mein Dad hat ihn für mich aufgearbeitet, als ich meinen Abschluss vom College bekam, und ich kann mir nicht vor-stellen, je etwas anderes zu fahren als meinen Happy-Bus.«

»Happy-Bus?«

»Ja.« Sie öffnete die Tür und Pepper sprang hinein. Dann

kletterte sie auf den Fahrersitz. »Schau dir das Ding doch mal an. Kannst du es etwa ansehen und dabei nicht lächeln?«

Er konnte *sie* nicht anschauen, ohne zu lächeln. »Nein, das kann ich wohl nicht.«

Vier

Seaside war eine kleine Siedlung von Ferienhäusern mit jeweils ein, zwei oder drei Schlafzimmern. Die meisten dieser Häuser waren seit Jahrzehnten im Besitz derselben Familie. Leannas Großvater hatte ihr Haus gekauft, bevor sie auf die Welt kam. Jeden Sommer hatte die Familie ein paar Wochen dort verbracht, und während dieser Aufenthalte waren ihre Eltern mit ihnen viel unterwegs gewesen. Zwischen Nachmittagen am Strand, Spaziergängen durch die idyllischen Nachbarorte und für Familien geeigneten Konzerten am Abend blieb nur wenig Zeit zum Nichtstun, und diese hatten sie in Seaside verbracht. Leanna war froh über die Freundschaften, die sie in der Siedlung geknüpft hatte, und noch mehr darüber, dass diese so lange gehalten hatten. Ohne ihre Seaside-Freunde konnte sie sich ihre Sommer nicht vorstellen.

Leanna grillte gerade Hamburger, als sie hinter dem Haus Bella mit ihrer gemeinsamen Freundin Amy Maples reden hörte. Eine Minute später guckte Bella über den Zaun.

»Hallo, Mäuschen. Ist Mr. Sexy da?«

Leanna lachte. »Nein, Mr. Sexy ist nicht da.«

Bella und Amy kamen in ihren typischen Sommeroutfits auf die Veranda: Strandkleider über Badeanzügen. Amy hatte glatte, kurze blonde Haare und war ein Strich in der Landschaft, mit ausdrucksstarken grünen Augen und einem großen Herzen. Pepper rannte im Kreis um alle herum und bellte dabei Amy an, seinen weiblichen Lieblingsmenschen. Leanna fragte sich manchmal, ob Pepper mehr an Amy hing als an ihr. Amy kniete sich nieder und Pepper rollte sich auf den Rücken, damit sie seinen Bauch kraulen konnte.

»Wie geht's denn meinem Liebling?«, säuselte sie. »Hast du Mr. Sexy auch schon gesehen? Bin ich die Einzige, die den schönen Schriftsteller noch nicht kennengelernt hat?«

»Äh, nein.« Jenna Ward wohnte neben Bella, sie hatte das Zweizimmerhaus von ihrer Mutter geerbt. Sie kam durch das vordere Tor, bekleidet mit einem Badeanzug und einem bunten Sarong, den sie sich um die Taille gebunden hatte. Sie trug die glatten dunklen Haare in einem kurzen Bob bis unterhalb der Ohren und sie hatte ein breites Lächeln im Gesicht. Sie warf Leanna einen Arm um die Schultern und küsste sie auf die Wange. »Wie geht's dir, Süße?«

»Gut. Und dir?«

»Fühle mich etwas ausgeschlossen. Wer ist Mr. Sexy? Und was hat es mit diesem knappen Sommerkleidchen auf sich? Dein freigelegter Hintern sieht zuckersüß darin aus, aber falls du nicht gleich ein Date hast, ist das bei uns reine Verschwendung.«

Leanna warf einen Blick über die Schulter nach unten. »Kann man wirklich meinen Hintern sehen?«

»Nur die Rundung«, sagte Amy. »Aber was soll's? Wir sind ja unter uns. Hey, kann ich einen Burger haben?«

Leanna stemmte eine Hand in die Hüfte. »Wie viele siehst du auf meinem Grill?«

»Vier«, antwortete Bella und ging ins Haus.

»Würde ich euch Mädels je im Stich lassen?«

»Niemals.« Bella kam mit einem Teller heraus und gab ihn Leanna. »Ich hole den Salat und die Tomaten.«

»Ich habe Brötchen.« Amy verließ die Veranda und ging zu ihrem Ferienhaus hinüber.

»Ich glaube, die hat Leanna schon.« Jenna verpasste Leanna einen Klaps auf den Hintern. »Mr. Sexy. Erzähl.«

»Die reagieren über.« Allein bei dem Gedanken an Kurt lief ihr ein Schauer über den Rücken, und als sie daran dachte, wie dunkel sein Blick geworden war und wie seine Erektion gegen ihre Mitte gedrückt hatte, als er sie fast geküsst hatte, erschauderte ihr gesamter Körper. Himmel, wie sie diesen Kuss gewollt hatte. Sie konnte ihn nahezu schmecken. »Ich habe Kurt Remington kennengelernt und anscheinend ist er ein bedeutender Krimiautor.«

»Nicht dein Ernst!« Jenna riss ihre hellblauen Augen auf. »Du hast ihn kennengelernt? In echt?«

»Hm-hm.«

»Mann, ich liebe seine Bücher. Wie ist er so? So süß wie auf den Fotos? Nach dem, was ich so in Interviews gelesen habe, scheint er etwas zurückgezogen zu leben. So wie er auf die Fragen geantwortet hat, scheint es, als ginge er nie aus dem Haus. Aber seine Familie hat er oft erwähnt. Ach ja, und ein Haus auf Cape Cod. Oh mein Gott! Er ist hier und schreibt! Das hat er in dem Interview gesagt, dass er im Sommer immer ans Cape kommt und hier schreibt.« Jenna strich sich die glatten Haare hinters Ohr und schloss kurz die Augen. »Ich hätte nichts dagegen, mich mit ihm zurückzuziehen.«

»Ja, ich auch nicht. Das ist ja das Problem«, seufzte Leanna.

»Was ist das Problem?« Bella kam zurück auf die Veranda, nahm Leanna den Pfannenwender aus der Hand und drehte die

Burger um.

»Leanna möchte in dem Buch von Mr. Sexy ein neues Kapitel schreiben.« Jenna nahm eine Scheibe Tomate von Bellas Teller und Bella verpasste ihr einen Klaps auf die Hand.

Amy kam mit einem Teller Brötchen zurück. »Ein schmutziges Kapitel?«

»Ach, fast hätte ich vergessen, euch das zu zeigen!« Jenna langte in die tiefe Kluft zwischen ihren enorm großen Brüsten und zog einen perfekt weißen, ovalen Stein heraus. »Cool, oder?«

Leanna, Amy und Bella verdrehten die Augen.

»Was denn? Schaut ihn euch doch mal an.« Jenna strich mit den Händen über den glatten Stein. Sie sammelte Steine wie andere Leute Antiquitäten oder Figuren. Wenn sie den Strand auf der Suche nach Steinen ablief, weigerte sie sich, einen Korb zu tragen, und so kehrte sie oft mit einem vor Fundstücken überquellenden Dekolleté zurück. Sie schob die Unterlippe vor und streichelte den Stein. »Also, mir gefällt er. Zumindest grase ich diesen Sommer nicht die Trödelmärkte ab und bringe Zeugs nach Hause, das ihr hässlich findet.«

Jenna war Kunstlehrerin an einer Grundschule, und ihre direkte Art und ihr herzliches Lachen ließen sie viel größer erscheinen, als sie mit ihren eins fünfzig war. Jedes Jahr verbrachte sie den Sommer am Cape in ihrem Zweizimmerhäuschen. Sie lebte mit einem bescheidenen Budget, aber im letzten Jahr hatte sie jede Menge Trödelmärkte besucht und etliche unglaublich kitschige Deko-Artikel für den Garten angeschleppt. Die Mädels hatten eines Nachts eine Einsatztruppe aufgestellt und jedes einzelne Teil geklaut, während sie schlief. Zurückgelassen hatten sie kleine Zettel mit dem Hinweis: *Wir lieben dich, aber ... bleib bitte bei deinen*

Steinen!

Leanna beugte sich zu ihr. »Lass uns lieber nicht mehr über deine kleinen Geschmacksverirrungen reden. Mir gefällt der Stein auch, aber ich dachte, du wolltest deine Steinesammlung verkleinern.«

»Mach ich ja auch«, sagte Jenna.

Ja, klar. Und ich denke nicht an Kurt.

»Oh Mist, ich habe den Wein vergessen. Bin gleich wieder da.« Jenna eilte von der Veranda.

»Okay, genug von den Steinen. Erzähl mir von dem schmutzigen Kapitel.« Amy verteilte die Teller und zündete Citronella-Kerzen an, während sie sich an den Tisch setzten. »Ich will jedes einzelne schmutzige Detail.«

Mit zwei Flaschen Wein kam Jenna zurück auf die Veranda.

Bella holte Plastik-Weingläser aus Leannas Haus. Sie füllte jedem eines und setzte sich dann mit einem lauten Seufzer.

»Auf ein schmutziges Kapitel.« Bella hob ihr Glas und stieß mit den anderen an.

Leanna schüttelte den Kopf. »Ihr seid grauenhaft. Es gibt kein schmutziges Kapitel.«

»Aber du hättest gern eines. Du hast diesen Blick in den Augen.« Jenna warf Pepper ein Stück Fleisch zu.

»Vielleicht. Vielleicht auch nicht. Er ist so …« *Durcheinander, wenn ich in seiner Nähe bin.* »Ordentlich und sorgfältig und vollkommen auf seine Arbeit konzentriert. Ich glaube, diese Interviews trafen es ganz gut. Er ist wahrscheinlich mit seinem Computer verheiratet.«

»Ordentlich und sorgfältig. Das gefällt mir.« Jenna war so zwanghaft ordentlich, dass sie das Wort *Zwang* am liebsten alphabetisch ordnen würde. Jedes Foto in ihrem Haus stand in Reih und Glied, ihre Kleidung war farblich sortiert, ebenso wie ihre siebzehn Paare billige Plastik-Flipflops.

»Ja, er würde dir gefallen. Sein ganzes Haus ist makellos und weiß mit Holzzierleisten, so wie bei dir.«

»An einem ordentlichen Mann ist nichts auszusetzen, es sei denn, er mag nicht auch mal schmutzige Dinge tun.« Bella sah sie vielsagend an.

»Oh ja, ganz deiner Meinung.« Amy hob ihr Glas und trank einen Schluck.

Leanna wurde warm ums Herz. Sie liebte ihre Freundinnen. Als Jugendliche hatten sie in den gemeinsamen Sommerwochen immer Jagd auf Jungs gemacht, sich alles erzählt und die Geduld ihrer Eltern auf die Probe gestellt. Sie vertraute ihnen vollkommen, und sie wusste, dass sie immer hinter ihr stehen würden, so wie sie hinter ihnen. »Ich war heute bei ihm zu Hause.«

Die Mädels beugten sich vor.

»Und es gibt nicht viel zu erzählen. Er hat mich eingeladen, dazubleiben, während er schrieb, und das hab ich dann auch gemacht. Ich hab mit Pepper am Strand gespielt und dann ...« *Hab ich ihn fast geküsst.* Ihr wurde schon beim Gedanken daran warm.

»Dann?«, drängelte Bella.

»Dann sagte er, er müsse schreiben.« Sie zuckte mit den Schultern. »Also bin ich gegangen.«

»Er hat dich rausgeworfen? Dich? Du bist so süß und witzig, so sexy und ...« Jenna schüttelte den Kopf. »Wenn er dich rausgeworfen hat, habe ich im Leben keine Chance.«

Leanna biss in ihren Burger und sinnierte darüber, *warum* er sie gebeten hatte zu gehen.

»Lea, ich glaube, wir übersehen da etwas. Kein Mann wirft eine schöne Frau einfach so raus. Hast du irgendwelche seltsamen Signale gesendet?«, fragte Amy.

»Vielleicht ist er schwul«, meinte Bella achselzuckend.

»Er ist nicht schwul und ich hab keine seltsamen Signale ausgesendet. Ich bin einfach so, wie ich bin. Ich war am Wasser, und als ich zurück auf die Veranda kam, war alles … anders.« *Heißer.*

Sie tranken ihre Gläser leer und Amy schenkte nach. »Hattest du deinen pinkfarbenen Bikini an?«

»Ja, der würde jeden Mann verschrecken.« Bella lachte.

»Nein, den anthrazitfarbenen.«

Bella und Amy sahen sich an.

»Nicht dein Ernst.« Bella schlug mit der flachen Hand auf den Tisch, warf den Kopf in den Nacken und lachte.

»Echt, Leanna?« Amy schüttelte den Kopf.

Sie sah zwischen ihnen hin und her. »Was ist?«

»Leanna, in dem Bikini siehst du wie ein Model von Victoria's Secret aus«, erklärte Jenna.

»Nein, überhaupt nicht.« Leanna schüttelte den Kopf. Sie war nur einfach keine Frau, die in einem Einteiler gut aussah. Ihre Taille war nicht besonders schmal, aber doch so schmal, dass ihre Hüften ziemlich rundlich aussahen, und ihre vollen Brüste mussten von einem guten BH gestützt werden. Ein Bikini unterstrich ihre Kurven sicherlich, aber sie hatte nicht das Gefühl, auch nur im Entferntesten etwas von einem Model zu haben.

»Dieser Bikini ist winzig«, fuhr Jenna fort. »Und seien wir ehrlich, du hast nun mal nicht Amys Körbchengröße. Keine von uns hat die.«

»Hey!« Amy verschränkte die Arme.

»Tut mir leid, Schätzchen, aber Leanna hat Busen und Hüften. Du hast winzige Ameisenhügelchen, aber du bist umwerfend, und das weißt du.« Jenna zwinkerte ihr zu. Zu Leanna gewandt fuhr sie fort: »Du hast ihm wahrscheinlich den Atem geraubt.«

»Und ihn direkt zwischen den Beinen getroffen.« Bella deutete einen Shimmy mit den Schultern an.

Jenna lachte auf.

»Mhm, ja, vielleicht.« *Mit Sicherheit.* »Aber trotzdem, er ist ein Kerl, der weiß, was er im Leben will, und er hat es auch. Ich bin … ich.«

Amy kam um den Tisch und umarmte Leanna von hinten. »Ach, Lea, wir lieben dich, und jeder Mann wäre verrückt, es nicht auch zu tun.«

»Ich muss herausfinden, was ich mit meinem Leben anstellen will, bevor ich in ein fremdes hineinspaziere. Das Geschäft mit der Marmelade und den Flohmarkt liebe ich, aber seien wir ehrlich: In den letzten vier Jahren habe ich mehr Jobs als Unterwäsche verbraucht.«

»Du suchst einfach noch deine Nische«, sagte Jenna.

Leanna kräuselte die Nase. »Und wenn es für mich keine Nische gibt?«

»Es gibt für jeden eine«, sagte Bella. »Was gibt's denn Neues von deiner Marmelade?«

Sie zuckte mit den Schultern. »Eigentlich nichts. Sie verkauft sich ziemlich gut. An ein paar Lebensmittelketten habe ich Angebote geschickt, und ich habe mit ein paar Online-Firmen gesprochen, die meine Sachen vertreiben wollen.«

»Aber?«, fragte Bella.

Leanna zuckte mit den Achseln.

»Oh nein! Sag nicht, du langweilst dich.« Bella lehnte sich vor und legte ihre Hand auf Leannas. »Leanna, hör mir zu. Wenn erst einmal alles in Gang kommt und du in mehr Läden vertreten bist, dann hast du mehr Aufträge, als du dir je vorstellen kannst.«

Leanna musste erst noch einen Job finden, der ihr Interesse länger als ein paar Monate aufrechterhielt. »Das ist es nicht. Ich bin gern auf ein paar Veranstaltungen und mag es, wenn ich nicht nur Aufträge abarbeiten muss. Und ich liebe es wirklich, neue Geschmacksrichtungen zu kreieren und mit den Kunden zu tun zu haben. Das alles macht mir Spaß. Ich meine, ich liebe es wirklich, und ich genieße dazu noch das schöne Gefühl, dass ich in die Fußstapfen von Al trete.«

»Ach, Al fehlt mir wirklich.« Amys Mundwinkel sanken nach unten. Dank Leanna hatte sich Al auch mit ihren Seaside-Mädels angefreundet. Jeden Sommer hatten sie viel Zeit an seinem Flohmarktstand verbracht und sich Geschichten über seine Familie und das Marmeladengeschäft angehört, doch nur Leanna hatte auch den Winter über mit ihm Kontakt gehalten.

»Ja, ich auch.« Leanna streichelte Pepper. »Ich hab nur einfach das Gefühl, irgendetwas fehlt immer, und ich habe keine Ahnung, was das ist. So als ob es … noch mehr geben müsste.«

»Du wurdest den ganzen Sommer über noch nicht flachgelegt. Vielleicht ist es das.« Bella lachte und trank dann ihren Wein mit einem Schluck aus.

»Amy auch nicht, und sie hat nicht das Gefühl, das etwas fehlt.«

Amy sammelte die leeren Teller ein und brachte sie hinein. »Sie hat recht. Ich liebe meinen Job im Moby Dick's, ich liebe mein Ferienhaus und eure Gesellschaft. Ich liebe meine Sommer einfach.« Die letzten sechs Sommer hatte Amy im Restaurant Moby Dick's als Kellnerin gearbeitet. Mit ihrer richtigen Arbeit in Connecticut, wo sie als Buchhalterin angestellt war, hatte sie eine tolle Abmachung getroffen. Die Sommer über arbeitete sie von zu Hause, also von ihrem Ferienhaus aus. Nebenbei kellnerte sie im Moby Dick's, um ein zusätzliches Gehalt einzufahren … und Männer kennenzulernen. Aber Amy war wählerisch, was Männer anging, und in diesem Sommer schien sie besonders anspruchsvoll zu sein, obwohl sie behauptete, es habe sich nichts verändert.

»Ich liebe meine Arbeit. Und ich habe nicht die geringste Ahnung, was fehlt.« Leanna ging hinein und brachte ein Laib von dem Brot heraus, das sie am Abend zuvor gebacken hatte. Dazu ihre Aprikosen-Himbeer-Marmelade. Vielleicht konnte sie ihre Leere mit Essen füllen.

Es hatte keinen Sinn. Kurt konnte nicht am Strand laufen, ohne an Leanna zu denken. Gestern Morgen hatte er daran denken müssen, wie sie in seinen Armen lag, als er sie aus den Wellen an den Strand getragen hatte, und an diesem Morgen konnte er nur an ihre köstlichen Kurven in diesem obszön kleinen Bikini denken. Als sie am Abend zuvor gegangen war, hatte sie ihre Klamotten vergessen. Er hatte sie gewaschen und zwei Stunden damit verbracht, zu überlegen, ob er sie ihr vorbeibringen sollte. Jede Minute, die er an sie dachte, war eine Minute, in der er nicht an seine Arbeit dachte. Und das wurde nun zu einem ziemlichen Problem. Er war bis zwei Uhr morgens aufgeblieben, um das zu schreiben, was er hätte schaffen müssen, während sie in ihrem klitzekleinen Bikini bei ihm war – und in den Stunden danach, in denen er sich nicht konzentrieren konnte.

Er joggte die Zufahrtsstraße zum Strand entlang und dann den restlichen Weg nach Hause auf dem heißen Gehweg – in dem Versuch, sich wieder verstärkt auf *Finstere Zeiten* und nicht auf Leanna zu konzentrieren. Als er sein Haus erreichte, war er schweißgebadet und nur geringfügig fokussierter. Nach einer Dusche frühstückte er, sah die Zeitung durch und las seine E-Mails. Als er seine Kaffeetasse noch einmal auffüllte, fiel sein

Blick auf Leannas T-Shirt und die Shorts, die ordentlich gefaltet auf der Arbeitsfläche lagen. Er bezweifelte, dass sie die Kleidungsstücke überhaupt vermissen würde. Sie schien nicht die Art von Frau zu sein, die sich darüber Sorgen machte, wo sie ihre Sachen liegen ließ, zumal sie ja auch am ersten Abend ohne Schuhe sein Haus verlassen hatte. Außerdem hatte gestern keiner von beiden daran gedacht, ihr Fahrrad in ihren Bus zu laden.

Er kämpfte gegen das Verlangen an, ihr die Klamotten jetzt gleich zu bringen. Weitere Ablenkung konnte er sich nicht leisten. Er musste sich auf sein Schreiben konzentrieren. Auf dem Weg hinaus auf die Veranda erblickte er den Korb, den sie ihm gegeben hatte, und lächelte.

Du bist wirklich süß.

Er machte die Aprikosen-Limette-Marmelade auf und riss sich ein Stück Brot ab. Im Korb fand er auch noch ein Plastikmesser, was angesichts der Neigung von Leanna, ständig etwas zu vergessen, ziemlich aufmerksam war. Er strich die dicke Marmelade aufs Brot und biss herzhaft hinein.

»Mhm.« Er schloss die Augen und genoss den süßen, herben Geschmack. Nach diesem ersten Bissen machte er sich gleich noch einen zurecht. So etwas hatte er noch nie gegessen. Das Brot war frisch und auch etwas süßlich. Er brachte den Korb ins Haus, bevor er noch den ganzen Laib verschlang.

Einige Stunden später – die Nachmittagssonne stand hoch am Himmel und sein fiktionales Opfer war sicher im Keller des Verstecks von seinem Bösewicht verstaut – klappte Kurt seinen Laptop zu und streckte die Beine aus. Er hatte ziemlich viel geschrieben, und er überlegte hin und her, ob er Leanna nun die Sachen bringen sollte. Er sollte noch mehr schreiben. Noch vier oder fünf Stunden und er wäre dem Zeitplan etwas voraus.

Wenige Tage zuvor wäre dies überhaupt keine Frage gewesen. Er hätte sich etwas gedehnt, sein Eiswasser aufgefüllt und wäre voller Inspiration zurück an seine Tastatur gegangen, um stundenlang zu schreiben.

Wenige Tage zuvor hatte er Leanna noch nicht gekannt.

Jetzt konnte er nicht aufhören, an sie zu denken.

Kurt sprang kurz unter die Dusche, zog khakifarbene Shorts und ein kurzärmeliges Leinenhemd an und machte sich auf den Weg zum Flohmarkt. Sein Handy klingelte, als er gerade auf die Hauptstraße einbog. Er nahm den Anruf von seiner Schwester über die Freisprechanlange an.

»Hallo, Siena. Wie geht's?«

»Hallo, Kurt. Wunderbar. Und dir? Wie ist es am Cape?«

»Perfekt.« *Fast.*

»Machst du irgendwas anderes als schreiben oder muss ich rauskommen und dich an den Strand schleppen? Es wäre wirklich ziemlich hart, Zeit am Cape zu verbringen, aber wenn du mich brauchst ...«

Siena arbeitete als Model in New York und er sah sie mit ihrem breiten Lächeln und den hellblauen, neckisch funkelnden Augen vor sich. Siena und ihr Zwillingsbruder Dex waren Kurts jüngste Geschwister. Sein Beschützerinstinkt ihnen gegenüber kam immer durch, aber nicht in der Art wie bei seinen Brüdern Jack oder Sage. Diese beiden hatten kein Problem damit, neugierig im Leben ihrer Geschwister herumzuschnüffeln oder sich irgendwie einzumischen – indem sie alle Geschwister zusammenriefen, um ihren Standpunkt deutlich zu machen – und ihren Senf dazuzugeben. Kurt blieb lieber im Hintergrund, und wenn er ein Problem sah, unterhielt er sich unter vier Augen mit seinen Geschwistern. Siena dagegen hatte viel zu große Freude daran, ihre Nase tief ins Leben all ihrer Brüder zu stecken.

»Im Moment bin ich auf dem Weg zum Flohmarkt.«

Siena stockte der Atem. »Nein.«

»Doch.« Er lächelte, denn er wusste, dass sie ihm nicht glauben würde. Für gewöhnlich entfernte er sich nur unter Zwang von seiner Tastatur. Sie hatte ihn sieben Wochen lang genervt, bis er sich zu einem Blind Date mit ihrer Freundin bereit erklärt hatte. Und auch dann hatte er nur zugestimmt, damit sie den Mund hielt. »Hör mal.« Er hielt kurz sein Handy in die Luft, bevor er wieder die Freisprechanlage einschaltete. »Ich habe sogar das Verdeck heruntergelassen.«

»Meine Güte, Kurt! Bist du krank? Hast du den Verstand verloren? Was soll denn aus deinem armen Laptop werden, wenn du nicht darauf herumhämmerst?« Sie lachte.

Kurt lächelte. Genau diese Reaktion hatte er erwartet.

»Ich rufe eigentlich wegen Jacks Hochzeit an. Soll ich irgendwas für dich hier in New York erledigen? Hast du deinen Anzug? Kommst du direkt vom Cape oder fährst du zuerst nach Hause?«

Kurt lebte etwas außerhalb von New York, und wenn er den Sommer über auf Cape Cod war, kümmerte Siena sich oft zu Hause um ein paar Dinge für ihn. »Danke, Schwesterherz, aber ich komme direkt von hier. Ich habe meinen Anzug dabei und die Flüge sind reserviert. Am Abend vor der Hochzeit lande ich in Colorado.«

»Perfekt. Gehst du wirklich auf einen Flohmarkt? Das sieht dir so gar nicht ähnlich.«

»Ja, wirklich. Hör zu, ich parke gerade, muss also Schluss machen. Wie geht es dir und Cash?«

Sie seufzte glücklich. »Auch perfekt. Er ist das Beste, was mir je passiert ist.«

Siena war herrisch, laut und wunderschön, und wenn sie mit Cash zusammen war – ihrem neuen Freund, einem New Yorker Feuerwehrmann –, war sie all das gleichzeitig. Doch wie bei jedem ihrer Brüder hatte sich in dem Moment, in dem sie sich verliebt hatte, noch eine andere Seite ihrer Persönlichkeit offenbart. Eine weichere, verletzlichere Seite.

»Ich freue mich für dich, Siena. Wirklich.«

»Ich mich auch.«

Er konnte das Lächeln in ihrer Stimme hören.

»Jetzt müssen wir nur noch die Richtige für dich finden. Ich werde per Annonce nach einer Frau suchen, die einen eins neunzig großen Kerl in den Griff kriegt. Wenn ich sie gefunden hab, schick ich sie vorbei.«

Er dachte an Leanna und hätte Siena fast von ihr erzählt, aber er hatte keine Lust auf die endlosen Fragen, die mit Sicherheit folgen würden. »Mach das«, scherzte er. Seit Jahren sagte Siena immer das Gleiche. Er wusste, dass sie so etwas nicht tun würde. Abgesehen von dem Blind Date vor ein paar Wochen war es immer bei leeren Drohungen geblieben. »Hab dich lieb, Schwesterherz.«

Er beendete das Gespräch und fuhr auf das Gelände des Autokinos von Wellfleet. Auf dem Parkplatz standen nur gut zwei Dutzend Fahrzeuge, und als er auf die Uhr schaute, bemerkte er, dass es bereits vier Uhr war. An jedem Stellplatz befand sich ein Metallpfosten mit einem Lautsprecher, über den man den Film hören konnte. Kurt hatte noch nie einen Film im Autokino gesehen. Er parkte beim Kiosk, und als er ausstieg, sah er auch schon Leanna. Er fragte sich, wie es wohl wäre, hier einen Film mit ihr zu sehen. Mann, er würde überall mit ihr hingehen, Hauptsache es war dunkel.

Auf einem Transparent, das von ihrem Tisch herunterhing,

stand LUSCIOUS LEANNA'S SWEET TREATS in roten Buchstaben auf weißem Grund. Als Kurt näherkam, unterhielt sie sich gerade mit einem jungen Mann vom Nachbarstand. Pepper fing an zu bellen und rannte auf ihn zu, aber er kam nicht weit, denn er war mit einem langen weißen Seil am Tisch festgemacht. Die Gläser auf dem Tisch klirrten.

Leanna wirbelte herum, sodass ihr die Haare über die Schulter flogen. »Pep–« Sie riss die Augen auf. »Kurt.«

Pepper sprang an seinen Beinen hoch. Kurt blickte ihn streng an. »Sitz.«

Pepper setzte sich und wedelte mit dem Schwanz.

»Was machst du denn hier?«, fragte Leanna. Sie schaute kurz zu dem jungen Typen im Tanktop, mit dem sie sich unterhalten hatte.

Kurt beäugte ihn, während er volle Kisten mit Schallplatten in seinen alten orangefarbenen Van lud. *Gut aussehend. Gut gebaut. Sieht Leanna an, als wäre sie der Hauptgang.* Er grüßte den Mann mit einem Nicken und gab Leanna dann ihre Sachen.

»Die hast du bei mir vergessen, daher dachte ich, ich bringe sie dir vorbei.« Jetzt hatte er die volle Aufmerksamkeit des Typen.

»Ach, echt? Oh Mann, tut mir leid.« Sie legte die Klamotten in ihren Bus und fing an, die Gläser in Kühltaschen zu verpacken.

»Mir nicht.« Kurt spürte den Blick des Typen.

Sie hielt inne und sah ihn an. »Aber du bist extra hergekommen und hättest stattdessen schreiben können.«

»Sie kommen mir bekannt vor. Sind Sie nicht dieser Krimiautor?«, fragte der Typ von nebenan.

»Oh, Entschuldigung. Carey, das ist Kurt. Kurt, das ist

Carey.« Leanna packte weiter Gläser ein, während sie redete.

Kurt streckte die Hand aus. »Freut mich.«

Der junge Mann strahlte ihn an. »Cool. Ich habe all Ihre Bücher gelesen.«

»Großartig. Hoffentlich haben sie Ihnen gefallen.« *Und hör auf, Leanna so anzuglotzen.*

»Ja, die sind echt gut.« Sein Blick schoss zwischen Leanna und Kurt hin und her.

Pepper fing an zu winseln und zerrte wieder an dem Seil. Kurt fing zwei Gläser auf, die vom Tisch fielen.

»Sitz«, befahl er Pepper.

»Hey, super Reflexe!« Leanna kam um den Tisch herum und wollte ihm die Gläser abnehmen.

Kurt hielt ihre Finger fest, und als sie zu ihm aufschaute, raste sein Puls. Sie atmete heftig und er konnte unter ihrem Tanktop das Band von ihrem dunklen Bikini sehen. Das Bild von ihr in dem Itsy-Bitsy-Teenie-Weenie-Strandbikini jagte eine Hitzewelle durch seinen Körper.

»Okay, Leanna, gehen wir noch zum Strand?«, fragte Carey.

Sie sah Kurt an und biss sich auf die Unterlippe.

Zum Strand? Meine Güte, sag nicht, du hast was mit diesem Typen! Er sah zu Careys verbeultem alten Van, der hinter Leannas Bus stand. *Ich bin ein Volltrottel.* Er ließ Leannas Finger los.

»Ähm …« Sie sah wieder zu Kurt auf.

»Hey, ich wollte nicht stören. Ich wollte nur die Sachen vorbeibringen.« Er nickte Carey zu und zwang sich dann zu einem Lächeln für Leanna. »Wir sehen uns.«

»Ja, bestimmt«, sagte sie.

Er drehte sich um und kam sich wie ein totaler Idiot vor. Natürlich war eine Frau wie sie mit einem jungen, freigeistigen

Mann mit ähnlichen Interessen zusammen. Was hatte er denn gedacht? Was sollte eine Frau wie *Luscious Leanna* schon in einem Mann sehen, der Stunden am Computer verbrachte, das Meer klebrig fand und nur selten das Haus verließ? Pepper bellte und bellte. Er winselte und jaulte, doch Kurt lief weiter.

Da ließ er sich allein von dem Gedanken, sie in ein dämliches Autokino zu entführen, in Ekstase versetzen, während er eigentlich schreiben sollte. Er schüttelte den Kopf. Was zum Teufel war bloß los mit ihm?

Er versuchte, Peppers anhaltendes Bellen auszublenden. Ein lautes Krachen – auf dem Asphalt zerspringendes Glas – durchdrang seine Gedanken. Er drehte sich um, und da tauchte auch schon Pepper an seiner Seite auf, bellte und sprang an seinen Beinen hoch. Kurts Blick folgte dem Seil, das von Peppers Halsband bis zu Leanna führte, die mit rot verschmierten Beinen inmitten von zerbrochenen Marmeladengläsern stand.

Kurt schloss die Augen und atmete tief durch. *Geh weg. Steig einfach ins Auto und hau ab.* Carey hatte seinen Anspruch auf Leanna geltend gemacht und sie war offensichtlich an ihm interessiert. Er sollte von hier verschwinden und schreiben. Zeit zu verschwenden stand nicht auf seinem Plan. Es gab keinen Grund, in die Männertoilette zu gehen und einen Haufen Papiertücher zu holen. Er musste nicht zu ihr eilen oder sich vor sie hinknien, um die Marmelade von ihren sexy Beinen zu wischen. Er war nicht für sie zuständig. Aber Carey war damit beschäftigt, seinen eigenen Stand abzubauen, und abgesehen von dem Handtuch, das er ihr gab, tat er nichts, um ihr zu helfen – und das stank Kurt gewaltig. Der hatte Leanna nicht verdient. Was für ein Mann überließ eine Frau in einer solchen Situation sich selbst? Kurt dachte nicht darüber nach, was er tun sollte und was nicht. Er wurde von etwas angetrieben, das er noch nie gefühlt hatte: dem Wunsch, woanders zu sein als an seiner geliebten Tastatur. Er wollte genau hier sein und Leanna helfen.

Er schnappte sich Pepper und setzte ihn mit einem strengen »Bleib« in den Bus.

»Ich komme klar, alles okay. Wirklich. Geh nur schreiben. Verschwende deine Zeit nicht mit mir«, sagte Leanna.

Sie hatte auf ihrem rechten Fußspann einen kleinen Schnitt von einer Scherbe. Er wusste, sie würde ein paar zerbrochene Gläser schon in den Griff kriegen – auch wenn ihm die Vorstellung von Leanna mit einem Besen und diversen Glasscherben eine Höllenangst einjagte. Und bei dem Gedanken, Zeit mit ihr zu *verschwenden*, wurde ihm ganz heiß. Sie käme gut ohne ihn zurecht, aber verdammt noch mal, er wollte es *mit ihr* in den Griff kriegen. *Für sie.*

»Ich mache das.« Er lieh sich Besen und Schaufel von dem Kiosk-Betreiber und besorgte einen Eimer mit Wasser, um die klebrige Marmelade vom Boden zu beseitigen.

Eine halbe Stunde später brachte er den Besen und die anderen geliehenen Sachen zurück, Leannas Stand war sauber und der Bus vollgeladen.

»Und? Ab zum Strand?« Carey fuhr sich lächelnd durch die Haare.

Leanna sah Kurt an. Die Sonne ging langsam unter und warf ein sanftes Licht auf ihre Haare, betonte die naturblonden Strähnen in ihren braunen Haaren, die ihm gestern nicht aufgefallen waren. Ihre Haut glänzte von der Anstrengung, ein Träger ihres Tanktops war ihr von der Schulter gerutscht, das Top war zwischen ihren Brüsten schweißnass und ihr kurzer weißer Baumwollrock war mit roten Marmeladenflecken besprenkelt. Sie war die bezauberndste, heißeste Chaotin, die er je gesehen hatte, und Pepper streckte den Kopf glücklich hechelnd – und vollkommen unschuldig – aus dem Bus.

Kurt berührte den Saum ihres Rockes und erklärte: »Mach dir eine Paste aus Natron und Wasser, lass das auf den Flecken einwirken und dann wäschst du den Rock. Das geht schon raus.«

Leanna legte den Kopf auf die Seite. »Woher weißt du das?«

»Ich hab's gestern Abend im Internet recherchiert, bevor ich deine Shorts gewaschen hab. Ich dachte mir, du willst die Abdrücke auf deinem Hintern nicht ewig behalten.« Er nickte Carey zu. »Viel Spaß am Strand.« *Du glücklicher Mistkerl.*

Als er wegging, spürte er die Hitze von Leannas Blick auf seinem Rücken, und auch wenn das ein Lächeln auf seine Lippen zauberte, so war es doch nicht annähernd genug.

Sechs

Viel Spaß am Strand? Wie sollte sie am Strand Spaß haben, nachdem er solch ein Gentleman gewesen war, ihr ganzes Chaos aufgeräumt und alles sauber gemacht hatte, obwohl er wusste, dass sie mit Carey losziehen würde? Sie schaute auf den Beifahrersitz, wo Pepper tief und fest auf den Sachen schlief, die er ihr gebracht hatte. *Und gewaschen hatte. Und recherchiert hatte, wie man die Flecken herausbekam. Ach.* Sie würde die Männer nie verstehen. Wenn er an ihr interessiert war, hätte er sie doch einladen oder irgendetwas sagen können. Vielleicht war er nicht interessiert. Vielleicht hatte sie seine Signale alle falsch verstanden. *Und seine Erektion? Auf keinen Fall. Niemals.* So viel wusste sie über Männer. Leanna folgte Careys Van mit ihrem eigenen Bus zum Cahoon Hollow Beach und kam zu dem Schluss, dass sie nicht ändern konnte, was bereits geschehen war, und deshalb die Zeit am Strand auch einfach genießen konnte, bis die Sonne unterging.

Der Sand war von der Nachmittagssonne noch heiß. Leanna und Carey warfen ihre Handtücher in den trockenen Sand und rannten zum Wasser, Pepper kam bellend hinterher. Carey ließ sein T-Shirt und die Shorts auf dem Weg fallen, während Leanna ihr Top beiseitewarf, aus dem Rock schlüpfte und dabei daran dachte, was die Mädels über ihren Bikini gesagt hatten. Sie würde Carey beobachten müssen, um herauszufinden, ob sie recht hatten. Kreischend rannte sie in das eiskalte Wasser. Pepper folgte ihr.

»Kalt!« Sie verschränkte die Arme vor der Brust.

Carey tauchte unter einer Welle durch, kam wieder hoch und schüttelte die Haare, wie ein kleiner Hund sein Fell schüttelt. »Du gewöhnst dich schon daran. Komm.«

Sie folgte ihm tiefer ins Wasser hinein und hoffte, sie würde sich wirklich an das eiskalte Wasser gewöhnen. Sie spielten mit den Wellen, bis ihre Körper taub waren. Leanna liebte das Meer, die Bucht, den Strand, die Berge, Schnee, Regen … Es gab nicht viel, das Leanna am Leben nicht liebte. *Vielleicht ist das mein Problem. Ich möchte mittendrin im Geschehen sein, und bei den meisten Jobs habe ich das Gefühl, dass etwas fehlt.*

»Deine Lippen sind blau. Wir sollten raus«, sagte Carey mit einem strahlenden Lächeln.

Gemeinsam gingen sie zu ihren Handtüchern zurück. Er war schlank, trainiert und so gebräunt, dass man denken könnte, er lebte am Strand, obwohl Leanna wusste, dass dies nicht der Fall war. Wie Leanna war auch er viel unterwegs, aber im Gegensatz zu ihr schlief er oft in seinem Van.

»Das war herrlich.« Er wischte sich mit dem Handtuch über das Gesicht, und Leanna merkte, dass sein Blick auf ihren Brüsten — oder eher auf ihren kalten, festen Brustwarzen — hängen blieb.

Mhm, die Mädels hatten recht. Der Bikini ist mörderisch.

»So erfrischend.« Sie setzte sich auf ihr Handtuch und zog sich das T-Shirt über.

Pepper legte sich neben sie in den Sand.

»Erzähl mal, woher kennst du Kurt Remington?«

Allein den Namen zu hören, ließ ihr schlechtes Gewissen wieder aufflammen. Sie fragte sich, ob er jetzt gerade schrieb, mit nacktem Oberkörper auf der Veranda. Sie fragte sich, ob er an sie dachte. Seine Brust hatte sich gut angefühlt. Muskeln und weiche Haut, mit diesem interessanten Tattoo … Und diese hellblauen Augen, die immer so konzentriert und intensiv schauten. Er war … perfekt. *Oh Mann! Was denke ich denn da?*

»Neulich in dem Regensturm war Pepper im Meer in Schwierigkeiten geraten und Kurt hat ihn gerettet.« Sie zuckte mit den Schultern, als wäre es nichts, obwohl es doch das eine Ereignis des ganzen Sommers war, das sich in ihrem Kopf festgesetzt hatte. Beziehungsweise das Einzige überhaupt, das sich festgesetzt hatte. Sie sah zu Carey und fühlte sich schuldig, weil sie wünschte, er wäre Kurt.

»Cool.« Er sah aufs Meer hinaus. »Willst du ein Bier?«

Nein, ich will zu Kurt. Sie quälte sich selbst. Kurt hatte sie nicht um ein Date gebeten und er hatte sie neulich Abend quasi rausgeworfen. Dann hatte sie ihn rausgeworfen. Sie seufzte und dachte an den Augenblick auf der Veranda, als sie dachte, er würde sie vielleicht küssen, und jetzt fragte sie sich, ob sie sich das eingebildet hatte. Allerdings wusste sie, dass sie sich seine Erektion nicht eingebildet hatte. Es brachte nichts. Sie vermasselte alles, was mit Männern zu tun hatte. Sie war zu offenherzig, zu hemmungslos, zu ruhelos, und deshalb versuchte sie nie, Männer aufzugabeln. Und deshalb hatte sie auch vergessen, wie sie ihr Interesse zeigen konnte. Sie wurde zu einer unbeholfenen, schwerfälligen Idiotin, wenn sie einen Typen mochte.

Ein paar Drinks könnten genau das sein, was sie brauchte, um Kurt aus ihrem Kopf zu bekommen.

»Klar.«

Nachdem sie Pepper zurück in ihr Haus gebracht und ihre Flohmarktsachen weggeräumt hatte, machte sie sich auf den Weg zum Beachcomber. Die Bar war am Rande einer Klippe gebaut worden und hatte eine große überdachte Terrasse zum Meer hinaus. Dort hatte sie sich mit Carey verabredet. Hier herrschten immer laute Musik, Alkohol und Lachen. Carey liebte das Tanzen ebenso wie Leanna. Sie tanzten, teilten sich einen Burger mit Pommes und tanzten weiter. Sie lernten eine Gruppe Frauen und Männer aus Kanada kennen, die Urlaub machten, und unterhielten sich eine Stunde mit ihnen. Als sie zurück zu ihren Autos gingen, war Leanna zu betrunken, um zu fahren.

»Bist du noch ziemlich nüchtern?«, fragte sie.

»Ich hatte nur zwei Bier. Mir geht's gut. Aber du hast einige verdrückt. Bei dir alles klar?«

»Würde es dir etwas ausmachen, mich nach Hause zu fahren?« Sie lehnte sich gegen seinen Van und wünschte, sie hätte auf die letzten beiden Drinks verzichtet. Sie hatte versucht, sich von den Gedanken an Kurt abzulenken, aber nichts schien zu helfen. Immer wieder hatte sie die Szene auf dem Flohmarkt vor Augen, fühlte die intensive Berührung seiner Finger, die ihre festhielten, als er ihr das Marmeladenglas gab, und wie schnell er losgelassen hatte, als sie zu Carey sagte, sie würde mit an den Strand gehen.

»Kein Problem.« Er machte die Tür auf und sie kletterte hinein.

Die meiste Zeit über fuhren sie schweigend, und Pepper begrüßte sie mit einem lauten Bellen, als sie auf ihre Auffahrt fuhren.

»Das hat Spaß gebracht. Danke, Carey.«

Er kniff die Augen zusammen und lehnte sich zu ihr

herüber. Bevor sie merkte, was er tat, waren seine Lippen schon auf ihren und er küsste sie heftig. Als er abließ, hielt der Überraschungseffekt noch immer an, doch seine Hand auf ihrem Oberschenkel bemerkte sie eindeutig.

Er beugte sich wieder vor, doch nun schüttelte Leanna ihre Benommenheit ab und legte ihre Hand leicht abwehrend auf seine Brust. »Tut mir leid, Carey, aber ich bin nicht wirklich ...«

»Ach, komm. Im Ernst? Wir haben doch viel Spaß miteinander.«

Sie hatten viel Spaß, aber sie spürte nicht diese Art von Anziehung für Carey, und wenn sie vorher vielleicht noch unsicher gewesen war, dann hatte dieser absolut null Funken versprühende Kuss es bewiesen.

»Wir haben Spaß, ich verbringe gern Zeit mit dir, aber ich bin wirklich nicht auf der Suche nach ...«, sie schaute auf seine Hand auf ihrem Oberschenkel, »mehr.« *Lügnerin.*

Er lehnte sich zurück und hob die Hände. »Hey, alles gut. Kein Problem. Ich dachte nur, wir wären auf derselben Schiene, weil du mich gefragt hast, ob ich dich fahre und so.«

»Es tut mir leid. Ich hab wirklich zu viel getrunken.« Leanna hasste es, jemanden unglücklich zu machen, und sie mochte Carey als Freund wirklich, aber ihre Gedanken waren schon wieder bei Kurt, und damit fühlte sie sich noch schlechter. Überall wo sie auftauchte, hinterließ sie einen Haufen Traurigkeit, und das entsprach so gar nicht dem, was sie wollte. Der Gedanke ernüchterte sie und sie stieg rasch aus dem Van.

»Es tut mir leid, Carey. Du bist großartig, wirklich. Ich bin einfach nur ... Ach. Es tut mir leid.«

»Hey, mach dir keinen Kopf. Ich hatte einen schönen Abend.«

Sie sah ihm nach und fragte sich, ob sie noch etwas anderes hätte sagen sollen, aber sie war in so etwas noch nie gut gewesen. Sie ging hinein. Morgen fand kein Flohmarkt statt, sie konnte also zumindest ein wenig ausschlafen und an ein paar Rezepten arbeiten. Sie würde gleich als Erstes mit einem der Mädels ihren Bus holen, bevor sie den Tag über unterwegs waren. Nachdem Leanna diesen Plan gefasst hatte, drehte sie mit Pepper noch eine Runde, sprang dann kurz unter die Dusche und kroch unter die Bettdecke – mit dem Gedanken, dass sie lieber Kurts Lippen auf ihren gespürt hätte als Careys.

Sieben

Einer Sache war sich Kurt sicher: Er würde sich niemals konzentrieren können, solange Leannas Fahrrad in seiner Garage stand. Und solange er nicht wusste, ob er bei ihr überhaupt eine Chance hatte. Fertig angezogen für seine morgendliche Joggingrunde holte er ihr Fahrrad heraus und betrachtete es. Pink. *Klar.* Mit einem kleinen Korb vorne am Lenker und einem größeren Korb hinten – wie Miss Gulch in *Der Zauberer von Oz.*

Super. Echt super.

Ihr Fahrrad hatte am Ende der Zufahrtsstraße zum Strand gelegen, und er hatte es an dem Abend, an dem sie sich kennengelernt hatten, im Dunkeln zu sich nach Hause gefahren. Nun wurde ihm mit einem Blick auf seinen Sportwagen klar, dass er nicht das Risiko eingehen wollte, das Leder zu beschädigen, indem er das Fahrrad ins Auto bugsierte, selbst mit heruntergelassenem Verdeck. Es passte auch auf keinen Fall in den Kofferraum, ohne dass er es umständlich festbinden müsste. Mit einem lauten, frustrierten Seufzer legte er die Tasche mit den Sachen, die er für Leanna besorgt hatte, in den Korb, und dann schoss ihm ein stechendes Gefühl des Verlangens, gefolgt von fast so etwas wie Wut – nur nicht ganz so heftig – direkt ins Herz. Er starrte auf die Tasche. Leanna verschwand nicht einmal so lange aus seinem Kopf, dass er es hatte lassen können, die Sachen zu kaufen, die sie brauchte. Zum ersten Mal in seinem Leben – und er hatte viele erste Male durchlebt, seit er Leanna getroffen hatte – fühlte er sich wie die Inkarnation des Wortes *Narr* schlechthin. Wenn er das Wort googeln würde, erschiene mit Sicherheit ein Foto von ihm. Resigniert stieg er auf das verdammte Fahrrad, um die anderthalb Meilen bis zu Leannas Ferienhaus zu fahren.

Zum Glück herrschte um sieben Uhr morgens auf den Nebenstraßen nicht allzu viel Verkehr. Er konnte sich gut vorstellen, was er für ein Bild abgab. Zum einen war er für das Fahrrad fast einen halben Meter zu groß. Dann noch das Pink und die Körbe … Die Leute mussten entweder denken, dass er das dämliche Ding geklaut hatte oder dass er eher an Männern als an Frauen interessiert war.

Er stieg vom Fahrrad, als er die Einfahrt zur Seaside-Siedlung erreichte, und anstatt direkt zu Leannas Ferienhaus zu gehen, schob er das Fahrrad auf die andere Seite der Häusergruppe, wo er ein graues Gebäude mit der Aufschrift *Waschhaus* auf der Tür vorfand und bemerkte, dass Leannas Bus nicht dort geparkt war. Er folgte der schmalen Schotterstraße um die Ecke, ging an einem großen Haus vorbei, das links vom Weg lag und inmitten der gemütlichen, winzigen Häuser fehl am Platze schien, und kam noch an drei weiteren, rechts vom Weg liegenden Ferienhäusern vorbei, bevor er einen Pool erreichte. Er hielt einen Moment inne und versuchte, die Häuschen im Briefmarkenformat mit dem großen Pool in Einklang zu bringen. Abgesehen von den Motels hatten nicht viele Leute auf der Insel einen richtigen, in den Boden eingelassenen Pool, und das faszinierte ihn. Ein Pool bot etwas, was der Ozean nicht bot. Kurt könnte hineinspringen, um sich abzukühlen, und müsste sich keine Sorgen darum machen, dass er vor Salz klebte, wenn er sich wieder an den Schreibtisch setzte. Sein Blick fiel wieder auf das Fahrrad, er schob den Tagtraum beiseite und folgte der Straße weiter bis zu Leannas Ferienhaus. Ihre Auffahrt war leer.

Ich stelle es immer beim Waschhaus ab.

Seine Brust zog sich bei dem Gedanken zusammen, dass sie die Nacht wahrscheinlich bei Carey verbracht hatte.

Geht mich nichts an.

Mist.

Er öffnete das kleine Tor an der Veranda, woraufhin Pepper hinter einem Fliegengitter plötzlich bellte und ihm fast einen Herzinfarkt bescherte.

»Zum Henker noch mal, Pepper!«, sagte er mit zusammengebissenen Zähnen. »Pssst, bitte.« Er lehnte das Fahrrad gegen das Haus.

Pepper hörte auf zu bellen und hechelte.

Er berührte das Fliegengitter mit den Fingern und Pepper leckte sie ab. »Hat sie dich gestern Abend vergessen?«

Leannas Gesicht tauchte hinter Pepper auf. Sie blinzelte mehrmals und rieb sich verschlafen die Augen.

»Ich würde Pepper niemals vergessen.« Sie umarmte Peppers Kopf und er leckte ihre Wange ab.

»Entschuldigung, ich wollte dich nicht wecken.« Er konnte seinen Blick nicht von ihren bloßen, mörderisch aufreizenden Schultern lösen.

»Du hast mein Fahrrad zurückgebracht?«

Sie lächelte, und er spürte, wie sich sein Zorn verflüchtigte. Er unterdrückte den Zwang zu sagen: *Komm schon, nicht dieses Lächeln! Das ist nicht fair.*

»Komm doch herein«, sagte sie durch das Fenster.

Er sah, wie sie sich entfernte, und – *du meine Güte!* – sie trug nur ein Spitzenhöschen. Sie verschwand im Schlafzimmer, und als sie wieder herauskam, hielt sie die Arme in die Luft und ein seidenes Top glitt über ihre nackten Brüste. Kurt war wie gelähmt.

Sie kam auf die Veranda hinaus, nahm seine Hand und – ein Streifenhörnchen rannte nur wenige Zentimeter vor ihren Füßen über die Veranda.

»Hast du das gesehen? Das war ja wohl so was von süß, oder?« Ihre Augen waren weit aufgerissen, und die Freude, die sie ausstrahlte, war ansteckend.

Kurt merkte, dass sich ein Lächeln auf seine Lippen stahl. *Sie* war unglaublich süß, aber er brachte ums Verrecken keinen Satz heraus.

Noch ein erstes Mal.

»Komm. Ich mache uns einen Kaffee.« Sie führte ihn hinein.

Die Kleidungsstücke, die sie am Abend zuvor getragen hatte, lagen auf dem Küchentisch, ihre Schuhe mitten auf dem Boden, und da stand sie, barfuß, in einem Spitzenhöschen und diesem verführerischen Seidentop, und stellte einen Wasserkessel auf den Herd. Er konnte vielleicht nicht sprechen, aber er spürte, dass er hart wurde und sein Herz sich zusammenzog, während seine Beine gleichzeitig ein Eigenleben entwickelten. Mit zwei lautlosen Schritten war er hinter ihr. Seine Hände fanden ihre wunderbaren Hüften – die Hüften, von denen er in den vergangenen zwei Tagen öfter geträumt hatte, als er es sich eingestehen wollte.

»Kein Kaffee«, flüsterte er ihr ins Ohr. »Ich ... ich jogge nach Hause.« Sein Herz hämmerte in der Brust, und als sie sich zu ihm umdrehte und ihre Hände auf seine Brust legte, stockte ihm der Atem.

»Tut mir leid wegen gestern.« Ihre Stimme war sanft und zärtlich.

Pepper jaulte zu seinen Füßen, aber er war zu sehr auf Leanna konzentriert, um es zu bemerken.

»Ist … Carey dein Freund?«

Sie schüttelte den Kopf. »Ich bin in Sachen Freund nicht besonders gut.«

Er kniff die Augen etwas zusammen, aber er wollte … konnte sich nicht die Zeit nehmen, herauszufinden, was das wohl bedeuten mochte. Er musste einfach ihre süßen Lippen kosten. Er musste ihr näher sein. Sein Mund fand ihren und er schlang die Arme um sie. Eine Hand legte er in die anmutige Kurve ihres Kreuzes, die andere schob er unter ihre Haare. Ihre Lippen öffneten sich erwartungsvoll. Leannas Hände glitten über seinen Oberkörper hinauf zu seinen Schultern, und ihre Zunge, ihre sinnliche, heiße Zunge, spielte in perfekter Harmonie mit seiner. Er musste mehr von ihr spüren. Seine Hand glitt unter ihr Top, genoss mit wahrer Wollust die weiche, zarte Haut ihres Rückens. Des Rückens, den er vor Augen gehabt hatte, seit sie sein Sweatshirt übergezogen hatte. Ihre Brüste drückten gegen seinen Oberkörper, und er sehnte sich nach mehr. So viel mehr. Er zog sich zurück und suchte ihren Blick, und das Begehren darin spiegelte die Glut wider, die durch seine Adern rauschte.

»Wow«, flüsterte sie.

Er brachte nur ein kleines Lächeln zustande, denn *wow* traf genau ins Schwarze. Dieser Kuss hatte einen Blitzschlag durch seinen Körper gejagt. »Tut mir leid.«

»Tut dir leid?« Sie legte die Arme um seine Hüfte und

schmiegte sich an ihn. »Das war der beste Kuss meines Lebens und ich möchte unbedingt noch einen.«

Er beugte sich wieder zu ihr hinunter und sie gab die süßesten, aufreizendsten kleinen Laute von sich. Ewig hätte er sie geküsst, nur um mehr davon zu hören. Sie strich ihm über die Wange, und er konnte nicht anders, als sie gegen die Badezimmertür zu drücken und den Kuss zu vertiefen. Sie legte den Kopf zurück. Beide atmeten schwer.

»Zähne. Ich muss sie putzen.«

Das hatte er nicht einmal bemerkt. Sie langte hinter sich und drehte den Knauf herum. Die Tür ging auf, doch er hielt sie weiterhin fest, hob sie hoch und setzte sie auf das Waschbecken, bevor er sie wieder küsste und sie intensiv, gierig und hungrig verschlang. Sie öffnete die Beine und er trat zwischen sie. Sie drängte sich ihm entgegen.

»Du schmeckst köstlich.« Er küsste sie erneut, nur um es ihr zu beweisen. Seine Lippen glitten zu ihrem Mundwinkel, wo er noch einen zarten Kuss platzierte, doch er konnte dort nicht aufhören. Er küsste ihr Kinn, ihren Hals, ihre süße Schulter, bis er wieder ihren Mund einforderte.

Sie umfasste sein Gesicht mit beiden Händen und sah ihm in die Augen.

»Ich bin eine Chaotin und du bist das genaue Gegenteil«, flüsterte sie.

Er liebte ihre Ehrlichkeit. »Bist du. Bin ich.«

Er küsste sie erneut, und sie zog ihn näher an sich, um die nur zentimetergroße Lücke zwischen ihnen zu schließen. Er konnte es nicht fassen, dass sie in seinen Armen lag, und erleichtert fiel die Enttäuschung – denn er wusste nun, dass es nicht Wut gewesen war – von ihm ab. Langsam löste er seine Lippen von den ihren und schaute ihr in die Augen.

»Ich dachte, du wärst mit Carey nach Hause gegangen.«

Sie schüttelte den Kopf, legte ihre Lippen auf seine Brust und verteilte zärtliche Küsse auf dem Tattoo über seinem Herzen, was sein Verlangen nur noch steigerte. Kurt vergrub die Hände in ihren Haaren und zog ihren Kopf zurück, sodass er ihr wieder in die Augen schauen konnte. Was zum Teufel war es, das ihn so in ihren Bann zog? Die Zeit verrann. Er sollte eigentlich wieder zu Hause sein, frühstücken, die Zeitung lesen und sich ans Schreiben machen, doch er wollte sie einfach nur ins Schlafzimmer tragen und sie lieben.

Sein Zwiespalt lähmte ihn. Noch ein Tag ohne Schreiben würde ihn zurückwerfen und sein Abgabetermin rückte bedrohlich näher. »Leanna.«

Sie lächelte. »Ich weiß.« Sie senkte den Blick auf seine Brust und fuhr mit dem Finger noch einmal über das Tattoo. »Du musst schreiben. Ich muss meinen Van holen.«

»Geh heute Abend mit mir aus.« Er wartete die Antwort nicht ab. Er küsste sie erneut und stöhnte auf, als er sich zwang, seine Lippen wieder von ihrem Mund zu lösen, bevor er sich zu sehr in ihr verlor und nicht mehr dazu imstande war.

»Okay«, flüsterte sie.

»Okay?«

Sie nickte. »Heute Abend.«

Er hatte vergessen, was er gefragt hatte. Seine Gedanken rasten in eine andere Richtung – sie in die Arme schließen und sie lieben, bis er vergaß, wie man schrieb, und sie vergaß … oder besser noch: bis sie sich an alles erinnerte. Nein. Er wollte mehr. Mehr von ihr, nicht nur eine Stunde ihren himmlischen Körper heimsuchen.

»Heute Abend.« Er trat einen Schritt zurück und versuchte, die Hitze zwischen ihnen zum Abkühlen zu bringen. Mit der

Hand fuhr er sich übers Gesicht, bevor er seinen Blick noch einmal über ihre betörenden Kurven wandern ließ. Kurt senkte seine Stirn auf ihre hinab. »Du bist die verführerischste Frau, die ich je kennengelernt hab. Ich kann nicht aufhören, an dich zu denken.«

Mit dem Finger fuhr sie wieder über seine Haut, er küsste sie noch einmal, trat dann noch einen Schritt zurück und half ihr vom Waschbecken herunter. Ihre Hand drückte weiter leicht gegen seine Brust, ihre Hüfte fand zu seiner, und ihm fiel auf, wie perfekt sie zueinander passten. Der Gedanke, sie gleich hier zu lieben, am Waschbecken, unter der Dusche, dann im Schlafzimmer, jagte einen weiteren Blitz des Verlangens durch seinen Körper. *Herr im Himmel!* Er musste Distanz zwischen sie bringen.

Er streichelte ihre Wange, bevor er – dicht gefolgt von Pepper – das Badezimmer verließ. Er sah an sich hinunter auf seine Erektion. *Damit* konnte er auf keinen Fall laufen. Sein Blick ging zurück zu Leanna, die einen Finger hob und dann die Badezimmertür schloss. Er setzte sich auf einen Stuhl und vergrub das Gesicht in den Händen. Erhitzt und erregt, wie er war, registrierte sein Hirn nur, wie Leanna duftete, wie sie sich anfühlte, wie sie schaute – und wie sie seine Gedanken lesen konnte und dann reagierte, ohne ihn hinauszuwerfen. Sie wusste, dass er schreiben musste. *Sie wusste es!* Er war mit genügend Frauen zusammen gewesen, um zu wissen, dass Leannas Reaktion nicht typisch war. Er musste sich zusammenreißen. Mit jedem Mal, das er sie sah, war er verzauberter.

Pepper winselte zu seinen Füßen und wedelte Aufmerksamkeit heischend mit dem Schwanz.

»Guter Hund«, sagte Kurt.

Pepper bellte.

Kurt sah ihn streng an und Pepper legte sich neben den Stuhl.

Wenige Minuten später kam Leanna mit erfrischtem Gesicht und immer noch in Höschen und Top aus dem Badezimmer. Sie setzte sich rittlings auf seinen Schoß und sah ihm in die Augen. Dass er die Erektion loswurde, konnte er jetzt wohl vergessen.

»Danke, dass du mir das Fahrrad gebracht hast.« Ihr Atem war minzig, ihr Lächeln noch immer mörderisch.

»Gern geschehen.«

»Und danke, dass du mir gestern mit dem Chaos geholfen hast.« Sie küsste ihn auf die Wange.

Muss ich wirklich schreiben? »Ich bin davon überzeugt, dass du das auch allein geschafft hättest, aber gern geschehen.«

Sie rümpfte die Nase. »Du hast mich doch schon mit einem Besen gesehen.«

Er küsste ihre gerümpfte Nase. »Genau, das habe ich.«

»Da sogar ich weiß, dass du in deinem gegenwärtigen Zustand nicht nach Hause joggen kannst, darf ich dir Frühstück machen?«

Da war sie wieder, diese Ehrlichkeit. »Bist du in der Küche so gut wie im Küssen?«

Sie schüttelte den Kopf und stand auf. »Aber besser als mit dem Besen.«

<h1 style="text-align:center">Acht</h1>

Nachdem Kurt aus der Siedlung gejoggt war, stürmten Bella, Jenna und Amy in Leannas Küche, alle noch in ihrer Nachtwäsche und mit einer Tasse Kaffee in der Hand.

»Details. Ich will jedes einzelne Detail.« Bella setzte sich an den Tisch, ihr Baumwollnachthemd reichte gerade mal wenige Zentimeter über ihren Hintern.

»Er kam ohne T-Shirt und mit deinem Fahrrad. Ich habe ihn gesehen.« Jenna zupfte an ihrem Hemd, das sich über ihren großen, BH-freien Brüsten wölbte und bis über ihre Männerboxershorts reichte. Sie schaute an sich hinunter, schüttelte ihren Busen in Position, gab dann mit einem ergebenen Seufzer auf und lehnte sich gegen die Arbeitsfläche. »Und ich will wissen, warum er das hier mitgebracht hat.« Sie warf eine Hundeleine und eine Packung Natron auf den Tisch, dann legte sie die leere Tasche, die sie aus dem Fahrradkorb genommen hatte, daneben.

Amy steckte zwei Scheiben Brot in den Toaster. Sie trug ein T-Shirt und karierte Pyjamashorts und sah eher wie ein Teenager aus als wie eine siebenundzwanzigjährige Frau. »Spontanes Sexdate am Morgen. Gefällt mir. Du hast Spaß und trotzdem noch genügend Schlaf. Aber Natron?«

Leanna lachte, während sie mit der Leine herumspielte. »Er war gestern auf dem Flohmarkt, und ich hatte Pepper mit einem Seil festgemacht, weil ich seine Leine nicht finden konnte. Ja, und das Natron …?« *Das hat er mitgebracht, weil er aufmerksam ist.* »Pepper ist irgendwie durchgedreht und ein paar Gläser Marmelade sind kaputtgegangen. Mein Rock wurde vollgespritzt, und er hat wohl gegoogelt, wie man den Fleck aus meinen Shorts bekommt, die ich bei ihm gelassen hatte, denn als er sie zurückbrachte, waren sie vollkommen sauber.«

»Du hast deine Klamotten bei ihm gelassen?« Bella spitzte die Lippen und machte Kussgeräusche.

»Ihr seid unmöglich! Das war kein spontanes Sexdate. Wie oft habt ihr es erlebt, dass ich so etwas schon mal gemacht hätte? Ich schwöre, ich bin bald so weit, dass ich einen Schornsteinfeger bräuchte, um die Spinnweben zu beseitigen.«

»Och, das ist echt traurig.« Bella schüttelte die blonden Haare vor die Augen, nahm sie dann mit einer Hand zusammen und warf sie aus dem Gesicht.

»Im Ernst. Sex ist gerade nicht unbedingt meine Priorität. Aber es war wirklich aufmerksam von ihm, das alles vorbeizubringen, findet ihr nicht?« Obwohl nun, da sie Kurt geküsst und ihn an ihrem Körper gespürt hatte – ihn wirklich gespürt hatte, und zwar alles –, der Gedanke, mit ihm ins Bett zu steigen, da war. *Und sehr verlockend.*

»Ja, sehr aufmerksam. Es ist also nichts passiert? Der Typ wäscht deine Klamotten und bringt dir Zeugs, um Flecken wegzumachen, und es passiert nichts?« Amy zog ihre Toastscheiben aus dem Gerät, nahm sich ein Marmeladenglas aus dem Kühlschrank und las das Etikett. »Aprikose-Limette. Darf ich das mal probieren?«

Leanna zuckte mit den Schultern und legte die Leine weg.

»Klar. Ist eine neue Sorte. Nimm nur.«

Amy bestrich ihren Toast und biss ab. Sie kniff die Augen etwas zu und eine Sekunde später riss sie sie auf. »Oh mein Gott«, sagte sie mit vollem Mund. »Das ist der Wahnsinn!«

»Wirklich? Ich war mir nicht sicher, ob das jemand mögen würde.«

»Mmm. Wie ein kühler Sommerdrink.«

»Können wir jetzt bitte mal auf den Punkt kommen? Ich bin ja froh, dass du ihre neue Sorte magst, aber ich will alles über den leckeren Kurt wissen.« Jenna lehnte sich etwas vor. »Ach, und Amy, könntest du mir auch eines machen? Bitte, bitte?«

»Klar.« Amy steckte noch mehr Brot in den Toaster.

»Mir auch«, ergänzte Bella.

»Bin schon dabei«, sagte Amy lächelnd.

Leanna dachte an den Kuss mit Kurt und seufzte. »Ich kann nur sagen … In der Sekunde, in der sich unsere Lippen trafen, war es wie … Kennt ihr dieses Gefühl, wenn man in der Achterbahn nach oben fährt? Nicht nach unten, wenn einem der Magen wegsackt, sondern nach oben, wenn alles auf der Welt möglich scheint, wenn dir der Wind ins Gesicht weht und du das Gefühl hast, du könntest einfach die Augen schließen und würdest direkt hinauf in die Wolken getragen werden?« Sie seufzte erneut. »Kurt zu küssen war genau so, nur noch millionenfach besser.«

Bella schüttelte den Kopf. »Wow!«

»Wie gut der Sex dann wohl erst ist.« Amy stellte einen Teller mit Toast und die Marmelade vor die anderen auf den Tisch.

»Das ist noch nicht alles.« Leanna schlug die Hände vors Gesicht. »Ich fass es nicht, dass ich euch das alles erzähle, nachdem er gerade mal ein paar Minuten weg ist.«

Bella stieß Jenna unter dem Tisch an. »Hab ich's doch gesagt: spontanes Sexdate.«

»Nein, nein, nicht so. Als er mich in die Arme schloss, fiel alles andere von mir ab.«

»Warte mal. Was?« Amy nahm einen Bissen vom Toast und warf dann Pepper ein Stück zu, der es hastig verschlang und dann um mehr winselte. »Was fiel von dir ab?«

»Das Chaos in meinem Kopf. Ihr wisst ja, wie alles so in meinem Kopf rast? In diesen paar Minuten wurde alles ruhiger.«

»Er kann wirklich zaubern.« Bella biss in den Toast. »Hmmm, das hier ist echt der totale Wahnsinn. Wie ein leichter Cocktail, aber besser. Das erinnert mich an diesen Abend letzten Sommer, an dem wir das Lagerfeuer am Strand gemacht haben. Warum hast du mir nicht ein Glas davon gegeben?«

»Ich hatte Angst, ihr würdet es nicht mögen.«

Bella zeigte mit dem Finger auf sie. »Es gibt zwei Dinge, bei denen ich gern selbst entscheide. Essen und Männer. Erzähl mir nicht, was ich essen soll oder mit wem ich schlafen will. Verstanden?«

»Das von den Männern wusste ich.« Leanna lächelte. »Du bist eindeutig eine Geschmackstesterin.«

Bella riss ein Stück Brot ab und warf es in Richtung Leanna. Pepper fing es aus der Luft.

»Also hast du ihn nicht vernascht? Warum ist er gegangen?«, wollte Jenna wissen.

»Er muss schreiben. Er ist so fokussiert. Ich glaube nicht, dass ich jemals jemanden getroffen habe, der so auf sein Vorhaben konzentriert ist wie er.«

»Ich bin fokussiert«, sagte Jenna.

Alle lachten.

»Wirklich? Welche Pläne hast du für heute?«, fragte Leanna.

Jenna strich sich die Haare hinter das Ohr und sah zur Decke.

»Genau.« Leanna verdrehte die Augen. »Du bist organisiert und effizient, geradezu besessen, aber den Sommer über konzentrierst du dich auf das Sammeln von Steinen und aufs Trinken und auf Männer, wie wir alle. Ich glaube, er ist immer auf das Schreiben fokussiert.«

»Immer? Also zu viel?« Jenna biss in ihren Toast.

»Ich weiß nicht, ob es zu viel ist, weil ich nicht gerade eine Expertin bin, wenn es darum geht, im Leben einen Fokus zu haben. Aber ich sehe es in seinen Augen. Wenn er nicht schreibt, sehe ich, dass er daran denkt.« Sie betrachtete die besorgten Gesichter ihrer Freundinnen. »Und wir gehen heute Abend aus.« Die Sorge wich und wurde von freudigem Lächeln ersetzt.

»Endlich passiert mal was!«, frohlockte Bella.

»Aber was ist, wenn er diesen Blick den ganzen Abend hat? Ich hab es vorhin gemerkt. Wir haben uns geküsst, und er sah mich an, und in diesem Bruchteil einer Sekunde, da wusste ich, dass er dachte, er müsse schreiben gehen. So als wenn es von seinem Hirn auf meines übersprang, ich wusste es einfach.«

Amy legte den Arm um Leanna. »Schatz, ich glaub, du hast die Signale falsch gedeutet. Er hat sich wahrscheinlich gefragt, wie er dich in dein Bett und aus diesem sexy Höschen herausbekommt.«

Leanna schüttelte den Kopf. »Vielleicht hast du recht, aber ich glaube es nicht. Als ich sagte, er müsse schreiben, hat er zugestimmt. Ich kriege meine Signale weiß Gott nie auf die Reihe.« Sie zuckte mit den Schultern. »Abgesehen von euch bin ich nie mit irgendjemandem auf einer Wellenlänge.«

»Ich sag ja nur, folge deinem Bauchgefühl. Du wirst ziemlich schnell merken, ob er lieber schreiben würde. Beziehungsweise ob er alles andere lieber machen würde. Und dann kannst du entscheiden, was du willst.« Bella nahm noch ein Stück Brot von dem Teller. »Du siehst so besorgt aus, dabei gibt es gar nichts, worüber du dir Sorgen machen müsstest.«

Leanna ließ sich auf den Boden sinken und Pepper legte den Kopf auf ihren Oberschenkel. »Doch, gibt es. Ich bin total unbeholfen, wenn es mit einem Typen zur Sache geht. Nie hab ich das richtige Timing und ich vermassele sowieso alles.«

Amy ließ sich neben ihr nieder und streichelte Pepper. »Du vermasselst gar nichts. Du machst das mit deinen Sweet Treats großartig, und dein Timing muss auch in Ordnung sein, sonst hätte er dich nicht eingeladen.«

»Ja, aber …« Er hatte Pepper eine Leine gebracht. Er mochte Pepper eigentlich gar nicht. Obwohl sie gehört hatte, dass er *Guter Hund* gesagt hatte, als sie im Badezimmer war. *Hmmm.*

Jenna rutschte von ihrem Stuhl und setzte sich ebenfalls zu Leanna auf den Boden. »Du kannst Sex nicht vermasseln, Schatz. Das weißt du. Du hattest schon mal Sex.«

Leanna seufzte.

Bella warf die Hände in die Luft. »Im Ernst? Darüber machst du dir Sorgen? Leanna, Schatz!« Sie setzte sich zu ihnen. »Du könntest einfach nur daliegen und der Typ wäre schon glücklich. Echt jetzt, wie daneben kannst du im Schlafzimmer schon sein? Das hättest du uns doch schon lange erzählt. Wir kennen dich seit Jahren.«

Leanna musste schwer schlucken.

»Das gibt's nicht.« Bella lächelte. »Das will ich jetzt hören.«

»Ich kann nicht.« Leanna verbarg ihr Gesicht und atmete

einmal tief und beschämt durch, bevor sie die Hände sinken ließ. »Ach. Ist schon okay. Wirklich. Ich bin eben nur keine von diesen feinfühligen Frauen, die genau wissen, wie man sexy und weiblich ist und … Ach, ich weiß nicht. Ich bin nur einfach immer ein bisschen mit meinen Bewegungen aus dem Takt.«

Jenna fuchtelte wieder herum. »Mit so einem Körper, wie du ihn hast, ist es egal, ob du aus dem Takt oder im Takt bist oder zehn Takte hinterherhinkst. Du hast das Liebhaberinnen-Gen. Entspann dich einfach. Trink vorher etwas Wein, dann wird schon alles gut.«

»Wahrscheinlich. Außerdem hab ich heute Abend sowieso keinen Sex mit ihm. Er will heute Abend mit mir ausgehen, nicht in die Kiste.«

Die anderen sahen sich an.

»Du hast gesagt, ihr habt euch so richtig geküsst?«, fragte Amy.

»Ja.«

»Woran denkst du jetzt gerade?« Amy sah sie eindringlich an.

»An Sex mit ihm.«

»Und was glaubst du, woran denkt dieser gute Adonis gerade, nachdem er mit dir in deinem Nimm-mich-jetzt-Outfit rumgemacht hat?« Amy legte die Hand auf ihre Schulter. »Ihr macht heute Abend schmutzige Dinge, es sei denn, du willst es nicht.«

Leanna zeichnete mit dem Finger wieder Kreise auf ihren Oberschenkel. Oh ja, sie wollte es. Sie wollte es so sehr, dass sich ihr Magen verknotete und sie Angst bekam, ihr Herz würde es ihm gleichtun.

<h1 style="text-align:center">Neun</h1>

Kurt schrieb bis vier Uhr nachmittags. Dann fiel ihm ein, dass er Leannas Telefonnummer nicht hatte und sie nichts Konkretes verabredet hatten. Sie raubte ihm wirklich den Verstand. Allerdings war er zum ersten Mal in den vergangenen achtundvierzig Stunden in der Lage gewesen, sich wirklich auf sein Schreiben zu konzentrieren. Er hatte vier Kapitel rausgehauen, die so intensiv in ihm nachhallten, dass er fast erwartete, seinen Bösewicht neben sich auftauchen zu sehen, bis er sich dann schließlich vom Computer losriss. Er fragte sich, ob das auf irgendeine Weise mit seinem anstehenden Date zu tun hatte. Er machte eine Bestandsaufnahme seiner Gefühle: Er konnte sich eindeutig mehr begeistern für … ach, für alles, und er war motivierter, seit sie seine Einladung angenommen hatte.

Kurt speicherte seine Arbeit ab und brachte sein Notebook ins Haus, während er überlegte, wohin er Leanna an dem Abend ausführen könnte. Sie könnten zu dem Autokino fahren, aber er wollte wirklich Zeit zum Reden mit ihr haben und sie besser kennenlernen. Im Autokino würde er auf keinen Fall seine Hände lang genug von ihr lassen können, um überhaupt noch irgendwas zu bereden. Er lächelte in sich hinein, denn er wusste auch, wenn er sie erst einmal zum Reden gebracht hätte, würde er ihre süße Stimme wahrscheinlich die ganze Nacht durch hören.

Kurt duschte und zog eine Leinenhose und ein Button-down-Hemd an. Auf dem Weg zu Leanna fuhr er noch in den Ort Wellfleet, um ein paar Sachen einzukaufen, und dabei entdeckte er ein Poster mit der Ankündigung eines Films, der später am Abend hinter dem Rathaus gezeigt wurde. Kurt kam selten abends unter die Leute und er fand es aufregend. Ihm fiel auf, dass er im Moment gar nicht ans Schreiben dachte. Seine Gedanken waren vollkommen von Leanna und ihrem bevorstehenden Date eingenommen.

Er fuhr die Hauptstraße Richtung Seaside entlang und schaute kurz zu den Wildblumen auf dem Beifahrersitz. Es war Jahre her, dass er Blumen für eine Frau gekauft hatte. Eigentlich hatte er das heute auch gar nicht vorgehabt, aber als er den bunten, wilden Strauß gesehen hatte, hatte er sofort an Leanna denken müssen. Dies war das erste Rendezvous seit Jahren, auf das er sich freute.

In ihrer Auffahrt stellte er das Auto ab und atmete dann einmal tief durch, um seine Nerven zu beruhigen. Sie brachte ihn vollkommen durcheinander. Mit allem, was sie tat, brachte sie sein Herz aus dem Lot. Und auch wenn sie keine Chaotin war, wie sie behauptete, so war sie sicher nicht der am besten organisierte Mensch, und sie schien ihre Tage auch nicht irgendwie zu strukturieren. Leanna hauchte allem um sich herum neues Leben ein. Einschließlich Kurt. Wenn er mit ihr zusammen war, sahen die Dinge nicht nur anders aus, sie waren auch anders. Die Tage schienen heller zu sein. Düfte intensiver. Sogar ihre Hand auf seiner Haut zu spüren, sorgte für eine gesteigerte Empfindsamkeit. Es kam ihm vor, als hätte er das Leben in einer Wolke verbracht, und nun wehte Leanna hinein, brachte Klarheit und leichtere, glücklichere Gefühle mit sich. Sie schien sogar seine Kreativität und sein Schreiben verbessert zu haben. Sie erhellte die dunkelsten Winkel seiner Welt. Und obwohl Kurt ein Gewohnheitstier war und Überraschungen oder Veränderungen nicht besonders mochte, fühlte er sich von Leanna angezogen wie ein Stift vom Papier.

Er stieg mit seinen Einkäufen aus dem Auto und wurde durch das Fenster von Peppers Bellen begrüßt.

»Hallo, Kurt.«

Er drehte sich um, winkte Bella und zwei anderen Frauen zu, die nebenan auf der Veranda saßen, und ging dann zu Leannas Tür. Pepper kratzte schon an der Fliegengittertür, und Kurt kniete sich nieder, damit er auf Augenhöhe mit dem weißen flauschigen Hund war.

»Sitz.«

Das tat Pepper.

»Braver Junge.«

»Hast du Pepper gerade einen braven Jungen genannt?« Leanna kam aus dem Schlafzimmer, in einem hauchdünnen weißen Kleid, das vorne bis zur Mitte des Oberschenkels ging und hinten unterhalb des Knies endete. In der Taille war es mit einem braunen Tuch gegürtet. Ihre Haare flossen in losen Wellen über die Schultern. Sie zog die Fliegengittertür lächelnd auf.

»Wow, Leanna, du siehst unglaublich aus.«

Das brachte ihm ein weiteres Lächeln und einen Zehenspitzen-Kuss ein. Ihr süßer Sommerduft umhüllte ihn.

»Und du riechst wunderbar. Was ist das?«

Sie zuckte mit den Achseln. »Keine Ahnung. Irgendeine Lotion, die ich mir von meiner Kommode geschnappt habe, aber danke. Jetzt wünschte ich, ich wüsste, was es war.«

Ganz allmählich begriff er, dass dies tatsächlich die Art war, wie sie ihr Leben lebte: leicht, frei von Sorgen, natürlich. Und er verstand, dass diese Momente, die er miterlebt hatte – wie sie ihr Fahrrad vergessen und ihre Klamotten in seinem Auto und in seinem Haus zurückgelassen hatte, und sogar die Unordnung in ihrer Küche –, gar keine Momente gewesen waren, sondern Einblicke in die bemerkenswerte Frau, die sie wirklich war.

Und das gefiel ihm. Sehr.

»Die hier sind für dich.« Er gab ihr den Strauß.

»Wildblumen? Woher wusstest du, dass ich die am liebsten habe?« Sie schlang den Arm um seine Hüfte und kuschelte sich an ihn. »Danke.«

Während Leanna die Blumen in eine Vase stellte, machte Kurt die Tüte auf, die er mitgebracht hatte, und kniete sich zu Pepper, der mit dem Schwanz wedelte und um sein Leben hechelte.

»Ja, dir habe ich auch etwas mitgebracht.« Er hielt ein Hundeleckerli in der Hand, was Pepper dazu veranlasste, direkt auf seine weiße Hose zu klettern und ihm über die Wange zu lecken. Kurt lachte, als er zurückwich. »Sitz«, sagte er etwas weniger streng als vorher.

Pepper gehorchte.

»Guter Junge.« Er gab Pepper das Leckerli, woraufhin der sich mit seiner Beute unter den Tisch verzog.

»Wie toll, dass du Pepper etwas mitgebracht hast.« Leanna kniete sich hin, um Pepper zu beobachten.

»Ich dachte mir, er hat es verdient. Vielleicht fühlt er sich ja einsam, wenn ich dich für den Abend entführe.«

Sie schlang wieder die Arme um seine Taille, als hätte sie es schon tausend Mal getan, und schaute zu ihm auf.

»Danke für die Leine. Ich kann es kaum glauben, dass du sie

und das Natron gekauft hast, obwohl du dachtest, dass ich mit Carey zusammen bin.«

»Ich wollte mich nicht zwischen euch drängen, aber der Gedanke, dass du versuchst, Pepper mit einem Seil spazieren zu führen, das lang genug ist, um Dutzende Kinder zu Fall zu bringen, machte mir Sorgen.«

»Das war sehr umsichtig von dir.« Sie schlüpfte in ein Paar flache Riemchensandalen. »Wohin gehen wir?«

»Das hängt davon ab, wonach dir ist. Hinter dem Rathaus wird ein Film gezeigt und ich habe eine Flasche Wein gekauft. Wir könnten etwas zu essen holen und dorthin gehen oder am Strand essen. Oder wir könnten in ein Restaurant in der Stadt gehen. Oder wir fahren hoch nach Provincetown, bummeln ein bisschen und essen da irgendwo etwas?«

»Bei so vielen Möglichkeiten kann ich mich kaum entscheiden.«

Pepper winselte.

»Ach, sei ruhig. Du kommst schon zurecht.« Leanna beugte sich hinunter und streichelte Pepper, der mit der Pfote an Kurts Hosenbein kratzte. »Hast du großen Hunger?«, fragte sie Kurt.

»Nie.«

»Wirklich? Manchmal bin ich so hungrig, dass ich keinen ordentlichen Gedanken fassen kann.« Sie strich sich die Haare hinters Ohr und richtete sich wieder auf.

Warum überrascht mich das nicht?

»Ich liebe es, abends am Strand zu essen, und das habe ich in diesem Sommer noch nicht oft gemacht. Warum holen wir uns nicht etwas von PJ's Restaurant oder Mac's Seafood und setzen uns mit dem Wein an den Strand? Wenn uns langweilig wird, können wir immer noch den Film sehen.«

Langweilig? Mit seiner Arbeit als Schriftsteller und seiner

Liebe zum Sport hatte Kurt in seinem Leben noch keinen einzigen langweiligen Tag erlebt.

Sie nahm seine Hand und sie gingen hinaus.

Pepper winselte und bellte hinter der Fliegengittertür.

»Ich frag nur gerade noch Bella, ob sie auf Pepper aufpassen kann. Es wird ihr nichts ausmachen und ich brauche nur eine Minute.«

Kurt schaute zu Pepper hinab, der ihn mit seinen großen Augen traurig ansah.

»Wenn wir nicht in ein Restaurant gehen, könnten wir ihn doch mitnehmen. Es sei denn, du willst nicht?«

Sie blieb abrupt stehen. »Willst ... du ihn denn mitnehmen?«

Kurt schaute wieder zu Pepper. »Er ist doch irgendwie wie dein Kind, oder? Geht er nicht überall mit dir hin?«

»So ziemlich, aber ich habe nie Dates, also kennt er den Rendezvous-Knigge nicht so richtig.«

»Aber den Flohmarkt-Knigge, oder wie?« Er griff nach ihrer Hand.

Sie blickte auf ihre verschränkten Finger. »Der Punkt geht an dich. Aber ist er nicht vielleicht ein absoluter Stimmungstöter?«

Er zog ihre Hand an seine Lippen und küsste sie sanft. »Ich glaube nicht, dass es so etwas gibt, wenn ich mit dir zusammen bin.«

Sie trat ganz nah an ihn heran und fuhr mit dem Finger über seine Brust. »Mr. Remington, du weißt genau, wie du direkt ins Herz einer Frau vordringst. Bist du sicher, dass es dir nichts ausmacht?«

Er warf einen Blick zu Pepper. »Ihr seid ein Gesamtpaket, und ich habe das Gefühl, dass ich mich am besten gleich daran gewöhnen kann.« Er küsste sie ausgiebig und langsam, und als sich ihre Lippen schließlich voneinander lösten, war er gar nicht so sicher, ob er überhaupt noch ausgehen wollte.

Zehn

Sie fuhren nach Duck Harbor und ließen ihre Schuhe, eine Decke und eine Tasche mit dem Wein und den Sandwiches, die sie gekauft hatten, am Rand der Düne und liefen Hand in Hand am Wasser entlang. Pepper trabte an seiner neuen Leine glücklich neben ihnen her. Der nasse Sand fühlte sich kühl an Leannas Zehen an und mit den brechenden Wellen wehte eine leichte Brise heran. Es war lange her, dass sie Hand in Hand mit einem Mann gegangen war. Kurts Hände waren groß und stark, und so seltsam es auch schien, aber das Wort *sicher* kam ihr angesichts ihrer verschränkten Hände in den Sinn.

»Erzähl mir von deinem Leben, Leanna. Du sagtest, du bist den Sommer über hier, aber wo lebst du, wenn du nicht am Cape bist?«

Den ganzen Tag über hatte sie überlegt, wie sie ihr verrücktes Leben erklären sollte, und als sie jetzt neben Kurt spazierte, warf sie die zurechtgelegten Erläuterungen über Bord und beschloss, es mit vollkommener Aufrichtigkeit zu versuchen. Was hatte sie schon zu verlieren – abgesehen von dem vielleicht aufmerksamsten Mann der Welt?

»Ich habe ein paar Monate in Pullman, Washington, gelebt, wo ich einer Freundin mit ihrem Blumengeschäft geholfen habe. Meine Wohnung dort habe ich aufgegeben, als ich hierherkam, um mein Geschäft aufzubauen. Ich bin wohl so eine Art Streunerin. Als Soldatentochter bin ich es gewohnt, häufig umzuziehen.«

»Du kommst auch aus einer Soldatenfamilie? Mein Vater ist ein pensionierter Vier-Sterne-General, durch und durch.«

»Oh ja? Seid ihr viel umgezogen?«

Kurt schüttelte den Kopf. »Nein, in der Hinsicht hatten wir wohl Glück. Mir gefällt es sehr, immer in dasselbe vertraute Haus heimzukehren. Aber mein Dad ist der Inbegriff eines Vaters in der Army: streng und manchmal vielleicht etwas kalt. Und bei dir?«

»Kalt? Wirklich? Mein Vater ist einer der wärmsten und herzlichsten Menschen, die ich kenne. Er ist überhaupt kein typischer Soldat, nehme ich an … Nein, da bin ich mir sogar sicher. Er ist uns Kindern gegenüber sehr nachsichtig. Wahrscheinlich zu sehr.« Sie bemerkte die angespannten Linien um Kurts Mund, die vor einigen Minuten noch nicht da gewesen waren. »Verstehst du dich gut mit deinem Vater?«

Er blickte sie an. »Ja, klar. Er ist ein guter Kerl, und ich respektiere ihn sehr für alles, was er getan hat. Er ist nur … Er hat uns alle ziemlich angetrieben, als wir heranwuchsen. Du weißt schon: *Mach es besser. Mach noch mehr. Sei der Beste, bei allem, was du machst.*« Er hielt an und sammelte einen Stein auf, den er ins Wasser warf. »Ich glaube, dadurch habe ich mich so auf meinen Beruf konzentriert. Insofern war es gut. Zumindest für mich.«

»Hätte mein Dad etwas von der Art gehabt, wäre das für mich vielleicht hilfreich gewesen«, gestand sie ein.

Er zog sie an sich und blickte ihr in die Augen. Sie liebte sein Gesicht, die kleine Falte neben seiner Nase, die lieblich vollen Lippen. Sie hätte die ganze Nacht in seine Augen schauen können. Kurt hatte liebevolle, gefühlvolle Augen. Tausende Dinge konnte sie darin lesen. Glück, Hoffnung, Großzügigkeit, Begehren. Allerdings sah sie nicht mehr das, was sie zuvor gesehen hatte: das verdrängte Verlangen zu schreiben. Und sie war erleichtert.

»Hilfreich wobei?«

Sie wandte den Blick ab. Dies war der schwierige Teil. Angst kroch in ihr Herz und trieb ihren Puls in die Höhe.

Als sie nicht antwortete, nahm er ihre Hand und ging zurück in die Richtung, aus der sie gekommen waren. Er drängte sie nicht zu antworten und schien durch ihr Schweigen auch nicht verärgert zu sein. Sie fügte das der immer länger werdenden Liste der Dinge hinzu, die ihr an Kurt so gefielen.

»Hast du eine große Familie?«, fragte sie.

»Ja, drei Brüder und eine Schwester. Wir stehen uns alle ziemlich nah. Ich gehe ungefähr einmal im Monat mit ihnen etwas trinken und wir alle treffen uns alle paar Wochen mit unseren Eltern zum Essen. Und du?«, fragte er.

»Mhm. Drei Brüder und eine Schwester.« Sie sah ihn kurz an und er legte den Arm um sie.

»Hey, ich bin nicht hier, um dich zu beurteilen, oder etwas in der Art. Du musst mir nichts erzählen, aber ich sehe, dass dir irgendetwas Sorgen bereitet.« Er küsste ihre Schläfe. »Ich mag dich so, wie du bist.«

»Vielleicht nicht mehr, wenn du mich besser kennenlernst.« Sie hielt den Atem an, und als er ihre Schulter drückte, entspannte sie sich etwas. Sie gingen zurück, breiteten ihre Decke am Strand aus und Kurt band sich Peppers Leine um das Fußgelenk.

»Platz«, befahl er und Pepper legte sich mit dem Kopf auf

den Vorderpfoten hin.

»Ich fasse es immer noch nicht, dass er dir gehorcht.« Sie hielt die Weingläser, während er einschenkte.

»Ich glaube, das ist alles eine Sache der Stimme. Mein Vater machte das so mit uns. Du weißt schon, so ein Tonfall, bei dem man nur noch zitterte.«

»Den hat mein Dad wohl nie bei uns angewendet.« Sie sah ihn eindringlich an und suchte nach Anzeichen dafür, dass er lieber woanders wäre.

Er stützte sich mit den Ellbogen auf den Knien ab und einige Minuten lang gab es nur das Geräusch der Wellen.

»Ich denke nicht ans Schreiben, falls du dich das gerade fragst.«

»Wieso denkst du, dass ich mich überhaupt etwas frage?«

Er sah sie an und lächelte. »Du hast einen abwägenden Ausdruck in den Augen. Wenn du mich ansiehst, taxierst du mich irgendwie, oder überlegst, was du sagen sollst und was nicht. Das spüre ich.« Er nahm einen Schluck Wein. »Liege ich falsch?«

Sie fuhr mit dem Finger seinen Arm entlang. »Nein, du hast recht. Also, um deine Frage zu beantworten: Ich bin achtundzwanzig, verfüge über eine gute Bildung, bin viel gereist, und abgesehen von Pepper habe ich keine einzige Sache entdeckt, bei der ich mir absolut sicher war, dass sie richtig für mich ist. In den vergangenen zwei Jahren habe ich acht Jobs hinter mich gebracht, bin in vier Jahren in drei Bundesstaaten heimisch gewesen und mein Sweet-Treats-Geschäft ist mein aktueller Versuch, eine erfüllende berufliche Laufbahn zu finden. Und ich weiß, dass dies so gar nicht dem Menschen entspricht, der du bist, daher hatte ich ein wenig Angst, es dir zu erzählen.«

Er nickte und nahm einen Schluck Wein. Dann schlang er die Arme um sie. Sie kuschelte sich an seinen warmen, muskulösen Körper, einen Arm um seinen Bauch gelegt, den Kopf an Brust und Schulter gelehnt, während sie darauf wartete, dass er etwas sagte. Irgendetwas. Er schwieg, lange. Ihr wurde klar, dass er vorsichtig war. Worte waren sein Leben, und er schien die bedeutungsreichsten Worte zu wählen, oder die Worte, die seine Gedanken am genauesten wiedergaben. Noch etwas, das sie ihrer Liste seiner positiven Eigenschaften hinzufügen konnte.

Als er schließlich sprach, war sein Tonfall nachdenklich und zärtlich.

»Manchmal ist es das Interesse, das wir für bestimmte Dinge haben – oder auch nicht haben –, das sie erfüllend macht – oder eben auch nicht.«

»Ich bin nicht sicher, ob ich dir folgen kann.«

»Na ja, so wie beim Schreiben. Wenn ich über Figuren oder Themen schreiben würde, die mir nicht gefallen, würde das mein Interesse nicht aufrechterhalten. Aber das Schreiben ist etwas so Persönliches, dass ich mich bewusst darum bemühe, über Dinge zu schreiben, die mein Interesse aufrechterhalten. Ich breche die Regeln. Meine Arbeit passt in keine Schablone, und wenn Leuten nicht gefällt, was ich schreibe ...« Er zuckte mit den Schultern. »Sie müssen es nicht lesen, aber zumindest bin ich glücklich, während ich schreibe.«

»Aber nicht jede Arbeit ist so.«

Er stellte seinen Wein ab und wandte sich ihr zu. »Erzähl mir von deiner Arbeit. Warum hast du dich dafür entschieden? Machst du es gerne?«

»Ja, sehr. Es ist kreativ und macht Spaß, und ich treffe viele interessante Menschen. Ich habe flexible Arbeitszeiten. Ich liebe es wirklich, und ich weiß, das ist merkwürdig, denn ich mache ja nur Marmelade.«

»Nur? Ich könnte keine Marmelade machen. Und du machst mehr als einfach nur Marmelade, deine Marmelade ist unglaublich.« Er beugte sich zu ihr und küsste sie. »Ich würde wahnsinnig gern erfahren, wie du dazu gekommen bist.«

»Es ist schon irgendwie merkwürdig. Da war dieser unglaublich nette alte Mann, Al Black hieß er, und er hat auf dem Flohmarkt immer Marmelade verkauft. Wir waren über Jahre hinweg befreundet. Ich war noch ein Kind, als wir uns kennengelernt haben, aber ich habe jeden Sommer ein paar Stunden pro Woche mit ihm auf dem Flohmarkt verbracht, und ich hab ihn wirklich geliebt. Wie einen Großvater, weißt du? Er hat mir Geschichten von seiner Familie erzählt, und wenn er über Marmelade sprach …« Bei der Erinnerung an diesen besonderen Gesichtsausdruck von Al schüttelte sie den Kopf. »Wie er geschaut hat, seine Augen … als wäre es das Romantischste auf der Welt, Marmelade zu kochen.« Sie fuhr mit dem Finger eine Ader auf seinem Arm nach. »Er ist letzten Winter gestorben, aber kurz vorher rief er mich noch an und übergab mir seine Rezepte, und … ich weiß nicht. Alles fügte sich in meinem Herzen zusammen. Ich wusste, ich wollte das machen. Und es hier zu tun, war das Einzige, was Sinn ergab, verstehst du? Um ihm Ehre zu erweisen.«

Er umfasste ihr Gesicht und sah sie voller Mitgefühl an. »Leanna, das ist das Schönste, was ich je gehört habe. Vermisst du deinen Freund?«

Niemand war bisher auf den Gedanken gekommen, sie das zu fragen, und sie musste schlucken. »Ja, sehr. Dies ist der erste Sommer, in dem er nicht hier ist, und manchmal ertappe ich mich dabei, dass ich nach ihm Ausschau halte. Du hältst mich bestimmt für seltsam.« Sie sah auf die Decke hinab, doch er hob ihr Kinn mit dem Finger und zog ihren Blick wieder zu sich.

»Ganz und gar nicht. Ich halte dich für klug und liebenswürdig und witzig und … besonders, im besten Sinne.«

Sie spürte das Blut in ihre Wangen steigen. »Bin ich nicht. Ich bin nur auf der Suche nach …«

»Bist du erfüllt?« Er sah sie forschend an.

Sie atmete tief ein, bevor sie antwortete, und füllte ihre Lungen mit der salzigen Luft. »Ich nehme an, ich weiß es nicht. Ich habe immer das Gefühl, mehr machen zu wollen.«

»Ich auch. Ich möchte immer mehr machen. Mehr schreiben, anders schreiben, meine Leser an neue Orte entführen. Möchtest du dein Unternehmen ausbauen? Neue Sachen ausprobieren? Neue Geschmacksrichtungen? Mehr reisen? Oder etwas ganz anderes machen?«

Sie zuckte mit den Schultern, auch wenn sie wusste, dass dies keine Antwort war. »Ich denke nie wirklich so richtig darüber nach. Ich möchte meine Arbeit genießen. Ich will sie sogar lieben, aber ich liebe das Leben auch einfach so sehr. Alles daran, von den blöden Sachen bis hin zu den guten. Ich hoffe, eines Tages etwas zu finden, das zu diesem Teil meiner Persönlichkeit passt. Mir gefällt das Marmeladengeschäft so sehr, und auch die Flohmärkte, dass ich irgendwie hoffe, dass dieses Gefühl bleibt. Ich wünschte nur, ich wäre mir jetzt sicher.« Pepper rückte näher zu ihnen heran und legte den Kopf auf Kurts Bein. Doch Kurts Aufmerksamkeit blieb ganz bei ihr.

»Gibt es einen Grund, warum du dich so unter Druck setzt? Ich merke, dass du dir da irgendwie Stress machst. Hast du eine Art Karriere-Frist?«

Sie lachte. »Eine Karriere-Frist? Nein, aber ich bin fast dreißig. Sollte man da nicht wissen, was man machen will?«

Er küsste sie sanft und sie schmolz ihm fast entgegen.

»Meine Mutter würde sagen, dass es keine zwei Menschen gibt, die sich gleichen, und man sollte sich nicht mit dem vergleichen, was andere denken, wie man zu sein hat.«

Kurts Stimme – und seine Worte – nahmen ihr etwas von dem Druck, den sie sich selbst auferlegt hatte, und er nahm ihr das schlechte Gefühl, das sie hatte, weil sie unfähig war, sich für eine berufliche Laufbahn zu entscheiden.

»Du hältst mich also nicht für einen hoffnungslosen, leichtsinnigen Albtraum?«

Er lächelte. »Wow! Das alles und dazu eine Chaotin? Nein. Du scheinst sehr leidenschaftlich zu sein, und du hast einfach noch nicht herausgefunden, wohin du deine Energien leiten sollst. Du wirst es schon noch herausfinden.« Er zuckte mit den Schultern. »Oder auch nicht. Und wenn nicht, dann hast du dein Leben mit allen möglichen Dingen verbracht, die du hoffentlich genossen hast, also spielt es dann überhaupt eine Rolle?«

Er beugte sich noch weiter zu ihr herüber und sie konnte kaum atmen. Er fällte kein Urteil. Er hielt ihr nicht all die Gründe unter die Nase, aus denen sie sich für einen Beruf entscheiden musste. Ausgerechnet er. Kurt Remington. Der Mann, der genau wusste, was er wollte – der Mann, der ganz behutsam kleine Stücke ihres Herzens stahl.

»Es ist doch so, dass die meisten Menschen mehr Zeit mit ihrem Beruf verbringen als mit ihrem Partner. Wenn du es also nicht genießt, dann … lässt du dich scheiden.« Er wurde ernst. »Das Leben ist zu kurz, um mit einem Beruf verheiratet zu bleiben, den man nicht mag. Du bist wahrscheinlich klüger als die Hälfte der Menschen da draußen, die jeden Tag missmutig ihrer Arbeit nachgehen.«

Seine Lippen waren einen Atemzug von ihren entfernt. Sie konnte den süßen Wein darauf riechen und die Hitze spüren, die in Wellen von ihm ausströmte. Ohne zu denken, sprach sie. Sie sah ihm in die Augen und die Worte kamen aus ihrem Herzen.

»Küss mich.«

Er schaute ihr tief in die Augen, und mit einer sanften Bewegung nahm er sie in die Arme und küsste sie, bis sie nicht mehr denken und fast nicht mehr atmen konnte. Er legte sie auf die Decke, immer noch in seinen Armen, ihre Lippen trafen sich, ihre Zungen stießen zu einem erotischen, sinnlichen, ausgiebigen Kuss aufeinander. Er lag neben ihr, ein Bein über ihre Hüfte gelegt, seine Brust drängte sich an ihre, während er Luft in ihre Lunge hauchte. Er schob ihr die Haare aus der Stirn, legte die Hand an ihren Hinterkopf und hielt ihn so, dass sie beide diesen Kuss vertiefen konnten. Er befummelte ihren Körper nicht und drängte sich ihr auch nicht auf – und so sehr sie sich nach seinen großen, starken Händen sehnte, es gefiel ihr sehr. Diese Nähe, wie er sie küsste, so als sei Küssen alles, was er je brauchte. Sie hatte sich in ihrem Leben noch nie so begehrt gefühlt.

Pepper winselte und sie ließen – beide schwer atmend – voneinander ab.

Kurt umfasste ihr Gesicht und küsste noch einmal ihre Lippen. »Ich mag dich viel mehr, als ich es nach nur ein paar verrückten Tagen tun sollte.« Er atmete noch immer heftig.

Himmel Herrgott. Ich auch. Sie öffnete den Mund, um genau das zu sagen, aber sie brachte nur ein »Ja« heraus. Sie spürte, dass ihr wieder die Röte ins Gesicht stieg.

Er lächelte und küsste sie erneut.

Mit der Hand fuhr er über ihre Haare. »Dies ist das erste

Mal seit Wochen, dass ich mir wirklich eine Auszeit nehme.«

»Und?« *Küss mich. Berühre mich.*

»Und ich möchte an keinem anderen Ort sein.«

Sie legte die Hand in seinen Nacken und zog seinen Mund wieder an ihren. Sie genoss es so sehr, ihn zu küssen. Das Küssen konnte sie nicht vermasseln. Das Ausziehen der Kleidung und die Verrenkungen der Körper bereiteten ihr Sorgen. Aber küssen? Küssen könnte sie ihn ewig.

Seine Hand glitt an ihrem Oberschenkel hinauf und ihr gesamter Körper erschauderte. Seine Lippen berührten sanft ihren Mundwinkel, dann küsste er sich an ihrem Kiefer entlang bis hin zu ihrem Hals. Er umfasste mit festem Griff die Außenseite ihres Oberschenkels und hielt sie umklammert. Leanna schloss die Augen und drängte sich an ihn, während seine Lippen an ihrem Hals hinauf zu der empfindlichen Stelle unter dem Ohrläppchen wanderten, bis ihr Herz gegen seines hämmerte. Sie brauchte mehr von ihm, von seinen Berührungen, seiner Zunge, seinen Küssen.

Er nahm ihr Ohrläppchen in den Mund und umspielte es mit der Zunge. Dann flüsterte er: »Ich möchte mit dir schlafen.«

»Ja«, hauchte sie mit einem langen Atemzug.

Er legte die Stirn auf ihre. »Im Sand?«

»Zu dreckig?«

Er sah auf den Sand. »Im Sand ist es dreckig, knirschend und höllisch unbequem, aber all das ist mir egal.« Dann warf er einen Blick auf Pepper. »Aber wenn er abhaut, ist es vielleicht etwas ungeschickt, dass er an meinem Fuß festgemacht ist.«

Sie biss sich auf die Unterlippe und sah Pepper an. »Glaub mir: Wenn du Sex mit mir hast, wird es auf alle Fälle ungeschickt.«

Er liebkoste ihren Hals. »Warum turnt mich das wohl so

an?« Kurt küsste sie noch einmal. »Es klingt vielleicht langweilig, aber ich war noch nie ein besonders abenteuerlustiger Typ. Ich hatte noch nie Sex am Strand.«

»Du und nicht abenteuerlustig? Du bist in einen Sturm hinausgerannt und hast mich gerettet. Das ist verdammt abenteuerlustig. Aber ich hatte auch noch nie Sex am Strand.«

Er legte den Kopf zur Seite. »Mein Freigeist«, er küsste ihren Hals, »die schöne Leanna«, er küsste ihre Lippen, »hatte noch nie am Strand Sex? Aber du reißt dir in meinem Wohnzimmer die Klamotten vom Leib und ziehst mein Sweatshirt an, nachdem du mich erst fünf Minuten kennst?«

Sie genoss es, dass er das Wort *mein* benutzt hatte. »Ich kannte dich schon etwa dreißig Minuten lang und es gibt einen großen Unterschied: Ich bin nicht schüchtern, wenn es darum geht, dass man mich nackt sieht – aber beim Sex beobachtet zu werden? Keine so tolle Sehenswürdigkeit.« Sie schaute am Strand entlang. Sie waren allein, an eine Seite der Düne geschmiegt. Der Mond spiegelte sich im Meer, die Wellen schwappten ans Ufer und Leannas Herz hämmerte in der Brust. Im Moment war Pepper brav, lag im Sand neben ihnen, und der Gedanke, sich auch nur einen Zentimeter von dem zärtlichen und verführerischen Kurt zu entfernen, schien alles andere als angenehm.

Nervosität und Begehren schwirrten in ihrem Körper. »Ich bin dabei, wenn du dabei bist.«

»Oh Süße, keine Ahnung, was du mit mir gemacht hast, aber mit dir bin ich so ziemlich bei allem dabei, solang keine Besen und keine zerbrochenen Gläser eine Rolle spielen.«

Er bedeckte ihren Mund mit seinem und küsste sie, bis auch der letzte Rest der Sorge, dass sie gesehen werden könnten oder sie nicht den richtigen Rhythmus finden würde, verschwand und nur noch seine vollen Lippen und sein fester Körper an ihrem zu spüren waren und das Geräusch der brechenden Wellen im Hintergrund zu hören war. Kurts Hand strich an ihrem Oberschenkel hinauf, und als sie unter ihr Kleid glitt, wurde ihr ganzer Körper heiß. Sie wölbte sich ihm entgegen, und er drückte seine Wange gegen ihre, während er ihren Gürtel öffnete.

»Ich habe den ganzen Tag an dich in deinem Spitzenhöschen gedacht.«

Sein verführerisches Flüstern jagte ihr einen Schauer durch den Körper, und als er mit den Fingerspitzen den Saum ihres Slips berührte, stockte ihr der Atem. Er sah sie ernst an.

»Soll ich aufhören?«, flüsterte er.

Himmel, nein! Sie schüttelte den Kopf, legte die Hand in seinen Nacken und zog seinen Mund wieder zu ihrem. Seine großen Hände glitten an ihrem Körper hinauf, die Handflächen legten sich auf ihre Rippen und mit den Daumen strich er über die Unterseite ihrer Brüste. Sie stöhnte gegen seine Lippen und er vertiefte den Kuss. Als sie voneinander ließen, konnte sie kaum atmen, so sehr wollte sie ihn. Doch sein Mund wanderte langsam an ihrem Körper hinab, küsste einen heißen Pfad zwischen ihre Brüste. Er schaute hinauf in ihre Augen, sie hielt den Atem an, dann wanderte er weiter hinab und schob ihr Kleid hoch. Leanna krallte sich in die Decke und schloss die Augen. Während er mit dem Finger am Saum ihres Slips entlangglitt und sie mit seiner Berührung reizte, unterdrückte sie das Verlangen, nach mehr zu betteln. Ihr ganzer Körper prickelte, sehnte sich nach mehr. Dann waren seine Lippen wieder auf ihrem Bauch, brannten einen Weg von ihrem Nabel hin zur Hüfte. Lustvoll atmete sie aus. Er umfasste ihr Becken, sodass ihr Atem erwartungsvoll stockte. Mit den Zähnen zog er ihren Slip über die Oberschenkel hinab. Himmel! So etwas Erotisches hatte sie noch mit keinem Mann erlebt. Kurt fuhr mit der Zunge die Falte zwischen ihrem Bein und ihrer Mitte entlang, zuerst auf der einen, dann auf der anderen Seite. Eine kühle Brise wehte von der Bucht über ihre feuchte Haut, während Kurt wieder an ihrem Körper hinaufwanderte, küsste, schmeckte, jeden Zentimeter ihrer Haut berührte und dabei ihr Kleid anhob. Als er ihre Brüste erreichte, hielt er inne, und sie merkte, dass er sich auf seinen Ellbogen abstützte.

»Leanna«, flüsterte er.

Sie öffnete die Augen.

»Bist du sicher, dass du es willst?«

»Ja.« *Oh ja. Jetzt, bitte.*

Er küsste sie sanft. »Du bist köstlich. Alles an dir, Leanna. Und überhaupt nicht unbeholfen.«

»Zieh dein Hemd aus.« Sie machte sich an den Knöpfen seines Hemdes zu schaffen, aber ihre Hände zitterten.

Er drückte ihre Hand gegen seine Brust. »Du zitterst ja.«

»Ein bisschen.«

Er küsste ihre Hand. »Bist du nervös?«

»Ein bisschen.« *Sehr.*

»Wir müssen nicht.« Er sah sie wieder ernst an.

»Ich will es.« Sie griff wieder nach seinen Knöpfen. »Noch nie in meinem Leben habe ich etwas so sehr gewollt.« *Oh Mist! Habe ich das gerade laut gesagt?* Sie schaute ihn entsetzt an. *Oh Mann!* Ein kleines, amüsiertes Lächeln schlich sich auf seine Lippen.

»Ich auch nicht.« Er zog sein Hemd aus, rollte es auf und legte es unter ihren Kopf. Sein Blick fiel auf Pepper, der tief schlafend im Sand lag. »Glaubst du, ich kann ihn losmachen?«

»Ja. Schnell. Ja.«

Er machte die Leine von seinem Fuß los, Pepper machte ein Auge auf, schloss es wieder und schlief gleich wieder ein. Kurt zog seine Hose aus, und Leanna stockte erneut der Atem, als sie ihn nackt vor sich sah. Sie hatte das Gefühl, einem Zauber ausgeliefert zu sein, während ihr Blick auf dem wundervollen breitschultrigen Geschöpf vor ihr ruhte. Pure Muskelmasse und warme Haut waren bereit für sie – und wie sie ihn wollte. Sie zwang sich, den Blick auf die Mitte seines Körpers und die ungeduldige Lust zwischen seinen Beinen zu senken, während auch sie von Erwartung erfüllt war. Dann kam er zu ihr, sie wollte nach ihm greifen, ihn streicheln und lieben, aber sie konnte sich nicht bewegen.

»Du bist schön«, flüsterte er an ihrem Hals, als er den Verschluss vorne an ihrem BH öffnete, sie vorsichtig ihrer Kleidung entledigte und sie schließlich nackt – bis auf den Slip um ihre Oberschenkel – vor ihm lag. Mit dem nächsten Atemzug hatte er ihn ausgezogen. Leanna schloss die Augen, ihre Atmung beschleunigte sich, und sie zitterte in der Brise, als er sich neben sie legte. Aus seiner Hose zog er sein Portemonnaie und holte ein Kondom heraus, das er mit den Zähnen aufriss. Sie versuchte, es mit ihm gemeinsam abzurollen, aber ihre Hände zitterten noch immer. Mit einem sinnlichen Kuss lenkte er sie ab, während er sich das Gummi überstreifte.

»Hab doch gesagt, dass ich unbeholfen bin«, flüsterte sie, als er sie sanft zurück auf den Boden schob.

Nun lag er auf ihr, küsste sie wieder. »Du bist überhaupt nicht unbeholfen.«

Sie wandte den Blick ab, doch er drückte ihr Kinn sanft zurück und sah ihr direkt in die Augen. »Wir können aufhören.«

»Nein«, erwiderte sie heftig.

»Sieh mich an. Sei hier bei mir, Leanna. Teile diesen Moment mit mir.«

Sie hielt seinem Blick stand, als er in sie glitt, und ein feuriger Blitz raste durch ihren Körper bis hin zu ihrem Herzen. Sie atmete ein, als er tiefer in sie drang, bis ihre Körper einander so nah waren wie nur möglich und er innehielt. Sie schloss die Augen und er küsste ihre Lider.

»Sei bei mir.«

Sein heißes Flüstern ließ sie die Augen öffnen, als er sich zurückzog und sich dann wieder tief in ihr vergrub, wieder und wieder, während er die verknotete Hitze in ihrem Innersten freisetzte. Er senkte seinen Mund auf ihren und in dem Moment wurde sie die Seine. Die übrige Welt fiel von ihr ab und es gab nur noch sie beide. Er trug sie von einem Atemzug zum nächsten, als er ihren Körper einatmete, nahm und liebkoste. Aus Angst, sie beide aus dieser Welt zu katapultieren, versuchte sie, sich nicht zu bewegen. Er vergrub seine Hände in ihrem Haar und legte seine Stirn auf ihre.

»Leanna.« Voller Begehren sprach er ihren Namen aus. Er küsste sie wieder, und drang dann noch einmal fest und tief in sie ein, bevor er wieder innehielt.

Seine Lippen glitten auf ihre Wange und er flüsterte: »Beweg dich mit mir.«

Sie liebte seine Stimme, seine Worte, wie er sich ausdrückte. Jedes Wort war intensiv, leidenschaftlich, und zum Glück begann er wieder, sich in ihr zu bewegen. *Ja, oh ja.*

»Nein«, flüsterte sie zurück.

»Warum nicht?«

»Ich bringe dich nur aus dem Rhythmus und es fühlt sich so gut an.« Sie wandte den Blick ab, und wieder zwang er sie, ihn anzuschauen, damit er sie verstehen konnte. »Wirklich«, sie klang fast flehend. »Glaub mir, du willst nicht, dass ich mich bewege.«

»Lass mich das beurteilen, okay? Ich möchte dich spüren, alles von dir, und wenn das bedeutet, dass du dich in einem anderen Rhythmus bewegst, dann stelle ich mich schon darauf ein.«

Sie biss sich auf die Unterlippe, war so unglaublich verlegen und wollte sich gleichzeitig so gern einfach nur fallenlassen und bei ihm sie selbst sein. Sie schüttelte den Kopf.

»Leanna.« Er streichelte ihre Wange. »Es ist mir egal, wenn du wie ein wildes Pferd bockst. Ich bin bei dir. Ich will dich. Die wahre Leanna.«

Sie lächelte. »Ein wildes Pferd?«

Er zuckte mit den Achseln, senkte dann seinen Mund auf ihren und bewegte seine Zunge geschickt und tief, in perfektem Einklang mit jeder Bewegung seiner Hüfte. Leanna fing an, ihre Sorgen und ihre unbeholfene Art zu vergessen. Als seine Hände an ihrem Körper entlangglitten, hin zu ihren Brüsten, und er über ihre Brustwarzen strich, fing ihre Hüfte ganz von allein an sich zu bewegen. Sie wusste, dass sie überhaupt nicht im Rhythmus war, und als er innehielt, tat sie es ihm gleich.

»Nein, mach weiter«, drängte er sie.

Also machte sie weiter und betete insgeheim, dass er nicht aufstand und sagte: *Was machst du denn da für einen Mist? So kann ich das nicht.* Ihr letzter Freund hatte etwas in der Art einige Male zu oft gesagt.

Beim nächsten Atemzug lag seine Wange wieder eng an ihrer und er flüsterte mit dieser süßen, verführerischen Stimme: »Du fühlst dich so gut an. Ich liebe es, wie du dich bewegst. Oh ja, genau so.«

Seine aufmunternden Worte legten sich sanft um ihr Herz, dann trafen seine Lippen wieder auf ihre und sein Herz schlug gegen ihres. Sie fühlte sich mit ihm so sicher, dass sie keinen Einspruch erhob, als er sich auf den Rücken drehte und sie auf sich zog, auch wenn sie sonst doch so ungern oben lag. Sie allein war jetzt für ihrer beider Lust verantwortlich und darin war sie richtig mies. Sie bewegte sich, doch sie wusste, dass sie keinen Rhythmus hatte. Dann fanden seine Hände ihre Hüften, und er half ihr, ein Tempo zu finden, in das er einstimmen konnte. Ihren gemeinsamen Rhythmus. Als sie ihre Körper harmonisch bewegten, wanderte seine Hand zu ihrer Brust, während die andere ihre Mitte fand und er sie an ihrer sensibelsten Stelle reizte. Unweigerlich stockte ihr der Atem und sie drängte sich gegen seine Hand.

»Genau, Liebling. Komm für mich.«

Seine Stimme jagte ihr einen weiteren Schauer durch den Körper. Noch nie hatte ein Mann während des Sex mit ihr gesprochen, und Kurt gab ihr das Gefühl, besonders und sexy zu sein. Er setzte sich auf und nahm ihre Brustwarze in den Mund, während er sie noch immer mit der Hand erregte. Sie kniff die Augen zu, als sie Millionen Nadelstiche auf all ihren Gliedern spürte und ihr Körper sich zu einem Rausch verrückter Bewegungen und heißem Pochen hinreißen ließ. Er umfasste wieder ihre Hüfte und bewegte sich mit ihr, während sie auf der Welle des besten Orgasmus, den sie je erlebt hatte, dahinritt. Als sie endlich die Luft ausstieß, die sie so lange angehalten hatte, legte er sie gekonnt wieder auf den Rücken und küsste sie noch einmal leidenschaftlich. Sie konnte nicht denken. Die neue Position brachte sie schnell wieder zum Höhepunkt, während sie die Hüfte anhob, um seine Stöße zu empfangen. Er lächelte auf sie hinunter, hörte nicht auf und drängte seine Härte in sie, vergrub sich so weit es ging in ihr und noch tiefer.

»Genau«, stachelte er sie an. »Komm, Liebling. Lass dich noch einmal treiben.«

Pepper winselte und Kurt warf ihm nur einen kurzen Blick zu. Pepper legte den Kopf wieder ab und seufzte.

Kurt sah wieder Leanna an und schien vollkommen auf ihre Lust konzentriert, während sie seine festen Muskeln unter ihren Händen spürte und er sich wirkungsvoll und stark bewegte. Seine Lende schaukelte vor und zurück und ihr stockte wieder der Atem.

»Kurt«, stieß sie aus. »Oh Himmel, Kurt!«

Er umfasste ihre Hüften und hielt Leanna ganz fest, stieß noch härter, tiefer in sie, berührte diesen Punkt, der jeden Nerv in ihrem Körper surren ließ, und löste in ihrem Inneren ein sengendes, pulsierendes Fieber aus. Er wurde schneller, und sie umklammerte seinen kräftigen Bizeps, als er sie noch einmal zum Höhepunkt brachte. Sie schrie auf – ein lauter, wortloser Schrei der Lust, der Pepper bellend aufspringen ließ. Kurt hielt sie mit angespannten Muskeln fest, und sein Körper bebte gegen ihren, als er auch seine Erleichterung fand.

Pepper umkreiste sie, bellte und winselte.

Kurt griff nach der Leine und zog ihn heran – behutsam, wie Leanna bemerkte.

»Sitz«, gab er fast flüsternd, noch immer heftig atmend von sich. Leanna spürte, wie das Wort in seinem Brustkorb vibrierte.

Pepper gehorchte.

»Guter Junge«, brachte Kurt hervor. Er atmete tief aus und drückte sich von Leanna weg.

Sie zog ihn jedoch wieder zu sich herunter. Sie musste sein Herz an ihrem schlagen hören. In Kurts Armen wich die Leere aus ihrem Herzen und es wurde mit einer unbekannten

Zufriedenheit erfüllt, die sie nie wieder verlieren wollte.

»Ich hab doch gesagt, dass ich unbeholfen bin.« Sie biss sich auf die Unterlippe.

Er küsste ihre Unterlippe, ihre Wangen und ihre Stirn und sah sie mit seinen meerblauen Augen an. »Davon habe ich nichts bemerkt. Du bist perfekt.«

Elf

Eine kühle Brise wehte wie ein Seufzer von der Bucht herüber und über Kurt und Leanna hinweg, die nun angezogen auf der Decke lagen und zu den Sternen hinaufschauten. Peppers Leine war an Kurts Gürtelschlaufe befestigt und der Hund lag entspannt neben ihnen. Leanna hatte ein Bein über Kurts gelegt, ihr Kopf lag auf seiner Brust, und mit dem Zeigefinger fuhr sie seine wohlgeformten Bauchmuskeln entlang.

Kurt legte seine Hand auf ihre. »Du bist nervös.«

Sie antwortete nicht.

»War das hier zu öffentlich? Für mich war es auch neu. Es tut mir leid. Vielleicht hätten wir nicht …«

»Nein, das war es nicht. Ich meine, es war öffentlich, aber ich wollte es so sehr wie du, und es war schön. Ich bin froh, dass wir beide gemeinsam ein erstes Mal hatten.«

Ein erstes Mal. Unser erstes Mal. Das gefiel ihm. Kurt schob ihre Haare über die Schulter zurück und dachte an die berühmten ersten Male. Frauen dachten über ihr erstes Mal nach, über ihre ersten Küsse. Seine ersten Male aber hatten mit seinem Schreiben zu tun. Das erste fertige Manuskript, *Unter der Stille.* Die erste Ablehnung. Die erste Anfrage eines Agenten nach einem kompletten Manuskript. Das erste Angebot eines

Agenten, ihn zu vertreten. Sein erster Buchvertrag. Sein erstes Live-Interview im Fernsehen. Sein erster Buchpreis. Wenn er richtig in seinem Gedächtnis kramte, fiel ihm auch der Name des ersten Mädchens ein, das er geküsst hatte, Madeline Bern, aber das kam am Ende einer langen Reihe von ersten Malen. Die ersten Male mit Frauen hatten sich nie sehr bedeutsam angefühlt. Dieses erste Mal allerdings stand nun ganz oben auf der Liste.

Gemeinsam ein erstes Mal.

Kurt war niemand, der viel redete. Seine Familie und seine Freunde wussten und akzeptierten es. Er beobachtete gern, eher als mitten im Geschehen zu stehen, aber Leanna hatte einen Schalter bei ihm umgelegt. Er spürte, wie er sich veränderte, mehr wollte, und das überraschte ihn. Statt gegen diese neuen Gefühle anzukämpfen und sich zurück in sein Schriftstellerdenken zu verkriechen – in die Sicherheit seiner Schreiberhöhle –, wollte er in ihrer Welt bleiben.

»Ich habe das Gefühl, heute Abend einige erste Male erlebt zu haben«, gestand er.

»Einige?«

Sie strich über seine Wange, und er schloss einen Atemzug lang die Augen, um ihre Berührung zu genießen. Ihre Handfläche war warm und weich, liebevoll.

»Zum ersten Mal seit Jahren denke ich nicht ans Schreiben.« Er stützte sich auf einen Ellbogen und sah ihr in die Augen. »Zum ersten Mal, seit ich mich erinnern kann, habe ich den Sex wirklich aufrichtig genossen.« Er beugte sich vor und küsste sie. »Ich habe es genossen, mit dir zu schlafen, Leanna, dir nahe zu sein. Ich mag dich. Sehr.« Sein Puls ging wieder in die Höhe. »Und du veränderst mich. Ich rede sonst nie so viel.«

Sie lächelte, antwortete aber nicht, und Kurts Magen zog

sich zusammen. Er preschte zu schnell vor, öffnete sein Herz, wenn er es eigentlich nicht sollte. Als seine Geschwister sich verliebten, hatte Kurt einen Eindruck davon erhalten, wie es war, wenn man wirklich einen anderen Menschen in sein Leben ließ. Irgendetwas in ihm, von dem er nicht einmal gewusst hatte, dass es existierte, fühlte sich zu Leanna hingezogen. Er wollte sie hereinlassen.

Zog sie sich jetzt zurück? Er war nicht so erfahren darin, Frauen zu lesen. Sorge schlich sich in sein Bewusstsein.

»Ich habe dich gar nicht richtig zu einem Date ausgeführt, oder?« Er setzte sich auf und legte die Arme um die Knie. »Es tut mir leid. Ich bin nicht besonders gut darin.«

Sie lachte leise und setzte sich dicht neben ihn. »Wovon redest du?«

»Wir hatten Sex am Strand, dabei hätte ich dich zum Dinner ausführen sollen oder ins Kino, irgendetwas, das eher einem Date gleichkommt. Wahrscheinlich gibt es da eine Dating-Regel, die ich nicht kenne. Kein Sex bis zum dritten Date oder so?« Er blickte sie lächelnd an.

»Du bist so witzig. Keine Ahnung, wie viele Leute erst nach dem dritten Date Sex haben.«

»Wirklich?« Zeitpläne für Intimitäten hatte er schon immer seltsam gefunden. Entweder er fühlte etwas oder nicht, aber er wollte auch, dass Leanna wusste, dass er sie auf eine Art mochte, die viel tiefgründiger war als nur Sex. »Das ist auch irgendwie merkwürdig, oder?«

Sie zuckte mit den Schultern. »Keine Ahnung. Ich hätte wahrscheinlich schon heute Morgen in meinem Ferienhaus mit dir geschlafen und dann hätten wir nicht einmal ein Date davor gehabt.«

Er zog sie an sich heran. »Warum habe ich dann das Gefühl,

dass irgendetwas im Moment nicht stimmt?«

»Alles stimmt. Ich bin nur verlegen. Jetzt weißt du Bescheid über meine seltsame Unfähigkeit, den richtigen Rhythmus zu finden, wenn wir …« Sie sah auf die Decke.

»Oh, Gott sei Dank!« Er atmete erleichtert auf.

»Was?«

»Ja, ich dachte, ich hätte alles falsch gemacht.« Er zog sie auf seinen Schoß, fasste ihre vollen Haare mit einer Hand zusammen und bedeckte ihre bloße Haut mit den Lippen. »Du bist perfekt, sinnlich. Nicht unbeholfen. Nicht seltsam. Perfekt.«

»Ach komm, Kurt.« Sie verdrehte die Augen.

»Vielleicht sollten wir es noch einmal tun, damit ich es dir beweisen kann.« Er lächelte und sie lachte. »Im Ernst. Ich verstehe nicht, warum du dir solche Sorgen machst. Wir waren perfekt im Einklang.«

Sie legte die Stirn an seine. »Ich liebe es, wenn du mich anlügst.«

»Ich lüge nie, Schätzchen. Das ist einer meiner Fehler. Ich weiß nicht mal, ob ich überhaupt lügen kann.«

»Jeder lügt mal.«

Er lehnte sich etwas zurück und blickte ihr in die Augen. »Ich nicht. Ich konnte auch noch nie Gefühle vortäuschen. Entweder sie sind da oder nicht. So bin ich nun mal.«

Sie legte den Kopf auf seine Schulter und flüsterte: »Dann geben wir ein perfektes Paar ab, denn ich bin auch so, wie ich nun mal bin.«

Es gab nicht vieles im Leben, das Leanna Angst machte. In einer neuen Stadt von vorne anzufangen fand sie aufregend, Jobs zu kündigen war für sie ebenso einfach wie das Wechseln von Klamotten. Sie wusste, dass sie ihr Leben immer wieder in den Griff bekommen konnte und einen Weg fand, egal was um sie herum geschah. Sie war vielleicht nicht die ordentlichste Frau auf Erden, auch nicht die am besten organisierte, und vielleicht vergaß sie auch mal etwas – zum Beispiel, wo sie ihr Fahrrad abgestellt oder Peppers Leine liegengelassen hatte –, aber in dem Moment, in dem sie den Kopf auf Kurts Schulter gelegt hatte, wusste sie, dass sich ihr Herz ihm gegenüber auf eine Weise geöffnet hatte, wie es noch nie zuvor geschehen war. Und das jagte ihr eine Heidenangst ein. Eine ihrer größten Fähigkeiten war es, stets unzufrieden zu sein – und obwohl sich dies hier nach allem anderen als Unzufriedenheit anfühlte, hoffte sie, dass ihr Kopf ihr dieses Glücksgefühl nicht raubte.

Als sie zu ihrem Ferienhaus fuhren, sagte ihr Herz, sie solle ihn bitten, über Nacht zu bleiben, aber ihr Kopf sagte ihr, das sei dumm. Sie waren einmal ausgegangen. Sie kannte ihn nicht gut genug. Aber in ihrem tiefsten Inneren wusste sie, dass er nicht nur vertrauenswürdig, sondern auch anders war als alle Männer, die sie je kennengelernt hatte – vielleicht sogar das Gegenteil. Es war nach Mitternacht, als sie in die Siedlung einbogen. In den Häusern von Bella und Jenna brannte noch Licht. *Natürlich.* Direkt gegenüber von Leanna lag Amys dunkles Haus.

Kurt öffnete die Beifahrertür für Leanna, was noch nie ein Mann für sie getan hatte. Und da stand er, groß und gut aussehend in seiner Leinenhose, mit diesen durchdringenden blauen Augen. Ein perfekter Gentleman. Und an was dachte sie? Sie wollte ihm die Kleider vom Leib reißen und sich wieder auf ihn stürzen.

Sie stieg aus und er schloss sie in die Arme.

»Ich wünschte, ich hätte daran gedacht, dich für die Nacht mit zu mir zu nehmen«, flüsterte er.

Waren sie vielleicht doch gleich getaktet?

»Ich … äh …« Sie drehte sich um, als sie hinter sich ein Flüstern hörte, und sah Amy, Bella und Jenna, die vom Pool kamen. Pepper rannte, die Leine hinter sich her ziehend, auf sie zu.

Kurt folgte ihrem Blick. »Waren sie schwimmen?«

»Ja, es war wohl mal wieder Zeit für die nackte Wahrheit.«

»Die nackte Wahrheit?« Er lachte. Die zerzausten Haare türmten sich auf den Köpfen der Frauen, und sie waren in Handtücher eingehüllt, die nur knapp bedeckten, was bedeckt werden musste. Sie grinsten wie die Honigkuchenpferde.

»Unser geheimes nächtliches Vergnügen«, flüsterte Leanna. »Der Pool schließt um acht, aber manchmal schleichen wir uns zum Nacktbaden hinein.«

»Ich muss mir unbedingt den Wecker stellen, damit ich die nächste Folge von ›Nackte Wahrheit in Seaside‹ nicht verpasse. Darf ich dich morgen sehen?«

Darf ich? Sie erinnerte sich daran, dass Worte sein Leben waren. »Morgen mache ich noch eine Ladung Marmelade, also bin ich den ganzen Tag hier. Schreibst du morgen nicht?«

»Ich schreibe jeden Tag, aber ich würde mir gern etwas Zeit nehmen, um dich zu sehen. Es sei denn, du hast etwas vor oder möchtest lieber nicht.«

Leanna spürte ihre Freundinnen hinter sich, drehte sich um und stieß fast gegen Bella.

»Bella«, schimpfte sie. Pepper streckte alle viere gen Himmel und ließ die Zunge aus dem Maul hängen, während Amy seinen Bauch kraulte.

»Tut mir leid. Ich wollte Kurt Hallo sagen. Hallo, Kurt.« Bella lächelte und legte den Kopf zur Seite.

»Hallo, Bella.«

»Das ist Jenna.« Bella zeigte auf Jenna, die ihm zuwinkte. »Und Amy schmust gerade mit Pep.«

»Hallo, meine Damen. Schön, euch kennenzulernen.« Er sah Leanna an. »Morgen?«

»Klar. Ich weiß nicht, wann ich fertig bin. Was schwebt dir vor?«

Er beugte sich zu ihr herunter. »Egal, ich bin einfach nur gern in deiner Nähe. Obwohl ich dir ja eigentlich noch ein richtiges Date schuldig bin.«

»Ein richtiges Date«, flüsterte Bella.

Leanna warf ihr einen mahnenden Blick zu.

»Entschuldigung. Wir hatten überlegt, morgen hier bei uns ein Lagerfeuer zu machen, wenn ihr dazukommen wollt ...« Bella wandte sich ab und zog ihr Handtuch enger um sich.

»Das ist nicht gerade ein richtiges Date, und ich bin sicher, mit einem Haufen Frauen abzuhängen, ist das Letzte, was Kurt will.« Leanna berührte seine Hand. »Ich würde dich sehr gern sehen.«

»Ich habe nichts dagegen, den Abend mit deinen Freundinnen zu verbringen, wenn du das gern möchtest.«

»Großartig, dann haben wir ein Date«, sagte Bella.

»Mensch, Bella.« Leanna sah sie wütend an. »Jenna, bitte bring sie nach Hause.«

Jenna hakte sich bei Bella unter. »Komm, Bell, geben wir Leanna etwas Privatsphäre.«

»Ich gehe auch.« Amy nahm Peppers Leine und gab sie Leanna. »War nett, dich kennengelernt zu haben, Kurt.«

»Ebenfalls, Amy.« Kurt legte die Hände auf Leannas Hüften

und sie legte die Stirn an seinen Oberkörper.

»Es tut mir leid. Bella ist etwas aufdringlich.«

Mit dem Zeigefinger hob er ihr Kinn. »Sie scheinen nett zu sein. Mir ist es egal, was wir machen, solange ich mit dir zusammen bin. Entscheide du doch einfach und ich komme so um sechs Uhr vorbei?«

»Perfekt.«

Er küsste sie zum Abschied und Pepper winselte zu seinen Füßen. Kurt schüttelte den Kopf. »Gute Nacht, Pepper.«

Als er wegfuhr, fragte sich Leanna, ob sich ihr Glück gewendet hatte oder ob sie auf eine Bruchlandung zusteuerte, aber zu hoch in den Wolken schwebte, um es zu merken.

Zwölf

Kalt. Nass. Stinkend. Leanna machte ein Auge auf und sah Pepper, der seine Nase an ihre Wange drückte. Sie stöhnte auf und drehte sich um.

»Noch fünf Minuten?«, flehte sie.

Pepper jaulte ihr ins Ohr. Sie zog sich die Decke über den Kopf, spürte dann aber Peppers kratzende Pfoten. Leanna schob die Decke wieder weg und seufzte angesichts von Peppers heraushängender Zunge und seinem wedelnden Schwanz. Mühevoll kämpfte sie sich aus dem Bett und schaute aus dem Fenster. Da stand schon der Pick-up von Pool-Pete. *Neun Uhr.* Schon wieder ein später Start in den Morgen.

Das war es wert.

Sie war noch stundenlang wach gewesen und hatte über ihren Abend mit Kurt nachgedacht, seine Berührungen noch einmal durchlebt, seinen Mund auf ihrer Haut, seine Zähne an ihrem Slip. Jetzt bibberte sie ein wenig, als sie nur mit T-Shirt und Unterhose bekleidet die Tür für Pepper öffnete. Er rannte direkt hinunter zum Pool, um Pete zu begrüßen. Leanna schnappte sich ihren Laptop vom Nachttisch und checkte ihre E-Mails. Sie sortierte die Werbemails mit den Angeboten, ihr Liebesleben zum Knistern zu bringen, aus. *In meinem*

Liebesleben knistert es bereits. Der Gedanke überraschte sie, denn ausnahmsweise traf das sogar zu.

Dann ließ sie den Mauszeiger zwischen zwei ungeöffneten Mails hin- und herspringen. Die eine war von Mama's Market, einem regionalen Bauernmarkt, und die andere war von Daisy Chain, der größten Einzelhandelskette für Lebensmittel in New England. Sie hatte beiden vor drei Wochen ein Angebot geschickt. Zwei Klicks nur trennten sie entweder vom Ende oder vom Anfang ihres Traums.

Da sie im Moment zu nervös war, um die beiden Mails zu lesen, klappte sie den Laptop einfach zu. Pepper kratzte an der Tür und im nächsten Moment stürmte Bella mit ihm zusammen hinein – bekleidet mit ihrem Badeanzug unter einem Sarong und das volle Haar in einem hohen Pferdeschwanz gebändigt.

»Hallo, Freundin. Endlich aufgestanden? Hattest du die ganze Nacht Telefonsex?«

»Nein, Gedankensex. Oh nein, weißt du was? Kurt hat nicht einmal meine Telefonnummer. Apropos, ich weiß gar nicht genau, wo mein Handy ist.« Sie sah sich im Haus um und versuchte, sich daran zu erinnern, wann sie es das letzte Mal benutzt hatte.

»So ist das am Cape. Niemand benutzt sein Handy.« Bella stellte den Teekessel an.

Leanna fuhr sich durch die Haare. »Seltsam, oder? Wenn wir hier sind, scheint es, als würde es Uhren und Handys gar nicht geben. Im Ernst, meine E-Mails checke ich auch nur wegen dieser Angebote. Es gefällt mir wirklich, nicht so elektronisch zu leben.«

»Zählen Batterien auch dazu? Denn ein bestimmtes kleines elektronisches Spielzeug gebe ich so schnell nicht auf.«

Leanna schüttelte den Kopf, während sie Peppers Näpfe mit Wasser und Futter füllte. »Ich hab von den beiden Firmen eine E-Mail bekommen.«

Pepper stupste mit der Nase in seinen Napf, bis die Hälfte des Futters über den Rand und auf den Boden fiel. Dann legte er sich hin und fraß die Stücke vom Boden.

Bella riss die Augen auf. »Und?«

»Keine Ahnung. Ich hab sie noch nicht aufgemacht.«

»Warum zum Teufel denn nicht?« Bella griff nach dem Computer, doch Leanna hielt ihn fest.

»Darum! Was ist, wenn sie beide nicht interessiert sind? Dann hab ich die Arschkarte gezogen.«

»Arschkarte? Das meinst du nicht ernst, oder? Du weißt, dass das nur zwei winzig kleine Geschäfte in dieser großen weiten Welt sind. Du könntest Hunderte Angebote in die ganzen USA verschicken.«

»Ich weiß. Ich bin einfach nur nervös. Mir gefällt es so sehr, Marmelade zu machen. Ist das nicht vollkommen verrückt? Es ist dreckig und klebrig, hat nicht im Geringsten was mit einer richtigen Karriere zu tun, aber irgendetwas daran macht mich glücklich.« Sie zuckte mit den Schultern.

»Die meisten Dinge im Leben, die Spaß machen, sind dreckig und klebrig.« Bella zwinkerte ihr zu und reichte ihr eine Tasse Kaffee. »Apropos …«

Leanna wandte sich wieder ihrem Computer zu und vermied so, Bellas Bedürfnis nach Details über den Sex mit Kurt zu stillen. »Mal sehen, was die Firmen sagen.«

»So schlecht?«

»Nein.« Leanna schaute mit einem Lächeln auf. »So gut.«

»Zum Glück. Nach dem, was du über deinen falschen Rhythmus gesagt hast, hatte ich grauenhafte Bilder von Dingen im Kopf, an die eine Freundin nie denken sollte.«

»Du bist echt komisch.« Leanna lachte.

»Und? Du warst also nicht unbeholfen? Ich habe doch gesagt, den Typen ist so was vollkommen egal.«

Leanna lehnte sich zurück und nippte an ihrem Kaffee. »Ich glaube nicht, dass es ihnen egal ist. Zumindest denen, mit denen ich zusammen war. Die meisten reagieren total verärgert, so als hätte man ihnen gerade den Spaß verdorben. Aber Kurt nicht.«

»Vielleicht bist du nicht so unbeholfen, wie du denkst, und die anderen Typen waren Arschlöcher.«

»Nein.« Leanna schüttelte den Kopf. »Ich finde einfach den Rhythmus der meisten Männer nicht, aber Kurt … Ach, Mann, das ist irgendwie peinlich. Können wir uns einfach nur die Mails anschauen?«

»Nee.« Bella griff nach dem Laptop und klappte ihn zu. »Ich habe seit Wochen kein Date gehabt. Lass mich durch dich leben.«

Leanna seufzte. »Er hat mir geholfen. Er war zärtlich, aufmerksam und sexy und …« Sie spürte, dass sie lächelte. »Keine Ahnung. Es war einfach anders mit ihm. Ich habe mich nie jemandem so nah gefühlt.«

»Wow, so gut? Ich will auch so einen. Hat er einen Bruder? Einen Vater? Einen Cousin?« Bella schlug die Beine übereinander. »Du willst ihn nicht vielleicht teilen, oder?«

»Auf keinen Fall. Im Leben nicht. Aber du kennst mich ja. Wahrscheinlich ist er nicht lange da. Er hat sein ganzes Leben schön geordnet, und ich …«

»Ach, hör auf. Mach deinen Computer auf und lass uns mal sehen, was in deinem Leben los ist.«

Leanna öffnete zuerst die E-Mail von Mama's Market. »Ach

du meine Güte! Sie wollen einen Termin noch in dieser Woche mit mir machen.« Sie sah zu Bella auf. »Oh nein! Bella!« Sie sprang auf und marschierte hin und her. »Und jetzt? Ich hätte nie gedacht, dass die mich tatsächlich kennenlernen wollen.«

»Was dachtest du denn? Dass du einfach aufgibst? Dass du deine Zeit verplemperst? Warum hast du denn die Angebote überhaupt geschickt?« Bella drehte den Laptop zu sich herum. »Mal sehen, was die anderen sagen.« Sie klickte die Mail von Daisy Chain an.

Leanna hielt den Atem an.

»Sieh dir das an, Lea. Sie wollen dich nächste Woche sehen!«

»Nächste Woche? Diese Woche? Oh Mann! Freitag hab ich den Flohmarkt, also bleibt mir noch morgen oder Donnerstag. Ich muss so viel vorbereiten. Was soll ich machen?« Sie setzte sich und sprang gleich wieder auf. »Ich muss ihnen antworten. Donnerstag könnte ich sie treffen, dann habe ich den Tag heute, um frische Beeren zu pflücken und alles Nötige zusammenzusammeln, und morgen, um frische Marmelade zu kochen. Gut.« Sie marschierte wieder auf und ab, diesmal mit Pepper dicht auf den Fersen. »Ich schaff das. Ich schaffe das ganz sicher.« Sie blieb stehen und schaute Bella an.

»Du schaffst das, Leanna. Du schaffst das ganz sicher.«

Kurt hatte den ganzen Nachmittag mit seinem Bösewicht eine Fahrt auf einem reißenden Strom unternommen, und als sein Wecker um vier Uhr klingelte, waren seine Muskeln so verspannt, dass die Finger schmerzten. Krimis waren emotional mitreißend, und nach einem solchen Tag war seine Stimmung oft zu düster, als dass er sie so einfach ablegen konnte. Darin lag die Gefahr beim Schreiben von Thrillern und – wie Kurt sich eingestand – auch einer der Gründe dafür, warum er nie eine richtige Beziehung anstrebte. Außerdem war er klug, recherchierte und durchdachte die Dinge, bevor er sich in etwas hineinstürzte. Er wusste gern, wohin sein Lebensweg führte, und seine Überzeugung, immer alles möglichst perfekt zu planen, führte ihn selten auf Abwege. Und genau das war der Grund, weshalb es ihn vollkommen aus der Bahn warf, dass er derart von Leanna angezogen war.

Nun stand er auf der Veranda und sah aufs Meer hinaus. Die Ebbe hatte eingesetzt und das Wasser ließ Spuren von Muscheln und Seetang zurück. Er dachte an die intimen Momente mit Leanna am Strand und eine vibrierende Erregung erfüllte seinen Körper. Sie war in der Tat etwas unbeholfen und ihr Timing nicht ganz stimmig gewesen, aber mit seiner Hilfe und der richtigen Ermutigung hatten sie ihren Rhythmus gefunden und waren in wundervollem, glückseligem Einklang verschmolzen. Im Grunde gefiel ihm, dass sie ein kleines bisschen unperfekt war. Das machte Leanna zu *Leanna*. Sie war wahrhaftig. Einzigartig. Etwas ganz Besonderes, anders als alle Frauen, die er kannte. Jeder konnte sich die Kunst des Liebens aneignen und lustvolle Tricks erlernen, um das Erlebnis zu intensivieren, aber nicht viele Frauen waren mutig genug, ganz die zu sein, die sie wirklich waren, ohne zusätzliche, künstlich geschaffene Sinnlichkeit.

Er horchte kurz in sich hinein, um seine momentane Gemütsverfassung zu erfassen, während er sich etwas dehnte, um die angespannten Muskeln zu lockern. An Leanna zu denken, hellte seine Stimmung auf, aber der Bösewicht zerrte noch immer an seinen Nervenenden. Er ging hinauf in den kleinen Fitnessraum, um ein schnelles Workout für Bizeps, Trizeps und Brustmuskeln durchzuziehen, und als Zugabe legte er noch ein paar Übungen für die Bauchmuskeln drauf. Vierzig Minuten später hatte er einen klareren Kopf und sein Körper sehnte sich nach Leanna.

Nach einer kalten Dusche zog er sich Khakishorts und ein weißes T-Shirt über und machte sich auf den Weg nach Seaside. Beim Einbiegen in die Siedlung hörte er Musik, und kurz darauf merkte er, dass sie aus Leannas Haus kam. Er folgte dem Geräusch hinauf auf ihre Veranda und bis zu ihrer Fliegengittertür. Die Musik war so laut, dass er Leanna und ihre Freundinnen kaum reden hörte. Jeder Quadratzentimeter der Arbeitsfläche war von Gläsern mit abkühlender Marmelade eingenommen und auf dem Herd stand ein riesiger Topf. Ein Bikini-Oberteil und ein Minirock schmückten Leanna – und dazu noch etwa ein Pfund Marmelade.

Pepper bellte und Leanna drehte sich um: einen Löffel in der Hand und einen Streifen dunkler Marmelade an der Wange, den Kurt am liebsten direkt abgeleckt hätte.

Sie schnappte nach Luft. »Ist es schon fünf? Oder sechs?« Sie drehte das Radio leiser, ließ ihn herein und stellte sich auf die Zehenspitzen, um ihn mit einem Kuss zu begrüßen.

»Du schmeckst unglaublich süß.« Kurt leckte sich die Lippen und forderte noch einen Kuss ein.

»Ich schmecke auch gut. Mal probieren?«, brüllte Bella über die Musik hinweg und wedelte mit den Fingern.

»Nein«, antwortete Leanna für ihn. Sie nahm ihn an der Hand und zog ihn weiter hinein ins Haus. »Es tut mir so leid. Ich hab die Zeit vergessen, aber ich habe eine neue Geschmacksrichtung zusammengestellt.«

»Sie hat am Donnerstag ein Meeting mit Mama's Market«, erklärte Jenna, während sie mühsam versuchte, ihre Brüste mit einem Bikini-Oberteil zu bändigen, das so aussah wie zwei Tangas beim Versuch, Beyoncés Hintern einzufangen.

Der Duft von Zucker in der Luft, Leannas Haare zu einem zotteligen Zopf zurückgebunden und Marmelade als Kriegsbemalung in ihrem Gesicht – da konnte er gar nicht anders, als die Arme von hinten um sie zu legen und sie auf die Wange zu küssen.

»Mama's Market? Beeindruckend! Herzlichen Glückwunsch!«

Stolz drehte sie sich zu ihm um. »Rate, was noch!«

»Du hast eine neue Marmeladensorte?« Dann beugte er sich vor und küsste die Marmelade von ihrer Wange. »Erdbeere und noch irgendwas?«

Sie wurde rot und stolperte rückwärts, nicht ohne mit dem Löffel in der Hand sein weißes T-Shirt zu verschönern. »Oje.« Sie griff nach einem Tuch.

Kurt fasste sie sanft am Handgelenk. »Jetzt mal ganz ruhig und dann erzähl.«

»Erdbeer-Aprikose, aber das war es nicht, was ich dir erzählen wollte. Daisy Chain will sich nächste Woche mit mir treffen, um mit mir über meine Marmelade zu reden.« Ihre Augen funkelten und Kurt zog sie zu sich heran.

»Ach, Süße, das ist fantastisch! Ich freue mich für dich.« Als er sie wieder losließ, hatte die rote Marmelade von seinem T-Shirt eine Spur zwischen ihren Brüsten hinterlassen. Er konnte den Blick nicht abwenden, während ihm alle möglichen schmutzigen, klebrigen Gedanken durch den Kopf gingen. *Schmutzig* und *klebrig* waren bisher für ihn keine verlockenden Worte gewesen, aber wenn er mit Leanna zusammen war, änderte sich alles, was er von sich zu wissen glaubte, und nach dem letzten Abend bezweifelte er, dass es viel gab, was er nicht mit ihr ausprobieren würde.

»Und wie sieht jetzt dein Plan aus?«, fragte er.

»Plan?« Sie spülte den Löffel ab, der auf den Boden gefallen war, und tupfte dann sein T-Shirt mit einem nassen Schwamm ab, wobei sie den Fleck nur noch tiefer einarbeitete. »Ich bringe die frische Marmelade mit und rede mit ihnen.«

»Hast du Broschüren? Einen Marketingplan, den du ihnen zeigen kannst?«

Sie sah ihn an, als spräche er eine Fremdsprache, und machte sich dann weiter an der Marmelade auf seinem T-Shirt zu schaffen, die mittlerweile gut verteilt war.

Er zog sich das T-Shirt über den Kopf – was mit einem bewundernden Luftschnappen der anderen Frauen quittiert wurde – und hielt es unter kaltes Wasser.

»Jetzt kommen wir doch mal zur Sache«, neckte Bella.

»Wo bist du mein ganzes Leben gewesen?«, fügte Jenna hinzu.

»Hey, Mädels, das ist Leannas Freund. Lasst ihn in Ruhe.« Amy legte die Hand auf das Tattoo auf seinem Arm. »Sorry, ich musste ihn nur ein Mal berühren, Leanna. Jetzt gehört er dir ganz allein.«

»Himmel noch mal! Tut mir echt leid, Kurt. Und er ist nicht mein Freund«, sagte Leanna.

Kurts Hände hielten unter dem Wasser inne. Er sah zu ihr auf und begegnete ihrem besorgten Blick. »Bin ich nicht?«

»Na ja, also ich meine … Wir haben ja noch nicht so darüber geredet.«

»Los, Mädels, wir gehen ’ne Runde mit Pepper.« Amy zerrte die anderen aus dem Ferienhaus. Pepper folgte ihnen.

»Du hast recht. Wir haben nicht darüber geredet. Es tut mir leid.« Kurt spülte sein T-Shirt weiter aus und versuchte zu ignorieren, wie sich sein Innerstes zusammenzog. Vielleicht war er zu schnell vorgeprescht. Er nahm das Natron, das er ihr mitgebracht hatte, und bearbeitete damit das T-Shirt. »Ich wollte nicht einfach davon ausgehen, dass …«

Leanna lehnte sich mit dem Rücken gegen den Küchentresen, den Blick starr auf das Handtuch gerichtet, das sie in den Händen wrang. »Ich weiß. Möchtest du das denn?«

»Dein Freund sein?« *Oh ja, unbedingt.*

Ihr Blick war weiter starr auf das Tuch gerichtet. »Ich hatte seit Ewigkeiten keinen richtigen Freund.«

»Ich hatte seit Jahren keine richtige Freundin, und mir war bis zu diesem Moment auch gar nicht bewusst, dass ich in den Kategorien ›Freund‹ und ›Freundin‹ denke.« Er lehnte sich mit der Hüfte gegen die Spüle und legte die Hände auf ihre. Er spürte, wie sie sich unter seiner Berührung entspannten.

»Ja, ich möchte dein Freund sein, Leanna. Ich weiß, wir kennen uns noch nicht lang, aber ich empfinde etwas für dich, was ich noch nie zuvor empfunden habe.«

Ihre Mundwinkel kräuselten sich. Sie sah mit ihren sorgenvollen blau-grünen Augen auf.

»Sogar nachdem ich dein T-Shirt ruiniert habe?«

»Sogar nachdem du mein T-Shirt ruiniert hast.«

Seine Lippen trafen auf ihre, und er küsste sie, wie er sie hatte küssen wollen, seit er sie am Abend zuvor verlassen hatte. Er spürte, dass er hart wurde. Leanna ließ das Handtuch auf den Boden fallen und legte die Hand in seinen Nacken, um ihn noch leidenschaftlicher zu küssen. Ihre Berührung jagte eine Hitzewelle durch seinen Körper. Er vergrub die Hände in ihren Haaren, küsste sie hungrig und drückte seinen Oberkörper an ihre schönen, weichen, vollen Brüste. Ohne nachzudenken, hob er sie hoch, und sie schlang die Beine um seine Hüfte.

»Schlafzimmer«, flüsterte sie an seinen Lippen.

Er trug sie ins Schlafzimmer und stieß die Tür hinter sich mit dem Fuß zu. Kurt konnte sich nicht daran erinnern, eine Frau je so sehr gewollt zu haben, wie er Leanna wollte. Er sehnte sich danach, ihr nahe zu sein. Die Stimmen ihrer Freundinnen drangen durch das Fenster und er lehnte sich schwer atmend zurück.

»Das können wir nicht machen. Deine Freundinnen. Deine Marmelade.«

Sie nickte. »Stimmt. Schlechte Idee. Es sei denn, wir wollen drei Popcorn mampfende Zuschauer vor dem Schlafzimmerfenster haben.«

»Popcorn?«

»Meine Freundinnen … Ach, vergiss es.« Ihre Stirn berührte seine. »Badezimmer.«

»Was?« *Ach ja, klar. Zum Henker, egal wo.*

»Badezimmer. Da ist kein Fenster.«

»Und deine Marmelade?«

»Die kühlt ab. Der Herd ist aus.« Sie küsste ihn und hauchte: »Badezimmer.«

Er trug sie, und nachdem er die Tür abgeschlossen hatte – *denn Bella kennt keine Grenzen* –, schob Kurt Leannas Rock nach unten und zog dann seine Shorts aus. Leanna legte ihm die Arme um den Hals und er hob sie wieder hoch. Sie glitt auf ihn hinab, nahm jeden Zentimeter seiner Lust in sich auf, und ihnen beiden stockte der Atem, als ihre Körper zueinanderfanden. Leannas Haare fielen wie ein Vorhang über ihre Gesichter, während er sich in ihr bewegte.

»Oh Leanna, du bist so heiß und so feucht.« Sex war noch

nie so – *Mist!* Er hielt inne. »Oh nein! Nicht bewegen!«

»Was? Warum nicht?«

»Ich habe das Kondom vergessen. Bin es nicht gewohnt, immer eines bei mir zu haben.«

Sie fing an, sich auf und ab zu bewegen, doch er hielt ihre Hüfte fest.

»Leanna, nicht! Sonst komme ich.«

Sie lehnte sich zurück und sah ihm in die Augen. »Ich bin fast dreißig, nicht fünfzehn. Ich nehme die Pille und vor dir hatte ich fast ein Jahr lang keinen Sex. Wenn du also nicht irgendwelche besorgniserregenden Sexpartnerinnen hattest, ist alles in Ordnung.«

Er schüttelte den Kopf. »Nur drei Frauen in den letzten Jahren und immer geschützt.«

»Dann halt den Mund und küss mich.«

Ihre Lippen trafen sich, und Kurt drückte Leanna fest an die Wand, um Halt zu finden, während er tiefer in sie drang, fester, und das Gefühl genoss, wie ihr Körper ihn feuchtem Samt gleich umhüllte. Er wollte mit ihr in einem Bett sein, auf ihr liegen, Stunden vor sich haben, in denen sie sich lieben und berühren konnten, er jeden Zentimeter Haut kosten und sie erregen konnte, bis sie sich nicht einmal mehr an ihren Namen erinnerte. Auf keinen Fall würde er es so lang herauszögern können. Ohne Kondom und mit Leanna, die ihm mit rauer, lusterfüllter Stimme seinen Namen ins Ohr stöhnte. Er wurde langsamer, hoffte, so das Gefühl länger genießen zu können, und löste sich von ihrem köstlichen Kuss, um ihre Brust in den Mund zu nehmen und ihre festen Nippel zu reizen.

»Oh, oh, mein Gott.« Sie schloss heftig atmend die Augen.

Er umspielte ihre Brustwarze mit der Zunge, widmete sich dann der anderen Brust, während sie sich in seine Schultern krallte und sich mit jedem wilden Stoß gegen ihn krümmte. Ihr Inneres zog sich um ihn herum zusammen, und sie schrie auf wie in der vergangenen Nacht – ein lauter, sinnlicher Schrei, der seinen Saft tief aus seinen Lenden zog.

Kurt hielt sie fest an sich gedrückt. Ihre Körper schauderten gemeinsam und kleine Nachbeben ihrer Liebe durchströmten sie beide.

Mit befriedigtem, erfülltem Blick sah Leanna ihn an. »Ich will deine Freundin sein«, flüsterte sie.

Noch ein erstes Mal für ihn. Er wollte Leanna in seinem Leben haben, auch wenn es bedeutete, jeden Tag auf ein paar Stunden Schreiben zu verzichten.

Dreizehn

Nachdem sie rasch geduscht und sich angezogen hatten, war die Sonne schon fast untergegangen. Leanna war dankbar dafür, dass ihre Freundinnen ihnen die Zweisamkeit ermöglichten und sich ganz selbstverständlich um Pepper kümmerten. Sie hatte es genossen, mit Kurt zu duschen und sich gemeinsam anzuziehen. Er schien viel entspannter als bei ihrem Kennenlernen. Und sie bemerkte plötzlich alle möglichen Dinge, die ihr gefehlt hatten – zum Beispiel wie er sie beobachtete, wenn er dachte, dass sie es nicht merkte, und dann das schiefe Lächeln, wenn sie ihn dabei erwischte. Sie liebte es, wie dunkel und intensiv sein Blick wurde, bevor sie sich küssten, und wie seine Hände immer ihren Weg zu ihr fanden, zu ihren Händen, Hüften, Schultern. Jetzt griff er allerdings nach einem Marmeladenglas. Ihr war klar, dass es ihn wahnsinnig machen musste, solch eine Unordnung in der Küche zu sehen. Sie berührte sachte seine Hand.

»Wir können sie nicht wegräumen. Sie müssen über Nacht abkühlen.«

»Wirklich? Du lässt sie einfach hier so stehen? Und wenn du deine Arbeitsfläche brauchst? Oder den Tisch?«

Er zog die Augenbrauen in dieser ernsten Art zusammen, in

die Leanna sich bereits verliebt hatte, denn was in seinen Augen ernst schien, war es in ihren nie.

Sie zuckte mit den Schultern. »Dann hab ich noch den Tisch auf der Veranda.« Sie ging zur Spüle, um die große Schüssel abzuwaschen, und Kurt umarmte sie.

»Lass mich das machen.«

»Ich kann das selbst.«

»Das weiß ich. Aber ich möchte es gerne tun. Du kannst in der Zeit schon etwas anderes machen.«

Sie fühlte seinen Blick auf sich, während sie im Ferienhaus umherlief und die Utensilien zusammensammelte, die in den Geschirrspüler mussten, ebenso wie die Handtücher, die sie waschen musste.

»Ich hab dich gern hier«, gestand sie.

»Ja? Und ich bin gern hier.« Er lächelte ihr über die Schulter zu.

Sie fühlte sich zu seiner Nachdenklichkeit hingezogen, zu diesem Mann, der sein eigenes vollständiges Leben ohne sie hatte und dennoch Möglichkeiten fand, um sie darin aufzunehmen. Sie fuhr mit den Händen seinen Rücken entlang, hoch zu seinen Schultern, und legte dann ihre Wange auf seine Haut. Sie war warm, seine Muskeln waren fest, und obwohl er ihr Duschgel benutzt hatte, drang sein männlicher Duft durch.

»Brauchst du irgendwelche Hilfe, um das Meeting mit Mama's Market vorzubereiten?«, fragte er.

Vorbereiten? Allein bei dem Gedanken daran, sich vorbereiten zu müssen, wurde ihr flau im Magen. Vorbereitung war nicht ihr Ding, und außerdem ging es hier um Marmelade und Gelee und nicht um ein Millionen-Dollar-Unternehmen. »Nein, ich bin schon bereit. Nur nervös.«

»Sie werden dich lieben.«

»Hoffentlich lieben sie meine Produkte.« Sie lehnte sich gegen die Arbeitsplatte, während er ihr eine Schüssel zum Abtrocknen gab und die nächste abwusch. Sie hoffte sehr, dass die Leute dort sie mögen würden. Es wäre so viel einfacher, sie für den Vertrieb ihrer Waren zu gewinnen, wenn man sie als Menschen mochte.

»Wie lief es mit dem Schreiben heute?«

Er stellte das Wasser ab und fing an, abzutrocknen. »Großartig. Ich war wirklich inspiriert und habe ein paar spannende Kapitel geschrieben. Finster und unheimlich.«

»Wie kannst du so finstere und unheimliche Sachen schreiben? Gruselt es dich dabei nicht?«

Er stellte die Schüssel ab und nahm sein T-Shirt von dem Küchentresen. »Nein. Also, ich bin dann eine gewisse Zeit in einer düsteren Stimmung, aber es macht mir keine Angst.«

Leanna legte ihre Hände auf seinen herrlich sexy Oberkörper. »Ich sollte dir vielleicht sagen, dass es zwar total cool ist, dass du Krimis schreibst, ich aber überhaupt keine Krimileserin bin. Ich mag gruselige Sachen nicht, aber ich habe Respekt vor dem, was du machst.«

»Warum überrascht mich das jetzt nicht?« Er beugte sich vor und küsste sie. »Wo ist deine dreckige Wäsche?«

Sie wusste, dass er davon ausging, sie hätte einen bestimmten Wäschekorb mit einem ordentlichen kleinen Stapel Dreckwäsche darin. Statt einer Antwort biss sie sich auf die Unterlippe.

»Da müsste ich jetzt erst einmal überlegen.«

Sie nahm seine Hand und zog ihn ins Schlafzimmer. Dann führte sie ihn an das andere Ende des Bettes, wo zwei Haufen Kleidung lagen. Sie zeigte darauf. »Sauber. Dreckig.« Sie fragte sich, ob er sich nun wohl umdrehen und gehen würde. Einfach so. *Wir sehen uns. War nett mit dir, aber du bist zu chaotisch.*

»Das ist nicht dein Ernst, oder?« Sein Blick war amüsiert, die Augen weit aufgerissen und die Lippen ungläubig verzogen.

»Doch.«

Behände hob er sie hoch und legte sie aufs Bett, um sich dann auf sie zu legen. »Du brauchst mich in deinem Leben.«

Oh zum Teufel ja, unbedingt. »Ich *brauche* überhaupt keinen Mann in meinem Leben. Aber ich *will* dich darin.«

»Das ist auch in Ordnung.« Er warf einen Blick auf die Wäsche. »Welche Münzen braucht man in deinem Waschhaus?«

»Vierteldollar.« Sie zeigte auf eine Plastikdose voller Münzen auf der Kommode.

»Hast du was dagegen, wenn ich deine weiße Wäsche hineinwerfe?«

»Das ist so, als würde ich dich fragen, ob ich deine Veranda fegen kann.« *Nur besser, denn du machst es ordentlich, während ich überhaupt nicht richtig fegen kann.*

Er küsste sie noch einmal und zog sie dann an der Hand hoch. »Ich werde mich hüten, dich darum zu bitten. Komm, wir machen es zusammen, damit deine Freundinnen nicht denken, du hättest mich als Putzmann engagiert.«

»Die denken eher, ich hätte dich als Sexsklaven engagiert.« Sie klatschte ihm auf den Hintern, als er sich vorbeugte, um ihre Wäsche aufzuheben.

»Du bist ziemlich süß.«

»Wenn du die Wäsche zum hundertsten Mal aufhebst oder wenn ich deine ganzen Klamotten in Marmeladenlumpen verwandele, wirst du mich nicht mehr für so süß halten, oder wenn —«

Mit einem leidenschaftlichen Kuss brachte er sie zum

Schweigen.

»Lass mich entscheiden, wie lange ich dich für süß halte.«

»Okay«, erwiderte sie benommen.

Bella grillte Hähnchenfleisch und Jenna und Amy machten einen Salat. Leanna holte selbstgebackenes Brot und Marmelade, während Kurt den Wein ausschenkte, den er für den Abend mitgebracht hatte. Sie aßen am Feuer im Gras hinter Leannas Ferienhaus und unterhielten sich. Ein süßer, rauchiger Duft hing in der Luft und Leannas Wangen waren von der Wärme des Feuers gerötet. Ihre Freundinnen waren herzlich und gut gelaunt, und Kurt fiel auf, wie wohl sie sich miteinander fühlten. Sie warfen sich wissende Blicke zu und hießen ihn ohne viel Aufhebens in ihrer eng vertrauten Runde willkommen. Er konnte sich nicht daran erinnern, wann er das letzte Mal entspannt mit Freunden zusammengesessen hatte. Eigentlich war er sich nicht einmal sicher, ob er überhaupt Freunde hatte, denen er so nahestand, wie diese Freundinnen Leanna nahestanden, und er fragte sich, ob er irgendetwas verpasste. Aber derartige Freundschaften forderten Pflege und Zeit, und Zeit hatte Kurt nie übrig gehabt – bis er Leanna kennengelernt hatte. Er dachte an die Momente, die er mit seinen Geschwistern verbrachte, und an die Familienessen mit seinen Eltern. Solche Unternehmungen genoss er, aber das war etwas anderes. Im Mondlicht am Lagerfeuer zu sitzen, die Gesellschaft von anderen Menschen, die nicht zur Familie gehörten, zu genießen, und den Arm um seine Freundin zu legen … Noch ein erstes Mal.

Er war überrascht, dass Bella sie nicht aufgezogen hatte, weil sie vorhin verschwunden waren, aber auch wenn sie manchmal so unverfroren war, wusste sie anscheinend doch, wann sie Leanna nicht in Verlegenheit bringen sollte.

»Also, Kurt, kannst du uns etwas über das Buch sagen, an dem du gerade arbeitest?«, fragte Jenna.

»Es ist düsterer als meine anderen und spielt in einer alten Bergarbeiterstadt in West Virginia.« *Und ich möchte wirklich nicht darüber reden, denn sonst fange ich an, über das nächste Kapitel nachzudenken, und dann will ich es schreiben.* Er zog Leanna näher an sich heran. Sie trug ein Sweatshirt und Shorts, und als ihr Bein seines berührte, spürte er, dass ihre Haut vom Lagerfeuer gewärmt war.

»Basieren deine Figuren auf Menschen aus dem echten Leben?« Amy trug eine Jogginghose und ein Sweatshirt und saß mit angezogenen Beinen auf der Bank.

»Nur die, die ich nicht mag. Und die bringe ich um.« Das sorgte, wie zu erwarten, für allgemeines Gelächter. Er musste das Thema wechseln. »Wie lange kennt ihr euch eigentlich alle schon?«

Die Frauen sahen sich lächelnd an.

»Seit vielen Jahren«, sagte Bella. »Es gibt hier in der Siedlung noch andere Hauseigentümer, aber dieser Sommer war seltsam. Es ist so leer hier. Das Haus dort drüben zum Beispiel gehört der Großmutter von Jamie Reed.« Sie zeigte auf das Ferienhaus an der Ecke. »Vera ist achtzig, Jamie ist in unserem Alter. Normalerweise kommt er oft übers Wochenende her und kümmert sich um seine Großmutter, aber Vera war in diesem Sommer gar nicht hier, weil es ihr nicht gut geht. Dann ist da noch Tony, dem gehört das blaue Haus gegenüber vom Pool.«

»Tony«, hauchten Jenna und Amy mit verträumtem

Lächeln.

Bella ergänzte: »Er ist der heißeste Typ der Siedlung, und er kommt in ein paar Tagen, glaube ich.«

Kurt machte sich in Gedanken eine Notiz zu Tony, dem *heißesten Typen der Siedlung.*

»Ja, stimmt. Er hatte doch diese Woche die Sache auf Maui, oder?«, meinte Leanna.

»Maui?«, fragte Kurt nach.

»Ja, er ist Motivationstrainer und Profi-Surfer.« Leanna zeichnete mit dem Finger Kreise auf Kurts Oberschenkel und er bemerkte schweigend ihre Nervosität.

»Und da sind natürlich noch Clark und Vanessa. Denen gehört das große Haus da drüben.« Bella zeigte auf das Ferienhaus neben dem von Amy. »Und Grumpy Gus, aber der ist fast nie da.«

»Und Pete«, fügte Jenna hinzu. »Unser Hausmeister und Poolwart.«

»Ja, Pete dürfen wir auf keinen Fall vergessen, nicht wahr, Jenna?« Leanna stupste Jenna mit dem Zeh an. »Sie ist in Pete vernarrt.«

»Ach, hör auf«, wehrte Jenna ab.

»Jedenfalls kennen wir uns schon ewig. Wo lebst du sonst, Kurt?«, wollte Bella wissen.

»In New York«, antwortete Jenna.

Kurt lachte. »Genau, ich lebe tatsächlich in New York, am Stadtrand.«

»Sorry, ich habe dich gegoogelt«, gestand Jenna. »Du hast vier Brüder und eine Schwester, die ein berühmtes Model ist. Ein Bruder entwickelt PC-Spiele, ein anderer ist Skifahrer auf Olympianiveau, dann gibt's da noch den Survival-Experten und …« Sie schnippte mit den Fingern.

»Du gibst eine gute Privatdetektivin ab. Mein Bruder Sage ist Künstler. Außerdem hat er die gemeinnützige Organisation ›Hydration Through Creation‹ gegründet, die in Entwicklungsländern Brunnen baut. Finanziert wird das Projekt durch Kunstversteigerungen. Er und seine Freundin Kate leiten das Unternehmen gemeinsam.«

»Wann gehst du zurück nach New York?«, fragte Amy.

»In etwa zwei Wochen.« Kurt küsste Leanna auf den Kopf.

»Also wenn ich ein Haus am Strand hätte, würde ich das ganze Jahr darin wohnen«, sagte Amy.

»Das wäre schon schön, aber mein Leben spielt sich in New York ab. Meine Familie, meine Agentin, all meine Verlagskontakte. Es wäre unpraktisch, das ganze Jahr hier zu sein.«

»Klingt logisch.« Amy stand auf und trat näher ans Feuer, um ihre Hände zu wärmen. »Leanna? Wenn du diese Aufträge bekommst, bleibst du dann am Cape? Oder wo willst du dann leben?«

»Darüber habe ich noch nicht nachgedacht.« Sie setzte sich auf und gähnte.

Neugier erfasste Kurt. Wo würde sie leben? Wie könnte er sie sehen? Er schob die beunruhigenden Gedanken beiseite. Er würde schon dafür sorgen, dass er sie sehen konnte.

»Ich verstehe nicht, wie du nicht wissen kannst, wo du in ein paar Wochen lebst. Ich würde verrückt werden. Ich muss wissen, wo ich sein werde und wann ich dort sein werde.« Jenna stellte sich zu Amy ans Feuer.

Leanna zuckte mit den Schultern. »Das stört mich nicht.«

»Weil du einen Treuhandfonds hast und wir nicht.« Bella stand auch auf und streckte sich gähnend.

Kurt war Leannas Geld im Grunde egal, aber das überraschte ihn. »Ich hätte dich nicht für ein Treuhandfonds-Kind gehalten.«

»Weil ich es nicht bin. Mein Urgroßvater hat meinem Dad Geld hinterlassen und der hat alles für mich und meine Geschwister in Treuhandfonds angelegt. Ich habe es fürs College benutzt, seitdem aber nie wieder angerührt. Ich nehme an, ich hinterlasse es mal meinen Kindern, und irgendwann wird es jemand bekommen, der es wirklich braucht.« Leanna zuckte mit den Schultern, als hätte sie gerade gesagt, was jeder sagen würde.

Kurt und seine Geschwister waren alle wohlhabend, doch jeder einzelne von ihnen hatte es durch harte Arbeit und Hingabe verdient zu etwas gebracht. Dass Leanna sich ebenfalls auf ihre eigene Leistung verließ, machte sie in seinen Augen noch liebenswerter.

»Du bist bemerkenswert.« Er zog sie näher an sich heran.

»Wohl kaum.« Sie errötete.

»Die meisten Leute würden das Geld verwenden, um ihre Geschäftsidee zu verwirklichen oder um zu reisen oder sonst was. Die Leute finden immer Gründe, um Geld auszugeben.« Kurt dachte an seine eigenen Finanzen. Er gab nicht unnötig Geld aus, und er reiste nur, wenn er dazu gezwungen war. Er besaß sein Haus in New York und das auf Cape Cod, und an beiden Orten hatte er ein Auto. Großzügige Spenden gingen an Sages Non-Profit-Unternehmen und an andere Wohltätigkeits-organisationen, und darüber hinaus war sein Geld gut angelegt. Er hatte das Gefühl, dass sich eine weitere Schicht von Leanna löste und die starke, entschlossene Frau darunter offenbarte.

»Ich glaube nicht, dass mein Urgroßvater hart gearbeitet hat, damit ich es nicht tun muss.«

Leanna schaute lächelnd zu ihm auf, und in dem Moment

wusste er alles, was er über sie wissen musste. Es war egal, wo sie lebte oder wie sie ihren Lebensunterhalt verdiente. Ein Mensch wurde nicht so liebenswürdig wie sie, indem er hübsch aussah oder die richtigen Dinge besaß. Leanna war äußerlich ohne Frage schön, aber innerlich war sie beeindruckend.

Sie unterdrückte ein weiteres Gähnen.

»Wie sehen deine Pläne für morgen aus?« Kurt schob die Haare beiseite, die ihr in die schläfrigen Augen fielen.

»Ich wollte die Charge Marmelade fertigmachen, die ich heute gekocht habe. So schrecklich viel steht im Moment nicht auf dem Plan.«

»Komm mit zu mir. Bleib heute Nacht bei mir.«

Sie setzte sich auf und sah ihn forschend an. »Meinst du das ernst?«

»Mehr als das.«

»Was ist mit deinem Schreiben?«

Ihm gefiel, dass sie an seinen Tagesablauf dachte. »Ich mache, was ich immer mache. Ich werde aufstehen, laufen und dann schreiben, aber ich dachte, es wäre schön, dich bei mir zu haben. Du kannst an deiner Präsentation für Donnerstag arbeiten, an den Strand gehen, lesen und es dir ein bisschen gemütlich machen. Ich möchte einfach nur mit dir im Arm aufwachen.«

Er bemerkte, dass Amy, Jenna und Bella sie beobachteten, und räusperte sich. »Sorry, ich möchte sie euch nicht wegnehmen.«

»Nein, nein. Nimm sie nur, bitte«, sagte Amy und unterstrich ihre Worte mit einer ausladenden Handbewegung.

»Wir sabbern nur vor Neid.« Bella wischte sich über den Mund.

»Mann, Bella!« Leanna schaute zu Pepper hinunter, der

neben Kurts Füßen schlief. »Was ist mit Pepper?«

»Gesamtpaket. Pep kommt mit.«

»Okay, aber bist du sicher, dass ich dich nicht bei der Arbeit störe?« Sie fuhr mit dem Finger die Taschennaht auf seinen Shorts nach.

Er nahm ihre Hand an die Lippen und drückte einen Kuss darauf. »Nein, ich bin mir sogar zu achtzig Prozent sicher, dass du meinen Plan durcheinanderbringst, aber ich möchte dich bei mir haben.«

Vierzehn

Das Geräusch von klapperndem Geschirr drang von unten herauf und weckte Leanna. Das Kissen roch nach Kurt, maskulin und erdig, mit einer süßen, blumigen Note. Sie drehte sich zum Fenster um und sah eine Vase mit frischen Wildblumen neben dem Bett. Wie kam es, dass ausgerechnet sie das Glück hatte, den liebsten Kerl auf Erden zu treffen? Als sie am vergangenen Abend sein Haus erreicht hatten, war sie so müde gewesen, dass sie sich kaum wachhalten konnte, und er hatte sie ins Bett gesteckt, sich neben sie gelegt und sie im Arm gehalten, während er las – und sie schlief. *Wie ein Murmeltier.*

Sein Schlafzimmer war – wie der Großteil des Hauses – in Weiß eingerichtet: weiße Wände mit Zierleisten aus gebeiztem Holz, weiße flauschige Bettdecke. Eine Brise bauschte die transparenten weißen Vorhänge vor dem offenen Erkerfenster. Ein einladendes hellbraunes Polster war in das Fensterbrett eingebaut, darauf lagen braune, hellbraune und rote Dekokissen. Ein dicker weißer Teppich lag auf dem Eichenparkett zwischen Bett und Fenster. Ein Haus, das überwiegend weiß war, hätte steril wirken können, aber es passte perfekt zu Kurt. Er war sauber und ordentlich, mit einem Hauch Extravaganz an den richtigen Stellen.

Sie vergrub die Nase in seinem Kissen und atmete seinen berauschenden Duft ein.

Pepper bellte, und als sie die Nase vom Kissen nahm, sah sie Kurt lächelnd mit einer Tasse Kaffee in der Hand auf sie hinabblicken.

»Ich bin mir nicht sicher, ob das unheimlich oder süß war«, meinte er mit einem Lächeln.

Sie wand sich innerlich. »Sagen wir unheimlich süß. Du solltest deinen Duft in Flaschen abfüllen. Du würdest dir eine goldene Nase damit verdienen.« Sie hatte in einem von Kurts T-Shirts geschlafen, und als sie sich in den Schneidersitz setzte, versank sie beinahe darin.

Pepper sprang auf die flauschige weiße Decke und Kurt warf ihm einen finsteren Blick zu.

»Runter!«

Pepper gehorchte und legte sich neben dem Bett auf den Boden.

»Ob ich das will? Ein Haufen Typen, die genauso riechen wie ich?« Er setzte sich neben sie, küsste sie auf die Wange und gab ihr den Kaffee. »Ich wusste nicht, wie du ihn magst. Also, wenn er nicht richtig ist, hole ich dir einen neuen.«

»Danke, aber ich hätte auch nach unten kommen können, um den Kaffee zu trinken.« Sie nahm einen Schluck. »Der ist perfekt.« Sie berührte seine nassen Haare.

»Ich war joggen, habe geduscht, Frühstück gemacht und die Zeitung gelesen.«

»Und das alles hab ich verpennt? Ich bin eigentlich nicht so faul, wirklich, ich schwöre.«

Er lachte. »Keiner hat gesagt, dass du faul bist. Es war herrlich, neben dir aufzuwachen, und wenn ich nicht mein Schreibpensum zu erledigen hätte, wäre ich bei dir im Bett geblieben. Oder in dir drin.«

Sie schob die Unterlippe vor. »Blödes Schreibpensum.«

Sein Blick huschte zur Uhr. »Ich verspreche dir, wir holen später alles nach. Im Badezimmer sind frische Handtücher. Fühl dich wie zu Hause. Ich bin auf der Terrasse und schreibe, falls du mich brauchst.« Er küsste sie erneut. »Aus dem Bett zu kommen und zu schreiben, war nie ein Problem für mich – bis heute. Zum ersten Mal in meiner Karriere als Schriftsteller würde ich wirklich zu gern wieder zurück ins Bett kriechen und den Laptop warten lassen.«

Sie drückte ihn scherzhaft von sich weg. »Geh. Schreib. Ich kann es nicht verantworten, dass die Welt ihren nächsten Remington-Krimi nicht bekommt.«

Nachdem sie geduscht und sich Badeanzug und Shorts angezogen hatte, sah Leanna vom Schlafzimmerfenster aus zu Kurt auf die Veranda hinunter. Es war ein diesiger Morgen und über dem Wasser lag ein schöner gelb-grauer Dunst. Kurts Finger flogen über die Tastatur, und sie fragte sich, was in seinem Kopf vor sich ging. Wenn er sprach, wählte er die Worte sorgsam, und manchmal sah er so aus, als sinnierte er über eine komplexe Gleichung. In anderen Momenten – wie heute Morgen, als er sagte, er würde am liebsten zurück zu ihr ins Bett kriechen – wurden seine Gesichtszüge und sein Blick vor Zärtlichkeit sanft. Der Abend, an dem sie sich kennengelernt hatten, kam ihr in den Sinn. Da hatte ihn die Störung so sehr geärgert. Jetzt wusste sie, dass er geschrieben hatte und dass sie ihn tatsächlich unterbrochen hatte. Zu dem Zeitpunkt hatte sie sich nicht vorstellen können, dass er eine zärtliche oder romantische Seite hatte. Er war eine einzige wunderbare Überraschung.

Leanna zögerte nicht, eine Schublade aufzuziehen, um

nachzusehen, ob er in den versteckten Bereichen seines Lebens ebenso ordentlich war wie an der Oberfläche.

»Absolut.« Sie fuhr mit den Fingern über den Stapel perfekt zusammengelegter T-Shirts. Um sich ihm näher zu fühlen, nahm sie ein blaues Tanktop vom Stapel, zog es über ihren Badeanzug und verknotete es an der Hüfte. Dann startete sie eine Erkundungstour. Sie ging den Flur entlang und spähte in ein nett zurechtgemachtes Gästezimmer. Hinter der nächsten Tür entdeckte sie einen voll eingerichteten Kraftraum mit Hanteln und verschiedenen Fitnessgeräten. Sie versuchte, sich Kurt beim Training vorzustellen, wenn er Pausen vom Schreiben machte, korrigierte den Gedanken aber schnell: beim Training entweder *vor* dem Schreiben oder *nachdem* er damit fertig war. Sie sah zum Fenster hinaus und erblickte zu ihrer Überraschung ein weiteres Haus ganz in der Nähe. Es war so groß wie ihr Ferienhaus, hatte verwitterte Dachschindeln und eine Rundbogentür und lag dank der Bäume auf dem Grundstück im Schatten.

Sie hörte Pepper bellen und ging die Holztreppe nach unten, wo sie ihren Hund hechelnd draußen auf der Veranda vorfand, wie er um Kurts Aufmerksamkeit bettelte. Kurt saß vor seinem Laptop und schrieb. Er drehte Pepper nur kurz den Kopf zu und schaute gleich wieder auf seinen Bildschirm. Pepper bellte erneut, und in dem Moment entdeckte sie Peppers Näpfe neben Kurt und Peppers Leine, die an Kurts Stuhl festgebunden war.

Diese Leine machte Kurt nun los, um mit Pepper an den Strand hinunter zu gehen. Leanna trat nach draußen und sah zu, wie die beiden am Wasser entlangliefen. Die Wellen schwappten über Kurts nackte Füße. Seine breiten Schultern sahen entspannt aus, sein Gang gemütlich schlendernd. Er schien vollkommen zufrieden zu sein, obwohl sie wusste, dass er sich wahrscheinlich wünschte, sie würde ihn ablösen, damit er schreiben konnte. Sie gönnte sich noch eine Minute, um diesen Anblick zu genießen. Er war so gut aussehend, dass er ihr den Atem raubte, und wenn er so neben Pepper herlief, wurde ihr ganz warm ums Herz. Ihr wurde klar, dass er wie der Typ Mann aussah, der ihr und ihren Freundinnen am Strand auffallen würde und den sie anstarren würden, bis er in der Ferne verschwand. Nur dass Kurt *ihr* Freund war. Sie hatte ihr Leben nie besonders gut im Griff gehabt, daher war es keine Überraschung, dass sie auch nie eine Beziehung so richtig im Griff gehabt hatte. Dies hier fühlte sich anders an. *Sie* fühlte sich anders. Sie wollte, dass es funktionierte.

Leanna ging die Treppe zum Strand hinunter und lief zu Kurt. »Hey, soll ich übernehmen?« Sie griff nach der Leine.

Doch er nahm die Leine in die andere Hand und legte den Arm um ihre Schultern. »Nein, aber ich möchte, dass du mit uns läufst.«

»Und was ist mit deinem Schreibpensum?«

»Vielleicht muss ich später noch etwas in den Abend hinein arbeiten, aber ich glaube, du färbst auf mich ab. Ich will das hier nicht verpassen. Dich. Uns.« Er küsste sie auf die Wange und warf einen Blick auf sein T-Shirt, das sie an der Hüfte verknotet hatte. »Du siehst süß aus in meinem T-Shirt.«

»Ich hoffe, es stört dich nicht. Ich hab nicht herumgeschnüffelt.« Sie legte die Hand auf seinen Bauch und lehnte den Kopf gegen seinen Arm. »Das heißt ... Also so ganz stimmt das nicht. Ich wollte sehen, wie ordentlich deine Schubladen sind. Komisch, ich weiß, aber ich habe mich gefragt, ob du wohl insgeheim ein chaotischer Typ bist und das ganze saubere Haus und das aufgeräumte Ganze nur Show ist.«

»Mhm ... Ich habe nichts zu verbergen. Ich bin, wer ich bin.«

»Mir gefällt, wer du bist. Und ich weiß jetzt auch, woher du diese riesigen und irre sexy Muskeln hast. Dein Kraftraum würde sogar Arnold Schwarzenegger Ehre machen.«

»Ich bin gern für mich. Öffentliche Fitnessstudios habe ich noch nie so gemocht.« Mit den Füßen im Wasser gingen sie weiter. »Hast du für morgen noch irgendetwas vorzubereiten? Eine Präsentation?«

»Ich sagte doch schon, ich mach mir da nicht so einen Stress.« Aber je mehr er davon sprach, umso mehr fragte sie sich, ob sie doch etwas vorbereiten sollte. Sie hatte sich noch nie im Leben so richtig auf irgendetwas *vorbereitet*. Sie ließ sich von Hoffnungen und Launen treiben und ging davon aus, dass sich schon alles fügen würde. Oder auch nicht. Jetzt fragte sie sich, ob das ein Teil ihres Problems war. War sie unausgefüllt, weil sie nicht das Interesse gezeigt oder das Engagement an den Tag gelegt hatte, das nötig gewesen wäre, um in ihren bisherigen Aktionen einen tieferen Sinn zu sehen? Sie wischte den Gedanken beiseite. Sie konnte sich wegen des Meetings jetzt keinen Stress machen, und sich Sorgen zu machen, war das Letzte, was sie an einem so schönen Tag mit Kurt machen wollte.

»Ja, aber —«

»Ich hab alles unter Kontrolle.« *Hoffe ich.*

»Okay, ist angekommen. Aber ich bin ziemlich gut darin, solche Sachen zusammenzustellen, falls du also jemals jemanden brauchst, der dir mit Marketingplänen oder Präsentationen hilft, kannst du auf mich zählen.«

»Danke.«

»Vielleicht ist das Marmeladengeschäft einfach ganz anders

als andere Branchen. Wenn mein Bruder Dex ein neues PC-Spiel bei Vertriebsgesellschaften vorstellt, dann wollen sie alles sehen: Geschäfts- und Marketingpläne, Produktbeschreibungen. Auch in der Verlagsbranche ist Vorausplanung von ungeheurer Bedeutung. Für jede neue Veröffentlichung entwickeln wir Geschäfts- und Marketingpläne. Es ist natürlich nicht das Gleiche, aber es gibt da schon große Ähnlichkeiten.«

»Ich weiß, dass es üblicherweise so abläuft, aber ich nehme an, ich will es erst auf meine Art versuchen. Falls es dir noch nicht aufgefallen sein sollte: Ich bin nicht so der Typ für Geschäfts- und Marketingpläne.«

Er küsste sie auf die Stirn. »Ich glaube, du verkaufst dich unter Wert. Du hast alles, was es braucht. Aber du kennst deine Branche am besten.«

»Ich kenne sie nicht am besten, aber ich weiß so wenig über Marketingpläne und das Ganze, dass ich es für besser halte, wenn ich da einfach als ich hingehe. Sollte ich damit falschliegen, muss ich mich hinterher darum kümmern.«

»Klingt vernünftig. Ich glaube an dich, aber wenn du mehr als das brauchst, bin ich da.«

Mit Abstand der liebste Mann auf Erden.

Pepper rannte auf eine Frau zu, die mit einem kleinen Jungen spazieren ging. Kurt straffte die Leine. »Pepper, komm her.«

»Er beißt nicht.« Leanna blieb neben Kurt stehen, der sich zu Pepper hockte.

»Ich weiß, aber manche Kinder haben Angst. So sind wir in Peppers Nähe, falls er versucht, sie anzuspringen.«

Die Frau kam mit dem Kind auf sie zu. Sie hatte freundliche dunkle Augen und ein nettes Lächeln. Sie hielt ihren Sohn an der Schulter und blieb ein paar Meter von Pepper entfernt stehen. »Er liebt Hunde. Darf er Ihren mal streicheln?« Sie trug einen grünen Schlapphut und einen schwarzen Badeanzug.

»Klar, er beißt auch nicht«, beruhigte Leanna sie.

Kurt hielt Pepper am Halsband fest, während der Junge ihn kichernd streichelte.

»Er heißt Pepper.« Kurt lächelte den Jungen an.

»Pepper«, sagte der kleine Junge und streckte dem Hund die Hand zum Ablecken entgegen.

»Wie alt bist du?« Kurts Blick wanderte zwischen dem kleinen Jungen und dem Hund hin und her.

»Dei«, antwortete der Junge.

»Mann, du bist aber schon groß. Bist du das erste Mal am Strand?«

Der Junge schüttelte den Kopf.

Leanna spürte, wie sich ihr Herz bei Kurts liebevollem Tonfall zusammenzog. *Er wird eines Tages ein großartiger Vater sein. Oh Mann! Was denke ich denn da?*

»Ich auch nicht.« Kurt schaute zur Mutter des Jungen auf. »Er ist wirklich süß.«

»Danke.« Sie strich ihrem Sohn über den blonden Schopf.

»Danke.« Der Kleine griff nach der Hand seiner Mutter, als sie fortgingen.

»Der war wirklich süß, oder?« Sie gingen zurück zum Haus. *Und du erst.* »Bezaubernd.«

Nachdem sie am Haus angekommen waren, machte sich Kurt wieder ans Schreiben und Leanna setzte sich wenige Meter entfernt in einen Liegestuhl.

Kurts Handy klingelte, und als er antwortete, sprach er leise. »Hi, na?« Er lauschte der Person am anderen Ende und sagte dann: »Ich weiß. Okay, ja, ich besorge etwas für sie.« Er schwieg kurz. »Im Ernst, Siena? Ich werde es wohl schaffen, ein Geschenk auszusuchen. Was soll das heißen? Mit einer weiblichen Note?« Er schwieg erneut kurz und lachte dann.

Leanna versuchte, nicht zu lauschen – nein, das war gelogen. Sie lauschte unverfroren. *Wer ist Siena?*

»Okay, gut. Ja, ich suche nach etwas, das nicht zu männlich ist. Willst du es einfach kaufen und sagen, ich hätte es ausgesucht?« Er schwieg wieder. »Du bist eine Nervensäge. Ich liebe dich auch. Okay, mhm. Tschüss.«

Er beendete das Gespräch und schrieb weiter. Leanna konnte sein Gesicht nicht sehen, und sie fragte sich, *wen* er liebte. *Wer* war eine Nervensäge? Sie waren Freund und Freundin. Gab ihr das nicht das Recht zu fragen? Sie beobachtete ihn beim Tippen und widerstand dem Drang.

»Leanna?«

»Mhm?«

»Du brennst ein Loch in meinen Rücken.« Er stand vom Tisch auf, schob ihre Hüfte etwas zur Seite und zwängte sich neben sie auf den Liegestuhl. »Siena ist meine Schwester. In meiner Familie sagen wir immer *Ich liebe dich*, und sie liegt mir damit in den Ohren, dass ich meinem Bruder Jack, der demnächst heiratet, ein Hochzeitsgeschenk kaufen soll.«

»Du musst mir nicht sagen, mit wem du geredet hast.«

»Ich muss es nicht, aber ich habe gespürt, dass du dir Sorgen machst.« Er fuhr mit dem Finger auf ihrem Oberschenkel entlang und sie bekam am ganzen Bein Gänsehaut.

»Du hast gespürt, dass ich mir Sorgen mache? Ich habe doch gar nichts gesagt.«

»Das musst du nicht. Wir sind im perfekten Einklang, schon vergessen?«

Fünfzehn

Die Sonne ging unter und ließ einen warmen blauen Streifen am Nachthimmel zurück. Eine abendliche Brise wehte über die Veranda. Kurt hatte den ganzen Nachmittag geschrieben, und es hatte ihm seine ganze Konzentration abverlangt, Leanna in ihrem kleinen pinkfarbenen Bikini zu ignorieren, die im Vorbeigehen seine Schultern berührte. Ihm gefiel das Gefühl, sie in seiner Nähe zu wissen. Er hörte, wie die Verandatür geöffnet wurde, und schon umgab ihn ihr süßer Duft. Er schaute auf die Anzahl der Wörter: *8289. Nicht schlecht.* Diesen einen Absatz wollte er noch fertig schreiben, dann würde er den Computer bis morgen wegstellen.

Leanna lehnte sich gegen den Tisch und Kurts Blick wanderte von der Tastatur hin zu den Kurven ihrer Hüfte. Er schrieb weiter, während seine Augen den Konturen ihres Körpers hinauf zu ihren Brüsten und dann zu dem verspielten Lächeln auf ihren vollen Lippen folgten.

»Du hast mir gefehlt.« Sie beugte sich vor und küsste seinen Hals.

Ihre Haare kitzelten auf seinem nackten Oberkörper und ließen die Finger auf der Tastatur innehalten. *Noch. Zwei. Sätze.* Sie glitt mit der Hand über seine Brust hinunter zu seinen

Schenkeln. Ihm stockte der Atem.

Sie umspielte sein Ohrläppchen mit der Zunge. »Du hast mir sehr gefehlt.« Ihre Lippen streiften seine Wange, dann küsste sie sich an seinen Lippen entlang, während sie sich vor seinen Computer stellte, seine Beine auseinanderdrückte, sich dann verführerisch dazwischen stellte und ihn mit halb geschlossenen Augen ansah, während ihr das Haar lose über die Schultern fiel. Sie beugte sich vor und fuhr mit den Händen wieder über seine Brust. Kurt speicherte seine Arbeit und schob den Laptop zurück. Er wusste schon gar nicht mehr, was er hatte schreiben wollen. Ihre Brüste hoben und senkten sich mit jedem von Begehren erfüllten Atemzug. Er küsste ihr warmes, tiefes Dekolleté und fuhr mit den Händen über ihre Rippen hinunter zu ihren wohlgeformten Hüften. Wie er ihre Hüften liebte!

Sie ging auf die Knie und sein Puls raste. Er warf einen kurzen Blick auf den menschenleeren Strand, obwohl er wusste, dass die Veranda zu hoch lag, als dass man sie hätte sehen können.

»Leanna«, flüsterte er. »Du brauchst das nicht –«

»Scht.« Sie legte einen Finger auf seine Lippen, als sie den Reißverschluss seiner Hose nach unten zog und seiner Erektion Platz verschaffte. Doch dann verlor sie das Gleichgewicht und kippte nach rechts. Mit einer starken Hand fing er sie auf. Sie verbarg ihr Gesicht in den Händen.

»Ich bin so schlecht in diesem ganzen Verführungskram.«

Er streichelte ihr über die Wange. »Du bist wundervoll in diesem ganzen Verführungskram.« Das war sie in der Tat. Die Art, wie sie ihn ansah, ihre zaghaften Bewegungen und ihr sinnlicher Körper hätten ihn nicht stärker erregen können.

»Tun wir so, als sei das gar nicht passiert.«

»Bin schon dabei.« Dass eine Frau so heiß und gleichzeitig so verdammt süß sein konnte, war ihm neu, aber Leanna beherrschte das perfekt. Jeder einzelne seiner Muskeln spannte sich bei dem Anblick von ihr zwischen seinen Beinen.

Sie nickte und schloss einen Moment lang die Augen – in der Zeit konnte Kurt einmal tief durchatmen und versuchen, seinen Herzschlag zu bändigen. Als sie die Hand um seinen pulsierenden Schaft legte und ihn dann in den Mund nahm, war er ihr endgültig ausgeliefert.

»Herr im Himmel«, gab er mit einem einzigen langen Atemzug von sich.

Er strich ihr die Haare aus dem Gesicht, damit er zusehen konnte, wie sie ihn nahm. Sie streichelte ihn mit ihrer zierlichen Hand und liebkoste ihn mit ihrem heißen Mund. Er löste den Knoten ihres Bikini-Oberteils, das zu Boden fiel und ihre samtig-weißen Brüste freilegte, die sich wunderschön von ihrer intensiven Bräune abhoben. Sie leckte ihn, schaute zu ihm auf und ließ Hitzewellen durch seinen Körper jagen. Sie liebkoste seinen ganzen Schaft bis hin zur Spitze und wandte dabei den Blick nicht von ihm ab. Er biss die Zähne zusammen, um noch nicht zu kommen. Sie nahm ihn mit in eine Welt, von der er bisher nur geträumt, sich aber nie getraut hatte, sie zu genießen. Er zog sie zu sich heran und küsste sie heftig, während er ihre Bikinihose herunterzog. Er brauchte mehr von ihr. Er umfasste ihre schweren Brüste mit den Händen, liebkoste sie mit dem Mund, saugte, bis sie ihre Hände in seinen Schopf krallte, seinen Kopf hochzog und ihn mit dunklen, hungrigen Augen anblickte.

»Ich will mehr«, flüsterte sie.

Ein Stöhnen drang tief aus ihm heraus, als er sie auf den Tisch hob und auf den Rücken legte, bevor er ihre Beine mit seinen spreizte und seinen Mund auf ihre feuchte, heiße Mitte senkte. Ihr stockte der Atem, als er sie mit seiner Zunge liebkoste und ihre Süße kostete, während sie sich ihm entgegenwölbte.

»Mehr, Kurt«, flehte sie.

Er glitt mit den Fingern in sie und leckte ihre sensiblen Falten. Sie krallte sich am Tisch fest, stöhnte vor Lust auf und wand sich, während sich ihr Innerstes immer wieder zusammenzog und gegen ihn pulsierte.

»Genau, Schatz. Komm für mich.«

Oh, sie war so schön, wenn ihre Lust auf dem Höhepunkt war. Er spreizte ihre Beine noch ein wenig mehr, und sie spannte sich an, noch immer in ihrem Orgasmus verloren. Als er die Finger herauszog, schrie sie auf.

»Nein. Bitte. Mehr.«

Noch einmal liebkoste er sie mit dem Mund, verschlang sie, während ihr Körper sich von ihrem Höhepunkt erholte. Dann konnte er nicht länger warten. Er hob ihre Hüfte an, zog sie an den Rand des Tisches und drang in sie ein. Ihr Atem stockte und beide stöhnten leidenschaftlich, als er fester, tiefer und immer schneller in sie stieß.

»Ja, oh mein Gott, Kurt! Ja!«

Sie umklammerte seine Hüfte und er fing ihre Schreie mit seinem Mund auf, während wieder ein Orgasmus von ihr Besitz ergriff. Ihr ganzer Körper bebte, ihre Hüfte stieß wild gegen seine. Er beruhigte ihr sündig sinnliches Becken und gemeinsam fanden sie wieder ihren Rhythmus.

»Ganz genau so, mein Schatz. Lass dich gehen.«

Sie schrie noch einmal auf, umklammerte seine Handgelenke und grub ihre Fingernägel in seine Haut. Die intensive Lust und der Schmerz erregten ihn bis ins Unendliche.

Er konnte sich nicht länger zurückhalten. Jeder einzelne Muskel war angespannt, seine Beine brannten und mit zwei weiteren kräftigen Stößen gab er die Kontrolle ab und folgte ihr auf den Gipfel, hin zu seiner eigenen glühenden Erlösung.

Er zog Leanna an sich und hielt sie ganz fest, während er noch immer tief in ihr verweilte und schwer atmete. Drei Worte lagen ihm auf der Zunge, doch er hielt sie zurück. Hielt sie in seinem Kopf wie Schmetterlinge unter einem Glas gefangen, wo sie verzweifelt flatternd versuchten, ihre Pracht zu entfalten. Sie kannten sich noch nicht lang genug, um diese drei Worte auch nur zu denken, die – wenn sie aneinandergereiht und von Herzen kommend ausgesprochen wurden – die drei bedeutendsten Worte überhaupt waren, und doch waren diese Worte da, klar und gegenwärtig.

Der frische Abendwind wehte durch Leannas Haare, als sie mit heruntergelassenem Verdeck nach Provincetown fuhren. Vorher hatten sie noch bei ihrem Ferienhaus angehalten, damit sie Kleidung für den Abend mitnehmen konnte, und bei der Gelegenheit hatte Leanna auch die frische Marmelade in der Kammer neben der Küche verstaut. Jetzt machten sie und Kurt sich auf, um das perfekte Geschenk für seinen ältesten Bruder Jack und dessen Verlobte Savannah zu finden, die Ende des Monats heiraten wollten. Pepper saß zu ihren Füßen, mit dem Kopf auf ihrem Schoß und – wie es schien – vollauf zufrieden. Sie konnte kaum glauben, dass Kurt Pepper als Teil ihrer Beziehung akzeptiert hatte, aber er war derjenige, der darauf hingewiesen hatte, dass es dem Hund nicht gefallen würde, wenn sie ihn zu Hause ließen, und dass sich Hunde, die sich einsam fühlten, eher mal daneben benahmen. Woher wusste er das? Vor ihrem geistigen Auge sah sie, wie er das – so wie die Sache mit dem Fleck – googelte. Wie er recherchierte, was man für einen schlecht erzogenen, anhänglichen Hund tun konnte. Bei dem Gedanken musste sie lächeln.

Während sie am Pilgrim's Lake vorbeifuhren, der rechts von ihnen zwischen berghohen Dünen und Strandhausreihen eingebettet war, hatte Leanna das Gefühl, voranzukommen und – überraschenderweise – erfüllter zu sein. Dabei hatte sich das, was sie mit sich und ihrem Leben anstellte, kaum verändert – abgesehen von Kurt, der nun Teil des Ganzen war.

Kurt griff nach ihrer Hand. »Du bist so still. Alles in Ordnung?«

»Mehr als das.« Seine Mundwinkel hoben sich, und sie fragte sich, was er über ihre Intimitäten auf der Veranda dachte. Nie zuvor hatte sie auch nur versucht, die Verführerin zu sein. *Eine Verführerin?* Wohl eher eine unfreiwillig komische Möchtegern-Femme-fatale. Sie wusste nicht, was sie gedacht hatte, außer dass sie Kurt so unbedingt wollte, dass sie nicht genug von ihm bekommen konnte. Sie wollte ihm näher sein, ihn schmecken, ihn aus dem Gleichgewicht bringen und seine Abwehr völlig lahmlegen ... und dann hatte sie sich selbst aus dem Gleichgewicht gebracht. Wie er sie aufgefangen hatte, ging ihr durch den Kopf, und wie er ihr das Selbstvertrauen entlockt hatte, das sie auch sonst in ihrem Leben ausstrahlte – außer in Beziehungen. Er half ihr dabei, dieses Selbstvertrauen in ihre Beziehung einzubringen, und das auf die liebevollste und zärtlichste Art und Weise. Aber es hatte einen Moment in ihrer leidenschaftlichen Begegnung gegeben, in dem alles andere aus seinem Blick verschwunden war. Und in dem Bruchteil einer

Sekunde hatte sie erkannt, dass er auch nicht dachte. Er hatte seine gesamte Abwehr aufgegeben. Er berührte, kostete, bewegte sich, war angetrieben von der brodelnden Bindung zwischen ihnen, genau wie sie.

»Nervös wegen des Meetings?« Er bog vom Highway ab und folgte der Straße nach Provincetown bis zu dem Parkplatz am Pier.

»Nicht besonders. Aber das kommt, wenn es so weit ist.«

»Ich beneide dich um die Fähigkeit, die Dinge so entspannt zu sehen.« Er parkte und schloss das Verdeck. Dann ging er um das Auto herum und öffnete ihr die Tür. Pepper rannte um seine Beine und wickelte die Leine um ihn herum wie um einen Baum. Kurt sah hinab und schüttelte den Kopf.

»Sitz.«

Pepper ließ sich auf den Hintern plumpsen und winselte, während Kurt sich von der Leine befreite. »Sind diese Meetings nicht unglaublich wichtig für dein Geschäft? Ich meine, das muss ja in etwa so sein wie bei mir Vertragsverhandlungen mit einem Verlag, oder?«

»Ja, wahrscheinlich so in der Art.«

Eine Windböe wehte über den Parkplatz und begleitete sie bis zu einer der belebtesten Straßen am Cape, der Commercial Street. Hier wimmelte es von bunten Geschäften, Künstlern, Restaurants und allen möglichen Musikern. Provincetown war eine Künstlerstadt mit etwa dreitausend Einwohnern, aber im Sommer war es *das* Urlaubsziel von Homosexuellen und anderen Touristen aus der ganzen Welt, die zu Zigtausenden in die kleine Stadt kamen. In den Straßen duftete es nach salziger Meeresluft, Backwaren und Patschuli. Ein Angriff auf die Sinne, eine Explosion bunter Menschen, künstlerischer Arbeiten und einmaliger Erfahrungen – und einer von Leannas absoluten

Lieblingsorten.

Ein Mann mit einer Gitarre saß vor einem Restaurant auf dem Boden und sie lauschten eine Weile seiner Musik. Kurt warf ein paar Dollar in seinen Gitarrenkoffer, bevor sie weitergingen und auf Familien mit Kindern, Männer und Frauen verschiedenster Nationalitäten, Crossdresser und Transvestiten und unterschiedlichste angeleinte Hunde trafen. Ein Mann, dessen gesamter Körper, einschließlich seiner Kleidung, silbern angemalt war, stand einer Statue gleich auf einer Kiste. Ganz in der Nähe sang ein großer, hagerer Mann mit langen braunen Haaren vor dem Rathaus – bekleidet mit einem grünen Minikleid und High Heels und umgeben von Zuschauern, die applaudierten und Geld in eine Schachtel auf dem Boden warfen. Die Vielfalt von Provincetown war nur einer der Gründe, warum Leanna diesen Ort so liebte. Die weitverbreitete Toleranz schien einherzugehen mit interessanten und kreativen Läden und Menschen.

»P-town hat etwas an sich, das mich glücklich macht.« Sie lächelte Kurt an.

»P-town hat etwas an sich, das jeden glücklich macht. Das ist das Großartige an diesem Ort. Hier passt jeder hin.«

Er küsste sie auf die Schläfe.

Noch eine Überraschung. Sie hatte sich gefragt, ob er sich in der Menge und inmitten all der unterschiedlichen Menschen wohlfühlen würde. Jetzt wusste sie es. Und sie fügte seine Wertschätzung von Provincetown ihrer geistigen Positiv-Liste hinzu, die mittlerweile verdammt lang wurde.

An der Hauptkreuzung kamen sie an einem grauhaarigen, dickbäuchigen Polizisten vorbei, der die Verkehrslenkung zu einer eigenen Kunstform erhob. Er schwang die Hüften zu unhörbarer Musik, verbeugte sich vor vorbeifahrenden Autos und bespielte die zuschauende Menge mit seiner Pfeife. Während all ihrer Jahre am Cape hatte Leanna immer mal wieder mit diesem Polizisten getanzt, und jetzt überkam sie das Bedürfnis, auf die Straße zu rennen und es noch einmal zu tun.

»Ich liebe diesen Kerl«, sagte Kurt, als sie vorbeigingen.

Leanna warf jegliche Zurückhaltung über Bord und ließ Kurts Hand los. »Bin gleich wieder da.« Sie küsste ihn auf die Wange und lief auf die Straße. Wenn er sie um ihrer selbst willen mögen sollte, dann musste er die wahre Leanna kennen. Und sie wäre nicht Leanna, wenn sie nicht die Bewegungen des Polizisten nachmachen und mit ihm tanzen würde.

Die Hände in die Hüften gestemmt, pfiff er ihr entgegen. Grinsend und mit einem Oh-ja-ich-tu's-wirklich-Nicken ahmte sie ihn nach. Er wandte seine Aufmerksamkeit wieder der Autoschlange zu, die weiterfahren wollte, und als er sie vorbeiwinkte, tat sie es ihm gleich. Im Laufe der Jahre hatte sie viele Menschen gesehen, die zu ihm auf die Straße kamen, und auch wenn er einen ernsten Ausdruck behielt, so verbeugte er sich doch immer anerkennend, wenn sie gingen. Als er sich im Kreis drehte, um den Autofahrern anzuzeigen, dass sie die Kreuzung überqueren sollten, stand sie genau hinter ihm und folgte seiner Bewegung, wobei sie Kurt erblickte, der gerade sein Handy hochhielt und mit einem breiten Lächeln ein Foto machte.

Es war ihm nicht peinlich.

Er tat nicht so, als würde er sie nicht kennen.

Tatsächlich, er mag mich.

Kurt kniete sich neben Pepper, einen Arm beschützend um die Schultern des Hundes gelegt, während er auf Leanna zeigte und etwas sagte, das sie nicht hören konnte. Es war egal, was er sagte. Allein ihn so zu sehen, wie er Pepper umarmte, rührte sie unendlich.

Sie bedankte sich mimisch bei dem Polizisten, der seinerseits eine Verbeugung mit einer ausladenden Handbewegung verband. Dann ging sie zurück zu Kurt.

»Das war unbezahlbar. Wenn das mit deinen Sweet Treats nichts wird, kannst du mit Sicherheit als tanzende Verkehrspolizistin Karriere machen.« Er zog sie zu sich heran und küsste sie.

»Tut mir leid. Seit ich klein war, ist er schon hier, und ich habe immer mit ihm getanzt. Ich musste es einfach machen.« Sie zupfte an ihrem T-Shirt und den Shorts herum, damit nach ihrem Ausflug in die Verrücktheit alles wieder richtig saß.

Hand in Hand gingen sie weiter und schlängelten sich mit Pepper im Schlepptau durch die Menge. In einem Ledergeschäft witzelte Kurt, er könne Jack und Savannah doch Lederchaps im Partnerlook kaufen. Sie schlenderten durch zwei Kunstgalerien und ein Küchengeschäft, doch sie kamen überall mit leeren Händen heraus.

Dann gingen sie zu Shop Therapy, wo unten ein Laden mit Hippie-Klamotten untergebracht war und es oben Sexspielzeug zu kaufen gab. Kleider und Batik-Tops hingen im Schaufenster. Ein Korb mit Räuchersalbei versperrte zum Teil den Eingang. Im Shop roch es nach Marihuana, wobei die Angestellten behaupteten, das käme von dem abgebrannten Salbei. So ganz glauben konnte Leanna das nicht.

Kurt führte sie zu der Treppe hinten im Laden – ein neckisches Funkeln in den Augen.

»Sollen wir hochgehen?«

Ihr Herzschlag nahm an Fahrt auf, ihre Wangen fingen an zu brennen. Mit Bella und den Mädels? Klar. Aber mit Kurt? Schon bei dem Gedanken, Sexspielzeug mit ihm anzusehen, wurde ihr etwas schwindelig.

»Äh ... Wollen wir vielleicht ...?«

Er lachte leise und küsste sie auf die Stirn. »Keine Panik! Nur wenn ich frage, weiß ich, was du magst.« Er führte sie wieder zurück durch den Laden hin zu den Ständern mit der Damenbekleidung. »Zeig mir, was du magst.«

Oh Mist! Jetzt hältst du mich für prüde. »Ich hab nichts gegen ... diesen Kram.«

»Gegen das Kleid?«, fragte er und hielt ein Kleid hoch.

Sie verdrehte die Augen. »Nein.« Sie zeigte zur Decke.

»Süße, ich habe nur einen Scherz gemacht. Du bist mir genug. Ich wollte dir nur sagen, dass die Möglichkeit besteht.« Er drückte seine Wange gegen ihre und flüsterte: »Ich wollte auf keinen Fall deinem Vergnügen im Wege stehen.«

In ihrem Magen flatterte es, und sie merkte, dass er sie erregte.

Er berührte ihre Wange und grinste. »Du solltest lieber deinen süßen Gesichtsausdruck ändern, sonst muss ich dich gleich hier an Ort und Stelle flachlegen.«

Mein anständiger Junge ist ein frecher Junge. Das gefällt mir. Eine Sekunde lang dachte sie über seine Worte nach. *Nein, nein, nein.* Sie atmete tief durch und konzentrierte sich auf die Kleider. Er hielt ein gutes Dutzend in die Höhe, und sie gefielen ihr alle, aber ein bestimmtes – ein aquamarinblaues Trägerkleid – entsprach genau ihrem Geschmack. Es war aus Baumwolle, kurz, hatte einen Rundhalsausschnitt und vorne eine Leiste mit unzähligen winzigen Knöpfen.

»Noch ein Sommerkleid ist wirklich das Letzte, was ich brauche. Der Sommer ist fast vorbei.«

»Bist du sicher? Du wärst darin wunderschön.«

Sie hätte das Kleid gern gekauft, aber sie wollte vorsichtig mit ihrem Geld umgehen, bis sie wusste, was sie nach dem Sommer vorhatte. »Nee, ich habe genug Klamotten.«

Er warf noch einen letzten Blick auf das Kleid, bevor sie den Laden verließen.

Bei Purple Feather holten sie sich ein Eis – dazu ein Hundeeis für Pepper – und setzten sich nach draußen auf die gepflasterte Terrasse.

»Was schwebt dir eigentlich als Geschenk für Jack und Savannah vor? Wie sind sie so?«

»Savannah ist stark und selbstbewusst. Sie arbeitet als Anwältin für die Unterhaltungsbranche in New York. Sie ist witzig, sie liebt Jack abgöttisch und sie fordert jeden ständig heraus. Ihn, ihre Brüder. In der Hinsicht ähnelt sie meiner Schwester Siena sehr. Und Jack ist eine seltsame Mischung aus groß, grimmig und empfindsam.« Kurt fuhr sich mit der Hand durch das Haar und lächelte beim Gedanken an seinen Bruder.

»Sind alle Remington-Männer so?« Sie beobachtete eine Gruppe von Männern, die als Frauen gekleidet waren, dickes Make-up aufgetragen hatten und Flyer verteilten. Sie wusste, dass sie zu einer Travestie-Show gehörten, die in einer der Bars gezeigt wurde. Sie hätte alles gegeben, um solch göttliche Beine zu haben wie der dunkelhaarige Mann.

»Na ja, angesichts der Tatsache, dass ich ein Remington-Mann bin, muss ich wohl Nein sagen.«

»Warum?« Sie rückte nah an ihn heran und sagte leise: »Du bist groß und grimmig, und du kannst mir nicht erzählen, dass du nicht empfindsam bist.«

»Vielleicht bin ich groß, aber ich bin nicht grimmig. Jack würde jeden in Stücke reißen, der Savannah ärgert. Er war bei den Special Forces, heute bietet er Survivalcamps an. Ich bin Schriftsteller, kein Kämpfer, und ich glaube nicht, dass ich jemals in einem Zelt im Wald übernachten will. Mir gefallen meine kleinen Annehmlichkeiten.«

Sie lehnte sich zurück. »Hmm.«

»Was ›Hmm‹?« Er hob Peppers leeren Napf auf und stellte ihn auf den Tisch.

»Ich glaube, du irrst dich. Täte mir jemand etwas an, würdest du dich auf ihn stürzen, und ich würde meinen Bus, den ich über alles liebe, darauf verwetten, dass du mit mir zelten gehen würdest, wenn ich dich darum bäte.«

Kurt stand auf und warf die leeren Eisbecher weg. Als er zum Tisch zurückkam, streckte er ihr eine Hand entgegen. »Es ist beängstigend, dass du mich vielleicht besser kennst, als ich mich selbst kenne.«

Sechzehn

Am Donnerstagmorgen hatte Kurt Leanna nach Hause gefahren, damit sie sich auf ihr Meeting mit Mama's Market vorbereiten konnte. In einem schönen Korb hatte sie Muster von jeder Marmelade zusammengestellt und sich dann in Sommerkleid und Sandalen und mit offenen Haaren auf den Weg gemacht. Viel war auf den Straßen bis Yarmouth nicht los und so kam sie frühzeitig an. Auf dem Weg war sie nicht nervös gewesen, aber jetzt, als sie das einstöckige Bürogebäude betrat, zog sich ihr Magen zusammen. Sie hatte das Gefühl, Al wäre in diesem Moment bei ihr, und das verlieh ihr Selbstvertrauen. Sie hatte sich allerdings etwas ganz anderes vorgestellt: ein süßes älteres Ehepaar, das in einem Haus an einem ausgetretenen Pfad auf einem Sofa saß, mit einem Garten vor dem Haus und Katzen, die romantisch auf dem Grundstück umherstreunten. Immerhin befand sich die Filiale von Mama's Market in Wellfleet in einem kleinen Haus hinter einer alten weißen Kirche in einer Seitenstraße der Main Street. Die Waren und Brote wurden dort in Körben dargeboten, die auf langen Holztischen mit Tischdecken aneinandergereiht waren. Es gab nicht einmal eine Kasse. Die Angestellten rechneten den Betrag mit Papier und Stift aus.

Einfach. Effizient. Freundlich.

Das war einer der Gründe, warum Leanna sich ursprünglich um einen Kontakt zu Mama's Market bemüht hatte. Sie ging davon aus, dass sie leicht zu überzeugen sein würden. Sie selbst war auch einfach, effizient und freundlich. Das schien doch gut zu passen.

Sie betrat das Gebäude durch eine Glastür. Über dem Empfang hing ein handgemaltes Schild in Rot und Weiß: MAMA'S MARKET. Eine hübsche blonde Frau begrüßte Leanna mit einem Lächeln.

»Willkommen bei Mama's Market.« Sie schaute kurz auf ihren Computer. »Sie müssen von Luscious Leanna's Sweet Treats sein.«

»Ja, ich bin Leanna Bray. Ich habe ein Meeting mit Leslie Strobe.«

Die Blondine nickte. »Ich sage ihm Bescheid. Sie können sich solange setzen, wenn Sie möchten.« Sie nahm den Hörer in die Hand und teilte jemandem mit, dass Leanna eingetroffen war.

Ihm? Leanna hatte sich Leslie als *Mama* vorgestellt, als die ältere Ehefrau des Paares, das sie sich ausgemalt hatte.

Ein Mann etwa in Kurts Alter, bekleidet mit einer Anzughose und einem weißen, kurzärmeligen Button-down-Hemd erschien in der Tür hinter dem Empfangstisch. Er hatte kurz geschorene dunkle Haare und schmale dunkle Augen.

»Leanna?«

Und eine butterweiche Stimme. Ihre Halsmuskeln spannten sich an, als sein Blick zu dem Korb wanderte, den sie trug. Sie fühlte sich zu unelegant und zu unvorbereitet. »Ja, hallo.«

»Leslie Strobe, schön, Sie kennenzulernen. Kommen Sie mit nach hinten, dann können wir loslegen.«

Sie folgte ihm durch einen Flur, in dem Fotos von Mama's Markets hingen – etliche, nicht nur von dem in Wellfleet. Sie musste schlucken. *Atme. Komm schon, atme. Du schaffst das.* Sie erinnerte sich an eine Geschichte, die Al ihr über den Tag erzählt hatte, als er seine Marmelade das erste Mal auf dem Flohmarkt angeboten hatte. *Sie war gut, Leanna. Nur daran musste ich denken. Es war egal, was ich sagen würde, solange ich die Kunden dazu bringen konnte, sie zu probieren.*

Leslie führte sie in einen Konferenzraum, in dem bereits zwei Männer und eine Frau, allesamt in Business-Kleidung – gestärkte Hemden und schwarze Anzüge – um einen großen Konferenztisch herum saßen. Die Frau trug High Heels und Lippenstift. *Lippenstift?* Niemand am Cape trug Lippenstift. Es trug auch niemand Anzug, zumindest hatte sie in Wellfleet und den umliegenden kleinen Orten nie jemanden damit gesehen. *Das ist absolut nicht meine Liga.* Sie fuhr mit der Hand über ihr Kleid, um nicht existierende Falten zu glätten und vor allem, um ihre Nerven zu beruhigen.

»Leanna Bray, dies ist Teddy Strobe, meine Schwester und Geschäftspartnerin bei Mama's Market. Das sind Chester Magnus, unser Finanzchef, und Brian Warren, unser Marketingmanager. Sie wissen wahrscheinlich, dass wir mit unseren Märkten fünfzehn Bundesstaaten und siebenunddreißig Städte abdecken, wobei wir nächste Woche zwei zusätzliche Standorte eröffnen.«

Sie überlegte, ob sie sagen sollte, dass das Meeting ein großer Fehler wäre, und dann einfach gehen sollte, aber wenn sie sich je einen Namen machen wollte, musste sie es zumindest versuchen. Die Worte von Al trieben sie an. *Es war egal, was ich sagen würde, solange ich die Kunden dazu bringen konnte, sie zu probieren.*

»Hallo, es ist sehr nett, Sie alle kennenzulernen.« Das Herz schlug ihr bis zum Hals, als sie den Korb auf dem Tisch abstellte und krampfhaft versuchte, sich alle in Shorts und T-Shirts um einen Picknicktisch herum vorzustellen. Es funktionierte nicht. Sie saßen mit freundlich gefalteten Händen am teuren Konferenztisch in einem Raum, in dem es nach Erfolg und Einschüchterung roch.

Einen Atemzug lang dachte sie an Kurt – *Du bist perfekt* – und nutzte seinen Glauben an sie, um ihr Selbstbewusstsein zu festigen.

»Ich danke Ihnen, dass Sie sich heute die Zeit für mich nehmen.« Um ihre Nerven zu beruhigen, nahm sie beim Reden schon die Muster, Teller und das Besteck, das sie mitgebracht hatte, aus dem Korb. »Ich stelle alle meine Marmeladen selbst her, und ich habe eine Reihe von Sorten, die Sie einzigartig finden werden.«

Sie öffnete die Gläser und stellte sie zusammen mit dem Brot, das sie gebacken und aufgeschnitten hatte, in die Mitte des Tisches. Leslie nahm sich eine Scheibe Brot und verteilte großzügig Marmelade darauf. Die anderen taten es ihm gleich.

»Im Sommer verwende ich frische Beeren, und ich habe vor, im Winter mit tiefgefrorenen Beeren zu arbeiten. Die Qualität des Endprodukts wird sich nicht unterscheiden, da die Beeren als Ganzes und ohne Zusatz von Zucker oder Sirup eingefroren werden.«

Leslie biss von dem Brot ab, und mit weit aufgerissenen Augen blickte er zu Teddy, die lächelte und ebenfalls nickte. Dann wandten sie beide ihre Aufmerksamkeit wieder Leanna zu.

Mit gestärktem Selbstbewusstsein fuhr sie fort. »Ich stelle mein Pektin selbst her, und ich verwende es nur, wenn ich

Marmelade aus Früchten mit wenig Pektin einkoche, also Aprikose, Blaubeere, Pfirsich oder Birne. Bei Früchten mit höherem Pektingehalt, wie Apfel, Cranberry, Pflaume oder Stachelbeere, braucht man kein zusätzliches Pektin. Wenn die Früchte nicht überreif sind, haben sie genug natürliches Pektin und Säure und können allein mit der Zugabe von Zucker gelieren.«

»Leanna, diese Marmelade ist bemerkenswert. Sehr süß, mit einer perfekten Beschaffenheit, und das Brot ist köstlich. Haben Sie das Brot auch selbst gemacht?« Leslie klang ernst, und während er sich den Mund mit einer Serviette abwischte, schaute er sie weiter an.

»Ja, ich habe das Brot und die Marmelade gemacht.« *Atme. Atme.*

»Und wo stellen Sie das Produkt her?«, fragte Teddy. Das Wort *Produkt* haute sie um. »Die Marmelade? In meinem Ferienhaus, das sich in Wellfleet befindet – auch ein Grund, warum ich eine Zusammenarbeit für passend halten würde.«

»Und haben Sie ein Notstromaggregat für den Fall eines Stromausfalls während des Winters?«, wollte Teddy wissen.

»Notstromaggregat? Nein, ich fürchte nicht, aber meine Küche wurde von der Stadt Wellfleet für die Sommerproduktion zugelassen.« *Gab es in dem Haus jemals im Winter einen Stromausfall? Bin ich im Winter überhaupt hier?*

»Wie gehen Sie mit Retouren um? Sollte ich eine Charge Marmelade kaufen und es stellt sich heraus, dass sie wässert. Wir gehen davon aus, dass sie in einem solchen Fall unkompliziert ersetzt wird.« Teddy schaute auf handschriftliche Notizen in einem Block auf dem Tisch und blickte dann wieder zu Leanna auf.

»Wässert? Das Wässern kontrolliere ich durch die Säure des

Safts, und ich stelle sicher, dass die Gläser ordentlich gelagert werden. Ohne Temperaturschwankungen dürfte sich keine Flüssigkeit absetzen, beziehungsweise dürfte es – wie Sie sagen – nicht wässern.« *Oh Mist. Ich kontrolliere die Temperatur im Haus ja gar nicht. Ich benutze nicht mal die Klimaanlage.* Im Geiste notierte sie sich diese Bedenken, damit sie sich später darum kümmern konnte.

»Sollte sich doch Flüssigkeit absetzen, wie schnell könnten wir mit einer Ersatzlieferung rechnen?« Teddy notierte sich etwas.

Leannas Puls raste. »Ich könnte innerhalb von vierundzwanzig Stunden eine Charge fertigstellen, vorausgesetzt ich habe die nötigen Zutaten vorrätig.«

»Haben Sie eine Zutatenliste, Produktliste und eine kurze Darstellung des Herstellungsprozesses, die wir uns zusätzlich zu den Preislisten und Lieferzeiten anschauen könnten?« Als Teddy diese Fragen stellte, lehnten Chester und Brian sich vor und nahmen ihre Stifte zur Hand.

»Ich … äh … Nein, es tut mir leid. Aber ich kann Ihnen das alles nächste Woche zukommen lassen.«

Brian und Chester machten sich Notizen, und Leanna hatte das Gefühl, in ein dunkles Loch gezogen zu werden und darum zu kämpfen, an der Oberfläche bleiben zu dürfen. *Ich schaff das. Ich schaff das. Ich bin perfekt.* Sie atmete tief durch. *Okay, eindeutig nicht perfekt, aber gut genug, um das hier hinzukriegen.*

»Ich möchte mich entschuldigen. Ich war mir nicht sicher, was mich erwartete, als ich Ihrer Firma das Angebot machte. Um ehrlich zu sein, ich dachte, ich würde ein älteres Paar in einem Wohnhaus treffen, das meine Marmeladen und mein Brot verkosten und vielleicht zu dem Ergebnis kommen würde, dass wir gut zusammenpassen.« Sie zog aus Gewohnheit die

Nase kraus und schalt sich insgeheim dafür. Sie wusste, dass sie dabei jung und unerfahren wirkte.

»Dann hat unser Branding ja perfekt funktioniert«, sagte Brian, während er die Hände hinter dem Kopf verschränkte und sich zurücklehnte. Wenn er lächelte, wurden seine markanten Gesichtszüge weicher, und statt gut fünfzig sah er eher wie Ende dreißig aus – und vielleicht nicht ganz so gleichgültig.

Leslie lachte. »Stimmt, Brian. Mama's wurde ursprünglich nach der Kuh unseres Urgroßvaters benannt. Eine lange Geschichte. Ursprünglich war es ein Milchgeschäft, aber als wir es übernahmen, war der Name schon sehr bekannt und respektiert.« Er tat es mit einem Achselzucken ab, so als bräuchte sie keine weitere Erklärung.

Brauchte sie auch nicht.

Lektion gelernt. Recherche ist wichtig. Sie machte sich im Geiste eine Notiz, Bella nie wieder beim Wort zu nehmen. *Mama's Market gehört diesem alten Ehepaar da in Yarmouth.*

Leanna straffte die Schultern und fing an, ihre Utensilien zusammenzupacken, wobei sie die Marmeladen und das Brot auf dem Tisch stehen ließ.

»Ich glaube an meine Produkte, und obwohl diese Branche für mich recht neu ist, so plane ich doch, dies zu meinem Beruf zu machen.« Ihr war nicht klar gewesen, wie sicher sie sich war, beziehungsweise dass sie überhaupt einen richtigen *Plan* hatte – bis zu diesem Moment. Jetzt war sie sich so sicher, wie sie sich ihrer Liebe zu Pepper sicher war, und das ermutigte sie weiterzureden.

»Ich werde mich um jedes dieser Probleme kümmern, und wenn Ihnen mein Produkt gefallen hat, dann würde ich mich sehr freuen, mich in naher Zukunft erneut mit Ihnen zu unterhalten, sobald ich Ihre Bedenken ausräumen konnte.« Sie beobachtete die Geschäftsleute, während sie Blicke austauschten, die sie ebenso wenig deuten konnte, wie sie eine sandige Veranda fegen konnte.

»Ihre Produkte sind exzellent. Wir würden uns über ein erneutes Meeting mit Ihnen freuen.« Leslie und die anderen erhoben sich, womit das Treffen eindeutig beendet war.

»Danke.« Sie atmete erleichtert aus und versuchte, ihre zitternden Hände zu verbergen, indem sie den Korb an ihre Hüfte drückte, während sie ihnen zum Abschied die Hand gab.

»Der allererste Bissen mit der Erdbeer-Aprikosen-Marmelade schmeckte intensiv nach Erdbeere. Wie erreichen Sie so einen sanften Aprikosenabgang?«, wollte Leslie wissen.

»Leslie«, sie zeigte ihr süßestes Lächeln, »Sie bitten mich doch nicht darum, meine Geheimnisse zu verraten, oder?«

Sein ernster Blick wurde von einem Lächeln erhellt.

»Wenn Sie diesen Geschmack interessant fanden, dann sollten Sie einmal Frangelico Peach probieren.« Sie zeigte auf die Marmeladengläser auf dem Tisch. »Die mit der pfirsichfarbenen Schleife ums Glas. Probieren Sie sie. Ich würde gern wissen, was Sie davon halten.«

Er nickte. »Danke. Ich schreibe Ihnen eine E-Mail und lasse es Sie wissen. Bis dahin schon mal viel Glück. Ich denke, Sie könnten da ein wirklich erfolgreiches Business in Gang bringen, sobald Sie es als Business und nicht als Hobby betrachten.«

Autsch.

»Ehrlichkeit. Das gefällt mir.« Leanna gab ihm noch einmal die Hand und tat ihr Bestes, um den Schmerz über seinen Kommentar zu verbergen. »Ich versichere Ihnen: Es ist weit mehr als ein Hobby. Ich melde mich.«

Siebzehn

Zum hundertsten Mal an diesem Nachmittag schaute Kurt auf die Uhr. Er versuchte, sich auf das Schreiben zu konzentrieren, aber sich in die dunklen Abgründe seines Geistes zu begeben, erwies sich angesichts seiner großen Aufregung und Sorge wegen Leannas Meeting bei Mama's Market als schwierig. Schließlich gab er es auf, mehr als fünftausend Worte in die Tasten hauen zu wollen, und fuhr zu Leannas Ferienhaus, um dort auf sie zu warten.

Er parkte auf der Auffahrt, und noch bevor er den Motor abstellte, hörte er das Bellen von Pepper. Der hatte seine Nase gegen die Fensterscheibe gedrückt, und als Kurt aus dem Auto stieg, fing der Hund an zu winseln.

»Ich hör dich ja.« Er ging zu dem Fenster und hielt den Finger auf der Höhe von Peppers Nase an die Scheibe. Der Hund leckte die Scheibe und fiepte. Kurt versuchte, die Tür zu öffnen, und war nicht überrascht, dass sie nicht verschlossen war.

»Jetzt brichst du sogar schon in ihr Haus ein?«

Erschrocken drehte er sich um, als er Bellas Stimme hörte, und sein Blick fiel auf alle drei Freundinnen von Leanna, die im Bikini mit verschränkten Armen und mit ernstem Blick vor ihm standen.

»Nein, ich wollte auf Leanna warten und habe das Bellen von Pepper gehört.«

Wie aufs Stichwort bellte Pepper noch einmal.

»Und ich dachte, ich schau mal, ob die Tür auf ist, damit ich eine Runde mit ihm laufen kann.«

Amy war die Erste, die ihren mürrischen Gesichtsausdruck nicht mehr aufrechterhalten konnte. Sie prustete los. »Wenn du dein Gesicht sehen könntest.«

Bella und Jenna lachten ebenfalls.

»Wir wissen doch, dass du nicht einbrichst.« Bella öffnete Leannas Tür und ging hinein.

Kurt und die anderen folgten ihr.

Amy hockte sich auf den Boden, um Pepper zu kraulen. Der Hund ließ die Zunge aus dem Maul hängen, während er sich auf dem Rücken wälzte.

Peppers Leine fand Kurt auf dem Haufen Schuhe neben der Tür. »Warum seid ihr denn nicht am Strand?«

»Um dann Leannas Neuigkeiten zu verpassen? Auf keinen Fall. Am Strand hat man doch keinen Handyempfang.« Bella nahm sich ein Bier aus dem Kühlschrank und hielt es hoch. »Möchte jemand?«

»Ich nicht, danke«, sagte Amy, während sich Pepper von ihrer Hand wegschlich und an Kurts Füßen kratzte.

»Nein danke, Bella. Pepper, sitz!« Er hakte die Leine ein. »Ich nehme ihn auf einen Spaziergang mit.«

»Ich komme mit«, sagte Jenna. »Und ich möchte bitte eine Schorle, Bell.«

»Hat sie nicht. Bier oder Marmelade?« Bella hielt beides in die Höhe.

»Dann holen wir gleich eine Schorle bei mir.« Jenna hakte

sich bei Kurt ein. »Sollen wir?«

»Wir kommen auch mit.« Amy und Bella folgten ihnen nach draußen.

Kurt, der es gewohnt war, fast jeden Spaziergang allein zu unternehmen, fragte sich, wie zum Henker es dazu gekommen war, dass er nun mit einem Hund und drei Frauen, die um seine Aufmerksamkeit buhlten, durch eine Feriensiedlung lief. Seltsamerweise hatte er nicht das Bedürfnis, zurück zu seiner Tastatur zu fliehen, was vor einer Woche noch der Fall gewesen wäre. Diese Frauen waren Leannas Freundinnen und Pepper war Leannas Hund, und aus diesem Grund wollte er in ihrer aller Nähe sein.

Sein Handy klingelte, und er musste sich von Jennas Hand auf seinem Arm befreien, um das Telefon aus seiner Tasche zu fischen.

»Ist es Leanna?«, fragte Bella.

»Nein, Leanna und ich haben keine Nummern ausgetauscht.« Das war ihm bis zu diesem Moment gar nicht bewusst gewesen. »Das ist meine Schwester.« Er nahm das Gespräch an. »Hallo, Siena.«

»Hey, Kurt. Ich hatte eine Idee, was du Jack und Savannah schenken könntest.«

»Kannst du jemand anderem überlassen. Ich habe ihnen schon was gekauft.« Als sie Provincetown verlassen hatten, waren er und Leanna noch in einer Galerie gewesen und hatten eine hübsche Marmorstatue eines Paares ausgewählt, das sich gerade umarmte. Sie war perfekt für Jack und Savannah, und sogar noch mehr als perfekt, weil Leanna sie mit ausgesucht hatte. Sie gingen am Pool vorbei, und die Frauen fingen an, über ihre *nackte Wahrheit* zu lachen.

»Wo bist du gerade?«, wollte Siena wissen.

»Auf einem Spaziergang mit einem Hund und drei schönen Ladys.« Er wusste, dass sie das ziemlich überraschen würde.

»Das stimmt, ist er wirklich«, rief Jenna.

»Und ob«, fügte Bella hinzu.

»Psst, er telefoniert!«, ermahnte Amy sie herumfuchtelnd.

»Ach, du meine Güte! Es stimmt tatsächlich. Wie haben die dich aus dem Haus gekriegt? Nicht einmal für mich hörst du mit dem Schreiben auf.«

Er stellte sich vor, wie sich ihre Augen verengten, und während andere Frauen vielleicht die Lippe vorschoben und schmollten, trat Siena eher Rauch aus den Ohren.

»Ich habe mal eine Schreibpause eingelegt, als wir uns alle zum Kriegsrat wegen deiner Gunner-Gibson-Angelegenheit getroffen haben, oder etwa nicht?«

»Gunner Gibson?«, fragte Bella. »Der Typ ist total heiß.«

Kurt hielt kurz das Telefon vom Mund weg. »Und ein Arschloch.«

»Du gehst also wirklich mit einem Hund spazieren? Wessen Hund denn?«, fragte Siena. »Ich wünschte, ich könnte das mit eigenen Augen sehen. Mach ein Foto. Schick es mir.«

»Du bist wirklich seltsam. Okay, mache ich. Es ist der Hund meiner Freundin.«

Siena kreischte so laut, dass er das Handy von seinem Ohr wegnehmen musste.

»Wow, die freut sich aber!«, meinte Bella lachend.

»Ich habe noch nie gehört, dass du das Wort benutzt hast«, sagte Siena. »Ist es was Ernstes? Anscheinend schon, wenn du ihren Hund Gassi führst. Ausgerechnet du. Ein Hund. Eine Freundin. Oh mein Gott! Kurt?«

»Ja, Siena?« Er hatte keine Ahnung, warum, aber er genoss ihre Reaktion.

Sie seufzte laut vernehmbar. »Du weißt aber schon, dass Freundinnen Aufmerksamkeit brauchen? Wir sind nicht wie Pflanzen, die man einmal am Tag gießt und dann ignorieren kann. Wir mögen es, wenn die Männer sich Gedanken machen, und wir reden gern und wir –«

»Siena, ich bin dreißig Jahre alt. Ich glaube, ich weiß, wie man eine Freundin behandelt.«

»Ja, das weiß er«, rief Jenna ins Telefon.

»Wer ist das? Ist sie das?«, wollte Siena wissen.

»Das ist eine von Leannas Freundinnen, Jenna.«

»Leanna? Ist das deine Freundin?«

Er wusste, dass Leannas Name innerhalb von einer Stunde all seinen Geschwistern bekannt sein würde. »Ja, Leanna Bray.«

Auf Sienas Telefon machte sich piepend ein anderer Anrufer bemerkbar. »Ich muss da drangehen. Das ist mein Agent. Ich liebe dich, Kurt. Du klingst glücklich. Und ich freue mich für dich.«

»Ich liebe dich auch.« Er beendete das Gespräch, und ein einhelliges *Ooh* ertönte von den drei Frauen.

Sie machten kehrt und gingen zurück zu Leannas Haus.

»Lasst uns auf meiner Veranda auf sie warten«, bot Amy an.

»Ich hole noch eine Schorle. Bin gleich da.« Jenna eilte über den Rasen zu ihrem Ferienhaus.

»Wir sehen uns dann später«, sagte Kurt, als er auf Leannas Haus zuging.

»Was? Quatsch.« Bella griff nach seinem Arm. »Komm schon, du kannst mit uns warten.«

Es gab Schlimmeres, als mit drei Bikini tragenden Frauen auf die Frau zu warten, die sein Herz so zielstrebig erobert hatte. Er folgte Bella hinauf auf Amys Veranda.

Leanna sang das Lied im Radio mit, als sie in die Siedlung Seaside einbog und neben dem Waschhaus parkte. Sie sang immer noch, als sie den Rasen überquerte und Kurts Lachen hörte, gefolgt von Bellas und Jennas. Voller Freude darüber, Kurt zu sehen, beschleunigte sie ihren Gang. Sie folgte den Stimmen zu Amys Terrasse, wo sie alle mit Chips und Dips und Weinschorle antraf. Ihr Herz machte einen kleinen Satz beim Anblick von Kurt, der so entspannt mit ihren Freundinnen zusammensaß.

»Was machst du denn hier?« Auf Zehenspitzen lugte sie über das Geländer der Veranda. Mit der Leine von Pepper in der Hand stand Kurt auf und begrüßte sie. Sie langte durch das Geländer und streichelte Peppers Kopf.

»Ich konnte mich nicht konzentrieren. Ich habe mich ständig gefragt, wie dein Meeting wohl lief, und habe dann beschlossen, hier auf dich zu warten.«

Sie trat auf die Veranda, und Kurt nahm ihre Hand, während er gleichzeitig einen Stuhl für sie heranzog.

»Und wie ist es gelaufen?«, fragte er.

»Gut.« Sie sah in vier hoffnungsvolle Augenpaare. »Und schlecht.« Das Lächeln ihrer Freunde verblasste. »Aber im Großen und Ganzen würde ich sagen, es war ein wirklich gutes erstes Meeting.«

Kurt griff wieder nach ihrer Hand. »*Wirklich gut* klingt vielversprechend. Möchtest du uns jetzt etwas darüber erzählen oder brauchst du erstmal Zeit, um das Ganze zu verarbeiten?«

»Oh, ums Verrecken nicht, Kurt«, sagte Bella entschieden. »So funktionieren wir nicht. Wir sind Frauen. Wir verarbeiten, *indem* wir erzählen.«

»Ich hab das meiste schon verarbeitet. Du hattest recht, Kurt. Ich muss mich viel besser vorbereiten. Ich hätte zu Mama's Market recherchieren und eine Produktliste, eine Zutatenliste und eine Preisliste erstellen müssen. Außerdem auch einen Infotext zur Produktion, eine ordentliche Rückerstattungsrichtlinie und einen Vertrag.« Sie schüttelte den Kopf.

»Ach, Liebling, das tut mir leid.« Mitfühlend sah Kurt sie an.

»Leid? Du hast versucht zu helfen und ich hätte auf dich hören sollen.« Sie warf Bella einen bösen Blick zu. »Und übrigens, Bella, Mama's Market gibt es in fünfzehn Bundesstaaten und siebenunddreißig Städten. Wie konntest du mir erzählen, dass die Firma von einem alten Ehepaar in Yarmouth geführt wird und sie nur den Laden in Wellfleet haben?«

Bella zeigte auf Jenna.

»Sorry, das hatte ich gehört«, erklärte Jenna. »Oder ich habe es irgendwo gelesen.«

»Oder erfunden.« Amy verdrehte die Augen. »Willst du eine Schorle, Lea?«

»Ja, bitte. Am besten gleich zwölf.«

Kurt drückte ihre Hand. »Und was jetzt? Bereiten wir das nächste Meeting besser vor?«

Wir? Das gefällt mir. »Ja, aber ich muss zuerst noch ein paar Entscheidungen treffen. Ich glaube, ich sollte das Meeting nächste Woche verschieben, bis ich alles etwas besser im Griff habe. Die haben nach Sachen gefragt, an die ich nicht einmal gedacht habe, zum Beispiel nach der Notstromversorgung bei Stromausfällen im Winter und nach Lieferzeiten für

Ersatzprodukte, falls es Probleme mit einer Charge gibt. Und als Leslie, der Eigentümer, mich hinausbegleitet hat, sagte er, dass es, falls wir zusammenarbeiten sollten, um mehr als nur den Laden in Wellfleet gehen würde, was bedeutet, dass ich eine größere Küche mit mehr Kochfeldern bräuchte, vielleicht eine richtige Industrieküche zum Arbeiten.« Sie nahm einen großen Schluck von der Schorle.

»Und willst du das?«, fragte Kurt.

»Weißt du was? Als ich dort zur Tür hineingegangen bin, wusste ich noch nicht, wie ernst mir das Ganze ist, aber als ich dort war, darüber geredet und nachgedacht habe, wurde mir klar: Ja, das ist genau das, was ich will.« Sie beobachtete die Gesichter ihrer Freundinnen und hatte das Gefühl, eine Mischung aus Überraschung, Befürwortung und Unterstützung zu sehen. Als ihr Blick Kurts begegnete, gab es keinen Zweifel darüber, was sie in diesem tiefen Blau sah. Unmengen von Befürwortung und Unterstützung und vielleicht sogar etwas Stolz. »Ich liebe es, Marmelade und Gelee einzukochen und Brot zu backen, und ich könnte mir sogar vorstellen, das Ganze irgendwann auszuweiten auf Torten und anderes Gebäck, das sich gut mit Marmelade kombinieren lässt. Ich weiß, es klingt verrückt, und ich weiß, dass ich die unorganisierteste, vergesslichste und launenhafteste Person auf Erden bin, aber ich finde –«

»Ich finde überhaupt nicht, dass es verrückt klingt«, unterbrach Kurt sie. »Ich finde, es klingt, als hättest du gerade deine Berufung gefunden, und wenn es etwas ist, das dir so viel bedeutet, dann ergibt sich alles andere von selbst.«

»Kurt, ich habe drinnen einen Klon-Apparat. Könntest du bitte kurz mit hineinkommen?« Amy öffnete die Glastür. »Bitte, bitte?!«

Er lachte und sah dann gleich wieder zu Leanna. »Ich freue mich so für dich.«

»Hilfst du mir bei dem ganzen Organisatorischen? Ich bin echt mies, was Recherche angeht und, na ja, alles, was irgendwie strukturiert ist.« *Vielleicht schaff ich das doch nicht.*

»Klar.« Kurt zog sie auf seinen Schoß. »Aber mies bist du in keiner Hinsicht. Du hast so etwas einfach vorher noch nie gemacht.«

»Ähm, hast du die kleine Miss Ordnungszwang hier vergessen?« Bella deutete mit dem Kopf in Richtung Jenna. »Jenna kann deine Zutatenlisten, Produktionsprozesse und so organisieren. Und ich kann super mit Layoutprogrammen umgehen, also helfe ich dir dabei, hübsche Broschüren zu erstellen.«

»Ich kann dich unterstützen, wenn du dich nach einer neuen Location zum Kochen umschauen willst. Im Verhandeln bin ich sehr gut.« Amy ging nach drinnen und kam mit einer Zeitung wieder heraus.

»Danke, Leute. Aber ich muss entscheiden, wo ich leben werde. Ich weiß ja noch nicht einmal, wo ich nach dem Sommer sein werde. Aber wenn ich das hier wirklich will, dann muss ich das klären, und zwar bevor ich mich nach besseren Örtlichkeiten zum Arbeiten umsehe. Mensch, ich muss auch entscheiden, ob ich die Marmelade als Saisongeschäft oder ganzjähriges Unterfangen aufziehen will.«

»Wohin tendierst du?«, fragte Kurt.

Sie zuckte mit den Schultern. »Als ich anfing, bin ich wohl davon ausgegangen, das würde eher so ein Teilzeit- und Ganzjahresding werden. Also auf den Flohmärkten im Sommer, vielleicht Märkte und Messen im Winter, und dann würde ich sehen, wie es läuft. Die Idee, mich mit dem Lebensmittelhandel in Verbindung zu setzen, kam erst später. Ich hätte nie gedacht, dass ich da eine Chance hätte, aber jetzt bin ich mir nicht mehr so sicher, dass ich keine Chance habe. Allerdings habe ich im Moment ja noch nicht einmal einen Vertrag, also sollte ich vielleicht an meinem Plan festhalten, vom Ferienhaus aus zu arbeiten, zumindest im Sommer, und falls ich genug Arbeit für den Winter haben sollte, kann ich dann immer noch mehr Energie in das Unternehmen stecken und nach einem besseren Produktionsort suchen. Es wäre so toll, wenn es ein *richtiges Business* wird.«

»So würde ich es auch machen«, sagte Amy. »Es scheint mir ein großer Schritt zu sein, auf ein Vollzeit- und Ganzjahresgeschäft umzusteigen, wenn du im Moment nur *hoffst*, dass es möglich ist.«

»Aber wie kann man je mehr erreichen, wenn man nicht auf etwas hofft und dafür plant?« Kurt berührte ihre Hand. »Nicht dass ich finde, Leanna müsse mehr machen. Ich finde es nur interessant, es gründlich zu durchdenken. Wenn du ein Geschäft auf der Grundlage eines Drei- oder Viermonatsplans aufbaust, dann fährst du das Ganze gegen Ende des Sommers herunter. Aber wenn du versuchst, eine richtige Marke aufzubauen und ein Unternehmen, dann müsstest du dich im Herbst weiterhin um das Marketing kümmern und alles weiter vorantreiben. Und da frage ich mich, ob es dann nicht einfacher wird, Verträge mit den Anbietern zu schließen?« Er hatte wieder diesen ernsten Blick. »Vielleicht liege ich vollkommen falsch, und ich will dich bestimmt nicht drängen, mehr zu machen. Ich spiele nur des Teufels Advokat. Als wir uns kennenlernten, hast du mir erzählt, wie sehr du deine Arbeit liebst und dass du hoffst, dass es die Tätigkeit ist, die deiner Persönlichkeit am ehesten entspricht. Warum also nicht genau dafür planen?«

»So weit habe ich noch nicht gedacht, aber ich bin mir nicht sicher, ob ich zwölf Monate im Jahr in eine Industrieküche eingesperrt sein will. Was ist, wenn ich etwas für zwölf Monate miete und dann …? Keine Ahnung … Ändert sich etwas in meinem Leben? Oder ich habe nicht genug Aufträge, um die Miete zu bezahlen? Das wäre grauenvoll.« Sie biss sich auf die Unterlippe. »Ich muss darüber nachdenken. Aber um alles andere können wir uns schon mal kümmern, wenn ihr sicher seid, dass ihr mir helfen wollt.«

»Ich bin dabei«, sagte Bella.

»Und ob! Warum machen wir uns nicht Samstag nach dem Flohmarkt alle zusammen an die Arbeit? Dann hast du ein paar Tage Zeit zum Nachdenken, bevor wir loslegen«, fügte Jenna hinzu.

»Passt wunderbar!«, sagte Amy und trank ihre Weinschorle aus.

Leanna spürte, wie sich Kurts Arme fester um ihre Taille schlossen, und legte die Stirn gegen seine. »Wegen mir bist du heute zu gar nichts gekommen, oder?« Sie sah ein Funkeln in seinen Augen und fragte sich, ob er bei dem Wort *gekommen* – wie sie – an den Abend zuvor auf seiner Veranda dachte.

Er räusperte sich. »Nicht zu allzu viel, stimmt. Ich werde heute Abend eine Zeit lang schreiben müssen, um aufzuholen, aber das ist in Ordnung, und Pepper hat sich gefreut, mich zu sehen.«

Sie wackelte mit dem Hintern auf seinem Schoß und flüsterte: »Nicht so sehr, wie du dich freust, mich zu sehen, hoffe ich.«

Leanna wachte am Freitagmorgen früh auf und löste ihren Arm vorsichtig von Kurts Brust, um ihn und Pepper nicht aufzuwecken, der bei seinen Füßen schlief. Nachdem sie am Abend zuvor mit den Mädels gegrillt und ihre erste große Entscheidung mit Margaritas gefeiert hatten, waren sie in ihrem Ferienhaus geblieben. Sie fragte sich besorgt, wie viel Arbeitszeit Kurt aufgab, um mit ihr zusammen zu sein, aber er hatte ihr versichert, dass er in der Lage war, seine Zeit und den Abgabetermin im Auge zu behalten.

Es war wunderbar, ihn in ihrem Bett zu sehen, und neben ihm aufzuwachen, fühlte sich mittlerweile fast schon normal an. *Wie zum Teufel ist das so schnell passiert?* Letzte Nacht hatten sie die Fenster geschlossen, als sie sich liebten, damit die anderen sie nicht hörten und sie später damit aufzogen. Sie war nicht gerade eine stille Liebhaberin, aber Kurt schien das nichts auszumachen. Er hatte ihr letzte Nacht zugeflüstert, was er alles mit ihr machen wollte, bevor er es dann getan hatte, und diese unanständigen Dinge in seiner tiefen und rauen Stimme zu hören, erregte sie fast ebenso wie die schmutzigen Dinge, die sie getan hatten.

Sie stützte sich auf einem Ellbogen ab. »Ich habe mich ganz

schön in dich verliebt, Kurt Remington«, flüsterte sie. Sie legte sich auf den Rücken und schloss die Augen. »Ja, tief in meinem verrückten Herzen fühle ich es: Ich liebe dich.«

Leanna stand auf und schlich in Top und Boxershorts in die Küche, wo sie eine E-Mail an Daisy Chain schickte, um einen neuen Termin für ihr Meeting zu vereinbaren. Sie brauchte Zeit zur Vorbereitung, damit sie das Meeting nicht auch noch in den Sand setzte. *Ein Hobby.* Sie dachte über den Kommentar von Leslie nach, und ihr wurde klar, dass er sie vollkommen durchschaut hatte. Sie hatte ihre Arbeit in der Tat als Hobby gesehen, auch wenn sie es anders dargestellt hatte. Doch in dem Moment, in dem sie auf seinen Kommentar geantwortet hatte, hatte sie gewusst, dass sie nicht auf der Suche nach einem Hobby war, und jetzt war sie fest entschlossen, dieses Unternehmen erfolgreich aufzubauen.

Sie atmete tief durch und machte sich daran, eine Liste mit den Dingen zu erstellen, die sie in Angriff nehmen musste, um mit ihren Plänen voranzukommen.

Herausfinden, wo ich im Herbst wohnen will! Cape?
Kurt?
Produktliste
Zutatenliste
Lieferzeiten
Notstromaggregat? Kosten? Kosten für Miete? Räum-
lichkeiten teilen? Bei Bäckereien nachfragen?
Mit einem Anwalt über Verträge und notwendige
Versicherungen reden
Angestellte?

Dann machte sie sich an eine weitere Liste, eine, die sie zuvor nie in Betracht gezogen hatte, über die sie sich lustig gemacht hatte, wenn andere Frauen sie erstellten. Dennoch fing sie an zu tippen:

Wie mein Freund sein soll:
Freundlich, rücksichtsvoll, einfühlsam, witzig, interessant, fürsorglich, klug! Er muss mir zuhören wollen. Viel. Darf sich über meine Unbeholfenheit im Bett nicht ärgern. Gut im Bett. Richtig gut. Vielleicht sogar hilfsbereit. Muss mich auf jede Art und Weise unterstützen. Sexy. Sehr sexy. Toller Body. Muss meine Freunde mögen.

Sie lehnte sich zurück und ihr wurde klar, dass sie nicht nur eine Liste erstellte, wie ein Mann sein sollte. Sie beschrieb Kurt. Mit höchster Präzision.

Sie seufzte. *Es hat mich schlimm erwischt.*

»Du bist früh wach.«

Erschrocken klappte sie den Laptop zu und drehte sich herum. Kurt hatte die Hände über den Kopf ausgestreckt und hielt sich am Türrahmen fest, um seine breite Brust so langsam und anmutig wie eine Grinsekatze zu dehnen – bestückt mit nichts als seinen Boxershorts und einer Morgenlatte.

»Du solltest ein Warnschild auf diesem Körper tragen.« Sie stand auf und er schlang seine Arme um sie.

»Hätte ich ein Warnschild, würdest du vielleicht nicht in meine Nähe kommen.« Er gab ihr einen Kuss auf den Kopf. »Das war nett gestern Abend. Ich liebe es, dir so nah zu sein.«

Sie schmiegte die Wange an seine warme Brust. »Ich auch.« *Und übrigens, ich glaube, ich verliebe mich in dich.* »Möchtest du einen Kaffee?«

»Nein danke. Ich weiß, du musst heute auf den Flohmarkt, also mache ich mich auf den Weg nach Hause und jogge eine Runde. Du kennst ja meine morgendliche Routine. Hoffentlich kann ich das Pensum aufholen, das ich gestern Abend nicht geschafft hab. Mein Abgabetermin rückt schnell näher, und ich muss mich etwas reinhängen, damit ich den einhalten kann.«

»Tut mir leid, dass ich so eine Ablenkung bin.«

Er löste ihre Umarmung und küsste sie. »Du bist die beste Ablenkung, die ich mir je hätte vorstellen können, und du bist jeden Moment wert, den ich nicht mit dem Schreiben verbringe. Möchtest du vorbeikommen, wenn du auf dem Flohmarkt fertig bist?«

»Ja, das klingt gut.«

Kurt zog seine Shorts an und nahm Peppers Leine. »Komm, Pep.«

»Was hast du vor?«

»Ich drehe schnell eine Morgenrunde mit ihm, da du ja nicht unbedingt passend dafür angezogen bist.« Sein Blick glitt mit einer Spur von Bewunderung an ihr hinunter – aber sein Angebot war mehr als reine Hilfsbereitschaft; es hatte etwas Besitzergreifendes.

Das war so anders als alles, was sie bisher von ihm kannte, dass es sie überraschte. Und es gefiel ihr.

»Ich mach das schon. Er ist es gewohnt zu warten, bis ich meine Shorts und ein Top angezogen habe. Außerdem kannst du es dir nicht leisten, noch länger deinem Schreibtisch fernzubleiben.« Sie streckte die Hand nach der Leine aus.

»Würde es dir etwas ausmachen, wenn ich mit ihm gehe? Wir haben uns irgendwie angefreundet.«

Pepper winselte.

»Ich kann nicht glauben, dass du derselbe Typ bist, der ihn so böse angeschaut hat, als wir uns das erste Mal gesehen haben.«

Kurt hielt auf dem Weg nach draußen kurz inne. »Ich

glaub, ich weiß selbst nicht mal mehr, wer der Typ war.«

Mit den Gedanken immer noch bei Leanna fuhr Kurt auf seine Auffahrt. Er schien immerzu an Leanna zu denken. Als er aus dem Auto stieg, hielt er aus Gewohnheit nach Pepper Ausschau, bis ihm wieder einfiel, dass der Hund mit ihr auf dem Flohmarkt war. Er hatte nie verstanden, wie seine Geschwister sich so schnell in ihre besseren Hälften verliebt hatten, aber jetzt begriff er es allmählich. Selbst wenn man ihm eine Pistole an die Schläfe halten würde, könnte er seine Gefühle für Leanna nicht leugnen, und als sie heute Morgen dachte, er schliefe, und flüsterte, dass sie ihn liebte, hatte es ihm einen Schauer durch den Körper gejagt. Angst und Glücksgefühle waren aufeinandergeprallt und hatten ihn einen Moment lang gelähmt, bis er wieder atmen konnte und erleichtert war, dass sie ihm die gleichen starken Gefühle entgegenbrachte wie er ihr.

Er ging um das Sommerhaus herum und überquerte den Rasen zum Atelier. Es war umgeben von schützenden Bäumen. Der Immobilienmakler, von dem er das Grundstück gekauft hatte, hatte ihm erzählt, dass der Vorbesitzer die Bäume gepflanzt hatte, da er die natürliche Kühlung einer Klimaanlage vorzog, obwohl sowohl das Atelier als auch das Sommerhaus über eine Klimaanlage verfügten, was am Cape ziemlich ungewöhnlich war. Seit er vor ein paar Wochen hergereist war, war er kein einziges Mal in dem Atelier gewesen, doch seit Leanna erwähnt hatte, dass sie einen größeren Arbeitsplatz brauchte, hatte er ständig daran gedacht. Er schloss die schwere Holztür auf und ging hinein. Drinnen war es trotz der warmen

Sommertage kühl. Die rechte Wand wurde von einer Industriespüle und Einbauschränken eingenommen. Die Keramikfliesen waren in gutem Zustand und dank der hohen Decke konnte die Hitze aus dem Wohnbereich nach oben steigen. Er ging durch den offenen Raum zu einer Vorratskammer im hinteren Teil des Gebäudes. Dort war es kühl und trocken und in den geräumigen Holzregalen könnte Leanna ihre Waren perfekt lagern. An jeder Seite des Ateliers befanden sich jeweils drei Fenster und es gab ein Oberlicht im Dach, sodass jede Menge natürliches Licht hereinströmte. Kurt überlegte, noch zusätzliche Herdplatten und Gestelle zum Abkühlen einzubauen, und was immer Leanna noch brauchen könnte.

Ich wage mich zu weit vor.

Ihre Stimme drang in sein Bewusstsein und wieder lief ihm ein Schauer den Rücken hinunter. *Tief in meinem verrückten Herzen fühle ich es: Ich liebe dich.* Vielleicht wagte er sich doch nicht zu weit vor.

Neunzehn

Leanna hatte sich besorgt gefragt, wie Carey sie wohl behandeln würde, nachdem sie seine Avancen abgewiesen hatte. Aber er hatte sich den ganzen Tag nicht anders verhalten als sonst, stellte sie erleichtert fest. Sie hatte ihren Laptop mitgebracht und an den Produkt- und Zutatenlisten gearbeitet, sobald sie ein paar Minuten keine Kunden hatte. Es war ein produktiver Tag gewesen, und sogar Pepper hatte sich besser benommen, sodass sie mit ihm spazieren gehen konnte, anstatt hinter ihm herzurennen, wenn er sich vom Tisch losgemacht hatte.

Als sie am Ende des Tages in ihren Bus stieg, kam Carey ans offene Fenster.

»Hast du noch Lust auf den Strand?«, fragte er.

»Danke, aber ich kann nicht.«

Er fuhr sich mit der Hand durch die Haare, sah weg und zwang sich dann, Leanna wieder anzuschauen. »Also, echt kein Problem, dass du nichts von mir wolltest, aber ich frage mich nur … War das, weil du was von dem Schriftsteller willst? Würde ich total verstehen. Bin nur neugierig.«

Er sah so aufrichtig und aus irgendeinem Grund verletzlich aus. Sie hoffte, sie hatte seine Gefühle nicht verletzt. »Ich war nicht mit ihm zusammen, als du und ich neulich Abend im

Beachcomber waren, aber jetzt sind wir ein Paar.«

Carey nickte. »Das ist cool. Er ist ein netter Kerl. Falls das mit euch nichts wird und du was unternehmen willst, weißt du ja, wo du mich findest.«

»Danke, Carey. Ich hab die Zeit, die wir zusammen verbracht haben, wirklich genossen, und durch dich hat der Flohmarkt viel mehr Spaß gemacht.«

Er lächelte auf seine unbekümmerte Art und Weise. »Das gilt auch für dich. Und dein Tanzen? Unbezahlbar!«

Sie sah ihm hinterher, als er wegging, und atmete erleichtert auf. Auf der Fahrt zu Kurts Sommerhaus flatterten die Schmetterlinge in ihrem Bauch wieder auf. Das kam in letzter Zeit sehr oft vor, dieses Flattern, dieses Zusammenziehen. Ihr gesamter Körper reagierte auf Kurt – auf seine Berührung, seine Stimme, seinen Gesichtsausdruck, seinen Duft – auf eine Art, wie er zuvor noch auf keinen Mann reagiert hatte. Es verängstigte sie ein wenig, wie schnell sie ihr Herz an Kurt verschenkte, aber gleichzeitig hatte sich noch nie etwas so richtig angefühlt.

Als sie bei seinem Haus eintraf, ging sie erst gar nicht zur Haustür, sondern folgte Pepper über den Pfad nach hinten zur Veranda, wo sie Kurt fand – wieder mit freiem Oberkörper und über die Tasten fliegenden Fingern.

»Hallo, Süße. Schön, dass du da bist. Du hast mir gefehlt.« Er wandte den Blick nicht vom Bildschirm ab, während er weiter die Tasten bearbeitete. Pepper legte sich laut seufzend zu seinen Füßen hin. »Ich bin in ein paar Minuten fertig. Das war ein unglaublicher Arbeitstag. Und wie war dein Tag?«

Sie küsste ihn im Vorbeigehen auf die Schulter und setzte sich an den Tisch. »Du hast mir auch gefehlt. Und mein Tag war voller Überraschungen. Drei Leute haben Bestellungen aufgegeben. Bestellungen! Das hätte ich nie erwartet. Die eine war für eine Brautparty und die anderen beiden waren für Familien. Das waren Kunden, die meine Marmelade vor ein paar Wochen schon mal gekauft haben. Du weißt, was das heißt?«

Seine Augen waren weiter auf den Computer gerichtet. »Dass sie sie mochten?«

»Genau. Das ist wohl ein gutes Zeichen.«

»Mhm.« Er speicherte seinen Text und schon hatte er ihr eine Hand in den Nacken gelegt und küsste sie ausgiebig. »Du hast mir sehr gefehlt.«

»Du mir auch.« Sie lehnte sich im Stuhl zurück, atmete tief ein und ließ die Luft ganz langsam wieder heraus. Sie gewöhnte sich an das Zusammensein hier mit ihm, und die Vertrautheit, die zwischen ihnen entstanden war, fühlte sich gut an.

»Ich freue mich für dich. Das sind wirklich gute Neuigkeiten.«

»Ja, und weißt du was? Ich habe mich noch nie über irgendetwas so gefreut.« *Außer über dich.* »Ich habe keine Ahnung, was sich geändert hat, aber ich habe das Gefühl, es ist das, wonach ich gesucht habe. Ich habe es in der Hand, mit wem ich arbeite und wie viele Kunden ich annehmen kann. Wenn ich entscheide, nur mit einem Händler zu arbeiten – oder auch mit gar keinem –, dann ist das gut so, solange ich die Miete aufbringe oder was sonst nötig ist, je nachdem, wo ich letztendlich leben werde.«

Kurt zog sie zu sich auf seinen Schoß. »Lass uns das besprechen. Ich weiß, du planst nicht gern, aber wohin führt dich das Ganze, welche Bilder hast du im Kopf?«

Ich will das Unternehmen und dich. Sie wollte Kurt nicht unter Druck setzen, daher schob sie ihre Gedanken beiseite und zuckte mit den Schultern.

»Glaubst du, du wirst eine Weile im Ferienhaus deiner Eltern bleiben und dein Geschäft vom Cape aus aufbauen?« Er strich ihr die Haare hinters Ohr.

»Ich bin mir nicht sicher. Ich liebe es hier sehr, aber hier im Süden vom Cape ist alles so teuer. Ich bin mir nicht sicher, ob ich genug Geld verdienen werde, um mir in den ersten ein, zwei Jahren etwas Größeres leisten zu können, und ich will nicht das Geld von meinen Urgroßeltern nehmen.«

»Das verstehe ich, und ich finde es schön, dass du so denkst.«

»Also habe ich noch einiges zu überlegen.«

»Ich möchte dir etwas zeigen. Viel Ahnung habe ich von deinem Geschäft nicht, aber ich habe heute etwas recherchiert und dabei diese Zeichnung gefunden. Hast du so etwas im Kopf, wenn du an deine neue Wirkungsstätte denkst?« Kurt zeigte ihr ein Bild von der Einrichtung einer augenscheinlich riesigen Küche. Vier Edelstahlherde standen an der linken Wand, die Wand gegenüber war von einer Spüle und einer langen Ablage eingenommen. In der Mitte des Raumes standen große Edelstahltische in U-Form als Arbeitsfläche. Er klickte ein anderes Bild an, das eine offene Tür zeigte. Die Wände neben der Tür waren von Regalen aus Edelstahl gesäumt. Auf einem dritten Bild war ein großer Lagerraum mit tiefen Holzregalen zu sehen. Es gab jede Menge Fenster und einen Boden, der nach Fliesen aussah. Leicht zu reinigen. Sogar für sie.

»Ich hab mir das im Einzelnen noch nicht überlegt, aber das ist toll. Es fehlen nur Tiefkühltruhen und Kühlschränke. Abgesehen davon ist das ein Traum von einem Arbeitsplatz für jeden, der Marmeladen macht. Oder auch Backwaren.« Sie sah die Bilder noch einmal durch und merkte, dass es einzelne Fotos waren und keine Website. »Wo ist das?«

Er zuckte mit den Schultern. »Hab ich online gefunden. Wollte nur mal sehen, ob du so etwas in der Art im Kopf hast.«

»Wirklich toll. Und viel zu teuer.« Sie klappte den Laptop zu. »Hast du mit deiner Arbeit etwas aufgeholt?«

»Ja, und mehr als das. Meine Muse saß auf meiner Schulter und hat mir zugeflüstert.«

»Dem Himmel sei Dank! Ich hatte solche Angst, dass ich deine Karriere ruiniere. Ich war mir sicher, dass du mit mir Schluss machen würdest, sobald dir klar wird, dass ich keine leise Freundin, sondern nervig laut bin.«

»Nervig laut?« Er lachte.

»Ja! Findest du nicht? Also, ich rede viel, hab 'ne große Klappe und stelle alles infrage. Und jetzt steuere ich auf eine berufliche Laufbahn zu, mit der ich gar nicht so gerechnet hab. Ich meine, ich hab's gehofft, aber …« *Und ich liebe einen Mann, mit dem ich nicht gerechnet hab.* »Innerhalb von einer Woche hab ich dein sehr organisiertes und gut geplantes Leben auf den Kopf gestellt.«

»Auf den Kopf?«

»Denk doch mal nach. Du hast mich aus dem Meer gezogen, hast meinen Hund gerettet, du hast in dieser Woche weniger geschrieben als wahrscheinlich in jeder anderen Woche deines Berufslebens zuvor, und –«

Er bedeckte ihren Mund mit seinem, ihre Worte wurden von seiner Zunge erstickt, die ihre Sorgen spielend verscheuchte. Sie schloss die Augen und schmolz ihm entgegen, und als er sich zurückzog, war sie atemlos.

»Wow!«

»Ich habe weniger geschrieben, aber ich habe mein Leben noch nie so genossen, wie in dieser letzten Woche mit dir,

Leanna. Wenn es sich so anfühlt, in einer auf den Kopf gestellten Welt zu leben, dann möchte ich nie wieder auf den Beinen stehen.«

Auf dem Weg in die Stadt stellten sie Leannas Bus an ihrem Ferienhaus ab. »So musst du mich morgen nach Hause fahren und ich kann mehr Zeit mit dir verbringen«, hatte sie gesagt. Er liebte ihre Art zu denken und teilte ihre Meinung zweifellos. Mit Pepper im Schlepptau aßen sie bei Mac's Seafood am Pier von Wellfleet. Leanna flogen die Haare ins Gesicht und Peppers Fell wurde vom Wind plattgedrückt. Sie zog den Reißverschluss von ihrem Hoodie hoch und hob die Schultern an, um sich gegen die Brise zu schützen.

»Lass uns zum Park gehen.« Kurt legte einen Arm um ihre Schultern, als sie sich vom Wasser entfernten und den stürmischen Wind hinter sich ließen.

Jeden Sommer wurde in der Nähe vom Hafen in Wellfleet ein Zeltdach aufgebaut, unter dem Theatergruppen oder Bands aus der Region kostenlose Vorführungen gaben. An diesem Abend spielte eine Bluesband. Unter dem Zeltdach standen mehrere Reihen von Klappstühlen, die meisten davon waren besetzt. Sie setzten sich auf zwei freie Plätze in der letzten Reihe und Pepper legte sich zwischen ihre Füße. Neben dem Zeltdach waren Tennisplätze und dahinter ein kleiner, bunter Park. Kinder spielten auf den Spielgeräten, während die Eltern in der Nähe standen und die Musik genossen. Die Szenerie erinnerte Kurt an seine Collegezeit. Er hatte mit Freunden in Bars gesessen und war mit ihnen auf Konzerte in Parks gegangen.

Bevor er sich auf das Schreiben als Vollzeitbeschäftigung konzentriert hatte, war er entspannter mit seiner Zeit umgegangen. Während der Sommermonate und in anderen Ferien hatte er im Büro eines Literaturagenten gearbeitet, hatte einiges über das Verlagswesen gelernt und an den Abenden und Wochenenden seinen ersten Roman geschrieben. Nach dem Uni-Abschluss hatte er an einer Konferenz für Autoren teilgenommen, bei der Jackie Tolson ihn gebeten hatte, sich seine Arbeit ansehen zu dürfen. Er hätte nie gedacht, dass er schon zwei Wochen später einen Vertrag unterschreiben würde, geschweige denn fünf Monate später einen sechsstelligen Zwei-Bücher-Deal. Sein Vater war die treibende Kraft hinter seinem Entschluss gewesen, der absolut beste Krimiautor zu werden, den man sich vorstellen konnte, und er würde nie aufhören, besser sein zu wollen als andere Autoren oder sein eigener letzter Roman. *Mach mehr, als du glaubst, schaffen zu können; sei besser als alle anderen* – die Worte seines Vaters hatten ihn hilfreich begleitet. Allerdings hatte er nie gelernt, wie man die gleichen Regeln und diese Entschlossenheit auf eine Beziehung anwenden konnte, und seit er mit Leanna zusammen war, war ihm bewusst geworden, dass er ein Gleichgewicht schaffen musste – und wollte.

Leanna wiegte sich im Takt der Musik hin und her, auf ihren Lippen lag ein zufriedenes Lächeln. Ihre Schultern bewegten sich sexy, und während er sie beobachtete, hoffte Kurt, dass er genug tat. Dass er, wie Siena gesagt hatte, ihr genug Aufmerksamkeit zukommen ließ, genug an sie dachte, sie wissen ließ, wie wichtig sie ihm war. Wie konnte er sich dessen sicher sein? Seine Mutter war das Yin zum Yang seines Vaters. Sie rundete die rauen Kanten der strengen Lektionen des Vaters mit bedingungsloser Liebe und Verständnis ab. Sie war nicht schwach. Nein, Joanie Remington war der Überzeugung, dass Kinder aus ihren Fehlern lernen und für ihr Handeln Verantwortung übernehmen mussten, aber sie strahlte auch Wärme und Liebe aus, wie andere Selbstbewusstsein oder Unsicherheit ausstrahlten. Er hoffte, dass er genug von ihr gelernt hatte, um Leanna das gleiche Gefühl emotionaler Sicherheit vermitteln zu können.

Er griff nach Leannas Hand, als die Band ein langsames Lied spielte.

»Tanz mit mir.«

»Hier?«

Er zeigte auf die Grasfläche zwischen dem Zelt und den Tennisplätzen. »Da.«

Fest drückte er sie an sich und schloss die Augen, um das unangenehme Gefühl, den anderen ein Schauspiel zu liefern, loszuwerden. Er wollte Leanna halten, mit ihr tanzen, und er hatte von ihr gelernt, dass es eine gewisse Art Verlangen gab, dem man einfach nachgeben sollte. Dieses war so eines, und es fühlte sich verdammt gut an, sogar mit der Hundeleine um sein Handgelenk und Peppers erstauntem Blick.

Ein älteres Paar gesellte sich zu ihnen auf den Rasen und tanzte neben ihnen.

Kurt konzentrierte sich auf Leannas Herz, das gegen seines schlug, ihre Arme um seinen Hals und den weiblichen, süßen Duft ihrer Haut. Er spürte die Wölbung ihres Rückens, direkt über ihren Hüften, und die Kuhle in der Mitte ihrer Wirbelsäule, als er seine Handflächen fester auf ihren Rücken drückte, um sie noch näher zu spüren. Eine Hand glitt nach oben und vergrub sich in ihrem seidenen Haar, und ohne zu denken, senkte er seine Lippen auf ihre. Dass die Musik aufhörte, bemerkte er nicht, auch nicht, dass das ältere Paar zu den Stühlen zurückging. Er bemerkte weder den schnellen Rhythmus des nächsten Liedes noch das Kind, das auf sie zeigte, während sie sich küssten. Seine Sinne waren einzig darauf konzentriert, Leanna mit seiner Liebe einzuhüllen, bis sie einfach wissen musste, wie sehr er sie vergötterte, bis sie es mit jedem Atemzug fühlte und darauf vertraute, es in jeder Berührung zu spüren. Als er sie mit der Brise im Rücken in den Armen hielt, wurde ihm klar, dass Leanna seine *andere Hälfte* geworden war.

»Begleite mich auf die Hochzeit meines Bruders.«

Leanna schaute zu ihm auf und zog die Nase kraus. »Jetzt?«

Sie war so verdammt süß. Ein leises Lachen entwich ihm, das er schnell durch ein Hüsteln überdeckte. »Nächste Woche in Colorado. Ich kümmere mich um die Flugreservierungen und alles andere.«

»Aber das ist eine Hochzeit. Da gibt es Einladungen und Sitzordnungen und vielleicht möchte dein Bruder mich dort nicht haben.« Sie kreiste mit dem Finger in seinem Nacken.

»Ich möchte mit dir dort sein, und Jack möchte, dass ich dort bin. Ihm wird es nichts ausmachen. Sie heiraten auf der Ranch von Savannahs Vater, es gibt also keine formelle Sitzordnung oder so. Bitte komm mit. Von Colorado aus gehe ich direkt zurück nach New York und ich möchte jede Sekunde mit dir verbringen.« Ihm war nicht bewusst gewesen, wie schnell sich seine Zeit am Cape dem Ende näherte. Bei dem Gedanken, nicht mit Leanna zusammen zu sein, schnitt ihm ein heftiger Schmerz durchs Herz.

»Okay, ja, ich will. Ich meine, ich möchte. Aber versprich mir, dass du Savannah und Jack fragst, ob sie einverstanden sind, bevor wir etwas reservieren.« Sie strich ihm über die Wange. »Ich bin so froh, dass du mich gefragt hast, ob ich mitkomme.«

»Wirklich?«

Sie nickte. »Du reist also wirklich schon nächste Woche ab? Mir war nicht klar ...« Traurigkeit breitete sich in ihren Augen aus.

»Mir bis jetzt auch nicht. Der Gedanke, ohne dich irgendwohin zu gehen, ist grauenvoll. Ich weiß, das hört sich schwächlich an, oder weichlich, oder blöd, aber ...« Er zuckte mit den Schultern.

Auf ihren Lippen breitete sich ein Lächeln aus. »Ich finde, du wirst dadurch noch heißer.«

»Heißer? Also davon kannst du mehr haben.« Er nahm ihre Hand und sie gingen zurück zum Auto. Pepper flitzte neben ihnen her.

Alle paar Schritte hielten sie an, um sich zu küssen, und als sie das Auto erreicht hatten, spannte Kurts ganzer Körper vor Begehren. Leanna legte die Arme um seinen Hals und stieß ihre Hüfte an sein Becken. Sie zog seinen Mund zu sich hinunter und stöhnte verführerisch.

Er kniff die Augen etwas zu. »Damit machst du mich ganz verrückt.«

»Das ist der Sinn der Sache.« Sie stieß wieder gegen ihn und saugte und leckte an seinem Hals, bis er kurz vor der Explosion stand.

Er streckte den Arm aus und öffnete die Beifahrertür. »Rein mit dir.«

Sie setzte sich und Pepper sprang in den Fußraum vor ihr. Kurt nahm hinter dem Steuer Platz, und als er den Motor anließ, griff Leanna zwischen seine Beine und rieb über seinen harten Schaft, während sie sich hungrig die Lippen leckte. *Herr im Himmel.* Er gab Gas und fuhr direkt zu der dunkelsten Ecke auf dem Parkplatz. Als er den Motor abstellte, war Leanna schon halb über die Mittelkonsole geklettert.

Pepper sprang auf den Beifahrersitz, legte den Kopf zur Seite und beobachtete sie mit seinen großen, dunklen Augen.

»Oh, wie ich dich will, Leanna.« Er vergrub die Hände in ihren Haaren, bog sachte ihren Kopf nach hinten und reizte sie auf die gleiche Weise, wie sie ihn gereizt hatte. Er saugte sinnlich an ihrem Hals, bis sie sich ganz auf seinen Schoß schob und nach seinem Reißverschluss griff.

Ihre Münder ließen keine Sekunde voneinander ab und ihre Zungen wurden keinen Deut langsamer, während Kurt den Sitz zurückstellte, seine Hose herunterzog und Leannas Slip zur Seite schob. Sie schaute ihm tief in die Augen, als ihr Körper jeden Zentimeter seines harten Schafts in sich aufnahm und ihr ein tiefes Stöhnen entlockte. Mit seinen eins neunzig hatte Kurt auf dem Vordersitz des Mercedes nicht viel Spielraum. Er hielt Leannas Hüfte fest und dirigierte sie, aber seine Härte pulsierte heftig, er musste sich bewegen, in sie stoßen, ihren Körper an seinem spüren. Er zog sie eng an sich.

Pepper bellte.

Sie hielten beide inne – und lachten.

Pepper krabbelte halb über die Mittelkonsole und leckte Leannas Arm.

»Ab nach Hause.« Kurt hob Leanna zurück auf den Beifahrersitz, zog seine Jeans hoch, ließ sie allerdings auf – auf keinen Fall würde er seine Erektion hinter einem harten Metallreißverschluss wegsperren.

Noch nie in seinem Leben war er so schnell gefahren.

Zwanzig

Wie zwei Teenager rannten sie die Stufen zum Sommerhaus hinauf. Leanna war heiß, und sie wollte Kurt so sehr, dass ihr Innerstes schmerzte. Sie hatten vergessen, das Licht am Eingang anzulassen, und Kurt fummelte leise fluchend mit den Schlüsseln am Schloss herum.

Sie glitt zwischen ihn und die Tür und hob sein T-Shirt an, um seine harten Muskeln und die warme Haut zu küssen, überall zu berühren. Er drückte seine Hüfte gegen ihre und dann ging die Tür auf. Leanna stolperte fuchtelnd nach hinten. Mit einem starken Arm fing Kurt sie auf. Sie küssten sich auf dem Weg zum Sofa und zogen hastig die Schuhe aus. Kurt ließ die Schlüssel und Peppers Leine fallen, dann zog er ihr das T-Shirt über den Kopf, warf es beiseite und tat das Gleiche mit seinem. Leanna schob ihre Finger in seinen Hosenbund, zog die Hose hinunter und leckte auf ihrem Weg nach oben über seinen harten Schaft. Als er mit seinen starken Händen ihre Rippen umfasste und sie auf das Sofa legte, spürte sie, wie sein ganzer Körper erschauderte.

»Du bist unglaublich schön«, sagte er mit heiserer Stimme.

Sie führte seine Hände an ihre Brüste. Sein Mund folgte, und seine Zunge auf ihrer heißen Haut zu spüren, war fast zu viel. Sie winselte nach mehr. Sie brauchte ihn ganz, und so zog sie seine Hüften an sich, wölbte sich ihm entgegen.

»Lass mich erst dich befriedigen«, flüsterte er.

»Nein. Ich brauch dich. Jetzt«, brachte sie nur heraus und mit dem nächsten Atemzug glitt er sanft, liebevoll in sie. Ihr Körper wurde glühend heiß und fast wild. Sie wollte jetzt keine gefühlvollen Zärtlichkeiten – sie wollte heißen, unanständigen, tollen Sex, die Art von Sex, von der sie gelesen hatte und über die ihre Freundinnen geredet hatten, und sie wollte ihn jetzt. Sie drückte die Handflächen gegen seine Wangen und sah ihn mit einem – wie sie hoffte – ernsten Blick an.

»Nimm mich, lieb mich, vögel mich um den Verstand«, flüsterte sie.

Er kniff die Augen leicht zusammen und sie erkannte sein Zögern. Sie zitterte am ganzen Körper erwartungsvoll. Kurt war freundlich, großzügig, liebevoll, alles, was eine Frau sich wünschen konnte, aber sie wusste, dass er mehr zu geben hatte. Seine angespannten Muskeln verrieten, dass er sich zurückhielt. Sie sah es in seinen Augen, wenn sie sich einander leidenschaftlich hingaben, und sie wollte es ganz erleben. Ihn erleben. Ganz und gar. »Ich will mehr von dir«, versicherte sie ihm.

Er sah ihr tief in die Augen.

Sie nickte und in der nächsten Sekunde wurde sein Blick fast schwarz. Als seine Lippen ihre fanden, änderte sich alles. Es wurde ein rauer, harter, vor Bartstoppeln kratzender Kuss, der alles in ihr, bis zu den Zehenspitzen, zum Prickeln brachte. Er liebkoste ihren Mund nicht nur mit der Zunge. Er nahm ihn ein. Seine Hände bewegten sich fest und schnell, er kniff ihre Brustwarzen und umfasste ihre Brüste, während er tiefer in sie stieß, mit mehr Kraft und Leidenschaft, als sie es sich je hatte vorstellen können. Alle Gedanken fielen von ihr ab, sie war eingehüllt in ihrer beider Hitze. Keine Sekunde unterbrach er den Kuss, während er mit einer Hand ihre Hüfte anhob und ein Kissen darunter schob, dann noch tiefer und fester in sie drang und bei jedem kräftigen Stoß ein tiefes Stöhnen von sich gab. Ihre Zehen krümmten sich, ihre Haut wurde so heiß, dass sie sich eiskalt anfühlte. Sie krallte sich in seinen Rücken, schrie so laut auf, dass Pepper winselte. Kurt umfasste ihre Knie und hob sie an ihre Brust, damit er in einem anderen Winkel in sie stoßen, sie noch mehr erregen und ganz neue Gefühle durch ihren Körper jagen konnte.

»Mehr«, keuchte sie.

Er bewegte die Hüfte und sie schnappte nach Luft, als sie vom nächsten Orgasmus mitgerissen wurde, ihre inneren Muskeln sich eng um ihn zusammenzogen, wieder und wieder, und er immer noch nicht nachließ. Kurt schob ihre Beine weiter nach hinten. Mit seinen dunklen Augen sah er sie an und jagte Hitze durch ihren bebenden Körper.

»Meine … Güte. Du bist … der Wahnsinn«, sagte sie zwischen schweren Atemstößen.

Kurt hob seine Hüfte an und ließ ihre Beine wieder frei.

»Nein, nein. Das war so gut.« Sie streckte die Hände nach ihm aus.

Sein rechter Mundwinkel hob sich. »So wie das hier?«

Er legte ihre Beine nun an seinen Oberkörper und drang wieder in sie ein, langsam und tief. Leanna krallte die Finger in das Kissen und kniff die Augen zu, als Blitze hinter ihren Lidern zuckten. Kurt stieß immer wieder in dem gleichen langsamen Rhythmus in sie. Sie hatte sich nie so lebendig gefühlt. Jeder Nerv verlangte nach ihm, und als er sie nur mit der Spitze seines harten Schafts neckte, wäre sie fast aus der Haut gefahren.

»Mehr. Bitte, mehr.« *Oh Mann, ich bettele um Sex.* Sie schob die Verlegenheit beiseite. Sie war mit Kurt zusammen und dies war so viel mehr als Sex. Ihr Herz war so erfüllt von Kurt. Sie wollte alles mit ihm erleben. Verschwitzte, dampfende, klebrige, atemraubende Liebe – und er erfüllte ihr den Wunsch, indem er sie wieder in ungeahnte Höhen trieb und sie dort hielt, während er langsam in sie drang und tief in ihr versank. Dann nahm er ihre Beine herunter und zog das Kissen unter ihrer Hüfte heraus. Seine Augen waren voller Liebe, jede Bewegung von Zärtlichkeit erfüllt, als er sich auf sie legte und seine Brust an ihre drückte.

»Ich muss dich lieben.«

»Ja. Ja, liebe mich.«

Ihre Lenden prallten mit jedem leidenschaftlichen Stoß aufeinander.

»Mach die Augen auf«, flüsterte er.

»Kann nicht«, sagte sie mit einem langen Atemzug.

Er küsste ihre geschlossenen Augenlider. »Versuch es.«

Sie öffnete die Augen und die Liebe in seinem Blick traf sie direkt ins Herz. Er kippte seine Hüfte ein wenig und jagte einen lustvollen Schauer durch ihren ganzen Körper. Dann gab er sich ihr noch einmal in einem intimen, liebevollen Kuss hin. Sie spürte die ruckartige Anspannung in seinen Oberschenkeln zeitgleich mit ihrem eigenen überwältigenden Höhepunkt. Er hielt sie fest umschlungen, als sie ihre Liebe lebten, schwer atmend und aneinandergeklammert, während ihre Körper bebten und zitterten, bis sie nebeneinander zusammenbrachen, zufrieden und verausgabt.

Einundzwanzig

Am nächsten Morgen fuhr Kurt Leanna nach Hause, damit sie ihren Tag auf dem Flohmarkt vorbereiten konnte. Danach hatte er laufen gehen wollen, doch als sie bei ihr ankamen, wollte er gar nicht wieder weg. Er wollte verdammt noch mal keine Sekunde von ihr getrennt sein.

Leanna huschte von einem Raum in den anderen und packte zusammen, was sie brauchte. Sonnencreme, Papiertücher, Wasserflaschen. Sie hielt mitten in der Küche inne und sah teuflisch süß aus in Shorts und Top, wie sie so mit dem Finger gegen ihre Lippen tippte, als würde das ans Tageslicht befördern, was sie gerade suchte.

Kurt schloss sie in die Arme. »Hast du noch mal darüber nachgedacht, wie viel Zeit du in dein Geschäft stecken möchtest oder wo du das Ganze aufziehen möchtest?«

Sie fuhr mit dem Zeigefinger über sein Kinn hinunter zu seiner Brust. »Mhm.«

»Und?« Sein Herz raste. Er wollte ihr nicht zusätzlich Druck machen, aber … Himmel, er hatte das Gefühl, dass er durchdrehen würde, wenn sie nicht zusammen sein konnten.

Sie sah zu ihm auf und er sah die Antwort in ihren blaugrünen Augen. »Ich glaube, ich will es als Sommer-Business weiterbetreiben. Dann sind die Früchte am frischesten, und ich kann mich den Rest des Jahres auf Präsentkörbe oder etwas Ähnliches spezialisieren, was mir genauso viel Spaß macht. Und ...«, sie stellte sich auf Zehenspitzen und küsste sein Kinn, »ich möchte in deiner Nähe sein.«

In meiner Nähe. Kurt konnte es kaum glauben. Das Schweigen füllte er mit einer Umarmung.

»In meiner Nähe. Bist du sicher?«

Sie nickte.

»Ich wohne am Stadtrand von New York. Wäre das ein Ort, von dem du dir wirklich vorstellen könntest, dass du dorthin ziehst?«

»Wenn du dort bist, dann möchte ich auch dort sein. Es sei denn, du möchtest es nicht. Das würde ich vollkommen verstehen. Ich meine, wir kennen uns noch nicht so lang, und ich kann laut sein und du magst es ruhig, ich kann etwas chaotisch sein und du bist ordentlich, und –«

Er drückte seine weichen Lippen auf ihre. »Ich möchte dich bei mir haben. In meinem Haus. An meiner Seite. Ich möchte, dass du redest, während ich versuche zu schreiben, und dass du Chaos verbreitest, das ich aufräumen muss.«

Sie spürte, wie ihr Herz schnell und heftig gegen seine Brust schlug.

»Du möchtest, dass ich bei dir einziehe?«

»Ja.«

»Du musst dich nicht dazu gezwungen fühlen. Ich kann mir in der Nähe eine Wohnung suchen.« Ihre Stimme zitterte. »Ich habe von meinen richtigen Jobs etwas Geld gespart, also komme ich gut eine Zeit lang über die Runden, ohne meinen Fonds anrühren zu müssen.«

Die Liebe in ihren Augen strafte ihr Angebot Lügen.

»Leanna, *tief in meinem verrückten Herzen fühle ich es*. Ich liebe dich.«

Ihre Wangen erröteten und ihr Finger fuhr schnell die Konturen seines Trizepses nach. »Das hast du gehört?«

Er küsste sie. »Ich liebe dich und du liebst mich. Es geht schnell, aber ich vertraue meinem Instinkt. Jede Sekunde, die du nicht bei mir bist, halte ich nach dir Ausschau.«

Pepper kratzte mit der Pfote an seinem Bein.

Kurt schaute zu Pepper. »Ja, nach dir auch, Pep.«

Tränen stiegen ihr in die Augen.

»Ist dir das zu schnell? Es tut mir leid. Ich bin immer ziemlich zielstrebig, aber wenn dir das zu schnell geht …«

»Nein.« Sie legte die Hände auf seine Hüfte. »Nein, ich möchte nichts lieber, als mit dir zusammen sein.«

»Wo ist dann das Problem?«

Eine Träne lief über ihre Wange. »Es ist nur …« Sie vergrub ihr Gesicht an seiner Brust. »Du füllst die leeren Ecken in mir.«

Er liebte sie so sehr, dass es ihm fast Schmerzen bereitete. Mit dem Daumen wischte er die Träne fort und dann hielt er Leanna ganz fest. »Und du meine. Auch die, von denen ich gar nicht wusste, dass ich sie hatte.« Sie hielten sich umschlungen, bis Leanna ihn gespielt energisch von sich stieß.

»Du musst jetzt joggen gehen, sonst halte ich dich noch vom Schreiben *und* vom Joggen ab, und dann überlegst du es dir doch, ob ich wirklich bei dir einziehen soll.«

»Ich werde heute Abend wahrscheinlich ziemlich spät noch schreiben. Soll ich vorbeikommen, wenn ich fertig bin, oder möchtest du eine Nacht Pause von mir haben?«

»Pause? Auf keinen Fall. Ich arbeite mit den Mädels an den Broschüren und den anderen Sachen. Komm einfach vorbei, wenn du fertig bist.«

»Könnte ziemlich spät werden.«

»Ich lasse die Tür auf.« Sie küsste ihn und verpasste ihm einen Klaps auf den Hintern, als er hinausging.

»Vorsicht! Sonst wird es nichts mehr mit dem Joggen und mit deinem Flohmarkt auch nicht.«

Auf dem Weg zurück zu seinem Haus raste Kurts Puls. Er war sich seiner Umgebung nie so bewusst gewesen und er hatte sich noch nie so lebendig gefühlt. Die Bäume sahen interessanter aus, die Wildblumen am Straßenrand leuchtender, das Gras grüner; sogar die Luft roch klarer. Die Gedanken in seinem Kopf schwirrten in alle Richtungen und jeder einzelne kreiste zurück zu dem Atelier. Leanna. Für immer.

Er rief Siena an.

»Dir ist schon klar, dass noch nicht mal die Sonne aufgegangen ist, oder?«, fragte Siena gähnend.

»Doch ist sie. Es ist sieben Uhr. Hör mal, ist der Bruder von Cash nicht Bauunternehmer in Neuengland?«

»Ja, er heißt Blue, und er ist wirklich sehr gut. Ich habe Bilder von seinen Arbeiten gesehen.«

»Glaubst du, er würde für mich hier am Cape etwas machen?« Kurts Gedanken liefen auf Hochtouren. Er hatte einen Plan, und Leanna mit dem Atelier zu überraschen, war die Kirsche auf dem Sahnehäubchen.

»Kann sein.« Sie gähnte wieder. »Wart mal kurz.«

Er hörte, dass sie mit Cash redete. Kurz darauf kam Cash ans Telefon.

»Hallo, Kurt. Du brauchst einen Bauunternehmer am Cape?« Cash klang wesentlich wacher als Siena. Er war Feuerwehrmann und es daher gewohnt, schnell aufzuwachen.

»Ja, ich habe ein Atelier, das renoviert werden müsste.«

»Er arbeitet gerade auf dem Kennedy-Anwesen in Hyannis,

glaube ich. Ich schick dir seine Nummer. Wenn er es zeitlich einrichten kann, wird er den Job bestimmt gern übernehmen.«

»Danke, Cash. Sehen wir uns auf der Hochzeit?« Kurt hatte mittlerweile in seiner Einfahrt geparkt und ging um das Haus herum, bis er das Atelier sah.

»Ja. Bringst du Leanna mit?«

Kurt lachte. »Der gute alte Remington-Buschfunk.«

»Oh, Siena hat den sofort in Gang gesetzt. Die Drähte liefen heiß. Alle wissen Bescheid, und sie erwarten wohl, dass du sie mitbringst.«

Aus dem Hintergrund hörte er Siena rufen: »Es ist ja auch eine große Sache, dass Kurt eine Freundin hat.«

»Du kannst meiner Schwester sagen, dass es wirklich eine große Sache ist. Ja, Leanna kommt mit. Und danke schon mal für Blues Nummer. Ich melde mich bei ihm, sobald du sie mir geschickt hast.« Er beendete das Gespräch und betrachtete das Atelier. Die Puzzleteile seines Herzens fanden ihren Platz. *Kein Wunder, dass ich nicht wusste, was ich mit dir anstellen sollte. Du hast auf Leanna gewartet.*

Ich vielleicht auch.

Zweiundzwanzig

Nachdem sie vom Flohmarkt nach Hause gekommen war, checkte Leanna ihre E-Mails und bestätigte Daisy Chain den Termin für ihr Meeting am achtundzwanzigsten, dem einzigen Tag in den nächsten vier Wochen, an dem alle Mitglieder des Vorstands in der Stadt sein würden. Sie gab Pepper sein Futter, und zum ersten Mal wünschte sie sich, sie hätte Kurts Telefonnummer. Sie würde gern seine Stimme hören. Doch dazu müsste sie sich daran erinnern, wo sie ihr Handy liegenlassen hatte. Sie nahm ihren Schreibblock heraus und schrieb *Handy finden* oben auf die Seite.

»Bereit für die Arbeit?« Bewaffnet mit ihrem iPad, einem Notizblock und einer Flasche Weinschorle betrat Jenna das Ferienhaus.

»So bereit wie nur möglich, nehme ich an.«

»Hey, Mädels.« Amy hielt Bella die Tür auf. Beide hatten ihren Laptop und Weingläser dabei. »Wir sind bereit für die Arbeit, Leanna. Sag uns einfach, was du brauchst.«

»Ihr seid die Besten. Aber lasst uns draußen arbeiten. Dann können wir das Internet von Clarks und Vanessas Haus nutzen. Ihre Verbindung ist viel stärker als meine.« Sie stellte ihren Computer auf dem Tisch ab und Pepper machte es sich in einer

Ecke der Veranda gemütlich. Leanna konnte es kaum abwarten, ihnen von ihrer Entscheidung zu berichten, bei Kurt einzuziehen.

»Ich habe eine Liste gemacht.« Jenna holte einen Notizblock hervor.

»Natürlich.« Bella verdrehte die Augen.

»Jemand musste es ja machen.« Jenna schenkte sich Weinschorle ein.

»Ich habe auch eine gemacht.« Leanna holte ihre Liste heraus, und die Frauen schauten ihr über die Schulter, während sie die Punkte durchstrich, um die sie sich schon gekümmert hatte.

*~~Herausfinden, wo ich im Herbst wohnen will!~~ Cape?
New York/Cape Cod!
~~Kurt?~~ Mit Sicherheit!
Produktliste
Zutatenliste
Lieferzeiten
Notstromaggregat? Kosten? Kosten für Miete?
Räumlichkeiten teilen? Bei Bäckereien nachfragen?
Mit einem Anwalt über Verträge und notwendige
Versicherungen reden
Angestellte?*

»New York und Cape Cod?« Noch bevor Leanna antworten konnte, schrie Bella los. »New York und Cape Cod? Oh nein, echt? Du und Kurt? Leanna!«

Jenna und Amy kreischten und alle umarmten sie gleichzeitig.

»Ich wollte es euch gerade erzählen.« Sie musste lächeln. »Ich ziehe nach dem Sommer bei Kurt ein.«

Jenna und Amy schrien erneut auf.

»Oh du meine Güte! Du ziehst wirklich nach New York? Zu Kurt?« Bella hielt Leannas Unterarm fest. »Du und Kurt Remington? Dieses prachtvolle Wesen, das dich ansieht, als wärst du eigens für ihn vom Himmel gefallen? Heiliger Strohsack, Leanna! Und ich dachte, du wärst das *glücklose* Seaside-Mädel!« Sie schlang die Arme noch einmal um Leanna und drückte sie so fest, dass Leanna sich befreien musste, um Luft zu bekommen.

»Ich weiß.« Leanna schüttelte den Kopf. »Ich kann es auch kaum glauben. Es geht wirklich irrsinnig schnell, aber es fühlt sich so richtig an! Selbst wenn morgen alles einstürzen würde, solange wir zusammen sind, ist alles perfekt – so fühlt es sich gerade an.«

»Das will ich auch.« Amy beugte sich über den Tisch. »Sag bitte, dass er von deinem Hang zu Wäschehaufen weiß.«

Leanna lachte. »Ich habe nichts verheimlicht. Sicher werden wir beide Zugeständnisse machen müssen. Er hat ja schon Pepper akzeptiert. Als wir uns das erste Mal sahen, hatte er kein einziges Lächeln für ihn übrig. Und dass er für uns Auszeiten vom Schreiben nimmt, kann ich auch nicht fassen. Aber er macht es, und er sagt, dass er genau das will.« Sie nahm einen Schluck Weinschorle. »Vielleicht habe ich jetzt doch mal Glück. Apropos, wenn wir jetzt nicht loslegen, müssen wir die ganze Nacht durchmachen.«

»Nach dem zu urteilen, was ich so mitbekommen habe, bist du gut darin, die Nacht durchzumachen.« Bella hob ihr Glas. »Auf Leanna und Kurt.«

Sie stießen alle miteinander an. Nicht zum ersten und sicher nicht zum letzten Mal bedankte Leanna sich im Stillen dafür, Bella, Amy und Jenna in ihrem Leben zu haben. Wenn sie an die Menschen dachte, die immer für sie da sein würden, dann fielen ihr nur die Seaside-Mädels ein. Sie hätte nie geglaubt, dass ihr irgendjemand – abgesehen von ihrer Familie – dieses Maß an Sicherheit und Liebe vermitteln konnte, das ihre Freundinnen ihr bedingungslos gaben. Jetzt, nachdem sie Kurt kennen- und lieben gelernt hatte, wusste sie, wie sehr sie sich geirrt hatte. Und welch großes Glück sie hatte.

»Warte mal! Heiratet ihr oder lebt ihr in sündiger Wollust zusammen?«, fragte Amy.

»Heirat? Sündige Wollust, na herzlichen Dank!« *Heiraten?* Der Gedanke ließ sich nur schwer beiseiteschieben, aber sie zwang sich dazu. »Könnt ihr euch das vorstellen? Ich freue mich so sehr, das ist kaum auszuhalten.«

»Lea, du wirst in meiner Nähe wohnen! Wir können uns das Jahr über sehen. New York und Connecticut liegen nicht so weit voneinander entfernt.« Bella umarmte sie noch einmal.

»Ich weiß. Bei dem Ganzen springt mein Herz im Dreieck. Bei *ihm* springt mein Herz im Dreieck.«

»Das nennt man Liebe«, sagte Amy und tätschelte Leannas Hand. »Genieß jede einzelne Sekunde, damit wir dich beneiden können.«

»Oh, das habe ich vor.« Leanna atmete laut aus. »Okay, wir müssen uns auf die Arbeit konzentrieren, denn ich könnte die ganze Nacht über Kurt reden. Kommt, lasst uns Sweet Treats auf die Startrampe bringen, damit ich nicht auch noch zur Schmarotzerin werde.« Sie zeigte auf die Liste auf ihrem Computer. »Jenna, ich hab die Produkt- und Zutatenlisten erstellt. Könntest du die etwas strukturieren und vorzeigbar gestalten? Ich bin darin echt eine Niete.«

Jenna salutierte. »Aye, aye, Käpt'n. Wird erledigt.«

»Bella, ich hab keine Ahnung von Broschüren und so etwas.

Vielleicht können wir uns da zusammen etwas überlegen?«
Leanna zog ein Haargummi von ihrem Handgelenk und band
sich die Haare zu einem Zopf zusammen. »So ist es besser.«

»Ich habe mir Räumlichkeiten angesehen und die sind alle
extrem teuer, Leanna.« Amy öffnete auf ihrem Computer eine
Website. »Ich denke, es ist wahrscheinlich das Beste, wenn du
für ein paar Monate irgendwo zur Untermiete mit einsteigst
oder doch von deinem Ferienhaus aus arbeitest. Und was die
zusätzliche Stromquelle angeht, da habe ich mir ein paar
Notstromaggregate angeschaut. Dein Haus ist so klein, du
bräuchtest nichts Großes. Es könnte dich zwar ein paar
Tausender kosten, aber zumindest hättest du dann keine Miete
am Hals.«

»Ich habe in eine ähnliche Richtung gedacht. Wenn ich im
Herbst in New York bin, dann brauche ich eigentlich keinen
neuen Produktionsort. Ich kann im Sommer vom Ferienhaus
aus arbeiten und mir im Herbst etwas in New York suchen, falls
ich etwas brauche. Im Sommer haben wir hier ja keinen
Stromausfall. Nie.« Sie lehnte sich zurück und atmete laut aus.
»Glaubt ihr, ich bin verrückt? Ich meine, ich möchte unbedingt,
dass es funktioniert. Ich liebe meine Arbeit, und nächstes Jahr
gehe ich zusätzlich auf den Flohmarkt in Dennis, der ist unter
der Woche, das passt also perfekt.«

»Nächstes Jahr brauchst du keine Marmelade mehr
machen.« Jenna sah von der Tastatur auf. »Dann bist du mit
einem reichen Autor verheiratet.«

»Verheiratet?« *Verheiratet!* »Ich heirate nicht, und selbst
wenn, dann will ich trotzdem noch Marmelade machen, solang
es mir Spaß macht. Ich kann nicht nur rumsitzen und nichts
tun.« Sie sah Jenna an. »Verheiratet?«

»Wahrscheinlich. Glaubst du nicht?« Amy nickte zustimmend. »Jenna sagte, in jedem Artikel, den sie über Kurt gelesen hat, stand, wie wichtig ihm Familie ist.«

»Stimmt.« Jenna trank ihre Weinschorle. »In dem Artikel in der *Huffington Post* hieß es, er und seine Familie kommen jeden Monat zu einem Essen zusammen. Ich finde das so süß. Also echt, wie viele attraktive, alleinstehende Typen nehmen sich so viel Zeit für ihre Familien?«

»Ich kenne keinen. Ich finde es gut, dass Leanna bei ihm einzieht. Wahrscheinlich wäre es schwer, ihn dazu zu bringen, dass er von seiner Familie wegzieht, wenn sie sich so nahestehen. Und dann ist da natürlich die Frage, ob er ein Mama-Kind ist und so.« Bellas Blick war starr auf ihren Laptop gerichtet. »Ich habe übrigens schon eine tolle Idee für ein Logo.«

»Danke, Bella.« Leanna zeichnete Kreise mit den Fingern auf den Tisch. »Sollte ich mir Sorgen machen, ob er ein Mama-Kind ist? Also, ich kenne seine Familie ja nicht, aber er kommt mir wirklich nicht so vor.«

»Es gibt einen todsicheren Test.« Bella sah Leanna an. »Mama-Kinder haben Sex auf eine Art und Weise: Missionarsstellung, im Bett. Das war's. Zumindest ist das meine Erfahrung.«

Amy ging ins Haus und kam mit einer Tüte Salzbrezeln wieder heraus. »Ich glaub, du könntest recht haben, was die Missionarsstellung und die Mama-Jungs angeht. Selbst die harmlosen, braven Typen probieren gern mal die Früchte der Lenden, aber Mama-Kinder …«

Leanna prustete los. »Früchte der Lenden?«

»Du weißt schon, was ich meine. Mama-Jungs tun das nicht. Die sind alle unterdrückt und haben Angst, ihre Mütter hielten sie für unanständig.« Amy beugte sich vor. »Und? Ist er ein Mama-Junge?«

»Nein! Er ist alles andere als ein Mama-Junge, wenn man eure Maßstäbe anlegt.«

»Ha! Du schuldest mir 'nen Zehner!« Bella streckte die Hand aus.

»Ihr habt auf ihn gewettet?« Leannas Blick wanderte zwischen Amy und Bella hin und her.

»Ich nicht. Ich habe ihn gleich als schmutzigen Jungen im Bett eingeschätzt«, sagte Jenna und strich sich sittsam die Haare hinters Ohr.

Bella hob die Hand. »Ich auch. Totales Alphatier im Schlafzimmer war meine Vermutung.«

»Das ist unfair.« Amy verschränkte die Arme vor der Brust. »Ich habe nicht gesagt, dass er ein Mama-Junge ist. Ich habe gesagt, er scheint raffiniert zu sein und dass raffinierte Typen nicht so abenteuerlustig sind wie andere.«

»Tja, meine liebe Amy, du liegst vollkommen falsch. Ich habe da einen abenteuerlustigen, raffinierten, heißen Alphatypen, dem es nichts ausmacht, dass mein Rhythmus daneben ist oder dass ich Klamottenhaufen auf dem Boden herumliegen habe und ums Verrecken nicht putzen kann. Und wisst ihr was?« Sie trank ihre Weinschorle aus. »Ich habe keine Ahnung, was er in mir sieht. Ich bin so unzuverlässig und er so gar nicht.«

»Du bist nicht unzuverlässig. Du liebst das Leben. Du gibst dich nicht mit Dingen zufrieden, die dich nicht glücklich machen, aber du bist mit Sicherheit nicht unzuverlässig.« Amy hielt Leanna die Tüte hin. »Iss eine Brezel und lass uns das hier fertig machen. Er weiß, dass er mit dir das große Los gezogen hat, und das sollte er auch.«

Leanna legte den Kopf auf Amys Schulter. »Und darum liebe ich euch Mädels so: Ihr würdet mich schamlos anlügen, wenn ich es bräuchte.«

Die nächsten Stunden verbrachten sie damit, Produkt- und Zutatenlisten, Broschüren und Bestellformulare zu erstellen, und Amy zauberte sogar einen groben Plan für Lieferzeiten aus dem Ärmel. Außerdem bot Amy an, mit ihr zur Druckerei zu gehen, sobald Leanna alle Dokumente endgültig fertiggestellt hatte.

»Danke. Ich möchte auch mit Kurt noch mal alles durchgehen. Vielleicht hat er noch ein paar Ideen. Bella, dieses Logo ist perfekt. Woher hast du die Idee mit der Rebe, die sich an den Seiten von *Sweet Treats* nach oben rankt? Und dass du *Luscious Leanna's* bogenförmig darüber gestellt hast, ist großartig. Einfach und elegant.«

»Freut mich, dass es dir gefällt. Ist mir gerade so eingefallen, als wir geredet haben.« Bella zeigte ihr noch ein paar andere Entwürfe.

»Ich finde das erste Logo großartig. Es ist schlau und schön, und mit Luscious Leanna im Titel ist es auch sexy, und wie sagt man doch? Sex sells!« Jenna stand auf und dehnte sich, um dann mit wackelndem Po ihre Shorts zurechtzurücken. »Leute, habt ihr Hunger? Sollen wir Pizza essen gehen?«

»Ich bin ausgehungert. Keine Ahnung, wann Kurt kommt, und ich habe seine Nummer nicht. Wo mein Handy ist, weiß ich allerdings auch nicht.« *Wo ist das blöde Teil nur?* »Ich könnte kurz bei ihm vorbeifahren, um mich mit ihm abzusprechen, und dann treffe ich euch wieder. Wohin gehen wir?«

»Lass uns zusammen fahren. Wir halten kurz bei Kurt – es sei denn, du hast vor, seinen Hintern ins Bett zu zerren, in dem Fall nehmen wir zwei Autos. Ich kann fahren«, bot Bella an.

»Ich zerre seinen Hintern nicht ins Bett. Mensch, Bella, ich hatte in der letzten Woche mehr Sex als in den ganzen letzten zwei Jahren.«

Leanna schnappte sich ein Sweatshirt aus dem Haus und legte Pepper an die Leine. »Holt eure Pullover und dann treffen wir uns in ein paar Minuten alle bei Bella.«

Sie fuhren in Bellas Wagen zu Kurts Haus, und als sie angekommen waren, stiegen alle mit Leanna aus.

»Ist das euer Ernst?«, flüsterte Bella. »Das ist superschön.«

»Ich gehe hier nie wieder weg«, sagte Jenna, als sie zur Haustür ging.

Leanna folgte Pepper den Pfad entlang hinter das Haus. »Kommt hier entlang. Er ist sicher auf der Veranda und schreibt.«

Sie fanden Kurt auf der Veranda, ohne T-Shirt, schreibend und mit einem leeren Kaffeebecher neben dem Computer. Pepper stürzte direkt auf ihn zu.

»Hey, Pep.« Kurts Blick blieb auf den Bildschirm gerichtet und seine Finger hielten keine Sekunde still. »Wenn das nicht die Seaside-Mädels sind. Habt ihr *alle* mich vermisst?«

»Woher weißt du, dass wir uns so nennen? Ich hab dich schrecklich vermisst.« Leanna beugte sich hinunter, um ihn auf die Wange zu küssen. Er drehte den Kopf dem Kuss entgegen und seine Lippen trafen auf ihre.

»Wusste ich nicht, aber der Name passt. Ich hab dich auch vermisst. Du siehst toll aus.« Er zupfte am Bund ihres Sweatshirts.

»Danke. Wir gehen Pizza essen, und ich wollte mal hören, was du glaubst, wann du fertig bist.« Am Meer war es windiger als im Binnenland. Das Geräusch der Wellen war beruhigend und Pepper nahm seinen Platz bei Kurts Füßen ein.

»Ich habe noch ein paar Stunden vor mir, denke ich.« Kurt schaute auf und lächelte Leanna an. »Tut mir leid, aber dieser

Termin rückt immer näher. Mir war nicht klar, dass ich in weniger als zwei Wochen abgeben muss. Ich muss wirklich noch ein paar Stunden arbeiten. Amüsier dich. Wenn es zu spät wird, bleib ich einfach hier.«

»Nein, das brauchst du nicht. Mir macht es nichts aus, wenn du spät kommst.« Sie konnte es sich nicht einmal vorstellen, ohne ihn zu schlafen.

»Hey, Kurt, was ist das da für ein Gebäude bei den Bäumen?«, fragte Bella.

»Ein Atelier. Das Haus hier gehörte einem Künstler, bevor ich es gekauft habe, und er hat dort gearbeitet.« Er fuhr sich mit der Hand durch die Haare, zog dann Leanna auf seinen Schoß und sprach leise. »Könnte sein, dass ich bis elf oder so schreibe. Bist du sicher, dass ich dann noch vorbeikommen soll?«

»Unbedingt. Das ist nicht spät. Ich dachte, du meinst zwei Uhr morgens oder so.«

»Manchmal schreibe ich so lang, aber heute hatte ich einen tollen Schreibtag. Mehr als ein paar Stunden brauche ich nicht.«

»Warum schreibst du nicht im Atelier?« Bella zog den Reißverschluss ihrer Kapuzenjacke hoch.

»Ich schreibe lieber draußen. Die frische Luft und das Geräusch vom Wasser inspirieren mich.« Er küsste Leanna auf die Wange. »Du inspirierst mich auch. Ich hatte eine tolle Idee für eine Verbrecherin in meinem nächsten Buch. Sie ist ein Freigeist.«

»Wirklich? Ich bin so damit beschäftigt, mein Leben in die richtigen Bahnen zu lenken, dass ich nicht einmal Zeit hatte zu fragen, was genau du schreibst. Das tut mir leid.« Sie kreiste mit dem Finger auf seiner Wange. »Du weißt, dass ich keine Krimis oder irgendwas Unheimliches mag, aber wenn du möchtest, lese ich mal eines deiner Bücher. Deine Arbeit ist mir wichtig. Ich hoffe, du weißt das.«

»Du legst eine Verbrecherin nach Leanna an?« Amy setzte sich an den Tisch. »Sie ist der liebste Mensch, den ich kenne. Sie könnte niemals eine Verbrecherin sein.«

»Ich leihe mir nur ein paar Wesenszüge von ihr. Sie ist es nicht wirklich.« Er strich Leanna die Haare über die Schulter. »Du musst meine Bücher nicht lesen. Ich möchte, dass dir nichts und niemand deine Fröhlichkeit nimmt. Nicht einmal für eine Sekunde.«

»Mensch, ihr beide seid einfach zu süß.« Bella lehnte sich gegen das Geländer und seufzte.

»Hey, Leanna«, rief Jenna von der untersten Stufe hinauf.

»Ja?«

»Ich hab dein Handy gefunden.« Sie kam die Treppe wieder hinauf und gab Leanna ihr sandiges Handy.

»Ach du meine Güte! Das muss mir aus der Tasche gefallen sein, als du mich auf die Veranda getragen hast … an dem Abend, an dem du mich gerettet hast.« Sie lachte und drückte die Einschalttaste.

»Das wird nicht mehr funktionieren. Du warst ziemlich lang im Wasser.« Kurts Hand strich über ihre Wade.

»Mein Bruder Colby ist ein Navy SEAL. Als er hörte, dass ich den Sommer am Cape bin, hat er mir eine wasserdichte Hülle für mein iPhone geschickt.« Sie drehte den Bildschirm mit dem leuchtenden Apfel zu Kurt. »Siehst du? Funktioniert noch.«

»Verrückt. Und gut zu wissen. Muss ich mir für meine Verbrecher und Opfer merken.«

Leanna hüpfte von seinem Schoß. »Ich denke mal, wir gehen jetzt essen, aber bevor ich es vergesse: Sollen wir Telefonnummern austauschen? Dann muss ich nicht hier auftauchen und dir deine Schreibzeit stehlen. Wir können uns schreiben oder anrufen.«

Kurt gab ihr sein Handy. »Nur zu.«

Bella verschränkte die Arme. »Du lässt sie einfach so dein Handy durchwühlen?«

»Wenn sie wühlen will, warum nicht?« Er rieb über die Gänsehaut auf ihren Beinen. »Ich habe nichts zu verbergen.«

»Nummern von Ex-Freundinnen? Flirt-Hotlines? Komm schon. Jeder Typ hat etwas zu verbergen.« Bella verdrehte die Augen.

»Vielleicht kennst du die falschen Typen.« Kurt lachte. »Ein paar Nummern von Frauen habe ich da drin, aber sie wird keine Telefonate in letzter Zeit mit ihnen finden – abgesehen von meiner Schwester. Und eine Flirt-Hotline habe ich noch nie angerufen. Vielleicht habe ich da etwas verpasst.« Er kniff in Leannas Oberschenkel.

Sie gab ihm sein Handy zurück. »Hier. Ich habe meine Nummer abgespeichert und mein Handy damit angerufen, also habe ich auch deine.« Sie warf Bella einen wütenden Blick zu. »Und ich hab nicht geschnüffelt. Mann, Bella. Das nennt man Vertrauen!« Sie küsste Kurt zum Abschied und hielt dann an der Treppe noch einmal inne. »Fast hätte ich vergessen, es dir zu sagen: Das Meeting mit Daisy Chain wurde auf den achtundzwanzigsten verlegt.«

»Den achtundzwanzigsten?« Kurts Stimme klang nun ernst. »Da ist die Hochzeit von Jack.«

»Oh nein, wirklich?« *Mistmistmist.* »Er heiratet an einem Freitag?«

»Ja. Das war der einzige Tag, an dem alle Zeit hatten. Savannahs Bruder und seine Verlobte sind Modedesigner und sie müssen am Sonntag schon wieder in Paris sein.«

»Die Frau von Daisy Chain sagte, der achtundzwanzigste ist der einzige Tag in den nächsten Wochen, an dem der ganze Vorstand da ist. Aber ich nehme an, ich kann es um ein paar Wochen verschieben.«

»Nein, sei nicht albern. Auf diese Gelegenheit hast du gewartet.«

»Wir gehen schon mal zum Auto.« Bella und die anderen ließen sie allein.

Leanna nahm Kurts Hand. »Es tut mir so leid. Wir haben nie über genaue Daten gesprochen, und ich hab gar nicht groß überlegt, ob ich den Termin annehmen soll. Ich kann das Meeting verschieben. Wirklich, das ist in Ordnung.«

»Auf keinen Fall. Du willst doch eine gute Basis für eure Zusammenarbeit haben. Du wirst mir bei der Hochzeit fehlen, und ich hatte gehofft, dass du meine Familie kennenlernen kannst, aber dafür haben wir noch jede Menge Zeit. Ich habe auch noch keinen Flug für dich gebucht, also buche ich jetzt nur den vom Cape nach New York. Das ist sowieso eine einfachere Verbindung als nach Colorado.«

»Es tut mir so leid, Kurt.«

»Hör zu, Liebling. Was wäre das für ein Leben, wenn man nicht hier und da mal seine Pläne ändern müsste? Alles ist in Ordnung.«

Er blickte ihr tief in die Augen, und auch wenn sie wusste, dass er recht hatte, so linderte es doch nicht das grauenhafte Zusammenziehen ihres Magens.

»Das ist eine großartige Gelegenheit für dich und du hast dich darauf gefreut. Das möchte ich dir nicht nehmen, Leanna. Und ich bin ja nicht aus der Welt. Ich warte in New York auf dich.«

»Du bist so gut zu mir.«

»Du bist gut zu mir«, sagte er lächelnd. »Nach der Hochzeit fliege ich zurück nach New York. An dem darauffolgenden Montag habe ich ein Meeting mit meiner Agentin. Wann möchtest du kommen?«

Sie zuckte mit den Schultern. »Direkt nach dem Meeting. Ach, warte. Ich muss das Ferienhaus winterfest machen und meine Post umleiten. Mensch, ich kann ja gar nicht fliegen! Wie kommen wir nur darauf? Ich hab doch meinen Bus hier, also fahre ich nach New York. Das sind nur ein paar Stunden. Wann landest du in New York?«

»Sonntagabend.« Er küsste ihren Handrücken. »So, jetzt amüsiere dich mit deinen Freundinnen und mach dir keinen Stress. Wir kriegen das hin, und ich bin sicher, zusammen schaffen wir alles. Ich bin so stolz auf dich. Dieser Termin könnte dich mit deinem Geschäft genau dorthin bringen, wo du hinwolltest.« Er drückte ihre Hand. »Was sind da schon ein paar Tage?«

Ach, nicht viel. Wird mir nur wie eine Ewigkeit vorkommen.
»Okay, aber es tut mir wirklich leid.« Sie nahm Peppers Leine.

»Du kannst ihn bei mir lassen, wenn du willst.«

»Aber du musst schreiben.«

Kurt schaute unter den Tisch. »Ich habe das Gefühl, er hat sich an meinen Zeitplan gewöhnt. Wir kommen zurecht. Hab Spaß mit den Mädels und genieß den leinenfreien Abend.«

Leanna warf die Arme um seinen Hals und küsste ihn. »Warum, um alles in der Welt, hab ich nur so ein Glück?«

»Das gehörte alles zu Peppers großem Plan. Er hat mich auf der Veranda entdeckt und dann so getan, als würde er ertrinken. Ich hatte keine Chance.«

Sie war noch nie so dankbar gewesen, Pepper zu haben.

Dreiundzwanzig

Am Sonntagmorgen hörte Kurt beim Aufwachen, dass Leanna an ihrem Computer tippte. Nach der Dunkelheit in ihrem Schlafzimmer zu urteilen, war es noch nicht einmal sechs Uhr. Kurt drehte sich um, roch ihr Shampoo auf dem Kissen und schmiegte seine Wange hinein. Sie würde ihm fehlen, wenn er nach Colorado flog. Mensch, schon fast den ganzen Samstag hatte sie ihm gefehlt, dabei war sie nur Minuten entfernt gewesen. Aber er hatte sich durch die Einsamkeit gekämpft, außerdem kam er dem Ende seines Manuskripts näher – und es war eine verdammt gute Story. Sogar besser als seine letzte. Jackie würde zufrieden sein.

»Hallo, Liebling?«, rief er in die Küche.

Leanna erschien in der Tür, bekleidet mit seinem T-Shirt, das viel zu viel von ihrem wunderschönen Körper bedeckte. Ihre Haare waren zerzaust, und ihre Augen sahen wacher aus, als sie es um diese Tageszeit sein sollten.

»Hab ich dich geweckt?« Sie kniete sich aufs Bett und küsste ihn.

»Nein, ich habe dich nur vermisst.« Er schlang die Arme um sie und zog sie auf sich. »Woran arbeitest du?«

»Ich hatte eine Idee für ein paar neue Geschmacksrichtungen und die wollte ich der Produkt- und Zutatenliste hinzufügen. Und als ich schon mal am PC saß, habe ich noch angefangen, nach anderen Lebensmittelhändlern zu suchen, denen ich ein Angebot machen könnte.« Sie fuhr mit dem Finger über sein Kinn. »Beim Herumsurfen im Internet hab ich dann wohl die Zeit vergessen. Ich wollte dir auch noch alles zeigen, was wir bisher gemacht haben. Vielleicht heute Abend?«

»Ich dachte, ich komme nachher auf dem Flohmarkt vorbei. Wir können deine Sachen durchgehen, und ich bringe meinen Laptop mit und schreibe, während du arbeitest.«

»Kannst du da schreiben? Lenken die vielen Leute dich nicht ab?«

»Egal, ich möchte bei dir sein.« Er drehte sich mit ihr herum, sodass sie unter ihm lag. Sein Handy klingelte. »Meine Güte! Wer ruft denn so früh an?« Er griff nach dem Telefon. »Das ist Siena. Entschuldige, nur ganz kurz.« Ernst nahm er das Gespräch an. »Ist alles okay?«

»Ja, ich wollte dich nur fragen, ob du glaubst, dass Leanna am Samstag vielleicht mit uns Mädels essen gehen möchte. Wahrscheinlich endet das Ganze bei einem der Bradens, wo die Männer keinen Zutritt haben, aber wir Frauen wollten noch ein letztes Mal mit Savannah Party machen, bevor sie und Jack in die Flitterwochen abreisen.«

Er hielt die Hand auf das Mikro. »Rühr dich nicht von der Stelle«, flüsterte er Leanna zu. Dann drehte er sich auf die Seite und antwortete Siena: »Warst du nicht diejenige, die sich beschwert hat, dass ich noch vor Sonnenaufgang anrufe?«

»Rache ist süß.« Er hörte das Lächeln in Sienas Stimme.

»Quälgeist. Sie kann nicht zur Hochzeit kommen.«

»Was? Warum nicht? Oh nein! Habt ihr euch getrennt?«

»Nein, Siena. Sie hat ein Meeting. Hör zu, ich habe zu tun.

Kann ich dich später anrufen?«

Leanna setzte sich auf und Kurt drückte sie sanft zurück auf die Matratze, lächelte und schüttelte den Kopf.

»Bist du sicher? Ich hatte mich darauf gefreut, sie kennenzulernen.«

»Ich weiß. Ich rufe dich später … irgendwann an. Liebe dich, Kleine. Bye!« Er beendete das Gespräch und dann schob Pepper seine Schnauze aufs Bett und bellte.

»Ein paar Minuten lang gehört sie mir«, sagte Kurt zu Pepper.

Pepper winselte.

»Muss er raus?«, fragte Kurt.

»Nein, er war gerade draußen.« Leanna zeigte auf Peppers wedelnden Schwanz. »Ich glaube, er will was von dir, nicht von mir.«

Kurt kuschelte sich an ihren Hals. »Pech für ihn. Du wirst mir in ein paar Tagen sehr fehlen. Da gebe ich auf keinen Fall auch nur eine Sekunde von unserer Zeit ab.« Er knabberte an ihrem Ohrläppchen und Pepper bellte erneut.

»Ich glaube, er ist eifersüchtig«, neckte ihn Leanna.

»Dann lass uns ihm etwas zeigen, auf das er wirklich eifersüchtig sein kann.« Kurt hob ihr T-Shirt hoch und machte sich daran, sich an ihren Rippen entlangzuküssen.

Sie wand sich unter ihm und Pepper bellte erneut.

Kurt legte seine Wange auf Leannas Bauch. »Im Ernst, Pep?« Er konzentrierte sich wieder auf Leanna und nahm ihre Brustwarze in den Mund.

»Mhm.« Sie bewegte ihre Hüfte sinnlich an seiner, woraufhin Pepper schwer durch die Nase schnaufte und sich dann auf den Boden legte.

»Ich glaube, du hast gerade herausgefunden, wie man ihn

beruhigt.«

Er glitt mit einem Finger unter ihren Slip und berührte ihre feuchten Locken. »Und wie man dich erregt.«

»Scht. Das Fenster ist auf.«

»Deine Freundinnen sind noch nicht mal wach.«

»Es ist sieben Uhr. Es kommt dir nur früher vor, weil es etwas bewölkt ist. Außerdem ist Tony gestern Abend angekommen. Er steht fürchterlich früh auf, und da er nebenan wohnt, kann er uns wahrscheinlich hören, wenn er auf seiner Veranda ist.«

»Der heiße Nachbar?« Er küsste ihren Hals.

»Mhm, genau der.«

Kurt stand auf und schloss das Fenster. »Müssen ihn ja nicht unnötig reizen. So, wo waren wir gerade?«

»Du warst gerade dabei, diese sexy kleine Unterhose loszuwerden.« Leanna zog ihr T-Shirt aus und bewarf ihn damit.

Reaktionsschnell fing er es auf. »Ich denke, das kriege ich hin. Ich habe nicht mehr viele Tage übrig, um dich auf all die Arten zu lieben, die dich vergessen lassen, wie heiß Tony ist.«

»Das hast du schon geschafft, glaube ich.«

Auf allen vieren krabbelte er auf das Bett und küsste ihre Fesseln, ihre Waden und die Stellen genau über ihren Knien, bevor er mit der Zunge innen an ihrem Oberschenkel entlangfuhr. »Ich bin ein Streber.«

Eine Stunde später war Kurt wieder zu Hause und auf dem Weg hinaus zu seiner morgendlichen Laufrunde. Durch den späten

Start war sein Tag aus dem Rhythmus geraten, und das würde sich noch fortsetzen, da Cashs Bruder Blue heute wegen der Renovierung des Ateliers zur Besprechung vorbeikommen wollte. Kurt war so ein Gewohnheitstier, dass er erwartete, mürrisch zu sein, weil sein Zeitplan durcheinandergeraten war, aber eine unbekannte Ruhe machte sich in ihm breit, während er unter der auflockernden Bewölkung joggte.

Seine Gedanken klärten sich und ihm wurde bewusst, wie sehr sein Leben sich verändert hatte – wie sehr *er* sich verändert hatte. In den Stunden, in denen er nicht schrieb, hatte er immer Handlungsstränge durchdacht und Figuren entwickelt, und er hatte es nie verstanden, wenn Schriftsteller behaupteten, ihre Autorenhirne an den Abenden oder Wochenenden abschalten zu können. Für Kurt barg jeder Tag die Verheißung eines weißen Blattes, und er sehnte sich nach der Herausforderung, dieses mit bedeutungsvollen Worten zu füllen, die Leser in den Bann zogen. Allmählich verstand er nun den Wunsch, aus den Köpfen seiner Figuren zu entkommen und das Weiterspinnen von Handlungsbögen auszuschalten. Als er eine Kurve entlanglief, dachte er an Leanna, die früh aufgestanden war und an ihrem Geschäftsplan gearbeitet hatte. Auch sie hatte sich verändert, das wurde ihm ebenfalls bewusst. An das Schicksal hatte er nie so richtig geglaubt, doch als er seinen Drei-Meilen-Lauf beendete, brach die Sonne durch die Wolken hindurch und schien hell auf das Atelier.

Blue traf rechtzeitig ein. Er war ein athletischer, gut aussehender Mann mit einem Körper, der für schwere Arbeit wie geschaffen war. Seine schmalen Augen, zusammen mit seinen dichten dunkelbraunen Haaren und dem Seitenscheitel, verliehen ihm einen geheimnisvollen Ausdruck. Wenn er so in seiner Jeans und dem weißen T-Shirt und dazu mit dem nachmittäglichen Stoppelbart morgens um zehn Uhr irgendwo auftauchte, drehten sich wahrscheinlich überall die Köpfe nach ihm um.

»Blue Ryder. Schön, dich endlich kennenzulernen.« Er zeigte ein mörderisches Lächeln, und überrascht stellte Kurt fest, dass sein Händedruck nicht herausfordernd war, wie er es von einem kräftigen Kerl wie Blue erwartet hätte, sondern der Händedruck eines Gentlemans: zweimal kurz geschüttelt und ein Nicken dazu.

»Danke, dass du kommen konntest. Du siehst Cash sehr ähnlich.« Die Haare von Cash waren zwar heller als Blues, aber das kräftige Kinn, die breiten Schultern und der muskulöse Körperbau lagen wohl in der Familie.

»Das höre ich gelegentlich. Nett hast du es hier.«

»Danke. Das Atelier gehörte einem Künstler, und ich würde es gern mit den Geräten ausstatten, von denen ich dir Fotos geschickt habe. Meine Freundin stellt Marmeladen und Gelees her.« Sie gingen über den Rasen zum Atelier. Blue nahm das Gebäude in Augenschein.

»Ja, das hast du erwähnt – und auch, dass es eine Überraschung sein soll, was bedeutet, dass du es klug anstellen musst, damit sie nicht hier ist. Wir müssen meine Arbeitszeiten entsprechend legen.«

Sie gingen hinein und Blue fuhr mit der Hand über die Arbeitsfläche. Er sah sich die Wände und die Decke an, warf einen Blick in den Lagerraum und machte sich Notizen auf einem Block, den er aus seiner Gesäßtasche gezogen hatte.

»Dieses Gebäude ist unglaublich. Es gibt so viele Möglichkeiten für die Einrichtung. Bist du offen für ein paar neue Ideen, oder bist du auf die Bilder fixiert, die du mir schon geschickt hast?« Blue stemmte eine Hand in die Hüfte und rieb sich das Kinn. »Ich denke, wir können das viel angenehmer und eleganter gestalten, es sei denn, deiner Freundin gefällt die sterile Umgebung.«

»Sie ist alles andere als steril.« Lächelnd dachte er an Leannas Küche, in der sich das Geschirr gestapelt hatte, als er sie an dem ersten Abend nach Hause gebracht hatte. »Ich denke, ihr würde etwas gefallen, das sich heimelig anfühlt, aber leicht zu reinigen ist. Marmelade und Gelee sind eine klebrige Angelegenheit, aber wenn wir das berücksichtigen, klar, höre ich mir gern deine Ideen an.«

»Ich weiß, dass es eine Überraschung bleiben soll, aber derartige Renovierungen können kostspielig werden. Bist du sicher, dass du ihr nicht zuerst ein paar Ideen vorlegen willst?«

Kurt schloss das Atelier ab und sie gingen zurück zum Haus.

»Hast du vielleicht Bilder, die ich ihr zeigen kann? Ich könnte das unverfänglich in ein Gespräch einbauen und sie müsste nichts von der Renovierung erfahren.« Kurt öffnete seinen Laptop und schob ihn über den Tisch zu Blue.

»Speichere einfach die Bilder auf meinem Desktop. So sieht sie deine Website gar nicht.«

»Schlau. Wie lange seid ihr beide denn schon zusammen?«

»Ach, frag lieber nicht. Du wirst mich für verrückt halten.« Kurt ging in die Küche und öffnete den Kühlschrank. »Möchtest du etwas trinken?«

»Gern, danke. Ein Wasser wäre nett.« Er speicherte einige Bilder ab und erklärte Kurt dann jedes einzelne. »Und diese Schränke baue ich selbst, sodass es aussieht, als wären sie Teil der Originalausstattung. Ich sehe das wie du, wir sollten rostfreien Edelstahl für die Geräte nehmen und für einige Arbeitsstationen, aber ich denke, wenn wir etwas Granit und Holz an der linken Wand und in dem Vorratsbereich verwenden, dann wirkt das Atelier wärmer. Vielleicht ein paar Braun-, Gold- und Beigetöne?«

»Klingt großartig.«

»Wir müssen auch noch über den finanziellen Rahmen reden. Welche Vorstellung hast du da?« Blue wandte sich wieder dem Computer zu, und Kurt wusste, dass er ihm Raum gab, um die Frage zu überdenken. Doch er musste nicht darüber nachdenken. Er hatte mehr Geld, als er in den nächsten dreißig Jahren ausgeben konnte, und der Rat seines Vaters bekräftigte seine Gedanken. *Investiere in Qualität – dein Haus, die Ausbildung deiner Kinder, deine Karriere. Spare nicht an Dingen für die Menschen, die dir wichtig sind.* Er dachte an seine Mutter. Sie war Künstlerin, und sein Vater hatte ihr in dem Jahr ein Atelier gebaut, als Jack geboren wurde. Er erinnerte sich daran, wie er als kleiner Junge oft gehört hatte, dass seine Mutter in ihr Atelier ging, nachdem sie ins Bett gegangen waren und ihr Vater »Kinderdienst« hatte. Manchmal hatte Kurt dann aus seinem Fenster geschaut und sie durch das Atelierfenster beobachtet. Er erinnerte sich daran, sie tanzen gesehen zu haben, während sie malte. Auch jetzt noch sah er ein Leuchten in den Augen seiner Mutter, wenn sie zum Arbeiten in ihr Atelier ging. So etwas sollte Leanna haben – einen Ort, den sie ihr Eigen nennen konnte und den sie auch in zwanzig Jahren noch lieben würde. Einen Ort, an dem sie mit dem Herzen etwas schaffen konnte und der für sie beide von Bedeutung war.

Kurt blickte über das Meer hinaus und fragte sich erneut, ob er zu schnell vorpreschte. Für jemanden, der sein Innerstes kaum nach außen kehrte, hatte er sich Leanna gegenüber so weit geöffnet, dass es sich nur schwer wieder verschließen ließe. Er versuchte, sich sein Leben ohne Leanna auszumalen, doch das gelang ihm nicht. In seinem prall gefüllten Herzen gab es keinen Platz für Zweifel. Schnell oder nicht, das Einzige, für das er eine ebenso große Leidenschaft empfand wie für Leanna, war das Schreiben, und selbst das trat nun in den Hintergrund. Er schritt voran Richtung Zukunft und das fühlte sich tief in seinem Innersten richtig an.

Hier haben wir uns kennengelernt. Was könnte bedeutungsvoller sein als dieses Grundstück?

»Mir fällt es schwer, einen Preis für die Liebe zu nennen. Arbeite ein Konzept aus und dann legen wir los.«

Vierundzwanzig

Leanna stellte sechs Marmeladengläser in eine Papiertüte und reichte sie einem älteren Herrn in Shorts und Polohemd über den Tisch hinweg. Er erinnerte sie an Al Black und eine stille Sehnsucht machte sich in ihr breit.

»Danke, und ich hoffe, Sie werden sie genießen.«

»Wie könnte ich Luscious Leanna's Sweet Treats nicht genießen? Der Name sagt schon alles. Haben Sie eine Website, auf der ich das Jahr über bestellen kann?«, fragte der grauhaarige Mann.

Oh nein! Natürlich, eine Website! Sie machte sich im Kopf eine Notiz, dass sie herausfinden musste, wie man eine Website einrichtete. »Die befindet sich gerade im Aufbau, aber wenn Sie mir Ihre E-Mail-Adresse geben, dann schicke ich Ihnen den Link zu, sobald sie online geschaltet ist.« *Notiz an mich: Leg eine Adressliste an, ebenso eine Mailingliste und mach dich vielleicht mal an einen Newsletter.*

Damit lag ihr Gesamtumsatz für den Tag bei über neunzig Dollar und es war erst Mittag. Es lief eindeutig gut. Carey war heute nicht aufgetaucht, der Platz neben ihr blieb leer. Es war ein seltsames Gefühl, ohne seinen orangefarbenen Van hinter ihrem Bus und ohne ihre freundlichen Neckereien auf dem

Flohmarkt zu sein. Aber nach den ersten zwanzig Minuten war sie so beschäftigt gewesen, dass es ihr nicht mehr auffiel. Die Wolken hatten sich verzogen, die Sonne schien auf die Markisen der aufgereihten Stände und zog Scharen von Kunden an, seit der Flohmarkt um neun Uhr geöffnet hatte. Sie freute sich über die Verkäufe. Mehrere ihr bereits bekannte Kunden kamen vorbei, um ihre Vorräte an Sweet Treats aufzustocken, bevor der Sommer zu Ende ging, das wahre Leben wieder einkehrte und der Flohmarkt nur noch eine ferne Erinnerung war.

Leanna dachte an das *wahre Leben*. Zum ersten Mal in ihrem Leben hatte sie einen Plan. Keine Laune, keine Hoffnung, sondern einen soliden Plan, der ein Leben beinhaltete, das sie wollte, eine Beziehung mit einem Mann, den sie abgöttisch liebte, und eine Zukunft voller Verheißungen. Mit Kurt hatte sie die Liebe gefunden und war stärker, zielstrebiger geworden. Glücklicher. Was sie erstaunlich fand, denn sie hatte gedacht, sie sei immer glücklich gewesen, auch wenn sie nach dem *Mehr* in ihrem Leben gesucht hatte. Ihr war nicht bewusst gewesen, dass sich ihr Glück mit Kurt in ihrem Leben vervielfachen konnte.

Pepper fing an zu bellen, noch bevor sie ihren Liebsten entdeckte, der gemütlich durch die Menge schlenderte – seinen Computer und das Notizbuch unter einen Arm geklemmt, eine kleine Tüte und eine Vase mit Blumen in der anderen Hand. Eine warme Welle der Freude strömte durch ihren Körper. In seinen Khakishorts und dem weißen Polohemd sah er unglaublich gut aus. Die Haare waren perfekt zur Seite gekämmt und er hatte sich nicht rasiert. Sie liebte es, wenn er sich nicht rasierte. Ein erwartungsvoller Schauer lief ihr den Rücken hinunter, als sie an die kratzigen Stoppeln an ihrer

Wange beim Küssen dachte. Ihre Blicke begegneten sich, sein Lächeln fand sich in seinen Augen wieder und beglückte ihr Herz.

Pepper kämpfte mit seiner festgebundenen Leine. Die Gläser klirrten aneinander. Kurt beschleunigte seinen Gang, als sie um den Tisch herumkam und nach Peppers Leine griff.

»Hey, Liebling.« Er küsste sie und nahm ihr Peppers Leine aus der Hand. »Nächsten Sommer müssen wir uns etwas Besseres für Pepper überlegen.«

Ihr wurde warm ums Herz, weil er sich so um Pepper sorgte.

»Ich bin so froh, dass du hier bist. Du hast mir gefehlt.«

Er legte den Arm um ihre Schultern und zusammen setzten sie sich hinter den Stand. »Du hast mir auch gefehlt. Wo ist Carey?« Er stellte die Vase auf den Tisch.

Sie zuckte mit den Schultern. »Keine Ahnung. Manchmal tauchen Verkäufer nicht auf.«

»Ich habe ihm ein paar Bücher von mir mitgebracht und für ihn signiert. Kam mir so vor, als gefielen sie ihm. Also dachte ich, wenn er sie nicht will, kann er sie auf Ebay verkaufen oder so. Ich lege sie nachher in deinen Bus.«

Blumen für mich und Bücher für Carey? Kann jemand aufmerksamer sein?

»Nächstes Wochenende ist es für die meisten Verkäufer der letzte Flohmarkt. Ich hab keine Ahnung, ob er noch mal kommt oder nicht.« Sie steckte die Nase in den Strauß knallbunter Blumen und fühlte sich etwas schuldig, weil sie ihm nicht erzählt hatte, dass Carey sie geküsst hatte. »Ich muss dir etwas erzählen.«

»Oh, oh … Du hast diesen besorgten Tonfall.«

Sie atmete tief ein und stieß die Luft ganz langsam wieder

aus. »An dem Abend, an dem Carey und ich an den Strand gegangen sind, waren wir danach noch im Beachcomber und ich hab zu viel getrunken.«

»Das klingt nicht nach etwas, das ich hören will.« Kurt sah sie nun besorgt an.

Sie berührte seine Hand. »Es ist nicht Schlimmes, ich weiß nicht einmal, warum ich es nicht vorher schon erwähnt habe, außer weil es nichts zu bedeuten hatte.« Sie hielt seinem Blick stand. »Auf alle Fälle … an dem Abend hat er mich geküsst.« Sie spürte, dass sich sein Arm versteifte, und sie beschloss, weiterzuerzählen, damit er verstand, was wirklich geschehen war. »Ich hab seinen Kuss nicht erwidert, ich meine, wie sollte ich auch? Ich hatte den ganzen Abend an dich gedacht. Jedenfalls hab ich ihm gesagt, dass ich ihn nicht auf diese Art mag, und das war für ihn okay. Er hat mich nicht bedrängt oder mehr versucht, und als ich ihn am nächsten Wochenende auf dem Flohmarkt sah, hab ich ihm von uns erzählt.«

Er hatte wieder diesen nachdenklichen Blick.

»Ich wollte es nicht verheimlichen. Ehrlich, ich hab es nur beiseitegeschoben und mir nichts dabei gedacht.« Die Anspannung in seiner Hand und in seinem Arm ließ nach.

Er zog sie zu sich und gab ihr einen Kuss auf den Kopf. »Danke, dass du es mir erzählt hast.«

Sie sah mit einem von Hoffnung erfüllten Herzen und einem von Sorge aufgewühlten Magen zu ihm auf. »Bist du sauer?«

»Nein, Liebling. Ich bin froh, dass du ehrlich zu mir warst, und offen gesagt, er hat getan, was jeder Typ tun würde. Wie könnte jemand mit dir an den Strand gehen und dich nicht küssen wollen?« Sein Blick wurde weicher und seine Mundwinkel gingen wieder nach oben. »Einen Moment lang hast du mir nur Angst gemacht. Bei deinem sorgenvollen Blick sind meine Gedanken in ziemlich düstere Richtungen gerast.«

»Du meine Güte, Kurt, das kommt von diesen finsteren und furchterregenden Krimis, die du schreibst. Ich würde nie etwas tun, das dir wehtun könnte. Ich war nicht einmal diejenige, die geküsst hat. Er hat mich geküsst.« Sie schlang die Arme um seinen Bauch. »Danke, dass du nicht sauer bist.«

»Ich wäre sauer gewesen, wenn er dich bedrängt hätte oder wenn mehr passiert wäre und du es mir verschwiegen hättest. Aber wirklich, selbst wenn du mit ihm geschlafen hättest, zu dem Zeitpunkt waren wir nicht zusammen. Also wäre ich zwar eifersüchtig, aber ich hätte nicht das Recht, sauer zu sein.«

»Bist du immer so vernünftig? Denn eines kann ich dir mit hundertprozentiger Gewissheit sagen: Wenn dich eine andere Frau küssen würde, wäre ich sauer. Auch wenn ich kein Recht dazu hätte.«

Er beugte sich zu ihr und küsste sie. »Dann ist es ja gut, dass du die einzige Frau bist, die Zugang zu diesen Lippen hat. Jetzt lass uns das Thema wechseln, bevor du mich davon überzeugst, dass ich sauer sein sollte.«

Sie musste lächeln, denn das war eine so praktische, so *Kurtmäßige* Art, damit umzugehen. »Ich liebe diese schönen Blumen. Danke!«

»Ich dachte mir, dass du sie vielleicht mögen würdest.« Er hockte sich hin, um Pepper zu streicheln. »Muss er eine Runde drehen oder willst du zuerst deine Sachen durchgehen?«

»Lass mich zuerst mit ihm gehen. Dann werden wir nicht unterbrochen.«

Eine Gruppe von Frauen in den Dreißigern mit bunten Strandkleidern und großen Schlapphüten schaute sich am Tisch um.

»Sehen die nicht köstlich aus?«, meinte eine mollige Brünette.

»Dort finden Sie Probierlöffel.« Leanna zeigte auf einen Korb. »Und dies sind die Probiergläser.« Sie zeigte auf sechs offenen Gläser. »Kosten Sie so viele, wie Sie möchten, aber bitte nehmen Sie für jeden Geschmack einen neuen Löffel. Und wenn Sie fertig sind, werfen Sie die kleinen Löffel einfach in den Mülleimer dort links.«

»Hey, Süße?« Kurt stand mit Peppers Leine in der Hand auf. »Lass mich ruhig mit Pepper gehen. Möchtest du etwas vom Kiosk?«

Was ich will, haben sie im Kiosk nicht. »Ich hab Eiswasser in der Kühlbox, aber danke.« Sie bemerkte, wie die Frauen Kurt Blicke zuwarfen, und nach einer Sekunde der Eifersucht wurde dieses unbekannte Gefühl von einer Art Stolz ersetzt.

Sie bediente einige Kunden, und als Kurt und Pepper eine Viertelstunde später zurückkamen, beantwortete sie immer noch Fragen. Kurt setzte sich mit seinem Computer hin, nahm ihn auf den Schoß und schrieb. Einige Male schaute sie kurz zu ihm und freute sich, dass er so in seine Arbeit vertieft war. Als sie auch die nächste halbe Stunde keine Pause machen konnte, fühlte sie sich etwas schuldig, weil sie ihn warten ließ.

»Tut mir leid, heute ist es wirklich verrückt.« Sie nahm einen Schreibblock vom Tisch. »Schau mal, über fünfzig Namen und E-Mail-Adressen.« Sie legte den Block wieder weg und schüttelte den Kopf, als sie sich zu ihm setzte. »Ich habe nicht einmal eine Website. Die steht jetzt also auch auf meiner Liste, und ich hab gerade angefangen, Namen für eine Mailingliste zu sammeln. Diese ganzen Sachen ergeben sich jetzt plötzlich, und das bedeutet mehr Arbeit, aber …«

Er klappte seinen Laptop zu und legte ihn unter seinen

Stuhl. »Ich liebe es, dich mit den Kunden zu beobachten. Du hast so einen angenehmen Umgang mit ihnen und du hörst ihnen wirklich zu. Man erkennt sofort, warum deine Kunden wiederkommen. Abgesehen davon, dass deine Marmelade köstlich ist, bist du herzlich und freundlich, und es ist kaum möglich, dich nicht in seiner Nähe haben zu wollen.«

Sie dachte, er hätte geschrieben und nicht beachtet, was sie tat. »Das alles siehst du in mir?«

»Leanna, ich sehe noch viel mehr. Du hattest gehofft, dass sich das hier zu etwas Großem entwickelt, und es sieht ganz danach aus. *Du* hast das geschafft, Leanna, und das ist wunderbar.«

»Ich weiß. Ich kann es kaum glauben.«

»Lass uns deine Broschüren und alles andere durchgehen, bevor du wieder überrannt wirst.«

Sie öffnete die Dateien auf ihrem Laptop und zusammen sahen sie sich alles an.

»Ich hab mit einem Marketingplan angefangen, wenn man das denn so nennen kann, aber ich weiß eigentlich gar nicht, was ich da mache. Das sind einfach nur Listen mit Unternehmen, die ich kontaktieren könnte.« Sie klickte das Dokument an.

Er überflog die Informationen. »Ich würde sagen, du weißt ganz genau, was du da machst. Du hast hier zweiunddreißig Läden mit den richtigen Daten. Ort, Namen der zuständigen Leute, Telefonnummern, E-Mail-Adressen.« Er sah sie begeistert an. »Das ist verdammt gut. Sieht aus, als ob du weit über die Flohmärkte und ein paar Lebensmittelläden hinausgehst. Das hier könnte richtig umfangreich werden. Willst du das?«

Sie zuckte mit den Schultern. »Um ehrlich zu sein: Ich weiß

es nicht. Irgendwie lasse ich mich jetzt so in diese Richtung treiben. Vielleicht bekomme ich ja aber auch von allen Firmen, die ich kontaktiere, Absagen, deswegen ist das hier mehr so eine Wunschliste. Ich bin nur glücklich, dass ich etwas gefunden habe, das mich nicht mit dem Gefühl zurücklässt, mehr zu wollen.« Sie lehnte sich bei ihm an. »Und jemanden, der mich akzeptiert, so wie ich bin, und der mir auch nicht das Gefühl gibt, dass ich mehr will … oder der mehr will, als ich geben kann.«

»Das überrascht mich überhaupt nicht. Du bist talentiert und klug. Ich weiß, du bist gern ein Freigeist, aber du bist auch sehr ehrgeizig. Sieh dir das hier an, Liebling.« Er zeigte auf die Liste. »Das … Das ist Leidenschaft.«

Schuldgefühle überkamen sie. Da redete er unterstützend auf sie ein und sie hätte ihm am liebsten geantwortet: *Dir zeige ich, was Leidenschaft ist,* und ihn um den Verstand geküsst.

Sie sahen noch die anderen Dokumente durch, und dann wanderten ihre Gedanken zu Kurts Abreise und all diese unzähligen Meilen, die sie voneinander trennen würden.

»Es tut mir wirklich leid wegen der Hochzeit.«

»Das weiß ich, aber das muss es nicht. Du wirst so glücklich sein, wenn Daisy Chain dein Angebot annimmt. In acht Tagen sind wir zusammen in New York und starten unser gemeinsames Leben.«

Sie lehnte sich zurück, getröstet durch diesen Gedanken, und beobachtete einen kleinen Jungen mit seinem Vater, die sich am Stand gegenüber T-Shirts ansahen. »Aber du reist in vier Tagen ab, und das ist schon so bald. Wünschst du dir manchmal, der Sommer könnte ewig andauern?«

»Hm, ich weiß nicht. Ich mag den Wechsel der Jahreszeiten. Und wenn er ewig andauern würde, wäre ich vielleicht viel länger am Cape. Stattdessen ist es gut zu wissen, dass ich in weniger als einer Stunde da sein kann, wenn meine Agentin etwas braucht, oder auch mein Verlag, der Lektor oder die PR-Beauftragte. Und das gilt auch für meine Familie. Meine Eltern werden nicht jünger. Ich wohne nah genug, um schnell dort zu sein, falls es ein Problem geben sollte oder falls alle zu einem Essen oder einer Veranstaltung zusammenkommen. Meine Brüder Dex und Sage und meine Schwester Siena samt ihrer Partner wohnen alle in der Nähe, und wir versuchen, uns etwa einmal im Monat auf einen Drink oder zum Essen zu treffen. Mein Bruder Rush und seine Freundin Jayla versuchen, so oft wie möglich dazuzukommen. Sie sind Skisportler und laufen Wettkämpfe, aber selbst im Winter fliegen sie auch mal für ein Essen ein, wenn es irgendwie geht.« Er zuckte mit den Schultern. »Jetzt habe ich das Beste aus beiden Welten.«

»Ich freue mich darauf, deine Familie kennenzulernen. Ich liebe meine Familie und wir stehen uns nahe, aber wir leben alle unsere eigenen Leben.«

»Wie oft siehst du sie?« Sein Blick war wieder ernst.

»Ach, alle paar Monate, denke ich. Wenn ich sie bräuchte, wären sie innerhalb von Sekunden hier, und ich würde das Gleiche für sie tun, aber wir leben verstreut in verschiedenen Staaten, da können wir uns nicht so einfach zum Essen treffen. Aber E-Mail und Handy wirken Wunder.«

Er zog sie an sich heran. »Also, du wirst meine Familie lieben, und ich weiß, sie werden dich lieben.«

Eine junge Familie hielt an ihrem Stand an, und sie entschuldigte sich, um sie zu bedienen. Sie fragte sich, was passieren würde, wenn ihr Geschäft wirklich durchstarten würde. Könnte sie das von zwei verschiedenen Staaten aus bewerkstelligen? Würde sie in New York etwas finden, von wo aus sie produzieren und verkaufen könnte? Sie würde wohl kaum Kurts Küche in Beschlag nehmen können, um dort Marmelade und Gelee zu kochen. Oder doch?

Wenn es leicht wäre, wäre es nicht mein Leben.

Fünfundzwanzig

Am Montagmorgen nahm Kurt das Angebot von Blue für die Renovierung des Ateliers an. Blue sollte zunächst abends kommen, nach der Arbeit in Hyannis, und später Vollzeit an den Wochenenden, bis die Renovierung abgeschlossen war. Da Kurt am Donnerstag nach Colorado abreiste, riskierten sie nicht, dass Leanna etwas mitbekam, sofern sie in Seaside blieb. Aber da ihre Freundinnen auch bald nach Hause fahren würden, ging er davon aus, dass sie lieber mehr Zeit mit ihnen verbrachte.

Leanna war mit Amy unterwegs, um die Unterlagen zu einer Druckerei in Hyannis zu bringen, und so konnte Kurt den Vormittag über ohne Ablenkung schreiben – allerdings starrte er seinen Bildschirm nur an, als wäre dieser ein unbekannter Gegenstand. Es gab so viel vorzubereiten, damit Leanna bei ihm einziehen konnte, und in Gedanken legte er eine Liste an: Platz im Schrank machen, in der Kommode, im Badezimmer. Als Jackie anrief, war er dankbar für die Unterbrechung.

»Hi, Jackie.«

»Hi, Kurt. Halten wir den Abgabetermin ein?«

»Ja. Hast du meine Bestätigungsmail nicht bekommen?« Er wusste, dass sie sie bekommen hatte.

»Und unser Meeting am Montag schaffst du auch?«

»Das steht. Jacks Hochzeit ist am Freitag und ich fliege am Sonntag wieder ein. Das Manuskript werde ich dir am Donnerstagabend mailen, so hast du das Wochenende, um es durchzusehen und deine Tiraden für mich vorzubereiten.« Er klickte sein Manuskript an. *Eindeutig machbar.* Da er nur noch die Schlussszenen schreiben musste, sollte er es schon vor Donnerstagabend fertig haben, aber er hatte genug Erfahrung, um einen Abgabetermin nicht vorzuverlegen.

»Wenn alle meine Kunden so einfach wären wie du, hätte ich keine grauen Haare.«

»Du hast keine grauen Haare.«

»Diese Ehre gebührt einem herausragenden Coloristen. Ich kann es kaum erwarten, dein neues Werk zu lesen.«

Er beendete das Gespräch, und als seine Gedanken wieder zu den Vorbereitungen in seinem Haus wanderten, versuchte er es mit Leannas entspannter Haltung. *Mach dir keinen Stress. Ich werde die Schubladen und alles Nötige leerräumen, wenn ich nach Hause komme, und alles wird gut.* Kurt rutschte auf dem Stuhl herum. Schweißperlen standen auf seiner Oberlippe, er schaute zum Himmel hinauf und fragte sich, warum er plötzlich das Gefühl hatte, das Thermometer wäre in die Höhe geschnellt.

Ach, zum Teufel damit. Es kam ihm vor, als hätte er einen Pullover an, der zwei Größen zu klein war, und dann wurde ihm bewusst – nein, er *akzeptierte*, dass es Dinge gab, die er sich nicht zu eigen machen konnte. Die Vorstellung, dass Leanna sein Haus betreten und sich nicht zu Hause fühlen könnte, machte ihm Sorgen, und Sorgen standen seiner Kreativität im Weg. Er schaute auf sein Manuskript auf dem Bildschirm. Er musste sich wieder darauf konzentrieren.

Kleine Schritte. Eins nach dem anderen.

Er rief Siena an. »Hey, du musst mir einen Gefallen tun.«

»Klar.«

»Leanna zieht bei mir ein, wenn ich zurückkomme, und –«

»Sie zieht bei dir ein? Ihr seid also nicht auseinander? Gut. Hab mir schon Sorgen gemacht. Ich kenne sie ja nicht, aber du klangst so glücklich, und … Ach, Kurt, ich freu mich ja so für dich.«

»Ihr beide werdet euch wunderbar verstehen.« Er lächelte bei dem Gedanken daran, dass sie Zeit miteinander verbringen würden. Er freute sich darauf, dass seine Familie Leanna kennenlernte, und noch mehr darauf, sich selbst ein Leben mit ihr aufzubauen.

»Kommt sie zur Hochzeit?«

»Nein, sie kann ihr Meeting nicht verlegen. Hör mal, ich komme erst spät am Sonntagabend nach New York zurück und sie kommt am Montag. Würde es dir etwas ausmachen, bei mir etwas umzuräumen, damit sie Platz hat?«

»Du traust mir wirklich so weit, dass ich in deinen Schubladen herumwühlen darf?«, fragte Siena.

Er sah sie mit ihren dünn gezupften, hochgezogenen Augenbrauen vor sich. »Ich vertraue dir, Siena. Und mach dir keine Sorgen: Du kannst so viel herumschnüffeln, wie du willst. Ich bin ein offenes Buch.«

Sie seufzte. »Als ob ich das nicht wüsste. Echt jetzt, Kurt! Ich schnüffele nicht herum. Das war nur Spaß. Okay, sag mir, was ich tun soll, und ich lege los.«

»Du bist meine Rettung. Mom hat einen Schlüssel für mein Haus, den kannst du dir also von ihr holen.«

»Kurt, ich habe seit zwei Jahren einen Schlüssel von dir.«

Er konnte quasi hören, wie sie die Augen verdrehte. »Stimmt ja, tut mir leid. Bin etwas neben der Spur.«

»Macht es dir etwas aus, wenn Mom mitkommt? Sie würde

sicher liebend gern dabei helfen, dein Haus für eine Frau herzurichten.«

»Kann ich mir gut vorstellen.« Der Gedanke, wie sie beide gemeinsam werkelten, um alles für Leanna vorzubereiten, amüsierte ihn. Er sah sie vor sich, wie sie sich darüber ausließen, dass es ja Zeit wurde, dass er endlich eine richtige Freundin fand.

»Das ist in Ordnung. Aber übertreibt nicht. Ich habe mir vorgestellt, im Schrank, im Badezimmer und in der Kommode Platz zu schaffen. Du weißt schon, was zu tun ist.«

»Ja, ja. Das wird ein Spaß! Dürfen wir ein paar Sachen kaufen? Hast du was dagegen, wenn wir etwas besorgen, was sie vielleicht gebrauchen könnte, wie Duftseifen, Duschgel und so was?«

Er lehnte sich zurück und blickte auf das Wasser hinaus, das mit der Flut wieder näher kam. »Sie bringt wahrscheinlich ihre eigenen Sachen mit, aber klar, macht nur. Was immer ihr möchtet. Aber verwandelt mein Haus nicht in eine pinke, flauschige Mädelsbude.«

»Keine Angst, deinen Geschmack kenne ich ja. Ich freue mich so darauf, sie endlich kennenzulernen.«

»Sie ist ziemlich toll.«

»Kannst du mir ein Bild von euch schicken?«

Das brachte ihn ins Grübeln. Er hatte seit Ewigkeiten keine richtige Freundin gehabt und er benutzte sein Handy nur selten. In Sachen Beziehung hatte er das Gefühl, nicht up to date zu sein. Er hätte viel eher als Siena an Fotos denken müssen. »Ob du es glaubst oder nicht, ich habe keines. Aber ich mache heute Abend ein Bild und schick es dir.«

»Gut, ich kann es kaum abwarten. Wie ist sie so? So organisiert und ruhig wie du? Sortiert sie ihre Socken nach

Farben?«, fragte Siena lachend.

»Das mache ich gar nicht.«

»Ich weiß, aber es ist lustig.«

»Haha. Nein, sie ist nicht so organisiert. Eigentlich ist sie genau das Gegenteil. Ein Freigeist. Sie ist keine Planerin.«

»Oh, ein Gefühlsmensch? Wow! Wie kommt sie da mit Mr. Alles-wird-geplant klar?«

»Sie liebt mich, Siena, und ja, wir sind verschieden, aber wir sind glücklich.« Er war nicht sicher, ob sie wirklich so verschieden waren. Abgesehen von ihrer unorganisierten Art und seiner durchgeplanten Lebensweise waren sie sich sehr ähnlich.

Er und Siena brachten sich noch ein paar Minuten lang auf den aktuellen Stand, und als sie ihr Gespräch beendeten, war Kurt wieder konzentriert. Er legte die Finger auf die Tastatur und tauchte in die letzten Kapitel von *Finstere Zeiten* ab.

Sechsundzwanzig

Kurts letzte Tage auf dem Cape flogen für Leanna viel zu schnell dahin. Sie hätte sie gern in die Länge gezogen und jede Sekunde mit Kurt zu Stunden gemacht. Zwischen ihren Vorbereitungen für das Meeting mit Daisy Chain, der Arbeit mit Bella, Jenna und Amy, um herauszufinden, wie man eine Website einrichtete – wofür zwei Flaschen Wein nötig waren –, und der Zeit, die sie mit Kurt verbrachte, hatte sie das Gefühl, das Ende des Sommers rase nur so auf sie zu. Kurt war vormittags zu seinem Haus gefahren und hatte es winterfest gemacht, da er nach der Hochzeit von Jack in Colorado direkt nach New York zurückfliegen würde, und als er wieder bei ihr ankam, sah sie eine Spur Traurigkeit in seinen Augen.

Sie und Kurt hatten die verbleibende gemeinsame Zeit in ihrem Ferienhaus verbracht, damit sie auch mit den Mädels zusammen sein konnte, und sie war ihm für dieses Zugeständnis dankbar. Er schien zufrieden zu sein, solange sie beieinander waren, und das war eines der Dinge, die sie an ihm am meisten liebte. Es war überraschend, wie ähnlich sie sich eigentlich waren.

Am Mittwochabend packte sie gerade Decken und Liegestühle ins Auto, um ins Autokino zu fahren, als Bella und

Jenna – immer noch mit Badeanzügen und Strandkleidern bekleidet – vorbeikamen.

»Autokino?«, fragte Bella mit einem Blick auf die Decken.

»Ja, wird bestimmt nett. Kurt war da noch nie.« Leanna sah Kurt mit Pepper die Straße entlangkommen, und es berührte sie, wie sehr Kurt ihren Hund mittlerweile ins Herz geschlossen hatte. »Er ist schon ziemlich toll, oder?«

»Machst du Witze? Er ist ein Traum.«

»Ja, ich weiß. Ich habe so ein Glück.«

Jenna lehnte sich an Leanna. »Warum nehmt ihr nicht den Bus und treibt es so richtig schmutzig wie zwei Teenager im Autokino?«

Leanna lachte. »Glaub mir, wir sind wie zwei Teenager, aber ich möchte mich heute Abend wirklich nur an ihn kuscheln. Mir graut bei dem Gedanken, dass er morgen abfährt.« Sie schloss den Kofferraum seines Autos und flüsterte: »Außerdem können wir später im Ferienhaus schmutzige Dinge machen.«

Jenna grinste. »Vergesst aber nicht, die Fenster zu schließen.«

Leanna stieg die Röte ins Gesicht. Sie und Kurt hatten am Montagabend nicht daran gedacht und Jenna hatte sie am nächsten Morgen mit einer Reihe von Witzen bombardiert.

»Keine Sorge, du Lauscherin.«

»Lauscherin? Ich bitte dich, ihr wart bis nach Provincetown zu hören.« Bella legte einen Arm um Leanna und den anderen um Jenna. »Ihr werdet mir den Winter über fehlen, Mädels. Vielleicht sollten wir ein Treffen um die Weihnachtsfeiertage planen.«

»Darüber reden wir jedes Jahr, aber mit unseren Terminplänen …«, erinnerte Jenna sie. »Vielleicht sehen wir uns ja auf Kurts und Leannas Hochzeit.«

»Wie es aussieht, habt ihr alles schon geplant, oder?« Leanna griff nach Kurts Hand, als er zu ihnen kam. *Jap, dich würde ich heiraten.* Ihr stockte der Atem. *Oh. Tatsächlich. Das würde ich wirklich.*

»Hallo, Süße. Gehen wir etwas essen?« Er fuhr sich durch die Haare und sah zu Bella und Jenna. »Ihr lebt in euren Badeklamotten, oder?«

»Warum auch nicht?« Bella wirbelte in ihrem Kleid einmal um sich selbst. »Wir müssen dieses Wochenende abreisen, also machen wir noch das Beste daraus.«

»Ihr kümmert euch gut um mein Mädchen, ja?«

Er sagte es in einem spaßigen Ton, aber Leanna wusste, dass es ihm gefiel, wenn die Mädels bei ihr waren. Am Abend zuvor hatte er ihr gesagt, er sei froh, dass sie Menschen hatte, denen sie so wichtig war wie ihm.

»Das weißt du doch«, antwortete Bella.

»Wenn ihr angezogen wärt und es Leanna nichts ausmacht, würde ich euch einladen mitzukommen.« Er sah Leanna an.

»Im Ernst?« Sie könnte mit ihm kuscheln und Zeit mit den Mädels verbringen – *ein perfekter Abend.*

»Ich bin mit Sicherheit nicht der Einzige, dem du fehlen wirst, wenn wir abreisen, also klar, warum nicht?« Er zuckte mit den Schultern.

Amy kam aus ihrem Häuschen und ging neben Pepper in die Hocke, um ihn zu streicheln. »Hallo, Leute.«

»Wollt ihr mitkommen?«, fragte Leanna.

»Aber so was von«, antwortete Bella. »Amy, Autokino mit Kurt und Leanna?«

»An ihrem letzten Abend? Das können wir nicht machen.« Amy kniff die Augen zusammen und schüttelte den Kopf, als hätten sie den Verstand verloren. Sie war stets die Stimme der

Vernunft.

»Wenn Leanna nach New York kommt, werde ich jeden Abend mit ihr zusammen sein. Ich würde mich schuldig fühlen, wenn ich sie nicht einen ihrer letzten Abende mit euch teilen würde.« Er umschlang Leanna. »Es sei denn, es gibt etwas, was ich über das Autokino nicht weiß.« Er liebkoste ihren Hals.

»Siehste? Sag ich doch.« Jenna zupfte ihr Kleid über dem Ausschnitt zurecht.

»Was sagst du?«, wollte Kurt wissen.

Leanna fühlte die Wärme in ihre Wangen steigen. »Nichts. Jenna hat schmutzige Gedanken.«

»Ich habe ihr geraten, den Bus zu nehmen und während des Films hinten drin rumzumachen«, erklärte Jenna grinsend.

»Das klingt doch nach Spaß.« Er küsste Leanna erneut und ein Schauder rann ihr den Rücken hinunter. »Nein, ernsthaft, sie hat nur noch sehr wenig Zeit mit euch. Ihr entscheidet. Ich bin für alles und jeden zu haben. Ich gehe nur noch kurz mal hinein und trinke etwas, bevor wir fahren.«

»Hast du gehört? Er ist für alles und jeden zu haben.« Jenna sah ihm hinterher.

Leanna schlug ihr auf den Arm. »Hey, der ist vergeben.« Sie wusste, dass er ganz und gar nicht für *alles und jeden* zu haben war. Ob sie in der Öffentlichkeit unterwegs waren oder in trauter Zweisamkeit – wenn er nicht gerade schrieb, galt seine ganze Aufmerksamkeit Leanna. Sie sah zu Pepper, der hechelnd an der Tür stand und Kurt beobachtete. *Mir und Pepper.* Leanna hatte gedacht, dass in den kommenden Jahren nur sie, Pepper und ihre Seaside-Freundinnen eine Rolle in ihrem Leben spielen würden, und sie war so froh, dass sie sich geirrt hatte.

Da er noch nie im Autokino von Wellfleet gewesen war, wusste Kurt nicht, was er zu erwarten hatte. Er hatte jedenfalls nicht mit herumrennenden Kindern auf dem Spielplatz gerechnet und mit Familien, die ihre Trucks und Vans auf den Parkplätzen abstellten, es sich auf Decken und Kissen bequem machten wie bei einer riesigen Pyjamaparty oder vor ihren Autos Liegestühle aufstellten, Decken auf dem Asphalt ausbreiteten und Kühlboxen voller Essen dabeihatten.

Im Kino wurde um acht Uhr ein familienfreundlicher Film und um Viertel nach zehn ein Film für Erwachsene gezeigt. Als Leanna anfangs gesagt hatte, dass sie beide Filme sehen wollte, war er nicht so überzeugt gewesen. Er war nicht unbedingt der Typ für Kinderfilme. Tatsächlich konnte er sich nicht einmal daran erinnern, jemals in einem Kinderfilm gewesen zu sein, nicht einmal als kleiner Junge. Aber sie sagte, es gehörte zum Erlebnis Autokino dazu, und er hatte zugestimmt, denn Leanna war ja nun mal Leanna. Er hatte seinen Computer mitgebracht, und falls der Kinderfilm unerträglich würde, konnte er immer noch mit dem Plot für sein nächstes Buch beginnen, während sie den ersten Film anschaute. Früher am Abend hatte er Jackie schon sein Manuskript geschickt und sich danach mit Blue kurzgeschlossen und zufrieden festgestellt, dass die Arbeiten Gestalt annahmen. Jetzt freute er sich darauf, zu entspannen und den zweiten Film, *Prisoners* mit Hugh Jackman, zu sehen.

Sie nahmen Leannas Bus, damit sie alle zusammen fahren konnten. Geschickt fuhr sie rückwärts auf einen Parkplatz, und schon sprangen Bella, Amy und Jenna aus dem Bus, um mit ihr die Liegestühle samt Kissen, Decken und Schälchen mit

Knabberkram auszubreiten. Kurt und Pepper sahen zu, wie die Mädels eine eigene gemütliche Pyjamaparty vorbereiteten, und die ganze Szene zauberte ein Lächeln in sein Gesicht.

Das Paar rechts von ihnen hatte zwei kleine Kinder, beide schon im Schlafanzug. Er hörte, wie der Vater zu den Kindern sagte, dass sie sich nach dem Film ins Auto schlafen legen würden, bis sie alle nach Hause fahren würden, nachdem *Mommy und Daddy* ihren Film gesehen hatten.

Wie konnte ich das bisher verpassen?

Er hätte sich selbst nicht als jemanden eingeschätzt, der diese Art von Familienevent mit dem Lärm und dem Chaos inmitten der langen Schlangen am Kiosk genießen würde. Aber jetzt, hier mit Leanna, fragte er sich doch, wie es wohl wäre, eines Tages mit seinen eigenen Kindern herzukommen. *Mit ihren gemeinsamen Kindern.*

Kurt ließ seinen Computer im Wagen und setzte sich zu den anderen in einen Liegestuhl neben dem Bus. Pepper machte es sich zu seinen Füßen gemütlich. Es war schon dunkel, und als die riesige Leinwand zum Leben erweckt wurde, erleuchtete sie den ganzen Parkplatz. Das Getöse der Menge ebbte ab, während Informationen über das Kino und auch über die Notausgänge vom Parkplatz die Leinwand füllten, gefolgt von einem Werbespot des Kiosks, der in den sechziger Jahren gedreht worden sein musste. Leannas Augen waren weit geöffnet und ein leises Lächeln lag auf ihren Lippen. Jenna, Bella und Amy hatten Popcorn zwischen sich aufgestellt und den Blick gebannt auf die Filmvorschauen gerichtet. Die kühle Abendluft trug den Duft von Popcorn über den Platz, und gelegentlich war zu hören, wie ein Elternteil sein Kind zur Ruhe ermahnte. Kurt hätte wahrscheinlich sein ganzes Leben ohne Autokino verbracht, wenn Leanna ihn nicht hierher mitgenommen hätte, und das wäre zu schade gewesen. Dies hier, mit Freunden und Familie zusammen zu sein, ohne Computer oder Internet, sondern im wahren Leben, in Echtzeit, dies war bedeutungsvoller als die vielen Überstunden, die er im Laufe der Jahre mit seinen Manuskripten verbracht hatte. Leanna hatte eine neue Tür hinaus in die Welt für ihn aufgestoßen. Wahrscheinlich gab es unzählige Dinge, die er all die Jahre verspottet hatte, die er aber nun – mit Leanna – vielleicht anders sehen würde, und er konnte es nicht abwarten, sie alle auszuprobieren.

Disneys *Eiskönigin* wurde gezeigt, und ungefähr nach der Hälfte des Films hatte Leanna ihre Decken vor Kurts Stuhl aufgestapelt und sich damit einen kuscheligen Platz geschaffen, sodass sie zwischen seinen Beinen sitzen und sich gegen seine Brust lehnen konnte.

Er fand es himmlisch.

Der Kokosnuss-Beeren-Duft ihres Shampoos – er wusste, dass es »Aussie Aussome Volume« hieß und in einer lilafarbenen Flasche abgefüllt war – und das Gefühl, ihren entspannten und vollkommen zufriedenen Körper an seinem zu spüren, war etwas, das er nie vergessen würde.

Er erinnerte sich an das Bild, das er für Siena machen sollte, und holte sein Handy aus der Tasche.

»Hast du etwas dagegen, wenn ich ein Bild für meine Schwester mache?«

Leanna kroch ganz auf seinen Schoß. »Bella«, flüsterte sie und winkte sie heran. »Machst du ein Bild von uns?«

Bella trug ein Sweatshirt, das zwei Nummern zu groß war, und eine Jeans. Ihre Haare fielen dicht und ungebändigt um ihr Gesicht. Sie kniff die Augen zusammen, als sie die Linse auf die beiden richtete. »Okay, lächeln!«

Leanna drückte Kurt rasch einen Kuss auf die Wange.

»Perfekt«, lachte Bella.

»Verräterin«, schimpfte er gespielt.

Jenna und Amy flitzten hinter Kurts Stuhl und hockten sich nieder.

»Mach noch eins«, rief Jenna.

»Scht«, mahnte Amy sie.

Bella machte noch ein paar Fotos.

»Soll ich eins mit allen machen?«, fragte der Mann, der links von ihnen saß.

Bella gab ihm Kurts Handy. »Ja, bitte.« Dann hockte sie sich neben Leanna und der Fremde schoss noch ein paar Bilder.

Auf jedem Bild, außer dem mit Leannas Überraschungskuss, war zu sehen, wie Kurt Leanna anschaute, und selbst er erkannte die Liebe in seinem Blick.

Ich bin ein hoffnungsloser Fall.

Bella und die Mädels schickten die Fotos von seinem Handy auf ihre eigenen und schließlich landete es wieder in seiner Hand. Er schickte Siena ein paar Bilder.

»Ich liebe dich«, flüsterte er Leanna zu.

»Das hab ich auf den Fotos gesehen.« Sie streichelte ihm über die Wange und er schmiegte sich an ihre Handfläche. »Und das musst du wohl wirklich, so wie du meine Freundinnen erträgst.«

Sie kuschelte sich auf seinem Schoß an ihn, legte die Arme um seinen Hals und die Wange auf seine Schulter.

»So könnte ich ewig hier sitzen bleiben.«

Ewig klang verdammt gut in seinen Ohren.

Nach Mitternacht kehrten sie zum Ferienhaus zurück, und Kurt fragte sich, wie zum Teufel er akzeptieren sollte, dass dies ihre vorerst letzte gemeinsame Nacht war. Er wollte sich ganz und gar um Leanna herumschlingen und so verharren, bis es auf wundersame Weise Montag wäre und die Tage, die sie getrennt verbringen mussten, vorüber waren.

Leanna kam mit einem schwarzen Spitzentop und passendem Höschen aus dem Badezimmer. Ihre Haare waren zerzaust und umrahmten verführerisch ihr schönes Gesicht.

Okay, vielleicht um dich herum und in dir bis Montag.

»Dieser Film war wirklich irgendwie verstörend«, sagte Leanna, als sie sich neben ihn aufs Bett setzte. »Die Vorstellung, dass diese kleinen Mädchen und all die Kinder davor entführt wurden. Furchterregend.«

Er streckte die Hand nach ihr aus. »Es ist verstörend, aber das war ein Film, Liebling. Der sollte dem Zuschauer Angst einjagen.«

Sie fuhr mit dem Finger eine Ader auf seinem Handrücken nach. »Denkst du je daran, Kinder zu haben?«

»Bevor ich dich kannte, habe ich noch nie eine Frau kennengelernt, mit der ich zusammenleben wollte, geschweige denn Kinder haben. Aber ja, ich möchte eine Familie haben. Und du?« Kurt war überrascht, dass ihm nicht der kalte Schweiß ausbrach, als von Kindern die Rede war. War das nicht üblich bei Männern, wenn deren Freundinnen von Kindern sprachen oder davon, sich häuslich niederlassen zu wollen?

Sie zuckte mit den Schultern und fing an, mit dem Finger Kreise auf ihrem Oberschenkel zu zeichnen.

Er wollte auch Kreise auf ihrem Oberschenkel zeichnen. Mit seiner Zunge.

»Ich habe nie so richtig darüber nachgedacht, wann oder

wie viele ich will, aber irgendwann möchte ich Kinder haben.«
Sie sah zu ihm auf, die Mundwinkel waren nur eine Spur nach
oben gezogen und ihr Blick war verführerisch verschlafen. »Die
Vorstellung, ihnen Sicherheit und Geborgenheit geben zu
müssen, ist etwas beängstigend, findest du nicht?«

Er zog sie an sich heran und sie strich mit den Fingern über
seinen nackten Bauch. »Wenn ich vor Dingen weglaufen würde,
die beängstigend sind, wäre ich nie Schriftsteller geworden, und
ich hätte es mir vielleicht nie erlaubt, mit dir zusammen zu
sein.«

»Bin ich beängstigend?«

Er küsste sie auf die Stirn. »Nein, Liebling. Du bist perfekt.
Der Gedanke, dass irgendwas zwischen mich und mein
Schreiben kommen könnte, war beängstigend für mich. Aber
durch dich ist mir klar geworden, dass es im Leben viel mehr
gibt, als der beste Krimiautor zu sein. Und mit dir habe ich das
Gefühl, beides genießen zu können. Du hast dem Schrecken die
Stirn geboten, und wenn du eines Tages Kinder haben willst,
dann lassen wir uns auch davon nicht durch Angst abhalten.«

»Weißt du, ich kam ans Cape in der Erwartung, einen tollen
Sommer zu haben und vielleicht eine berufliche Laufbahn für
mich zu entdecken, aber ich hätte nie erwartet, dich zu finden.
Uns.«

Kurt schob den Spitzenträger ihres Tops von ihrer
sonnengebräunten Schulter und küsste ihre samtige Haut.

»Und ich bin davon ausgegangen, ein Buch in vollkommener Einsamkeit fertigzustellen.« Er schob auch den anderen
Träger hinunter, sodass ihr Top hinunterglitt und über der
Wölbung ihrer Brüste hängenblieb. »Ich hätte auch nie erwartet,
dich zu finden.« Er küsste ihren Hals. »Oder uns.« Er küsste die
zarte Haut genau unter ihrem Schlüsselbein. »Und jetzt …« Er

hielt den Saum von ihrem Top zwischen Finger und Daumen und küsste einen Pfad zwischen ihren Brüsten entlang. »... kann ich mir nicht mehr vorstellen, auch nur einen Tag ohne dich zu verbringen.«

Leanna stockte der Atem und er zog sie noch näher an sich. Ihre Lippen waren nur Millimeter entfernt. Ihre blau-grünen Augen verengten sich, sie war voller Erwartung, und sein Körper schmerzte vor Ungeduld. Er küsste sie leicht. Ihre zarten, warmen Lippen drückten fest gegen seine, ihre Zunge bewegte sich langsam, suchend, begehrend. Ihre Hüfte drängte sich ihm entgegen, flehte nach mehr. Er spürte durch ihre Berührungen, den Rhythmus ihres Atems, wie sehr sie ihn wollte. Er fühlte ihr Verlangen, und noch stärker spürte er sein eigenes Verlangen wachsen, in seiner Hose und in seinem Herzen. Er zügelte sich, genoss das Begehren, das sie gegenseitig anzog und das die Anspannung seiner Muskeln noch verstärkte. Sie küsste ihn noch fester, forderte ihn drängend heraus. Er wollte ihre Begierde so sehr erfüllen, dass es schmerzte – aber er hielt sich zurück. Das Herz hämmerte ihm in der Brust, als er sie unter sich auf das Bett legte. Ihre Finger glitten über seinen Kiefer, dann umfasste sie seinen Hinterkopf und ließ den Kuss noch tiefer werden. Nach diesem Abend würden sie drei Nächte ohne einander verbringen. Zweiundsiebzig Stunden, in denen sie sich an ihre letzte gemeinsame Nacht erinnern würden. Kurt wollte Leanna eine Nacht schenken, die sie nie vergaß.

Er zog sich von dem Kuss zurück und sah ihr tief in die Augen. »Spürst du, wie sehr ich dich will? Wie sehr ich dich liebe?« Er breitete ihre Arme zur Seite aus und küsste dann ihre Armbeuge, ihren Unterarm bis hin zu jeder einzelnen Fingerspitze. Dort verweilte er, nahm jeden einzelnen zierlichen Finger in den Mund und zog ihn langsam wieder heraus, sinnlich an seiner Zunge entlang. Er spürte, dass ihr Herzschlag schneller wurde, sah es an ihren sich windenden Lenden.

»Oh ja«, flüsterte sie.

»Entspann dich«, erwiderte er ebenso leise, während er zu dem anderen Arm überging und seine Zunge langsam über ihre heiße Haut gleiten ließ, von der Schulter bis zum Ellbogen. Er leckte und reizte sie, bis sie sich gegen seinen Griff wehrte.

»Alles okay?«, fragte er flüsternd.

Sie nickte. »Du machst mich wahnsinnig.«

»Ich liebe dich. Das ist ein Unterschied.« Er wandte seine Aufmerksamkeit wieder ihrem verführerischen, köstlichen Körper zu. Mit seinen starken Händen hielt er sie auf der Matratze fest. »Wenn ich loslassen soll, sag es.«

Sie schüttelte den Kopf. »Nein, nein, hör nicht auf.«

Er leckte über die sensible Haut unter ihren Ohrläppchen. »Spüre meinen heißen Atem auf dir.« Mit der Zunge fuhr er ihren Hals hinunter zu ihrem tiefen Ausschnitt und pustete dann leicht über ihre feuchte Haut.

»Oh Gott«, flüsterte sie mit einem langen Atemzug.

Mit einer Hand hielt Kurt sie fest, mit der anderen zog er seine Unterhose aus und drückte dann seinen harten Schaft gegen ihren Oberschenkel. »Du kannst fühlen, wie sehr ich dich will.«

»Oh ja.«

Er ließ ihre Arme los, und sie blieb so ausgebreitet für ihn liegen, während er seine Hände spreizte und sie über ihre Rippen, ihre Hüfte und ihr Spitzenhöschen gleiten ließ. Sie drückte ihre geballten Fäuste in das Laken.

»Entspann dich. Gib dich meiner Berührung hin«, flüsterte er. Als er über ihre Oberschenkel strich, spürte er die Gänsehaut, die sich unter seiner Handfläche bildete. Dann legte er sich auf sie, drückte seine Brust an ihre, seine Hüfte an ihre Mitte, spürte seine Hoden an dem heißen, feuchten Spitzenstoff zwischen ihren Beinen. Er schauderte vor Begehren, als er ihre Hände über ihren Kopf hob. Sie atmete heftig, ihre Brüste hoben und senkten sich gegen seinen Oberkörper, während er ihren Mund mit seinem bedeckte, sie gierig küsste und seine Lenden an ihrer Nässe, ihrem Begehren kreisen ließ.

Er nahm den Kopf zurück, atemlos lag sie unter ihm. »Sieh mir zu, wenn ich dich liebe.«

Er glitt an ihrem Körper hinunter und spreizte ihre Beine, dann leckte er sie durch ihr Spitzenhöschen hindurch. Leanna schloss die Augen und legte den Kopf in den Nacken. Er schob den oberen Saum ihres Höschens hinunter auf ihre schönen, runden Hüften, folgte dann der Linie zwischen Spitze und Haut mit der Zunge.

Leanna stöhnte und jagte ihm damit einen Schauer über den Rücken. Er wollte in ihr sein. Sie war so schön, so perfekt und süß. Sie gehörte ganz ihm.

Er zog ihr Top an ihrem Körper hinunter, streifte es ihr dann mit dem Höschen ab und warf beides neben das Bett. Er nahm ihre festen rosa Brustwarzen in den Mund, umspielte sie mit der Zunge und wurde mit einer Litanei von kleinen, sexy Lauten der Lust belohnt. Er liebte das, saugte hungrig und fuhr mit seinen Zähnen über ihre Haut. Ihr stockte der Atem, immer wieder drückte sie ihre Lenden gegen ihn. Seine Hüfte nahm ihre Bewegungen entgegen und ihre feuchte Mitte reizte ihn, provozierte ihn, während sie sich unter ihm wand und nach mehr gierte.

»Bitte. Bitte, Kurt.« Sie sah ihm in die Augen und stieß ihre Hüfte gegen seine.

»Das Warten wird sich lohnen, das verspreche ich dir.« Er

drückte seine Wange wieder an ihre, atmete ihren Duft ein, und seine Erregung wurde nur noch stärker. »Ich werde dich lecken.« Er küsste ihre Wange und flüsterte dann weiter: »Saugen.« Er vergrub seine Hände in ihren Haaren und gab mit kehliger Stimme von sich: »Dich verschlingen.«

Ein süßes, sinnliches Winseln entwich ihr, und er glitt wieder an ihrem Körper hinab und spreizte ihre Beine weit auseinander. Dann erfüllte er sein Versprechen, hielt ihre Oberschenkel fest und ihre Hüfte auf die Matratze gedrückt, bis sie sich der Lust ergab, die Zehen in das Laken krallte und seinen Namen schrie.

»Oh Gott, ja!«

Sie wehrte sich gegen seinen kräftigen Griff, versuchte, sich ihm entgegen zu wölben. Er wusste, dass sie mehr wollte, mehr brauchte, als ihre Säfte flossen und ihre inneren Muskeln heiß pulsierten. Noch einmal senkte er den Mund auf sie, während er ihre Oberschenkel auseinanderdrückte, und brachte sie vollends auf den Gipfel, bis sie wieder laut aufschrie.

»Zu … viel.« Sie warf den Kopf hin und her, atmete schwer. »Dich … ich brauche dich. Oh Gott, Kurt. Bitte!«

Er nahm ihr Flehen mit seinem Mund gefangen und drang in sie ein. Hart. Immer wieder, während noch ein Orgasmus ihren Körper flutete und sie sich in seinen Rücken krallte. Er schloss seine Beine um ihre, drückte ihre Oberschenkel zusammen, stieß in ihre enge, nasse Mitte und spürte, wie ihr Körper ihn erfasste, ihn verschlang.

»Oh Gott, ja!« Sie riss die Augen auf. »Oh Kurt … Oh … mein … Go…«

Ein Hitzeschlag durchfuhr ihn, durchströmte seinen Oberschenkel, seine Lenden und stach in seine Brust, als er ihr in die Höhen der Ekstase folgte.

Siebenundzwanzig

Der Donnerstagmorgen kam – ungeachtet Leannas Wunsch nach noch ein paar mehr Tagen mit Kurt. Sie hielt Peppers Leine so fest, dass ihre Fingernägel halbmondförmige Gräben in ihre Haut stachen, während sie zusah, wie Kurt seine Taschen in den Kofferraum lud. Sie hatte gedacht, sie wäre auf seine Abreise vorbereitet gewesen. Sie würden ja auch nur ein paar Tage getrennt voneinander sein, und zum Teufel noch mal, vor einem Monat hatte sie ihn noch nicht einmal gekannt. Ihr würde es sicher gut gehen.

Ihr ging es alles andere als *gut*.

Einsamkeit kauerte bereits tief in ihrer Magengrube und ihr Herz schmerzte vor Sehnsucht nach ihm. Sie prägte sich den Klang seiner Stimme ein, seinen Duft. Sie vermisste seine Berührung und dabei war er noch nicht einmal fort.

Kurt schloss den Kofferraum und umarmte sie zum tausendsten Mal an diesem Morgen. »Du wirst das großartig machen. Die Chefs von Daisy Chain werden deine Produkte lieben und sie werden dich lieben und … Und ich liebe dich.« Er küsste sie sanft. »Du wirst mir so sehr fehlen.«

»Du …« *Oh nein, echt jetzt? Nicht weinen. Bitte nicht weinen.* Sie schluckte den Kloß im Hals hinunter, der ihr die

Stimme geraubt hatte. »Du wirst mir auch fehlen. Ich rufe dich an, sobald das Meeting vorüber ist, und erzähle dir, wie es lief. Ach, warte! Geht ja nicht. Du bist dann auf Jacks Hochzeit. Du solltest mich anrufen, wenn du fertig bist. Wann ist die Hochzeit? Um wie viel Uhr?« Sie fuhr mit dem Finger Kreise auf der Wagentür, während sie redete.

Er zog sie wieder an sich und führte ihre Hand an seine Lippen, küsste sie und hielt sie dann ganz fest. »Liebling, atme durch.«

Das tat sie. Ganz tief.

Und dann noch einmal.

Es funktionierte nicht. Ihre Kehle wollte sich noch immer zuziehen und diese verdammten Tränen wollten kullern.

»Die Hochzeit ist am Freitag um zehn, und ich schreibe dir, sobald ich mich mal absetzen kann. Dann kannst du mich anrufen, falls du gerade Zeit hast. Aber heute ist erst Donnerstag, also reden wir bestimmt heute Abend, wenn ich angekommen bin, in Ordnung?«

Sie nickte, ihrer Stimme immer noch nicht sicher.

Bella, Amy und Jenna kamen aus Amys Haus und stellten sich mit ernsten Gesichtern zu ihnen.

»Ach, es ist so traurig, wenn Turteltauben sich trennen müssen.« Amy zupfte am Saum ihres Strandkleides.

Leanna nickte.

»Keine Sorge, wir kümmern uns um sie«, fuhr Amy fort. »Wir fahren alle am Sonntag ab, also bleibt dir nur eine Nacht, um traurig zu sein, Leanna, und Tony ist hier, da kannst du dich an seiner Schulter ausweinen.«

Kurt warf Leanna einen fragenden Blick zu.

»Keine Sorge, sie sind nur Freunde«, beruhigte Jenna Kurt und tätschelte seinen Arm. »Leider würde Tony nie mit einer

Frau rummachen, die er so lange kennt wie uns.«

»Oder mit einer Frau, die so nah wohnt. Glaub mir, ich hab's versucht.« Amys Wangen röteten sich ein wenig.

»Im Ernst?« Leanna riss die Augen auf.

»Ein Mal. Erinnerst du dich an den Abend, an dem wir alle je eine Flasche Margarita getrunken haben?« Amy verschränkte die Arme. »Ich war in der Nacht nicht gerade in bester Verfassung. Und am nächsten Morgen auch nicht.«

Die Erinnerung an den Morgen danach kam Leanna wieder, und sie hätte fast gelächelt, wäre da nicht die Traurigkeit gewesen, die sie überwältigte und die ihr Lächeln wieder hinter einem finsteren Blick verschwinden ließ. »Ich erinnere mich.«

Kurt drückte Leannas Hand. »Ich hol mir noch etwas Wasser. Bin gleich wieder da. Ihr Mädels umarmt euch oder gedenkt eurer Avancen gegenüber Tony oder was auch immer.« Er lächelte Amy zu.

Leanna sah ihm hinterher, als er zum Haus ging – in seiner Jeans und dem weißen Leinenhemd, das so perfekt seine breiten Schultern umschloss. Die Schultern, an denen sie sich in der vergangenen Nacht so festgeklammert hatte, dass Kratzer auf seiner gebräunten Haut zurückgeblieben waren.

Bella stieß sie mit der Schulter an. »Und? Vergessen, letzte Nacht die Fenster zu schließen?«

Leanna riss die Augen auf. Sie schlug die Hand vor den Mund. »Nein. Ach du meine Güte! Mist!« Sie drehte sich ruckartig herum und sah Tonys Gardinen, die am offenen Fenster von der Brise hin und her bewegt wurden. »Oh nein, Mädels!«

Jenna unterdrückte ein Lachen. »Erinnert mich daran, dass ich von außen ein Schloss an ihren Fenstern anbringe, und wenn wir Kurts Auto in der Auffahrt sehen, gehen die Mädels und ich auf Kontrollgang.« Sie zwinkerte ihr zu. »Wir stehen hinter dir.«

Leanna hielt die Hände vor das Gesicht. »Das ist großartig, aber … Oh Mann! Tony hat uns gehört.« Sie ließ die Hände sinken und sah die amüsierten Gesichter ihrer Freundinnen forschend an. »Habt ihr uns gehört?«

Sie sahen sich vielsagend an.

»Alles?«, fragte Leanna mit dünner Stimme.

Bella lachte. »Na ja, nicht alles … Er muss geflüstert haben, denn wir haben nicht alles verstanden, was er gesagt hat.«

Leanna schüttelte den Kopf. »Ihr habt tatsächlich gelauscht?«

»Nein!« Das Lächeln auf Bellas Lippen strafte sie Lügen. »Ich habe Jenna gerade Eis gebracht, weil sie wegen eines Steins, den sie verlegt hat, oder so durchgedreht ist …«

»Überall auf meinem Fußboden war Sand.« Jenna strich sich die Haare hinters Ohr. »Ich habe ihn nicht weg bekommen, so sehr ich es auch versucht habe. Er klebte an meinen Füßen.«

Bella verdrehte die Augen. »Egal, wir haben wirklich nur so was gehört wie: *Oh Kurt … Oh … mein … Go…*«

Kurt kam mit einem herzlichen Lächeln wieder zu ihnen. »Habe ich da gerade meinen Namen gehört?«

»Nein!«, antworteten alle einstimmig.

Leannas Kehle zog sich wieder zu und sie überspielte die peinliche Situation. »Bist du sicher, dass dieser Mann dein Auto zurück zum Haus fährt und alles? Ich kann das auch machen.«

»Nein, sei nicht albern. Damit möchte ich deine Zeit nicht verschwenden. Außerdem hat Savannahs Bruder Treat mir seinen Hausmeister Smitty schon vor ein paar Monaten empfohlen. Er und seine Frau sind wunderbar, sie werden sich um alles kümmern. Genieß deine Zeit mit den Mädels und …«

Er schaute zu Pepper hinab, der fröhlich zu seinen Füßen hechelte. Er bückte sich und hob Pepper hoch, der ihm sofort über die Wangen leckte. »Und Pep.«

Er zog Leanna zu sich heran und küsste sie erneut. »Ich liebe dich, und ich bin so stolz auf dich und das, was du bereits erreicht hast. Genieß die nächsten Tage.«

Nickend konzentrierte Leanna sich darauf, die Tränen zurückzuhalten, die in ihren Augen brannten.

Kurt setzte Pepper ab und umarmte Leanna noch einmal. »Ich wünschte, ich würde nicht abreisen.« Er umarmte Bella. »Ich bin so froh, dass Leanna euch um sich hat.«

»Das sind wir auch«, sagte Amy.

Er umarmte Amy. »Keine Sorge. Du wirst deinen eigenen Tony noch finden.«

Dann ging er zu Jenna, die die Arme ausbreitete und grinste. »Darauf, diesen Mann an meinem Körper zu spüren, habe ich gewartet, seit Leanna ihn angeschleppt hat.« Sie lachte.

Kurt schüttelte den Kopf und drückte sie fest. »So aufregend ist es gar nicht, oder?«

»Ach, da bin ich mir nicht so sicher«, scherzte Jenna.

Amy gab ihr einen Klaps.

Er umarmte Leanna erneut. »Nicht weinen, Liebling. Es sind nur ein paar Tage und ein paar Tage schaffen wir. Wir schaffen alles, weil wir wissen, dass wir letztendlich zusammen sein werden.«

Zehn Minuten später sah Leanna ihm hinterher, als er fortfuhr. Eine einzelne Träne entwischte ihr und rann über ihre Wange. Sie spürte Bellas Arm um ihre Schultern, dann Jennas auf ihrem Rücken. Amy breitete die Arme aus und kam auf sie zu. So eine Umarmung von allen gleichzeitig war genau das, was sie brauchte. Wenn sie doch nur bis Montag andauern würde.

»Komm, du kannst uns jetzt alles über diesen Oh-mein-Gott-Moment erzählen.« Bella nahm sie an die Hand und führte sie ins Haus.

»Das werde ich auf keinen Fall, aber … *Oh mein Gott*. Mehr sage ich nicht.« Pepper rannte ins Schlafzimmer, noch bevor sie ihm die Leine abnehmen konnte, und sie lief hinterher. Abrupt blieb sie stehen, als sie mitten auf dem Bett eine Tüte von Shop Therapy entdeckte. Darin fand sie eine Karte mit einem großen roten Herzen vorne drauf, das sie an ihre Brust drückte.

»Hey, hast du vielleicht …« Amy kam zu ihr. »Ooh, er hat dir eine Karte geschrieben? Was steht darauf?«

Bella und Jenna kamen zu ihnen ins Schlafzimmer.

Leanna sah ihre Freundinnen an und fragte sich, ob sie Privatsphäre wollte, falls er etwas Intimes in die Karte geschrieben haben sollte.

»Mach auf«, drängte Jenna. Sie griff nach der Tüte, doch Leanna schnappte sie ihr weg.

Mit ihren Freundinnen in der Nähe hätte sie nie Privatsphäre und das war in Ordnung. Sie brauchte die Mädels mehr, als sie Privatsphäre brauchte.

»Eine Sekunde.« Sie klappte die Karte auf und las den handgeschriebenen Text.

Meine süße, kluge, überhaupt nicht unbeholfene Leanna,

mir war nicht klar, dass die Tatsache, dich einige Tage zu verlassen, bedeuten würde, mein Herz zurückzulassen, aber anscheinend ist es nun so eng mit deinem verbunden (und mit Peppers), dass es sich weigert, mit mir zu kommen. Pass gut darauf auf und halte es warm, bis wir wieder zusammen sind.

Ich liebe dich,
Kurt

PS: Sei wegen Daisy Chain nicht nervös. Du bist in jeder Hinsicht perfekt, und wenn sie das nicht so klar sehen wie ich, dann verdienen sie deine Sweet Treats nicht. Ich hoffe, du fühlst dich so schön und selbstbewusst in dem Kleid, wie du mit Sicherheit aussehen wirst.

Kleid? Sie griff in die Tüte.

»Was steht auf der Karte?« Bella nahm sie Leanna aus der Hand und las laut vor.

»Ooh, das ist so süß.« Amy drückte die Hand auf ihr Herz.

Leanna hielt das aquamarinblaue Kleid in die Höhe, das ihr so sehr gefallen hatte, als sie in Provincetown waren. »Ich fass es nicht, dass er es gekauft hat. Wann hatte er dazu überhaupt Zeit?«

»Das ist megasüß!« Jenna befühlte den Stoff mit Daumen und Zeigefinger.

»Bestimmt, als er behauptet hat, zu schreiben«, sagte Bella. »Dieser Mann. Mmmmm, der ist wirklich was, Leanna.«

Sie drückte das Kleid an ihre Brust, schaute auf das Bett, dann auf die Karte und zu Pepper. »Erzähl mir was Neues.«

Es war fast neun Uhr, als Kurt endlich das Haus von Treat Braden in Weston, Colorado, erreichte. Savannahs ältere Brüder Treat und Rex lebten auf Grundstücken, die an die Ranch ihres Vaters angrenzten, und Kurts Familie würde bei ihnen übernachten. Kurt, Sage und Kate sowie Siena und Cash wohnten bei Treat, während Dex und Ellie und auch Rush und Jayla im Haus von Rex schliefen. Jack, Savannah, Joanie und James

Remington waren bei Savannahs Vater Hal untergebracht. Im Laufe des Tages hatte Kurt von Blue gehört, dass die Renovierung gut vorankam, und von Siena war er mit Nachrichten wegen seiner Ankunftszeit bombardiert worden – als ob das Flugzeug plötzlich eine andere Richtung einschlagen und ihn nach Timbuktu bringen würde.

Jetzt saß er in dem gemieteten Lexus auf Treats Auffahrt und holte sein Handy hervor. Er und Leanna hatten sich am Nachmittag einige Male geschrieben, und sie hatte ihm ein Foto von sich in dem Kleid, das er ihr gekauft hatte, geschickt. Das schaute er sich an, bevor er sie anrief. Die blaue Farbe und ihr offenes Lächeln ließen den Bildschirm strahlen. Der tiefe Rundhalsausschnitt offenbarte ein verführerisches Dekolleté aus gebräunter Haut, und das Kleid schmiegte sich perfekt an ihre Kurven – nicht zu eng, nicht zu locker – und reichte bis zur Mitte des Oberschenkels. Luscious Leanna – das war sie wirklich, und sie fehlte ihm so sehr, dass es schmerzte.

Er drückte auf die Kurzwahltaste und sie antwortete nach dem ersten Klingeln.

»Lass uns einen Videoanruf machen!«, sagte sie aufgeregt.

Er lachte und drückte auf das entsprechende Symbol. Ihre wunderschönen, lächelnden Lippen und blau-grünen Augen füllten den Bildschirm.

»Da bist du ja«, sagte er.

»Da sind wir alle. Sieh mal.« Sie drehte das Handy herum, und zu sehen waren nun Bella, Jenna und Amy, die ihm zuwinkten. Er konnte ihr Lachen hören, als wäre er bei ihnen.

Er wünschte, es wäre so.

»Das hier ist Tony«, sagte Leanna und drehte das Handy zu dem Gesicht eines gut aussehenden Mannes.

In nur drei Sekunden hatte Kurt eine Bestandsaufnahme

gemacht. Herzliches Lächeln, dunkel gebräunte Haut, von der Sonne ausgebleichte, hellbraune Haare, die ihm fast in die Augen fielen, breite Schultern und Augen, in denen keinerlei Bedrohung lag. Kurt war nie ein eifersüchtiger Mann gewesen. Sicherlich war die Tatsache, keine feste Freundin zu haben, in der Hinsicht hilfreich gewesen. Obwohl Tony nicht bedrohlich wirkte, zog sich Kurts Innerstes zusammen.

Tony winkte. »Hey, Kumpel. Schade, dass wir uns nicht kennengelernt haben, als du hier warst. Ich habe ungefähr zwei Tage durchgeschlafen. Jetlag, Mann, der bringt dich echt um. Ich war total ausgeknockt.«

»Schön, dich kennenzulernen. Ich bin sicher, wir sehen uns, wenn Leanna und ich das nächste Mal da sind.« Er konnte nicht anders, er musste seinen Anspruch geltend machen.

»Großartig, ich freu mich darauf. Diesen Spaßvögeln hier zufolge bist du so etwas wie Mr. Perfect. Ich würde dir diese blöde Angewohnheit gern abgewöhnen.«

Tony lachte, und Kurt konnte nicht umhin, seine ungezwungene Art zu mögen.

»Ich befürchte, sie haben nur begrenzte Vergleichsmöglich-keiten. Ich bin alles andere als perfekt, aber glaub mir, sie halten auch große Stücke auf dich.«

Tony hob nickend sein Bier und Leannas Gesicht erschien wieder auf dem Bildschirm.

»Hey, Liebling. Ich bin gerade bei Treat angekommen und wollte nur kurz Hallo sagen, bevor ich hineingehe. Keine Ahnung, was sie für heute Abend geplant haben, aber ich schreib dir, bevor ich schlafen gehe, und wenn du dann noch wach bist, kannst du mich anrufen.«

Es klopfte dreimal lautstark an die Autoscheibe, während Leanna antwortete.

»Klingt großartig. Danke für das Kleid, und die Karte ist wunderbar.«

»Warte kurz, Liebling«, sagte er, während er aus dem Auto ausstieg und Siena ihm um den Hals fiel.

»Du hast mir so gefehlt! Ich kann es kaum glauben, dass du endlich hier bist. Ich habe den ganzen Tag auf dich gewartet. Mann, wie braun du bist! Alle sind drinnen und …«

»Siena.« Er hielt sein Handy wackelnd in die Höhe.

»Hallo, Siena!«, sagte Leanna laut.

»Du meine Güte! Leanna?« Sienas hellblaue Augen leuchteten auf, als sie Kurt das Handy abnahm. »Hallo! Es ist so schön, dich zu sehen. Wow! Du siehst wirklich hübsch aus.« Siena trug weiße Shorts und ein pinkfarbenes T-Shirt. Sie wirkte glücklich und sprühte vor Lebenslust, was ihn an Leanna erinnerte.

»Danke, du auch! Tut mir leid, dass ich es nicht zur Hochzeit schaffe, aber ich fühle mich geehrt, dass ich eingeladen wurde.«

Kurt schüttelte den Kopf und lächelte angesichts der spontanen Bande, die zwischen seiner Schwester und der Frau, die er liebte, entstanden. Er wollte ihnen Zeit zum Reden geben, auch wenn es ihm schwerfiel. Er nahm seine Taschen vom Rücksitz und lehnte sich gegen das Auto, bis Siena und Leanna einmal innehielten und Luft holten, dann streckte er die Hand nach dem Telefon aus.

»Ich gebe dir Kurt wieder, aber ich kann's kaum erwarten, dich zu treffen.« Siena zeigte Kurt den gehobenen Daumen.

»Geht mir genauso.« Er hörte das Lächeln in Leannas Stimme.

»Sie ist toll«, flüsterte Siena, als sie ihm das Handy zurückgab. »Ich habe in deinem Haus alles vorbereitet. Es wird ihr gefallen.«

»Danke, Siena. Ich komme hinein, sobald ich fertig bin.« Er wandte sich wieder Leanna zu. »So, jetzt hast du meine Schwester kennengelernt.«

Siena hob winkend die Hand, während sie eilig hineinging.

»Und ich finde sie großartig. Wirklich, Kurt, sie ist so nett.«

»Ja, sie ist der Hammer.« Siena war freundlich, witzig und aufdringlich – und er liebte all diese Eigenschaften an ihr. Sie war außerdem liebevoll, süß und so in Cash verliebt, dass es praktisch aus all ihren Poren strömte, wenn sie mit ihm zusammen war. Er fragte sich, ob seine Geschwister etwas Ähnliches bei ihm sehen würden, wenn er mit Leanna zusammen war. Es war sicher kaum zu übersehen.

»Du musst hinein zu deiner Familie. Ich wünschte so sehr, ich könnte bei dir sein. Ich hab das Gefühl, so ein wichtiges Ereignis zu verpassen, und du fehlst mir wahnsinnig. Ich kann mir nicht vorstellen, heute Abend allein schlafen zu gehen. Ich werde mich wohl an Pepper kuscheln müssen.«

Ach, ich liebe dich. »Zumindest hast du Pepper. Ich muss mich mit den Gedanken an dich zufriedengeben.« Die Haustür wurde geöffnet, und sein jüngerer Bruder Sage trat hinaus auf die Veranda des zweistöckigen Hauses, dessen Mauern teilweise mit Zedernholz verkleidet waren, und winkte. Kurt winkte zurück und Sage kam in seinen Cargoshorts und dem Tanktop auf ihn zu. Seinem Bruder war das Fitnesstraining so heilig wie Kurt und das bewies seine kräftige Statur. »Sage kommt gerade heraus, und das heißt, dass er entweder einen Blick auf dich werfen oder mich unbedingt sehen will. Und da er über die Auffahrt läuft, habe ich das Gefühl –«

Sage schnappte ihm das Handy weg.

»Hey«, fuhr Kurt ihn an, aber er wusste, dass sein Lächeln

Bände sprach. Er genoss diese neue und andersartige Aufmerksamkeit von seinen Geschwistern und er gab gerne mit Leanna an. Er wusste, dass seine Familie sie ebenso lieben würde wie er. Es war einfach, sie zu lieben.

»Leanna? Hallo, ich bin Sage. Ich wollte dich auch kennenlernen, auch wenn es nur per Handy ist.« Über den Sommer waren die dunklen, welligen Haare von Sage relativ lang geworden.

»Hallo, Sage. Schön, dich zu sehen«, sagte Leanna.

»Dich auch. Sorry, dass ich störe, aber wozu sind Brüder sonst da?«

Leanna lachte, als Sage die Arme ausbreitete und Kurt umarmte. »Entschuldige, Bruder. Wollte euch beiden nur Hallo sagen. Ich pass auf, dass keiner mehr rauskommt, aber ich konnte einfach nicht widerstehen.« Er nahm Kurts Taschen und trug sie hinein.

»Tut mir leid, Liebling.«

»Kein Problem. Viel Spaß mit deiner Familie. Deine Geschwister scheinen wirklich nett zu sein.«

Er hörte Bella im Hintergrund rufen: »Schick mir einen von diesen Brüdern her!«

Er lachte. »Sag Bella, die sind alle schon vergeben. Ich war der letzte der Remingtons, der noch auf dem Markt war, aber ich glaube, Cash hat noch ein paar alleinstehende Brüder.« Er dachte an Blue, der mit dem Atelier beschäftigt war, und überlegte, ob er Leanna von den Arbeiten erzählen sollte, die er in Auftrag gegeben hatte. Doch dann entschied er schnell, sie lieber mit einem Trip ans Cape zu überraschen, sobald die Renovierungen abgeschlossen waren. *Ein nettes langes Wochenende ohne Schreiben. Nur wir. Und Pepper.* Er konnte es kaum glauben, dass er sich darauf freute, nicht zu schreiben, aber der Gedanke setzte sich in ihm fest.

»Ignorier sie.« Leanna verdrehte die Augen. »Ich liebe dich. Viel Spaß mit deiner Familie.«

»Ich liebe dich auch. Ich schreib dir später.«

Kurt beendete das Gespräch, und als er die Auffahrt hinaufging, bereitete er sich darauf vor, ordentlich aufgezogen zu werden.

Achtundzwanzig

Leanna hätte ihren rechten Arm dafür gegeben, nur für einen Tag ein organisierter, effizient arbeitender Mensch zu sein. Nur heute. Ach was, ein paar Stunden würden auch schon reichen. Nur lang genug, um sich zu sammeln, den Korb mit den Marmeladen und dem Brot zu packen, dazu die Broschüren und Listen, die sie vom Drucker abgeholt hatte – die so professionell aussahen, dass sie selbst sich völlig unzureichend vorkam –, und es rechtzeitig zu ihrem Meeting zu schaffen. Sie war bereits spät dran, als sie entdeckte, dass ein Lieferwagen ihre Ausfahrt versperrte.

Na großartig. Da parke ich ein Mal auf meiner Auffahrt … Sie schloss die Tür von ihrem Ferienhaus ab und beruhigte Pepper durch das Fenster hindurch. Er hatte den ganzen Morgen Trübsal geblasen, war von einem Zimmer ins andere getappt, als wollte er herausfinden, wo Kurt war, und nun fühlte sie sich schuldig, weil sie ihn allein ließ. *Kurt hätte ihn nicht allein gelassen.*

Sie verstaute ihr Material im Bus und ging um den Lieferwagen herum zu dessen Fahrerseite. »Ich hab's eilig. Könnten Sie Ihren Wagen nur kurz vor oder zurück fahren?«

Carey lächelte zu ihr hinunter. »Hallo!«

»Was machst du denn da drin? Wo ist dein Van?« Sie trat einen Schritt zurück und stellte fest, dass es sich um den Wagen eines Lieferdienstes für Obstkörbe handelte.

Er zuckte mit den Schultern. »Ich fahre für diesen Lieferdienst, um mir etwas dazuzuverdienen. Deshalb war ich letzten Sonntag auch nicht auf dem Flohmarkt. Ich habe eine Lieferung für dich.« Carey stieg aus dem Wagen und ging gemütlich nach hinten – bekleidet mit seinen Khakishorts und dem Polohemd der Firma, inklusive Logo auf der Brusttasche. Nur schwer konnte sie sein Outfit mit dem Beachboy in Einklang bringen, den sie kannte.

»Für mich?« *Was hast du vor?*

Er kam mit einem riesigen Obstbouquet zurück, das aussah wie ein Blumenstrauß, nur mit lauter herrlichen Früchten. Gespickt war das Ganze mit schokoladeumhüllten Erdbeeren und einem Luftballon, auf dem »Viel Glück« stand.

»Ich wette, der ist von Kurt, aber was weiß ich denn schon?« Er zuckte mit den Schultern. »Du siehst übrigens total heiß aus.«

Leanna schaute auf ihr Kleid hinab. »Oh Mist! Ich bin so spät dran. Danke, Carey. Hey, es war eine tolle Zeit mit dir diesen Sommer. Bist du nächsten Sommer wieder auf dem Flohmarkt?«

Amy kam aus ihrem Haus. »Wow! Was hast du denn bekommen?«

Leanna hielt das Obstbouquet in die Höhe.

»Ich muss wirklich los«, erinnerte Leanna ihn.

»Oh, entschuldige.« Er stieg wieder in den Lieferwagen. »Keine Ahnung, ob ich nächsten Sommer hier bin oder nicht.« Er zuckte mit den Schultern. »Werde ich wohl erst im nächsten Mai wissen. Wir bleiben in Kontakt und schreiben.«

»Klingt gut. Danke für all deine Hilfe in diesem Sommer, Carey.« *Ich bin spät dran. Ich bin spät dran.* Es war ihr unangenehm, ihr letztes Gespräch in diesem Sommer so hektisch abzubrechen, nachdem er so viel Geduld für sie aufgebracht und immer auf ihren Stand aufgepasst hatte, wenn sie mit Pepper eine Runde drehen musste. Aber sie würde sich in den Allerwertesten treten, wenn sie die Chance bei Daisy Chain vermasselte.

»Kein Problem. Und sag Kurt, dass mir der Kuss leidtut.« Er winkte Amy zu.

»Oh Mist! Warte!« Leanna rannte zu ihrem Bus und holte die Bücher heraus, die Kurt für Carey mitgebracht hatte. »Hätte ich fast vergessen. Er hatte sie beim Flohmarkt für dich dabei. Sie sind signiert.«

»Genial! Das ist so cool von ihm. Auf einen tollen Sommer.«

Als Carey wegfuhr, reichte Leanna das Obstbouquet an Amy weiter und klappte die Karte auf.

»Kurt?«, fragte Amy.

»Wer sonst würde mir jemals etwas schicken?« Leanna las die Karte: *Zeig's ihnen! Ich liebe dich, K.* Sie lächelte Amy an. »Er ist der Beste und ich muss mich sputen. Könntest du das Bouquet mit hineinnehmen und vielleicht ein bisschen mit Pepper spielen? Der dreht ohne Kurt etwas durch.«

»Kann man ihm nicht vorwerfen. Viel Glück, Lea. Du machst das schon.«

Sie fuhr los, die Karte von Kurt lag auf dem Beifahrersitz, und sie fühlte sich schon besser, egal ob sie nun zu spät kam oder nicht. Pepper hatte Amy und in ein paar Tagen wäre sie bei Kurt.

Die Ranch von Hal Braden umfasste mehrere hundert Morgen hügeliges Weideland, das sich vor der Kulisse der majestätischen Berge Colorados erstreckte. Die Luft war kühler als am Cape, frischer, sauberer. Der grasbedeckte Hof fiel nach Osten hin ab und endete bei einer großen Scheune. Direkt dahinter lagen weitere Pferdeweiden, die am äußersten Ende von einem dichten Wald begrenzt waren.

Der Garten am Haus war für die Hochzeit von Jack und Savannah hergerichtet worden und erinnerte Kurt an das letzte Mal, als er auf der Braden-Ranch gewesen war. Damals hatten sie die Verlobungsparty von Savannah und Jack gefeiert und am gleichen Wochenende hatte Hugh, einer von Savannahs jüngeren Brüdern, seine Brianna geheiratet. Brianna hatte eine sieben Jahre alte Tochter namens Layla. Kurt sah, wie sie mit ihrem hübschen weißen Kleid durch den Garten rannte, die Haare mit Klammern aus dem Gesicht gesteckt. Seit er sie das letzte Mal gesehen hatte, war sie einige Zentimeter gewachsen. Sein Blick fiel auf Hugh und Brianna, die Arm in Arm bei Hal standen. Sie waren ein schönes Paar, Hugh in seinem dunklen Anzug und Brianna in einem hellen Spitzenkleid. Kurt wünschte, Leanna wäre jetzt bei ihm.

Weiße Lilien und rote Rosen schmückten den handgeschnitzten Gartenpavillon, der für die Trauung organisiert worden war. Holzstühle standen links und rechts von einem Gang aufgereiht davor, geschmückt mit weißen Satinschleifen und Blumen. Kurt sah zu, wie alle für die Trauung ihre Plätze einnahmen, und bemerkte, nicht zum ersten Mal, wie ähnlich die Familien Braden und Remington sich waren. Die Männer waren groß, athletisch und hatten dunkles Haar, und als er Treat beobachtete, der den Arm um die Schultern seines jüngeren Bruders Dane gelegt hatte, und dann Sage entdeckte, der dicht bei Dex stand, wurde ihm klar, dass sich in beiden Familien alle sehr nahstanden.

Kurts Vater stellte sich zu ihm. Er sah wie immer sehr wichtig und eindrucksvoll aus in einem dunklen Anzug und dem gestärkten Kragen, mit seinem wie aus Granit gemeißelten Kinn und dem ernsten Blick seiner nachtblauen Augen.

»Gut, dich zu sehen, Junge.« James Remington zeigte seine Liebe nicht unbedingt, aber in den vergangenen Monaten, seit er und Jack ihre Differenzen aus dem Weg geräumt hatten und alle seine Geschwister ihren Partner fürs Leben gefunden hatten, konnte Kurt feststellen, dass sein Vater weicher geworden war. Nicht nur in seinem Verhalten – er lächelte öfter, als sie es von früher gewohnt waren –, sondern auch in der Art, wie er mit ihnen sprach. Sein Vater würde immer ein Vier-Sterne-General bleiben, ob pensioniert oder nicht. Diese ernste, unnachgiebige Militärhaut war nur schwer abzustreifen. Aber er bemühte sich auch darum, mehr teilzuhaben am Leben seiner Kinder, und darüber war Kurt froh.

»Hallo, Dad. Ich beobachte gerade alle ein bisschen. Jeder scheint glücklich zu sein. Sieh dir Mom an. Wunderschön, findest du nicht?« Seine Mutter trug einen langen fliederfarbenen Rock mit einer weißen Bluse. Ihre grauen Haare fielen ihr natürlich gewellt über den Rücken und das Lächeln war seit gestern Abend nicht von ihren Lippen gewichen.

»Ja, das stimmt. Wie bist du am Cape mit deinem Roman vorangekommen?«

Am Abend zuvor hatten seine Geschwister ihn wegen Leanna geneckt, und es war ein schönes Gefühl, wieder Zeit mit ihnen zu verbringen. Sein Vater und seine Mutter freuten sich für ihn und alle wollten Leanna unbedingt bald kennenlernen. Wenn er über die Zeit am Cape redete, vermisste er sie nur noch mehr.

»Es lief gut. Ich habe das Manuskript abgegeben, und ich glaube tatsächlich, es könnte mein bisher bestes sein.«

Sein Vater lächelte und nickte, dann klopfte er ihm auf die Schulter. »Ich könnte sagen, ich erwarte nichts Geringeres von dir, aber das hast du in deinem Leben zu oft gehört. Stattdessen – dank der späten Lektion deiner Mutter – sage ich: Ich bin stolz auf dich, Kurt. Das war ich schon immer und nicht nur wegen deines Erfolges.«

Kurt hatte von all seinen Geschwistern die unkomplizierteste Beziehung zu seinem Vater gehabt. Er hatte sich mit seinem Vater nur angelegt, wenn seine Überzeugungen so stark waren, dass sie einen Streit wert waren, und als ruhigeres Kind hatte er normalerweise das getan, was ihm gesagt wurde. Er hatte den Weg des geringsten Widerstands genommen, außer wenn es um das Schreiben ging. Über seine angestrebte Schriftstellerkarriere waren sie in Zwist geraten und Kurt hatte nicht nachgegeben. Seither hatte sich sein Vater an Kurts Beruf und seinen Erfolg gewöhnt und sogar einen gewissen Stolz entwickelt. Kurt tat sein Vater etwas leid, denn der hätte es so gern gesehen, dass einer der Söhne in seine militärischen Fußstapfen getreten wäre. Doch sie hatten alle ihre eigenen Wege eingeschlagen. Nach dem College war Jack zwar zu den Special Forces gegangen, aber nachdem er seine erste Frau bei einem schrecklichen Unfall verloren hatte, war er auf eigenen Wunsch aus dem Militär ausgeschieden.

»Danke, Dad. Ich habe meinen Erfolg auch dir zu verdanken. Zumindest in gewisser Weise.«

Sein Vater zog die dichten, dunklen Augenbrauen zusammen.

»Doch, wirklich«, beharrte Kurt. »Du hast in mir den Willen verankert, mich immer zu hundert Prozent auf meine Ziele zu konzentrieren, du hast mich Entschlossenheit und Tatendrang gelehrt. Ich habe jeden Tag aufs Neue daran gearbeitet, besser zu sein als alle anderen.« Er schaute seinem Vater in die Augen. »Und hoffentlich werde ich genau diese Stärke darauf verwenden, für Leanna der beste Mann zu sein.«

Er wurde mit einem herzlichen Lächeln belohnt, das die Falten auf der Stirn seines Vaters glättete.

»Aber mach nicht dieselben Fehler wie ich.«

Kurt schüttelte den Kopf. »Fehler?«

Er folgte dem Blick seines Vaters zu seiner Mutter, die gerade zu ihnen herüberkam. James Remington streckte ihr eine Hand entgegen und zog sie an sich. Joanie legte eine Hand auf die Brust ihres Mannes.

»Seid ihr zwei bereit?«, fragte sie mit einem Lächeln, das Kurt in den letzten Wochen vermisst hatte.

»Sind wir.« Sein Vater küsste seine Mutter auf die Stirn; dann wurde sein Tonfall wieder ernst, als er Kurt anblickte. »Sei für die da, die am wichtigsten sind. Und zwar nicht nur mit Lektionen, sondern mit dem Leben, Kurt. Es vergeht schneller, als du dir vorstellen kannst.«

»Ah«, sagte seine Mutter lächelnd. »Wie ich sehe, habe ich einen besonderen Moment gestört.«

»Nein, mein Schatz«, sagte sein Vater und zog sie noch dichter an sich heran. »Du bist unser besonderer Moment.«

Kurt war wie vom Blitz getroffen. Erstarrt. Noch nie hatte er erlebt, dass sein Vater eine solche Intimität zeigte, und als er seine Eltern Arm in Arm davongehen sah, versuchte er, sich aus

der Starre zu lösen.
    Du bist unser besonderer Moment.
    Worte, die den Blick auf seinen Vater veränderten.
    Worte, die tief in seinem Herzen widerhallten. Leanna.
    Du bist mein besonderer Moment.

Neunundzwanzig

Kurt stand auf seinem Platz neben seinen Brüdern auf einer Seite des Pavillons und schaute zu, wie Jack Savannahs Hand in die seine nahm und versprach, sie zu lieben, zu ehren und zu achten, alle Tage ihres Lebens. Drei Worte, die in Kurt nachklangen, wenn er an Leanna dachte. *Lieben. Ehren. Achten.* Er würde noch ein paar eigene zu dieser kurzen Liste hinzufügen. *Vertrauen. Begehren. Beschützen.*

Er sah, dass seine Brüder ihre Freundinnen beobachteten, die nebeneinandersaßen, jede mit zerknäultem Taschentuch in der Hand, und deren Blicke zwischen Jack und Savannah und seinen Brüdern hin- und herhuschten. Er wünschte, Leanna wäre auch dort, und er sehnte sich danach, wieder mit ihr vereint zu sein.

Die Sonne malte gelbe und orangefarbene Bänder an den Himmel über den Bergen und ein romantischer Schimmer lag über dem Tag. Treat hatte sich zertifizieren lassen, um in den Hotelanlagen, die er auf der ganzen Welt besaß, Trauungen vollziehen zu können. Seine tiefe Stimme durchbrach nun die Stille.

»Jack, du darfst die Braut nun küssen.«

Jack zog Savannah zu einem tiefen, liebevollen Kuss an sich

und beide Familien erhoben sich. Mit dem Daumen wischte Jack dann eine Träne von Savannahs Wange.

»Ich liebe dich, Savannah Remington.« Stolz und Liebe verschmolzen in Jacks dunklen Augen, während sich ein Kloß in Kurts Kehle bildete.

Savannah lachte und weinte, während Jack sie im Arm hielt. In ihrem offenen kastanienbraunen Haar trug sie einen Kranz aus weißen Blumen und sie strahlte vor Glück. Die beiden waren ein aufsehenerregendes Paar, beide groß und athletisch. Jacks dichtes tiefschwarzes Haar neben ihren langen rotbraunen Locken. Jack sah in seinem schwarzen Anzug und mit der Krawatte sehr gut aus und Savannahs Hochzeitskleid war etwas ganz Besonderes. Der sommerliche Tüll mit darüberliegender Spitze endete vorne etwas über dem Knie, verlief in einem anmutigen Schwung und fiel hinten bis auf den Boden. Die Taille wurde durch zwei Satinbänder betont, die in der Mitte zu zarten Schleifen gebunden waren, und breite Spitzenträger bedeckten Savannahs schmale Schultern. In den tiefen V-Ausschnitt war Spitze eingearbeitet, was Savannah eine frische, exotische und fast gewagte Erscheinung verlieh. Es passte perfekt zu ihrem lebhaften Temperament, und er fragte sich, welche Art von Kleid Leanna wohl wählen würde.

Sage stieß Rush mit dem Ellbogen an. »Du bist der Nächste, Kumpel.«

Rush fuhr sich durch die dunklen kurzen Haare und nickte. Mit einem Blick auf seine Freundin Jayla sagte er: »Da hast du verdammt recht.«

»Woher wollt ihr wissen, dass ich nicht der Nächste bin?« Dex schüttelte den Kopf, weil ihm der lange, glatte Pony in die Augen hing. Doch die Haare fielen ihm gleich wieder ins Gesicht, während er ihre Freundinnen beobachtete, die gerade auf sie zukamen. Drei brünette Schönheiten, lächelnd und mit verträumten Mienen.

»Oje«, sagte Kurt. »Sieht so aus, als ob jede eurer Frauen die Nächste sein möchte.« In der Vergangenheit hatten Hochzeiten Kurt nie berührt, aber als er seinen Brüdern so lauschte, spürte er eine gewisse Eifersucht und vielleicht sogar auch den Wunsch, als Nächster vor dem Traualtar zu stehen.

Während seine Brüder ihre Freundinnen in die Arme schlossen – wodurch er Leanna nur noch mehr vermisste –, ging er zu Jack, um ihm zu gratulieren. Er bemerkte, dass auch die Braden-Männer ihre Partnerinnen im Arm hielten.

Meine Güte! Er konnte nirgendwo hinschauen, ohne Leanna zu vermissen.

»Hallo, Kurt!«

Er hockte sich neben Briannas braunhaarige Tochter mit den großen Augen. »Hallo, Layla. Du siehst wunderschön aus.«

»Danke.« Sie verschränkte die Hände hinter dem Rücken und drehte sich hin und her, sodass ihr Kleid ihr um die Beine wehte. »Josh hat die Kleider von mir und Mama gemacht. Sind die nicht hübsch?«

Er schaute zu Brianna, die ein ärmelloses, knielanges Spitzen-Etuikleid trug.

»Hinreißend. Josh ist wirklich ziemlich talentiert.«

»Ich erzähl ihm, dass du das gesagt hast!« Und schon rannte sie zu Josh.

Kurt schloss Savannah in die Arme. »Herzlichen Glückwunsch. Du siehst hinreißend aus.«

Savannah strich über das Hochzeitskleid. »Danke, Kurt. Du weißt, ich könnte nicht glücklicher sein. Ich liebe Jack abgöttisch.«

»Das sieht man in allem, was du sagst und tust. Das Gleiche

gilt für Jack. Durchsichtig wie Glas.« Er deutete auf ihr Kleid. »Hat Josh oder Riley das designt? Es ist wunderschön.«

»Josh hat das für mich entworfen. Es ist wirklich schön, oder? Ich wollte etwas, das nicht ganz so formal ist.«

»Es ist perfekt und die Trauung war es auch.«

Jack zog Savannah an sich. »Sie ist perfekt.« Jack war Kurt zweieinhalb Zentimeter und sieben Jahre voraus.

Kurt legte den Arm um die breiten Schultern seines Bruders. »Ja, das ist sie. Glückwunsch, Jack.«

»Danke, Mann.«

Jack war so verzweifelt gewesen, nachdem seine erste Frau bei einem Autounfall ums Leben gekommen war, dass Kurt nicht sicher gewesen war, ob sein Bruder sich je davon erholen würde. Zwei Jahre lang war Jack in eine Hütte in den Bergen verschwunden und hatte nicht einmal seinen Eltern erzählt, wo er war. Er hatte diese Jahre allein verbracht, abgesehen von gelegentlichen Wochenenden, an denen er Survivalkurse geleitet hatte, und gelegentlichen Flügen mit Kunden in seinem Buschflugzeug, wodurch er etwas Geld verdient hatte. Savannah hatte an einem seiner Survivalkurse teilgenommen und auf wundersame Weise die wütende, von Schuldgefühlen beladene Schale durchschaut, die sein Bruder wie eine Rüstung getragen hatte, und ihm geholfen, diese behutsam abzulegen.

»Ich freue mich wirklich für euch.«

»Gestern Abend konnte ich nicht viel mit dir reden.« Jack legte eine Hand auf Kurts Rücken. »Entschuldige uns kurz, Liebling.« Er führte ihn von den anderen weg und fragte leise: »Ist alles okay? Du siehst ... irgendwie aus.«

Irgendwie? Abgesehen von den zwei Jahren, in denen Jack mit seinem Verlust zu kämpfen gehabt hatte, war er immer über die Stimmungslage seiner Geschwister auf dem Laufenden gewesen. Es überraschte Kurt nicht, dass Jack ihm ansehen konnte, wie sehr Leanna ihm fehlte. Kurt war im Moment etwas empfindsamer, als er es gewohnt und als ihm lieb war. Er versuchte, das Gespräch auf ein anderes Thema zu lenken.

»Du bist ein Glückskind, Jack. Savannah liebt dich wirklich.« Er winkte Treat und Dane zu, die auf sie zukamen.

»Willst nicht drüber reden, wie?«, fragte Jack.

Kurt zuckte mit den Schultern. »Dann vermisse ich sie nur noch mehr.«

»Ich habe dich noch nie so gesehen oder so reden gehört. Noch nie.«

»Kannst du laut sagen. Sie hat mein ganzes Leben über den Haufen geworfen, es dann wieder aufgerichtet und sich dabei mitten in meinem Herzen eingenistet.« Er grinste so breit, dass seine Wangen schmerzten.

Jack warf den Kopf zurück und gab ein tiefes, herzliches Lachen von sich. »Willkommen in der Liebe, kleiner Bruder.«

»Und wieder fällt ein ahnungsloser Remington der Liebe zum Opfer.« Dane breitete die Arme aus und umschlang zunächst Kurt und dann Jack. »Zu schade, dass sie die Hochzeit verpasst hat. Ich hätte gern die Frau kennengelernt, die dich von deinem Computer weggelotst hat. Soweit ich gehört habe, ist das nicht so einfach.« Er winkte seiner Freundin Lacy Snow zu. Lacy war so blond wie Dane dunkel und hatte dazu volle Korkenzieherlocken und eine schlanke Figur. Dane war als Meeresforscher oft unterwegs, um Haie zu markieren, und bestand mit seinen gut eins fünfundachtzig und neunzig Kilo aus purer Muskelmasse.

»Sie hatte heute ein Meeting, das sie nicht verlegen konnte. Sie stellt gerade eine Marmeladen-und-Gelee-Firma auf die Beine: Luscious Leanna's Sweet Treats.«

»Sie sollte mich mal anrufen. Wenn ihre Produkte so gut sind wie der Name, biete ich sie in meinen Hotelanlagen an.« Treat besaß überall auf der Welt Luxusresorts. Nachdem er den Großteil seines Erwachsenenlebens in diesen Hotels gelebt hatte, hatte er sich in Max Armstrong verliebt, die in wenigen Wochen ihr erstes Kind zur Welt bringen würde. Als sie sich kennengelernt hatten, lebte und arbeitete Max in Allure in Colorado, und Treat hatte sein Nomadenleben beendet und in der Nachbarstadt und seiner Heimat Weston Wurzeln geschlagen, um sich eine Zukunft mit ihr aufzubauen.

»Im Ernst? Das wäre großartig, Treat. Sie weiß es noch nicht, aber ich habe den Bruder von Cash mit der Renovierung meines Ateliers am Cape beauftragt, damit sie es für ihre Produktion nutzen kann. Er arbeitet aktuell daran. In ein paar Wochen möchte ich sie damit überraschen.«

»Du hast Blue beauftragt? Seine Arbeiten sollen herausragend sein.« Treat schlug Dane auf den Rücken. »Jetzt, da Savannah und Hugh sich getraut haben, muss ich noch meine anderen Brüder vor den Altar zerren. Der hier muss Lacy noch einen Ehering verpassen.«

»Ach, immer dieser Druck. Kümmere dich lieber erst mal um Josh. Er ist schon verlobt, und so wie ich es vorhin gehört habe, sind sie dabei, ein Datum festzulegen.« Dane zwinkerte Kurt zu. »Wann lernen wir Leanna kennen?«

»Heirate, dann bringe ich sie mit.«

»Da habe ich eine bessere Idee.« Dane schaute zu Treat. »Wir laden uns alle auf ein Wochenende in eines von Treats Hotels ein.«

»Wenn das Baby da ist und Max wieder fit ist, dann ist das eine tolle Idee.« Treat entschuldigte sich und ging hinüber zu Max.

»Klingt großartig.«

»Ich flieg euch hin, wenn es dir nichts ausmacht, mit mir und Savannah zu reisen«, bot Jack an.

»Perfekt! Du, ich möchte Leanna kurz anrufen. Bin gleich wieder da.« Kurt ging hinüber zum Zaun am Rande des Gartens und schickte Leanna eine Nachricht. *Vermisse dich unendlich. Hoffe, dein Meeting lief gut. Telefonieren wir?*

Ohmeingottohmeingottohmeingottohmeingott! Leanna fuhr nun schon seit zwanzig Minuten und ihr Herz raste immer noch. Drei Stunden hatte sie mit den Geschäftsführern von Daisy Chain verbracht, und obwohl sie anfangs eingeschüchtert war – allein durch die Größe der Büros, die die gesamte oberste Etage eines vierstöckigen Bürogebäudes einnahmen –, waren sie alle bodenständig und unkompliziert im Umgang. Sie waren klug, witzig und voller Tatendrang – und außerdem wollten sie Luscious Leanna's Sweet Treats in jedem Geschäft vertreiben. *In jedem Geschäft!* Die Zahlen, die genannt worden waren, würden es Leanna ermöglichen, ganzjährig eine Produktionsstätte anzumieten, und das wäre auch notwendig, wenn sie mit den Bestellungen nachkommen wollte. Außerdem müsste sie sich Vollzeit in ihr Unternehmen hineinknien, wenn sie diesen Vertrag wollte. Und sie *wollte* diesen Vertrag.

Während Leanna die Route 6 entlangfuhr und über diese große Möglichkeit nachdachte, die sich ihr bot, wusste sie, dass Al stolz auf sie wäre. Ihre Gedanken flogen in alle Richtungen. Sie müsste vielleicht ein paar zuverlässige Mitarbeiter einstellen. Denn auch wenn sie niemals die tägliche Arbeit ganz aus der

Hand geben würde, so machte sie sich doch nichts vor. Für einen großflächigen Vertrieb waren mehrere Hände nötig. Außerdem kannte Leanna sich gut genug, um zu wissen, dass es Momente geben würde, in denen sie ein paar Tage freinehmen wollte, um Zeit mit Kurt zu verbringen.

Kurt! Oje, Kurt.

Da lag der Grund für den Knoten in ihrem Magen und die Schmerzen in ihrer Brust. Daisy Chain wollte ihre »Süßen Leckereien« nicht nur, weil sie köstlich waren oder weil man Leanna mochte und ihr zu vertrauen schien, sondern auch, weil Luscious Leanna's Sweet Treats regionale Produkte waren. Daisy Chain betrieb zwar Geschäfte an der ganzen Ostküste, doch sie legten großen Wert auf die Zusammenarbeit mit regionalen Produzenten. Die Eigentümer, Arnold und Lilian Hayes, waren beide am Cape geboren und lebten hier seit über sechzig Jahren. Regional hieß für sie Cape Cod. Nicht New York.

Leanna schaute zu ihrem Handy auf dem Beifahrersitz und ihre Nackenmuskeln spannten sich an. Sie hatte die Nachricht von Kurt gesehen und sie musste ihn anrufen. Sie *wollte* ihn anrufen, aber sie steckte in solch einem Zwiespalt wegen Daisy Chain, dass ihr übel wurde.

Ich will den Vertrag mit Daisy Chain.

Ich will Kurt.

Warum ich? Warum jetzt? Warum kann es nicht einfach sein?

Leanna verließ die Hauptstraße und nahm eine Anliegerstraße durch Eastham Richtung Wellfleet. Bei heruntergelassenen Scheiben und mit der Brise von der Bucht um die Nase beruhigten sich ihre Nerven etwas. Der Geruch der feuchten Seeluft rief Erinnerungen wach an den Abend, an dem sie Kurt kennengelernt hatte, und an das erste Mal, als sie sich am Strand geliebt hatten. Die Sehnsucht nach ihm wuchs. Cape Cod hatte sie immer auf eine Art und Weise beruhigt, wie keine andere Gegend es je vermochte. Ihre Kreativität blühte auf, wenn sie hier war. Die Urlaube mit ihrer Familie kamen ihr in den Sinn, wie sie mit ihren Geschwistern darum stritt, wer auf dem Dachboden schlafen durfte, wie sie in der Brandung spielten und wie sie – als sie alle etwas älter waren – die anderen Teenager in Augenschein nahmen. Die Sommer mit Bella, Amy, Jenna und den anderen Bewohnern von Seaside waren unersetzlich. Diese Erinnerungen würde sie immer in Ehren halten, und eines Tages, so hoffte sie, hätte sie ihre eigene Familie und könnte Erinnerungen schaffen, die ebenso bedeutsam waren.

Gemeinsam mit Kurt wollte sie diese Erinnerungen schaffen.

Sie wusste, dass er nicht ganz ans Cape ziehen konnte. Er hatte ziemlich deutlich gemacht, dass sein Leben in New York stattfand und dass er nicht die Absicht hatte, dies zu ändern. Warum auch? Leanna hatte neue Pläne, nicht Kurt.

Und genau darum bin ich keine Planerin.

Sie bog in die Seaside-Siedlung ein und parkte beim Waschhaus, dann lief sie über den Kiesweg zu Bellas Ferienhaus und trat ohne Umschweife hinein. An der Tür streifte sie die Sandalen ab, ließ ihre Schlüssel auf den Boden fallen und ging ins Schlafzimmer. Bellas Kingsize-Bett war immer perfekt gemacht. *Das würde Kurt gefallen.* Die flauschige rosa Bettdecke und die weißen Kissen mit Spitze schienen so gar nicht zu Bellas frecher Persönlichkeit zu passen. Rosa und Spitze waren eher etwas für die süße Amy. Doch Leanna hatte im Moment keine Kraft, sich um Bellas Einrichtung Gedanken zu machen. Sie war einfach nur für ihre Freundschaft dankbar. Sie wusste, dass Amy

Pepper mehrere Male rausgelassen und ihn ausgiebig gekrault hatte, und im Moment wollte sie einfach nur abtauchen. Und sie musste Kurt anrufen. Aber das Bett sah so einladend aus, und Kurt konnte sie erst anrufen, wenn sie etwas klarer sah. Nur fünf Minuten ihren Sorgen entkommen – mehr brauchte sie nicht. Leanna legte sich bäuchlings auf das Bett und schloss mit einem herzhaften Seufzer die Augen.

Vielleicht konnte sie sich einfach hier verstecken und irgendwie käme schon alles in Ordnung.

Sie hörte, dass die Fliegengittertür aufgemacht wurde, und legte sich ein Kissen über den Kopf.

»Ich habe doch gesagt, ich habe ihren Bus gesehen«, sagte Amy, als sie ins Schlafzimmer kam. »Oh, oh … Lief anscheinend nicht so gut. Ich hol mal eine Flasche Wein und Pepper.«

Leanna spürte, dass die Matratze auf ihrer rechten Seite einsank und eine Hand auf ihren Rücken gelegt wurde. Der Duft von Jennas Sonnenmilch – Hawaiian Tropic – verriet sie. Bella landete schwerfällig zu ihrer Linken, und als Leanna die Augen öffnete, schob Bella ihr Gesicht ganz nah heran.

»Vergiss sie.« Bella presste die Lippen aufeinander. »Du brauchst Daisy Chain genauso dringend wie ein schwanzloses Männermodel. Toll zum Angeben, aber sonst zu nichts gut.«

Leanna musste lachen.

Jenna strich ihr über den Rücken, als die Fliegengittertür wieder aufging und Leanna das Klacken von Peppers Krallen auf dem Dielenboden hörte. Seine Pfoten und die feuchte Nase tauchten neben ihrem Kopf auf und er bellte.

Leanna streichelte seinen Kopf, wünschte sich aber immer noch, sie könnte einfach die Augen schließen und alles wäre okay.

»Ich habe Wein und Brownies, die Pepper und ich heute Nachmittag gemacht haben. Ach, und wir haben vielleicht etwas von deinem Obstbouquet gegessen.« Amy machte eine Pause. »Okay, ich habe vielleicht davon gegessen, aber Pepper hat mich nicht davon abgehalten, also ist er irgendwie auch schuld.«

Leanna drehte sich auf den Rücken und griff nach Bellas und Jennas Hand.

»Sie wollen mich«, sagte sie tonlos.

»Sie *wollen* dich?« Bella sprang auf und beugte sich zu Leanna herunter. »Und was zum Teufel ist dann los?«

Jennas Gesicht tauchte direkt neben Bellas auf. »Dafür haben wir uns doch ins Zeug gelegt, oder? Ist das nicht gut?«

Amys Gesicht gesellte sich zu den anderen, erst zur einen Seite geneigt, dann zur anderen. »Süße? Ist irgendwas mit Kurt? Was ist los? Was können wir tun?«

Leanna setzte sich auf und durchbrach die Wand besorgter Gesichter wie das Rote Meer. Amy reichte ihr ein Glas Wein und gab dann den anderen ebenfalls jeweils eines. Leanna schaute auf das Glas, hoffte, dass irgendwo in der süßen Flüssigkeit ein Heilmittel für ihr schmerzendes Herz sein würde – und wusste, dass aller Wein der Welt nicht helfen würde. Sie gab Amy ihr Glas zurück und fiel wieder zurück aufs Bett – die Augen fest geschlossen.

»Nein, kommt nicht infrage«, sagte Bella. »Amy, nimmst du die mal bitte?«

Sie gaben Amy ihre Gläser.

Leanna spürte Bellas starke Hand an ihrem linken Arm und Jennas am rechten, und dann hievten sie sie in eine aufrechte Position. Pepper stand zu Leannas Füßen Wache und bellte die anderen an.

»Ich nehme an, wir machen eine Spazier-Therapie, oder?«
Amy brachte die Gläser in die Küche, während Bella und Jenna
die Freundin auf die Füße stellten und sie hinaus auf die
Veranda schleppten.

Sie warteten auf Amy, die mit Leannas Sandalen
hinterherkam und Peppers Leine nahm. Schließlich gingen sie
Arm in Arm den Kiesweg entlang.

»Also, spuck's aus«, befahl Bella.

Leanna atmete laut aus. »Ihr wisst doch, dass ich Montag
bei Kurt in New York einziehen soll.« In ihrer Kehle bildete sich
ein Kloß.

»Ja klar«, sagte Bella. »Und?«

»Und Daisy Chain will meinen Kram überall vertreiben, was
ja toll ist, aber sie wollen, dass ich regional bleibe. Um mit der
Produktion hinterherzukommen, muss ich so ziemlich das
ganze Jahr über arbeiten, aber das bedeutet, das ganze Jahr über
hier zu arbeiten, und wenn ich das mache, kann ich nicht bei
Kurt sein und –« Ihre Augen füllten sich mit Tränen. Sie waren
mittlerweile am Pool und wandten sich dem Hügel zu, um
zurück in Richtung ihres Ferienhauses zu gehen. »Und wenn ich
Kurt nicht haben kann …«

»Schatz, warum kannst du Kurt nicht haben, wenn du
arbeitest?«, wollte Amy mitleidsvoll wissen.

»Darum. Er wird nicht sein perfektes, organisiertes Leben in
New York umkrempeln und am Cape leben. Was gibt es denn
hier im Winter? Schnee? Eis? Es ist einsam und trostlos und er
ist ein Familienmensch. Ich hab euch doch erzählt, dass diese
Interviews ganz recht hatten.«

Jenna schüttelte den Kopf. »Das ist wirklich ein Dilemma.
Was sagt Kurt dazu?«

Leanna biss sich auf die Unterlippe. Jenna hatte ihre größte

Angst ausgesprochen. Sie hatte laut gesagt, was Leanna nicht über die Lippen brachte, denn wenn sie das täte, wären die Worte – und deren Bedeutung – noch realer.

»Du hast es ihm nicht gesagt?« Jenna und Bella sahen sich besorgt an. »Leanna, du musst es ihm sagen. Montag ist nicht mehr lange hin.«

Leannas Magen zog sich wieder zusammen. »Glaubst du, ich weiß das nicht?« Sie hatte gar nicht beabsichtigt, laut zu werden. »Ich will dort sein. Und ich will hier sein.«

Tony kam aus seinem Ferienhaus heraus – mit nichts als Boardshorts und seiner tief gebräunten Haut. »Hey, Mädels.« Er stemmte die Hände in die Hüften und betrachtete ihre besorgten Gesichter. Sein Lächeln verschwand augenblicklich.

»Oh, oh. Was ist passiert?« Er reihte sich neben Amy ein.

»Sie hat den Vertrag mit Daisy Chain bekommen«, erklärte Amy.

»Aber sie könnte Kurt verlieren, weil sie hier sein muss und er in New York«, fügte Jenna hinzu.

Tony presste die grinsenden Lippen zu einer schmalen Linie zusammen und räusperte sich, während er gleichzeitig versuchte, ein Lachen zu unterdrücken. »Sie wird doch ihren *Oh-Gott-Kurt* nicht verlieren.«

Leanna schaute die Frauen wütend an.

»Wir haben nichts gesagt! Ehrenwort!«, protestierte Amy.

»Kein Wort«, bekräftigte Jenna.

»Dein Fenster stand weit offen, Leanna.« Tony schüttelte den Kopf. »Es ist ja nicht so, als hätte ich noch nie gehört, wie Leute Sex haben.«

»Herr im Himmel!« Leanna blieb stehen und sah zu den Wolken hinauf. »Bitte, lass einen Blitz auf mich herniederfahren, und zwar jetzt! Erspare mir jede weitere Demütigung.

Bitte!«

»Keine Sorge. Ich habe es genau in diesem Moment aus meinem internen Speicher gelöscht«, beruhigte Tony sie. »Obwohl ich mich für dich gefreut habe. Ich glaube nicht, vorher jemals gehört zu haben, dass in deinem Ferienhaus etwas abgeht. Bei Bella dagegen sieht das schon etwas anders aus …«

»Eine Frau muss ihr Leben leben«, erwiderte Bella schnippisch.

»Leute, das hier ist ernst. Was soll ich tun?« Sie erreichten Leannas Ferienhaus und setzten sich auf der Veranda um den Tisch. Leanna verbarg ihr Gesicht in den Händen. Pepper stellte sich mit den Vorderpfoten auf ihren Schoß und hechelte sie an, bis sie ihn streichelte. Nicht einmal ihn konnte sie ansehen, ohne an Kurt zu denken.

Wem will ich denn etwas vormachen? Ich kann nicht atmen, ohne an Kurt zu denken.

Tony verschränkte die Arme hinter dem Kopf und lehnte sich zurück. Amys Blick wanderte zu seiner breiten Brust und den Wölbungen seiner Bauchmuskeln. Jenna verpasste ihr einen Tritt unter dem Tisch.

»Du denkst zu viel darüber nach, Leanna.« Tony beugte sich über den Tisch und legte die Hand auf ihre. »Ruf Kurt an. Rede mit ihm. Ihr beide findet schon eine Lösung. Es gibt viele Paare mit einer Fernbeziehung und New York ist mit dem Flieger schnell von Provincetown aus zu erreichen.«

»Da hat er nicht unrecht.« Jenna wischte ein paar Sandkörner vom Tisch. »Und weißt du, einen Typen nur am Wochenende zu sehen, kann oft besser sein, als zusammen zu leben. Ihr habt nicht so schnell die Schnauze voll voneinander.«

»Ich bezweifle sehr stark, dass ich jemals die Schnauze voll von Kurt haben werde. Er ist so …« Sie überlegte, wie sie ihn in einem Wort zusammenfassen könnte.

»Heiß?«, fragte Bella.

»Liebevoll?«, schlug Amy vor.

»Aufmerksam? Gut im Bett? Intelligent?« Jenna stieß Leanna mit der Schulter an.

»Wie wär's mit normal? Muss ein Mann wirklich all das ständig sein?« Tony sah Leanna an, bis sie seinen Blick erwiderte. »Er ist ein Bestsellerautor, also ja, wahrscheinlich ist er ziemlich intelligent. Er behandelt dich gut, soweit ich gehört habe, und er ist mit Sicherheit in jeder Hinsicht aufmerksam. Obwohl ich so tue, als hätte ich das nicht wirklich *gehört*. Ihr findet alle, dass er gut aussieht, also glaub ich euch das mal. Er ist nicht mein Typ, da ich ja auf Frauen stehe, aber hey, was soll's.« Er hob die Hände. »Im Ernst, Leanna. Wenn das, was ich gehört habe, stimmt und du Kurt liebst, so wie du es neulich gesagt hast, dann ruf ihn an.«

»Ihn anrufen …« Leanna legte die Hände flach auf den Tisch und sagte mit ernster Stimme: »Okay, wie würdet ihr reagieren, wenn dein Freund – oder deine Freundin – dir versprochen hätte, mit dir zusammenzuleben, und dann anruft und sagt: *Hey, weißt du noch, dieses Versprechen? Dieser Plan, den wir hatten? Hör zu, tut mir wirklich leid, aber ich habe dieses tolle Jobangebot bekommen und kann mir meinen Traum erfüllen, und jetzt musst du entweder dein ganzes Leben für mich ändern oder wir sehen uns nur ab und zu.« Sie lehnte sich zurück und verschränkte die Arme. »Seht ihr? Klingt nicht besonders liebevoll, oder?«

Bella verdrehte die Augen. »Dann sag es eben nicht so.« Sie wedelte mit der Hand herum und sagte mit verstellter hoher Stimme: »*Hey, Schatz, ich bin's. Ich habe ein tolles Angebot von Daisy Chain bekommen, das zu gut ist, um es auszuschlagen, aber ich müsste das ganze Jahr über auf Cape Cod sein. Können wir darüber reden? Besser so?«*

»Viel besser«, sagte Amy. »Und wie wär's hiermit: *Ich habe dieses tolle Angebot, aber ich will dich auch nicht verlieren. Vielleicht finden wir da zusammen eine Lösung?«*

Bella beugte sich über den Tisch und zeigte auf Amy. »Noch besser. Gute Ergänzung.«

Leanna schüttelte den Kopf. »Vielleicht könnt ihr den Anruf ja für mich erledigen.«

Sie redeten noch weitere zwanzig Minuten, bis sie das Thema und mögliche Ergebnisse bis zum Überdruss diskutiert hatten. Amy nahm Pepper mit in ihr Haus, damit Leanna ungestört war. Leanna holte ihre Sachen von Bella und aus ihrem Bus und ging dann – während ihr das Herz bis zum Hals schlug – ins Haus, um Kurt anzurufen.

Dreißig

Fast zwei Stunden waren vergangen, seit Kurt Leanna geschrieben hatte, und er deutete das Ausbleiben einer Antwort als Zeichen dafür, dass ihr Meeting gut lief. Es war ein kühler, sonniger Tag in Colorado, und Kurt genoss den Besuch bei seiner Familie und den Bradens, auch wenn es seine Sehnsucht nach Leanna verstärkte, all die verliebten Paare zu sehen. Jetzt lehnte er am Gartenzaun und beobachtete Hal Braden, der zusammen mit Treat und Max bei seiner Stute Hope unten an der Scheune stand.

Rex kam zu ihm, stützte sich mit den Ellbogen auf den Zaun und sah ebenfalls zu seinem Vater. Wie alle anwesenden Männer hatte Rex seine Anzugjacke mittlerweile ausgezogen und die Hemdsärmel hochgekrempelt. Die kräftigen Muskeln seiner Unterarme zuckten, während er die Hände aneinanderrieb.

»Dad und Hope«, sagte Rex kopfschüttelnd. Er schaute zu Kurt auf. »Ich glaube, wir sehen sie als eine Art Paar, so wie mich und Jade oder Treat und Max.«

»Das Pferd?«

»Ja, Dad hat das Pferd für meine Mutter gekauft, als sie krank wurde. Sie liebte das Pferd so sehr, und nachdem sie gestorben ist, hat mein Dad doch tatsächlich angefangen, mit Hope zu reden, als sei meine Mom irgendwie in ihr.«

Kurt legte den Kopf fragend zur Seite.

»Ja, ich weiß.« Rex holte eine Kette unter seinem Hemd hervor und rieb sie zwischen Daumen und Zeigefinger. »Ich habe immer gedacht, Dad hätte einen kleinen Knall, weil er das macht. Aber mittlerweile … Keine Ahnung, es fühlt sich wirklich so an, als sei Mom in der Nähe, besonders wenn ich bei Hope bin.« Rex lehnte sich mit der Hüfte gegen den Zaun und verschränkte die Arme. Sein dichtes schwarzes Haar war länger als das seiner Brüder, so wie bei Sage, der sein Haar gern auf den Kragen aufstoßen ließ. Seine kräftige, breite Statur erinnerte Kurt an Hal, und wenn er seine dunklen Augen zusammenkniff, war die Ähnlichkeit frappierend.

»Vermisst du Leanna?«

Kurt lachte leise auf. »Sieh dich doch mal um.« Er schaute zu Dex und Ellie, die sich im Arm lagen, und dann zu Jack und Savannah, die sich gerade am Büffet küssten. »Schwer, sie nicht zu vermissen.«

»Ja, das verstehe ich.« Rex zeigte auf Jade, die neben Lacy und Riley, den Freundinnen seiner Brüder, stand. »Ich halte es nicht aus, mehr als ein paar Stunden von Jade getrennt zu sein. Über Nacht? Vergiss es. Die Frau hat mein Herz so sehr an sich gefesselt, dass ich mich manchmal frage, was ich tun würde, wenn ihr etwas zustieße.« Seine Kiefermuskeln spannten sich an, dann drehte er sich um und schaute wieder zu seinem Vater bei der Scheune. »Und dann verstehe ich Dad. Hast du jemals so gefühlt? Hast du solche Gefühle für Leanna?«

Kurt dachte über die Frage nach. Seit einem Tag war er von Leanna getrennt, und er hatte keine Ahnung, wie er es bis morgen, geschweige denn Montag schaffen sollte. Er konnte sich sein Leben ohne sie nicht vorstellen. Er stützte sich mit den Armen auf den Zaun und atmete laut aus. Über Gefühle zu reden, war er nicht gewohnt, aber Rex machte es ihm so leicht und es fühlte sich so richtig an, dass die Worte aus ihm heraussprudelten.

»Um ehrlich zu sein, habe ich, bis Leanna kam, nie viel für eine Frau empfunden. In meinem Leben ging es ums Schreiben und natürlich um die Familie, aber das ist ja selbstverständlich. Ich weiß nicht, was ich von solchen Sachen wie geistiger Verbindung und so halten soll, vor allem weil ich nie richtig darüber nachgedacht hab. Aber was Leanna angeht: Ich denke jede einzelne Sekunde an sie.« Er lächelte. »Mann, aber so was von. Sie geht mir richtig unter die Haut. Ich möchte sie bei mir haben, selbst wenn sie unaufhörlich redet und kaum Luft holt.« Er sah Rex an. »Also, ja, ich denke, ich habe solche Gefühle. Ich werde bald einunddreißig und habe nie mit einer Frau zusammengelebt, na ja, außer meiner Schwester natürlich. Ich habe keine Ahnung, ob ich ihr auf die Nerven gehen werde, aber ich weiß mit Sicherheit, dass ich es nicht abwarten kann, jeden Tag mit ihr zusammen zu sein.«

»Das ist Liebe, Kumpel. Sie packt dich und lässt dich nicht mehr los.« Rex richtete sich auf und legte die Hand auf Kurts Rücken. »Es gibt kein schöneres Gefühl. Selbst wenn die Kacke am Dampfen ist, so ist es doch jede einzelne Sekunde wert.«

Kurts Handy klingelte und er zog es aus der Tasche. »Das ist Leanna.«

»Geh ran«, sagte Rex. »Rede mit ihr. Wir sprechen uns später.«

Kurt sah Rex hinterher, der sich Jade von hinten näherte, die Hände auf ihre Hüfte legte und sie auf die Schulter küsste. Kurt ging Richtung Vorgarten, als er Leannas Anruf annahm.

»Hey, Schatz! Wie ist es gelaufen?« Er stieg die Treppe zur Veranda hoch und war dankbar, ungestört mit ihr reden zu können.

»Hi! Videoanruf?«

»Ja, klar.« Wenige Sekunden später tauchten ihr hübsches Gesicht und ihre … sorgenvollen Augen auf dem Bildschirm auf.

Ihr Blick stach direkt in sein Herz. Er wünschte, er wäre bei ihr, könnte sie halten und lindern, welche Enttäuschung auch immer sie gerade durchlitt.

»Oh, oh. Was ist passiert?«

»Bist du irgendwo, wo du reden kannst, oder ist deine Familie bei dir?«

Irgendetwas in ihrer Stimme versetzte ihn in Alarmbereitschaft und ließ sein Innerstes verkrampfen. Er ging die Stufen wieder hinunter und lief schnellen Schrittes zur Auffahrt, um dem Bedürfnis nach Bewegung nachzukommen. Er hatte keine Ahnung, warum seine Beine ihn so eilig forttrugen, aber er hinterfragte es nicht. Er vertraute seinem Instinkt und ging weiter.

»Ich bin allein.«

»Okay.« Sie biss sich auf die Unterlippe und er atmete etwas heftiger.

»Liebling? Was ist denn?«

Tränen füllten ihre Augen, er blieb abrupt stehen. Er stand am Straßenrand, starrte auf sein Handy und fühlte sich vollkommen ohnmächtig.

Sie wischte sich über die Augen. »Mir geht's gut. Entschuldige.«

»Alles gut. Sag mir, was los ist.« Er hielt das Handy in beiden Händen und sah zu, wie sie sich über die Augen wischte und tief ein- und ausatmete. Hinter ihr konnte er Teile der Küche erkennen, während das Handy durch ihre Bewegungen hin und her wackelte. Zumindest war sie zu Hause und in Sicherheit.

»Lass dir Zeit, Liebling. Atme tief durch.« *Was zum Teufel ist los?* Voller Sorge hämmerte sein Herz in der Brust. Jeder einzelne seiner Muskeln war angespannt.

»Das Meeting lief gut.« Sie wischte sich erneut über die Augen.

»Okay. Gut.« *Aber?*

»Sie wollen meine Waren in allen Geschäften vertreiben.«

»Das ist fantastisch. Das sind also Freudentränen?« *Warum fühlt es sich nicht so an?*

Sie schüttelte den Kopf.

Mist.

»Sie wollen mich als regionale Produzentin, und um die benötigte Menge, die sie für den Vertrieb in allen Geschäften brauchen, herzustellen, muss ich wirklich das ganze Jahr über hier sein.« Sie presste die Lippen zu einer schmalen Linie zusammen.

»Das ganze Jahr über.« Ihm wurde schwer ums Herz.

Sie nickte.

»Aber warum? Das verstehe ich nicht. Kannst du nicht in New York eine andere Produktionsstätte aufmachen und dort im Herbst und Winter weitermachen? Oder von meinem Haus aus arbeiten? Unserem Haus?«

Sie schüttelte den Kopf. »Sie wollen mit regionalen Unternehmen zusammenarbeiten, und sie sagten, wenn ich lieber nicht regional bleiben möchte, würden sie meine Produkte eher nicht ins Programm aufnehmen, weil sie eigentlich keine neuen Marmeladen brauchen. Aber sie würden gern noch ein regionales Unternehmen unterstützen.«

Also ich oder dein Unternehmen. Das war wirklich eine beschissene Lage, und er sah an ihren verweinten Augen, den Falten auf ihrer Stirn und der Art, wie ihre Mundwinkel nach unten zeigten, dass die Last für sie zu schwer war. Kurt hatte seinen Beruf. Er hatte sein gut geplantes und angenehmes Leben in New York, das wie geschmiert lief. Wie konnte er sie darum bitten, die Chance aufzugeben, all das auch zu haben?

Das konnte er nicht.

Das würde er nicht.

»Und? Möchtest du das?«

Tränen liefen ihre Wangen hinunter, während sie den Kopf schüttelte. »Ich weiß es nicht. Endlich habe ich etwas gefunden, das ich so gern mache, etwas, das vollkommen mit mir harmoniert – und dann finde ich dich. Ich liebe dich, Kurt, und *du* harmonierst vollkommen mit mir.« Sie lachte durch ihre Tränen hindurch und verbarg ihr Gesicht hinter der Hand. »Das ist typisch für mein verrücktes, verkorkstes Leben.« Sie nahm die Hand hinunter und er betrachtete ihre geschwollenen, roten Augen.

Ihren Schmerz lindern, mehr wollte er nicht, und er wusste, dass es nur eine Möglichkeit gab, das zu tun. Er wusste, wie sehr sie ihn liebte. Jedes Wort von ihr war mit Liebe gespickt. Mit jedem Blick ihrer blau-grünen Augen badete er in ihren tiefen Gefühlen, und ihr Herz, ihr wunderbares, großzügiges Herz, weckte Gefühle in ihm, von denen er nicht gewusst hatte, dass er zu ihnen fähig war. Er musste tun, wozu sie vielleicht nicht stark genug war.

»Dein Leben ist weder verrückt noch verkorkst.« *Diese Situation ist es.* »Alles ist gut, Leanna. Wir können es trotzdem schaffen, wenn es das ist, was du willst.«

»Ja. Ich will dich. Ich will uns.« Sie nickte und wischte Tränen fort. »Aber wie?«

»Wir machen, was immer nötig ist. Dies ist deine Chance, Leanna. Du hast gefunden, wonach du gesucht hast, und mit dir habe ich etwas gefunden, von dem ich nicht einmal wusste, dass es mir fehlte. Also egal, wie schwer es wird, wir sorgen dafür, dass es funktioniert. Du bleibst am Cape und tust, was du tun musst, um dein Geschäft aufzubauen, für das du dich so sehr ins Zeug gelegt hast. Ich bleibe in New York und pendle ans Cape, wann immer es möglich ist. Das wird uns einiges an Planung abverlangen, aber wir können das schaffen.«

Auch wenn ich es grauenhaft finde.

Auch wenn ich es kaum schaffen werde, die leere Seite im Bett, die du eigentlich einnehmen solltest, zu ertragen.

Auch wenn der Phantomschmerz riesig sein wird.

»Können wir das? Bist du sicher?«

»Es sei denn, du willst es nicht. Sag du es mir, Liebling. Ich möchte, dass du glücklich bist.« *Und ich hoffe, dass du mich verdammt noch mal willst.*

Die Sorge wich aus ihrem Blick und die Mundwinkel hoben sich. »Ich möchte, dass wir zusammen sind, und wenn das bedeutet, nur an den Wochenenden zusammen zu sein, dann ist das eben so.«

Kurt hatte nur wenige Tage gebraucht, um sich Hals über Kopf in Leanna zu verlieben, und in weniger als zehn Minuten hatte diese Liebe – und ihre jetzige Entscheidung, wer wo leben würde – nun sein Herz in Stücke gerissen. Er atmete heftig aus und drückte die Hand auf den dumpfen Schmerz in seiner Brust.

»Ich liebe dich. Wir kriegen das hin.« Das Gelächter der Hochzeitsgäste wehte zu ihm herüber. Lachen. Er hatte das

Gefühl, sein Leben brach um ihn herum zusammen, und konnte sich bei niemandem Unterstützung holen. Er wollte die gute Laune der anderen nicht mit seinen Problemen stören. Und auf keinen Fall wollte er, dass Leanna sich schlecht fühlte, gerade jetzt, wo sie doch wegen ihres Erfolges über allen Wolken schweben sollte. Wochenenden. Vielleicht wäre es nicht so schlimm. Er könnte die Woche über pausenlos schreiben und dann das Beste aus seiner Zeit mit Leanna machen. Er versuchte, sich davon zu überzeugen, dass es in Ordnung war, dass er damit leben konnte.

»Ich möchte nicht, dass du dir Sorgen machst. Feier einfach. Dies ist dein Moment, Leanna. Zieh mit den Mädels los und sei dir sicher, dass mit uns alles in Ordnung ist. Ich gehe nirgendwohin.« *Außer – anscheinend – jedes Wochenende nach Cape Cod.* Kurt fing an, Fahrzeiten, Flugzeiten und die Zeit, die sie letztendlich jedes Wochenende miteinander verbringen könnten, nachzurechnen.

Nicht annähernd genug.

Es wäre nie genug.

Einunddreißig

Leanna ging am Freitagabend nicht mit den Mädels feiern. Sie war innerlich zu zerrissen. Stattdessen trafen sie sich alle in Bellas Ferienhaus, aßen zu viel Pizza, vertilgten den Rest des Obstbouquets, das Kurt geschickt hatte, und schauten *Teen Lover*. Sie nahm ihren Freundinnen das Versprechen ab, nicht über Kurt oder Daisy Chain zu reden, damit sie versuchen konnte, den Film zu genießen. Es funktionierte nicht. Auch ohne dass er erwähnt wurde, hatte sie den ganzen Abend an Kurt gedacht. Er hatte sie noch einmal angerufen, bevor sie ins Bett gegangen war, und wiederholt, dass sie es schaffen könnten, ihre Beziehung zu erhalten, auch auf die Entfernung. Sie glaubte, eine Spur Traurigkeit in seiner Stimme zu entdecken, die er sich zu verbergen bemühte. Aber sie versuchte, den Gedanken beiseitezuschieben und sich selbst davon zu überzeugen, dass sie eine Fernbeziehung hinkriegen würden. Aber er fehlte ihr nach zwei Tagen schon so verdammt, dass sie keine Ahnung hatte, wie sie es schaffen sollte, ihn nur an den Wochenenden zu sehen.

An diesem Morgen hatte er noch einmal angerufen und ihr versichert, dass alles gut werden würde. Er hatte gefestigter geklungen und sie hatte sich im Laufe des zähen Tages an seine

Zuversicht geklammert wie an einen Rettungsring. Auf dem Flohmarkt war es voll, heiß und feucht. Carey war nicht aufgetaucht und ohne ihn als Gesprächspartner schien der Nachmittag ewig zu dauern. Um halb vier war sie zu abgelenkt, um sich zu konzentrieren, also baute sie ihren Stand früh ab und fuhr nach Hause. Sie wusste, dass Kurt Pläne mit seiner Familie hatte und sie anrufen würde, wenn er abends wieder zurück in Treats Haus war, also checkte sie noch ihre E-Mails, bevor sie ihren Freundinnen beim Packen helfen wollte.

Der Vertrag von Daisy Chain war in ihrem Eingangskorb. Ihr Puls raste, als sie ihn las, und ihr Magen zog sich zusammen. Der Vertrag hätte keine bittersüßeren Gefühle wecken können. Sie hatte noch ein paar Tage, bis sie eine endgültige Entscheidung treffen musste.

Den Rest des Abends half Leanna Bella und Jenna dabei, ihre Ferienhäuser winterfest zu machen, und hoffte, sich so abzulenken.

Bella kam in T-Shirt und Shorts aus dem Schlafzimmer und wischte sich mit dem Unterarm über das Gesicht. »Tja, Ladies, ich glaube, das war's. Ich kann nicht glauben, dass schon wieder ein Sommer vorüber ist.«

Jenna schloss die Knöpfe ihrer Bluse wieder, die sich geöffnet hatten, während sie das Badezimmer geschrubbt hatte, doch einer der Knöpfe sprang einfach ab und flog quer durch das Zimmer.

Bella, Amy und Leanna brachen in Gelächter aus.

»Vielleicht hätte ich gestern Abend keine Pizza essen sollen.« Jenna unterdrückte ein Lachen, während sie ihren Busen zusammendrückte.

»Ich glaub's nicht ... Wie der durch die Gegend geschossen ist.« Leanna presste sich eine Hand auf den Mund und versuchte, sich zusammenzureißen.

»Ich schon!« Amy stellte sich neben Jenna und streckte ihren Vorbau heraus. Sie sahen aus wie eine kurzhaarige Sofía Vergara und Kate Hudson. Jenna verpasste ihr einen Klaps.

»Ich kann ja nichts dafür, dass ich mit so einem mörderischen Body zur Welt gekommen bin.« Jenna wackelte mit den Schultern.

»Mörderisch stimmt ganz genau. Mit den beiden könntest du jemanden erschlagen.« Bella ließ sich auf das Sofa fallen. »Und was jetzt? Amy hat alles gepackt. Wir haben alles verstaut und sind fertig für die Abreise. Außer Leanna, natürlich, die den Luxus genießen darf, auf Cape Cod zu leben – was mich unglaublich neidisch macht.«

»Braucht es nicht. Ohne euch und Kurt bleiben nur ich und Pepper übrig, und so gern ich mit Pep zusammen bin …« Sie ließ sich neben Bella auf das Sofa fallen und lehnte den Kopf an ihre Schulter. »Ich hebe den Bann für das Kurt-Thema auf. Ich muss es wissen. Mache ich einen Riesenfehler?«

»Indem du deinen Traum verwirklichst?«, fragte Bella.

»Indem ich nicht zu Kurt nach New York ziehe.«

»Hey, wenn er dich liebt, dann sorgt er schon dafür, dass es funktioniert. Du kannst dein Leben nicht für einen Mann ändern. Das ist so … fünfziger Jahre.« Bella klopfte Leanna auf den Oberschenkel. »Ich mag Kurt, aber dich mag ich mehr. Du hast dein Leben damit verbracht, von einer Sache zur anderen zu springen. Jetzt hast du etwas, was du liebst. Es ist an der Zeit, dass du dir das zugestehst.«

»Aber ich liebe Kurt auch.«

»Ja, das weiß ich.« Bella nickte. »Und er liebt dich. Auf jeder Straße gibt es Unebenheiten. Das Schicksal wird sich darum kümmern. Aber verfolg deinen Traum weiter. Du bist meine

Inspiration, Leanna. Du hast Millionen Dinge ausprobiert und nicht aufgegeben. Gib auch jetzt nicht auf, sonst zerstörst du meinen Glauben daran, dass Frauen alles haben können.«

»Deinen Glauben zerstören? Du bist ja gar nicht gläubig.« Jenna hob eine Augenbraue.

»Den Glauben an Leanna. Den Glauben an Eiscreme. Egal. Ihr wisst schon, was ich meine. Den Glauben an eine globale Energie.« Bella legte den Arm um Leanna und zog sie an sich. »Bau dir dein Unternehmen auf, der Rest wird sich zeigen.«

»Und wenn nicht?« Ihre Stimme war kaum mehr als ein Flüstern.

»Dann schwingst du deinen verführerischen kleinen Hintern nach New York und schnappst dir diesen Mann wieder Vollzeit. Aber wenn es nicht funktioniert, dann bedeutet das, er wollte es nicht genug, um es funktionieren zu lassen. Verstehst du? Ich habe diese wunderbare Doppelmoral. Wir Frauen können im Laufe der Jahre Fortschritte machen, aber die Männer?« Bella lächelte und sah mit einem Seufzer zur Decke hinauf. »Sie müssen immer noch ritterlich handeln.«

»Fortschritt ist mir nicht wichtig. Kurt ist mir wichtig.« Leanna stützte die Ellbogen auf die Knie.

»Ist dir dein Unternehmen wichtig?«, fragte Amy.

»Ja, sehr.«

»Dann kannst du es nicht aufgeben. Ich gebe Bella recht.«

Leanna schloss die Augen. »Ich hasse euch beide. Warum ratet ihr mir nicht, meinen Kram zu packen und auf der Stelle nach New York zu fahren? Findet ihr, dass ich einen Fehler mache, wenn ich mit Kurt zusammen bin?« Sie schaute zwischen den beiden hin und her. »Wartet. Bevor ihr antwortet, müsst ihr wissen: Egal, was ihr sagt – ich *bin* mit ihm zusammen.«

Amy kniete sich vor Leanna hin und hielt ihre Hände. »Wir lieben Kurt und wir lieben dich. Es ist nur so, dass sich für einige von uns solche Gelegenheiten nur einmal im Leben ergeben, und …« Sie schaute zu Bella und dann wieder zu Leanna. »Ich stimme Bella zu. Wenn Kurt will, dass es funktioniert, dann muss er dafür sorgen.«

»Dann dürfte es ja eigentlich ganz einfach sein, denn er hat schon gesagt, er will, dass es funktioniert, und dass er an den Wochenenden ans Cape kommt. Dann muss ich mich wohl nur zusammenreißen, das Angebot von Daisy Chain annehmen und mit einer Fernbeziehung leben. Egal wie sehr es mir stinkt, dass wir voneinander getrennt sind.« Noch während ihr die Worte über die Lippen kamen, wusste sie, dass es alles andere als *einfach* werden würde.

Amy zog sie hoch und umarmte sie. »Das ist mein Mädchen.«

Leanna trat einen Schritt zurück. »Und wenn ihr euch irrt, werde ich euch umbringen müssen. Euch alle.«

Der Abend ging nahtlos in die Nacht über und brachte eine kühle Brise von den Bergen mit. Kurt genoss einige Minuten allein an der Feuerstelle draußen auf der Terrasse und schaute die Bilder durch, die Blue ihm geschickt hatte. Die Arbeiten kamen viel schneller voran, als Blue oder Kurt angenommen hatten. Er hörte die Glasschiebetür vom Haus und erkannte die schweren, entschlossenen Schritte seines Bruders Jack, gefolgt von dem kaum langsameren Gang, der nur zu Hal Braden gehören konnte. Die Schritte der dritten Person erkannte er nicht.

Jack zog zwei Stühle zu Kurts heran. »Wie läuft's?« Er trug sein typisches Outfit: Jeans, schwarzes T-Shirt und schwere Trekkingschuhe.

»Ach, ziemlich gut«, log Kurt.

»Was dagegen, wenn wir uns zu dir setzen?« Hal seufzte, als er sich neben Jack niederließ. Er trug ein weißes T-Shirt unter einem Flanellhemd, das gemessen an seiner weichen, abgetragenen Qualität ein Lieblingsstück sein musste. Es passte sich perfekt seinen breiten Schultern und dem kräftigen Oberkörper an. Seine Jeans war dunkel, die Cowboystiefel schwarz. Mit seinen eins achtundneunzig war Hal Braden ein Bär von einem Mann, mit wettergegerbter Haut, ergrauendem Haar und einer ruhigen Art.

»Überhaupt nicht.« Kurt steckte das Handy in seine Tasche.

»Schön hier draußen. Geht's dir gut, Kurt?« Josh Braden zog einen weiteren Stuhl heran. Er war ein paar Jahre älter als Kurt und wie Kurt war er der zurückhaltendste seiner Geschwister. Josh trug eine schwarze Hose und ein Button-down-Hemd, und wie sein Vater atmete er geräuschvoll aus, als er sich setzte.

»Ja, danke. Mir geht's gut.« Kurt ging es alles andere als *gut*. »Die Kleider, die du entworfen hast, sind wunderschön, Josh.«

»Danke, den Mädels schienen sie zu gefallen«, sagte Josh. Seine Augen waren dunkel und ernst.

»Hal, es war ein sehr angenehmes Wochenende. Danke, dass du die Hochzeit ausgerichtet und meine Familie ertragen hast.«

»Junge, da gibt es nichts zu ertragen. Familie kennt keine Grenzen, und du, Jack und der Rest eurer Familie ist nun auch Teil meiner Familie. Ihr seid hier immer willkommen.« Er ließ den Blick über die Berge schweifen. »Ich möchte, dass du und deine Familie auch irgendwann einmal meine Schwester Catherine und meine Nichte und Neffen kennenlernt. Die Zeit vergeht so schnell. Es kommt mir vor, als sei es gestern gewesen, dass sie über die Ranch getippelt sind. Catherines jüngster Sohn Luke züchtet Tinker in Trusty. Seine Liebe zu Pferden hatte er schon als kleiner Junge.« Catherine hatte sechs Kinder. Bevor ihr Ehemann die Familie verlassen hatte und mit einer anderen Frau abgehauen war, hatten sie in Weston gelebt, danach war Catherine mit ihren Kindern nach Trusty gezogen. Sie hatte wieder ihren Mädchennamen Braden angenommen und gab auch ihren Kindern diesen Namen.

»Wes rief mich neulich an. Wir versuchen, uns bald mal zu treffen.« Josh wandte sich an Kurt. »Luke ist in deinem Alter, Kurt, und sein älterer Bruder Wes besitzt eine Ranch außerhalb von Trusty.«

»Ich freue mich darauf, sie mal kennenzulernen«, sagte Kurt. »Ich kann mir vorstellen, dass es schwierig ist, alle Terminkalender in Einklang zu bringen.«

»Das Leben vergeht schnell und bringt viele Veränderungen mit sich. Kaum zu glauben, dass Treat und Max bald mein erstes Enkelkind bekommen«, sagte Hal. »Und jetzt sind schon drei meiner Kinder verheiratet.«

»Und der nächste auch bald, Dad.« Josh sah seinen Vater an.

»Josh?« Hal lehnte sich zu ihm hinüber.

»Wir sind dabei, uns ein Datum zu überlegen. Wir wollen warten, bis Treats Baby alt genug zum Reisen ist.« Josh strich sich übers Kinn. »Ich denke, wir werden entweder in New York oder in einer von Treats Hotelanlagen heiraten. Wir sind noch nicht sicher. Wir haben überlegt, es hier zu machen, aber du hattest deinen Anteil an Hochzeiten hier, Dad.«

»Also, Junge, du weißt, dass ich meinen Anteil erst gehabt

habe, wenn ihr euch alle niedergelassen habt.« Hal lächelte. »Ihr könntet die Hochzeit in Treats Hotel hier in Colorado feiern. Aber das wird euer großer Tag, also egal, was ihr entscheidet, ich werde stolz dabei sein.« Hal schlug sich mit den großen Händen auf die Oberschenkel. »Ja, es ist ein gutes Gefühl, wenn die Kinder in ihrem eigenen Leben angekommen sind.«

»Glückwunsch, Josh.« Jack legte sein Fußgelenk auf das Knie des anderen Beins. »Es ist ein großartiges Gefühl, Hal. Ich kann mich glücklich schätzen, Savannah getroffen zu haben.«

Hal richtete seinen dunklen Blick auf Jack. »Sie auch, Jack. Du bist ein guter Mann. Euer Vater hat euch Jungs gut erzogen. Und eure Schwester natürlich auch. Sie ist ein nettes Mädchen, diese Siena. Sie und Savannah sind aus dem gleichen Holz geschnitzt.«

»Das kann man wohl sagen«, stimmte Kurt zu.

Hal wandte sich ihm zu. »Du machst dich morgen auf den Weg zurück nach New York?«

»Ja, genau. Montag treffe ich meine Agentin, dann geht's zurück ins wahre Leben. Ich war den ganzen Sommer über weg, da gibt es also einiges aufzuarbeiten.« *Aufzuarbeiten? Was denn?* Normalerweise konnte Kurt es kaum erwarten, wieder in seine Routine einzutauchen, wenn er von zu Hause fort war. Jetzt verspannten sich all seine Muskeln bei dem Gedanken daran, nach Hause zu fahren anstatt zurück nach Cape Cod zu Leanna.

»Habe ich da ein Gerücht gehört, dass deine Lady bei dir einziehen wird?« Hal verschränkte seine kräftigen Arme und lächelte.

Kurts Innerstes zog sich zusammen. »Das war der Plan. Aber ihr wurde ein Vertrag für ihr Unternehmen angeboten, und wie es aussieht, bleibt sie am Cape.« Er versuchte, sich die Enttäuschung nicht anmerken zu lassen, aber sogar er hörte das Leiden in seiner Stimme.

»Sie bleibt dort? Wann ist das denn passiert?« Jacks Blick verfinsterte sich.

»Gestern.« In dem Versuch, seine Nerven zu beruhigen, rieb Kurt sich mit den Händen über die Oberschenkel.

»Gestern? Warum hast du mir nichts erzählt? Ist das in Ordnung für dich?«

Nein! »Klar. Ich meine, es muss. Als ich Leanna kennengelernt habe, erzählte sie mir, dass sie versucht, dieses Unternehmen aufzubauen. Ich müsste schon ziemlich egoistisch sein, wenn ich sie darum bitten würde, es nicht zu tun.« Er wischte sich übers Gesicht und seufzte. »Ich möchte, dass sie glücklich ist.«

»Und was ist mit dir?«, wollte Hal wissen.

»Mit mir?«

»Ja, Junge. Was ist mit dir? Bist du glücklich, wenn die Frau, die du liebst, meilenweit weg ist?« Hal sah ihn eindringlich an.

Kurt schüttelte den Kopf. »Nein, aber ich bin ein großer Junge. Bis ich Leanna kennenlernte, habe ich sieben Tage die Woche geschrieben. Jetzt werde ich fünf Tage pro Woche schreiben und meine Wochenenden mit ihr am Cape verbringen.«

»Dann bist du besser als ich«, sagte Josh. »Ich würde es auf keinen Fall schaffen, die Woche getrennt von Riley zu verbringen.«

»Wenn meine Adriana zu Lebzeiten in einem anderen Bundesstaat gewesen wäre, ich glaube, ich wäre wahnsinnig geworden«, sagte Hal und schüttelte ernst den Kopf. »Nein, Sir, mein Herz hätte es nicht verkraftet, zu wissen, dass sie Stunden entfernt lebt, während ich eigentlich bei ihr sein könnte.«

»Ich habe es nicht einmal eine Nacht ohne Savannah

ausgehalten, als wir aus den Bergen zurückkamen, nachdem wir uns gerade kennengelernt hatten«, erinnerte Jack seinen Bruder. »Hast du überlegt, dorthin zu ziehen? Ans Cape?«

»Klar, ich bin alle Möglichkeiten durchgegangen. Ich könnte dorthin ziehen, aber du weißt, mein Leben ist in New York. Unsere ganze Familie ist dort, Jack, und meine Agentin, mein PR-Assistent, meine Freunde.« *Freunde? Eher Bekannte.* »Was sollte ich mit meinem Haus machen? Was ist mit Mom und Dad? Sie werden auch älter und ich wohne am nächsten. Da ich von zu Hause aus arbeite, kann ich im Notfall sofort dort sein.« Er war all dies in Gedanken stundenlang durchgegangen, und es gab etwas, was er Jack gegenüber nicht eingestand. Er konnte es sich selbst kaum eingestehen. Kurt hasste Veränderungen. So einfach war das. Er hatte sein Leben systematisch geführt, dadurch hatte er konzentriert und bequem gelebt. Leanna hatte seine Welt aus dem Gleichgewicht gebracht, und er hatte herausgefunden, dass er ihr nur sein Herz öffnen musste, um sein Gleichgewicht wiederzufinden – mit Leanna an seiner Seite. Aber all das geschah, wenn sie in *seine* Welt kam. War er in der Lage, sein Leben zurückzulassen und das Sicherheitsnetz, das er sich geschaffen hatte, aufzugeben, um bei ihr zu sein?

New York aufzugeben, nachdem er so hart daran gearbeitet hatte, dort Wurzeln zu schlagen?

Von seiner Familie wegzuziehen?

Jack wollte etwas sagen, doch Hal legte die Hand auf seinen Arm.

»Du hast gute Argumente, Kurt«, sagte Hal. »Die Frage ist: Wo ist dein Herz? Das, was dich hier drinnen« – er klopfte sich auf die Brust – »vervollständigt, ist das in New York oder auf Cape Cod?«

Zweiunddreißig

Am frühen Sonntagmorgen fuhr Jenna mit ihrem bis zum Anschlag vollgepackten Auto ab. Zwei Stunden später winkten Leanna und Bella dann auch Amy hinterher, als sie aus der Siedlung herausfuhr.

»Somit bleibst nur noch du übrig«, sagte Leanna zu Bella.

»Tony ist hier.«

»Nein, er ist heute Morgen zum Surfen gegangen und will dann die Woche nach Nantucket zu Freunden. Wenn du abgefahren bist, sind nur noch Pepper und ich hier.« Sie kniete nieder und kraulte Pepper. Er hechelte sie an. »Ihr werdet mir fehlen.«

Bella hatte ein Strandkleid und Flipflops an. Seit sie zu Beginn des Sommers gekommen war, hatte die Sonne ihre Haare aufgehellt. Sie umarmte Leanna und versicherte ihr: »Du tust das Richtige.«

»Es fühlt sich vollkommen falsch an. Alles, worüber ich mich so gefreut habe, gibt mir ein Gefühl der Leere. So als hätte Kurt … einen kleinen …«

»Teil von dir mitgenommen? Das sehe ich in deinen Augen.« Bella umarmte sie erneut. »Hör zu, wir Frauen sind wie Eiscreme. Ohne unseren Gefrierschrank ist alles in Ordnung.

Auch wenn wir geschmolzen sind, schmecken wir noch gut. Wir sind immer noch süß und köstlich, aber wenn wir diesen Gefrierschrank um uns haben, werden wir zu mehr. Zu etwas Besserem.«

Leanna verdrehte die Augen. »Was hast du diesen Sommer immer mit Eiscreme?«

Bella fasste sich nachdenklich ans Kinn. »Bin mir nicht sicher, aber ich finde, es ist ein guter Vergleich. Ohne Kurt bist du immer noch klug, witzig, schön, tüchtig und … du bist *du*. Und wir lieben dich. Aber mit Kurt bist du mehr«, erklärte sie achselzuckend.

»Warum habt ihr mir dann gesagt, ich soll hierbleiben? Warum habt ihr mich nicht gedrängt, nach New York zu gehen? Komm schon, Bella! Mache ich gerade den größten Fehler meines Lebens?« Es fühlte sich auf alle Fälle so an.

»Weil du beides brauchst. Du brauchst dieses Unternehmen und du brauchst Kurt.« Sie gingen zu Bellas Auto. »Und ich glaube an Eiscreme. Das habe ich ja gesagt. Bring dieses Unternehmen in Gang. Und das Eis-Schicksal erledigt den Rest.« Sie küsste Leanna auf die Wange und umarmte sie noch einmal. »Ich muss los, bevor der Verkehr die Hölle wird. Ich hab dich lieb. Ruf mich an, schreib mir. Erzähl mir alles, was passiert.«

»Mach ich. Fahr vorsichtig.«

Bella fuhr von der Auffahrt und winkte. »Glaub an alle süßen Dinge, Leanna!«

Was sollte das denn bedeuten?

Als sie auf dem Weg zurück in ihr Haus war, vibrierte Leannas Handy mit einer Nachricht von Kurt. *Videoanruf?*

Wenige Sekunden später tauchte Kurts Gesicht auf dem Bildschirm auf. Sie ging ins Haus und spürte die Leere, die sich auf sie legte.

»Hey, Liebling.« Seine tiefe, raue Stimme ließ einen Schauer über ihren Rücken laufen.

»Du klingst müde.« Seine Augenlider wirkten schwer, schläfrig.

»Ja, ein bisschen. Hab letzte Nacht nicht viel geschlafen. Wie geht es dir? Und Pepper?«

Ich liebe dich. Sie kniete sich hin und zeigte ihm Pepper.

»Hey, Pep!«

Pepper bellte und winselte. Er wedelte mit dem Schwanz und drückte dann seine feuchte Nase auf Leannas Handy. Kurt lachte und das schickte gleich den nächsten Schauer in ihr Herz. Sie drehte das Handy wieder zu sich um.

»Du fehlst mir so sehr.« Sie könnte sich in diese blauen Augen geradezu hineinfallen lassen. Sie wollte sich hineinfallen lassen. Auf keinen Fall konnte sie das hier durchziehen. *Auf keinen Fall.* Ihre Freundinnen hatten unrecht. Sie musste nach New York gehen. Sie musste bei ihm sein. Es würde andere Verträge geben – oder vielleicht auch nicht –, aber es würde nie einen anderen Kurt geben.

»Du mir auch. Ich musste dich sehen. Was hast du heute vor? Gehst du auf den Flohmarkt?«

»Die Mädels sind gerade abgefahren, und ich hab überlegt, den letzten Tag auf dem Flohmarkt zu schwänzen und mit Pepper an den Strand zu gehen. Ich war in diesem Sommer nicht oft da und …« Sie konnte nicht so tun, als sei alles in Ordnung. Sie konnte nicht über ihren Tag reden, als hätte sie nicht jede Sekunde Sehnsucht nach ihm.

»Und du fehlst mir wie verrückt, Kurt. Ich hab das Gefühl, alles kaputtgemacht zu haben. Wir hatten einen Plan und du bist ein Planer. Du lebst nach deinen Vorhaben, und wir hatten etwas vor, mit dem wir beide glücklich waren, und jetzt … Jetzt ist alles wegen mir und meinem blöden Unternehmen vermasselt. Und weißt du was? Ich traue mir glatt zu, so flatterhaft zu sein, dass ich in zwei Monaten entscheide, dass ich dieses Unternehmen gar nicht will.« Das war eine Lüge. Diejenige, für die sie sich früher gehalten hatte, wäre vielleicht so gewesen. Doch durch Kurt hatte sie erkannt, dass sie gar nicht dieser Mensch gewesen war. Sie hatte einfach ihre Berufung noch nicht gefunden, und es war nichts dagegen einzuwenden, dass sie sich einfach Zeit genommen hatte. Immerhin hatte sie dadurch, dass sie sich früher auf nichts festgelegt hatte, Kurt kennengelernt.

»Blödes Unternehmen?« Er schüttelte den Kopf.

»Warte. Sag nichts. Das stimmt nicht. Ich werde meine Meinung bezüglich des Unternehmens nicht ändern. Aber ich habe alles vermasselt und das tut mir leid.«

»Leanna?«

Sie sah, wie seine Lippen sich bewegten, aber sie konnte ihm nicht zuhören, weil das Bedürfnis, ihre Gefühle ein für alle Mal auszusprechen, zu groß war. »Wahrscheinlich überdenkst du gerade alles, was mit uns zu tun hat. Es tut mir leid, dass ich unsere Träume zerstört und deinen schönen Plan über den Haufen geworfen hab.«

»Leanna. Atme tief durch. Bitte.«

»Kurt –«

»Nein, jetzt rede ich.«

Sein ernster Tonfall überraschte sie. Sie schloss den Mund.

»*Du* bist mein Plan.«

Er sagte es so ernst, dass sie dachte, sie hätte ihn missverstanden.

»Was?«

»Du bist alles für mich. Du hast nichts zerstört. Du hast

mein Leben in jeder Hinsicht verbessert. Ich habe dir schon gesagt, ich gehe nirgendwohin, und das werde ich auch nicht.«

»Aber getrennt zu sein ist so hart.« *So verdammt hart, dass ich es nicht ertrage.*

»Die meisten Dinge im Leben, die etwas wert sind, sind hart.«

Sie kniff die Augen ein wenig zusammen und konnte den schmutzigen Gedanken und das Lächeln, das damit einherging, nicht unterdrücken. »Na ja, ich kenne da zumindest eine Sache, die ist …«

»Das ist mein unanständiges Mädchen«, sagte er mit verführerischer Stimme.

Sie ächzte laut. »Das hilft auch nicht. Jetzt fehlst du mir nur noch mehr. Das ist doch absoluter Mist.« Sie betrachtete ihn sehnsüchtig. Seine dunklen Augen, so voller Begehren und Liebe, dass sie die Gefühle praktisch schmecken konnte, sein stoppeliges Kinn und die geschwungenen Lippen. Wie sich seine dunklen Augenbrauen einander näherten – nur ein bisschen –, während er redete. Sie wollte sein Gesicht berühren, seinen Mund auf ihrem spüren. Sie wollte ihn umarmen und neben ihm sitzen, wenn er schrieb. Sie wollte ihn betrachten, wenn er Geschichten erfand und zu sehr in Gedanken war, um von seinem Computer aufzuschauen.

»Leanna.«

Seine Stimme riss sie aus ihren Gedanken.

»In genau diesem Moment kann ich dein Gesicht sehen. Ich kann deine Stimme hören.« Seine Stimme war liebevoll und geduldig. »Dieser Augenblick ist alles andere als Mist. Weißt du, was Mist ist? Den Menschen, den man liebt, zu verlieren.«

»Ja, das wäre wirklich Mist. Alles wohl eine Sache der Perspektive.«

»Und weißt du, was noch?«

Pepper rannte zur Fliegengittertür, fing an, daran zu kratzen und zu bellen.

»Still, Pepper.« Leanna wandte ihre Aufmerksamkeit wieder Kurt zu. »Tut mir leid. Er dreht gerade ein bisschen durch. Keine Ahnung, wie du ihn dazu gebracht hast, auf dich zu hören.« Sie drehte Pepper den Rücken zu, um Kurt besser hören zu können.

Pepper winselte und kratzte an der Tür.

»Warte mal, ich muss ihn rauslassen.« Sie drehte sich herum. »Pepp–« Tränen stiegen ihr in die Augen, als sie Kurt auf der anderen Seite der Fliegengittertür sah, ein Blumenstrauß aus Wildrosen in der einen, das Handy in der anderen Hand.

»Hallo, Liebling«, sagte er so gelassen, als käme er gerade von einem Spaziergang mit Pepper und nicht quer durch die USA zurück in ihr Leben.

Sie stürzte hinaus, sprang in seine Arme und schlang die Beine um seine Hüfte. »Du bist hier. Du bist wirk–«

Er ließ das Handy und die Blumen fallen, legte ihr die Hand in den Nacken und gab ihr den süßesten Kuss, den sie je bekommen hatte. Pepper rannte im Kreis um sie herum, bellte, winselte und kratzte an Kurts Beinen.

»Du bist mein Plan, Leanna. Wenn du hier bist, will ich hier bei dir sein. Jede einzelne Minute eines jeden Tages.«

»Hier?«

Er küsste sie noch einmal. »Hier.«

»Aber ... New York?« Sie konnte nicht fassen, dass er da war. Er sah so müde aus, und er hielt sie, als wäre sie ein Federgewicht.

»Wäre ohne dich die Hölle.«

Eine Stunde später lag Kurt auf dem Rücken in Leannas Bett. Ihr Kopf lag auf seiner Brust, ihr Arm ruhte auf seinem Bauch, und er war so glücklich wie noch nie zuvor in seinem Leben. Eine leichte Brise bauschte die Vorhänge vor dem Fenster auf.

»Oh, oh«, flüsterte er.

»Was ist?«

»Wir haben wieder das Fenster aufgelassen.« Er küsste sie auf die Stirn.

»Tony ist nicht da. Er ist nach Nantucket gefahren.« Sie stützte sich auf den Ellbogen. »Wir können also so laut sein, wie wir wollen.«

»Heißt das, wir können auch *nackte Wahrheit* spielen?«

»Nur wenn du sehr«, sie küsste Kurts Kinn, »sehr«, sie küsste seine Lippen, »sehr brav bist.«

»Das klingt wie eine Einladung.« Er senkte seinen Mund wieder auf ihren und nahm sich vor, viel mehr als nur brav zu sein. Noch einmal.

Dreiunddreißig

Der Montagmorgen kam mit Sonne, einer warmen Brise und Gewissheit. Kurt fühlte sich erfrischt. Lebendig. Er wusste ohne den geringsten Zweifel, dass er die richtige Entscheidung getroffen hatte, indem er ans Cape zurückgekehrt war. Zu Leanna zurückgekehrt war. Er hatte gedacht, Schreiben wäre alles, und er hatte sich so sehr geirrt, dass es fast peinlich war. Er hatte noch eine Menge über das Leben zu lernen, und er freute sich darauf, das alles mit Leanna zu lernen.

Er rief seine Agentin an und machte eine Skype-Besprechung anstatt eines persönlichen Treffens aus. Jackie erzählte ihm, dass er der letzte Verweigerer gewesen war, dass sie die meisten ihrer Autoren über Skype betreute und dass es kein Problem darstellte, wenn er aus New York wegzog. Es wäre aber auch egal gewesen, was sie sagte. Er hatte sich entschieden: Sein Leben war bei Leanna, wo immer sie das auch hinführen mochte. Und im Moment führte es sie zu seinem Sommerhaus.

Sie liefen die Düne entlang, die sich parallel zum Strand auftürmte. Leanna trug eine kurze abgeschnittene Jeans und ein weißes Top, und als die morgendliche Brise ihr die Haare über die Schultern wehte und die Sonne auf ihrer samtenen Haut glänzte, hätte sie nicht schöner sein können. Wie sehr sie ihm gefehlt hatte! Sein Herz quoll über vor Liebe, als er ihre Hand nahm und ihr liebevoll in die Augen schaute.

»Ich möchte ein Leben mit dir. Ein ganzes Leben, Leanna. Nicht nur Teilzeit und nicht nur, wenn alles gut läuft. Ich möchte deine Welt erfahren, und ich möchte, dass du meine erlebst. Du bist mein letztes Kapitel, Leanna. Überarbeitung nicht nötig. Leb mit mir hier, wo wir uns kennengelernt haben. Lass uns hier ein Leben aufbauen.«

Ihre Stirn kräuselte sich und ihre Unterlippe zitterte. Sie biss sich auf die Lippe und legte die Hände auf seine Brust. »Nirgendwo sonst auf der Welt wäre ich lieber.«

Er senkte seine Lippen auf ihre und küsste sie sanft. Dann, mit Pepper im Gefolge, liefen sie über den Rasen auf das Atelier zu.

»Ich hatte ganz vergessen, dass du ein Atelier hast.«

»Es ist jetzt gar kein richtiges Atelier mehr. Die Renovierungen sind noch nicht ganz abgeschlossen, aber ...« Er schloss die hölzerne Rundbogentür auf und öffnete sie.

Leanna ging einen Schritt ins Haus und atmete tief ein. Sie griff nach Kurts Hand, während ihr Blick rechts auf die Wand mit den Einbauschränken fiel. Blue hatte recht. Die warmen Bronze-, Beige- und Goldtöne des Granits ließen das Hickoryholz angenehm erstrahlen. Etliche Schränke mussten noch aufgehängt werden, aber das Projekt nahm Gestalt an, und das Atelier wirkte schon viel heimeliger, viel mehr wie Leanna. Sie schaute zur Decke mit den sichtbaren Holzbalken hinauf, und schließlich fiel ihr Blick auf die vier Edelstahlherde, die noch angeschlossen werden mussten, und er wusste, dass sie sich das Endergebnis vorstellen konnte.

»Kurt«, flüsterte sie kaum hörbar. »Hast du das für mich gemacht?« Sie ging weiter hinein, einen langsamen Schritt nach dem anderen.

»Wir haben uns auf diesem Grundstück kennengelernt, und ich dachte, du möchtest deine Firma vielleicht an einem bedeutungsvollen Ort aufbauen.«

Leanna fuhr mit den Fingern über die Granitarbeitsfläche. Sie berührte das Holz der Schränke mit beiden Händen und drehte sich dann mit feuchten Augen zu Kurt um.

»Du bist ein großes Wagnis mit mir eingegangen.«

Er schloss sie in die Arme. »Bin ich das? Es fühlte sich gar nicht an wie ein Wagnis. Eher wie Schicksal.«

»Schicksal.« Flüsternd legte sie ihm die Hände auf die Brust und sah mit einem verträumten Blick voller Liebe zu ihm auf. »Ich kann nicht glauben, dass du das hier gemacht hast.«

»Es gibt nichts, was ich nicht für dich tun würde. Ich habe Jahre in fiktionalen Welten verbracht, umgeben von fiktionalen Figuren. Den Rest meines Lebens möchte ich mit dir verbringen, Leanna Bray, in der realen Welt, die wir uns gemeinsam schaffen.«

Mehr von den Remingtons und den Seaside-Freunden?

Lesen Sie hier einen Auszug aus dem nächsten Band der Serie *Die Remingtons: Von der Liebe berührt*, und eine Vorschau auf den ersten Band der Serie *Seaside Summers* mit Leannas liebenswertem Freundeskreis auf Cape Cod: *Träume in Seaside*. Leannas Bruder Dae hat seine eigene Geschichte in *Trotz allem Liebe* aus der Serie *Die Bradens* (in Trusty, Colorado).

Eins

Blaines Mund küsste sich an der Innenseite ihres Oberschenkels nach oben. Sein heißer Atem streichelte ihr feuchtes Fleisch. Kenya krallte die Hände in die Laken, grub die Fersen in die Matratze und reckte sich ihm entgegen. Sie sehnte sich nach seiner talentierten Zunge an der Stelle, wo sie ihn am meisten brauchte. Blaine hob den Blick. In seinen dunklen Augen lagen Glut und

Eine große Hand landete neben dem Braille-Display auf Janie
Jansens Schreibtisch. Erschrocken zuckte sie zusammen und zog
hektisch die Stöpsel aus ihren Ohren. *Heiliger Zeiger.* Eigentlich
sollte sie die Texte für ein Handbuch überprüfen anstatt ihre
Zeit mit einem prickelnden Hörbuch zu verträumen.

»Schöner Artikel im Newsletter diese Woche, Jansen. ›Die
Oxford-Komma-Revolution‹. Griffig.« Ihr Boss, Clay Bishop,
war ein äußerst sachlicher Typ. Nüchterner als ein Schluck
Wasser. Aber für Janie ging das in Ordnung. Vor vier Jahren
hatte er sie probehalber bei *Tech Ed Co*, oder kurz *TEC*, ein-
gestellt, und ihr Respekt für ihn war seither nur noch größer
geworden. Als Vorgesetzter war er stets fair und korrekt, und er
unterstützte ihren Wunsch, innerhalb der Firma voranzukommen.

Eine wöchentliche Kolumne über Grammatik und
Textlektorat aufzupeppen, war eine Herausforderung. Aber
Janie gab sich alle Mühe. Sie betrachtete es als weiteren Schritt
auf ihrem Weg zu dem Job als technische Autorin, auf den sie
aus war. Sie wollte nicht ewig als Lektorin arbeiten.

»Machst du Überstunden? Gibt es Probleme mit dem
Arkens-Handbuch?«

»Ich erledige bloß noch ein paar Kleinigkeiten. Das
Handbuch ist fast fertig.« Nun ja, vielleicht noch nicht *ganz*
fast. Aber sie würde den Abgabetermin einhalten. So wie immer.
Texte zu überarbeiten und ihnen den Feinschliff zu verpassen,

gefiel ihr im Grunde ganz gut, obwohl sie nach dem College andere Pläne gehabt hatte. Eigentlich hatte sie Journalistin werden wollen, doch diese Tür hatte sich geschlossen. Sie hatte ihren Traum fürs Erste abgehakt und als Lektorin begonnen. Normalerweise war sie hoch konzentriert bei der Sache. Doch nach vielen Wochen Feinarbeit an diesem speziellen Handbuch für Medizintechnik hatte sie eine kleine mentale Pause gebraucht. Für Clay war *Pause* ein Fremdwort. Er war immer sehr beschäftigt und ganz auf seine Arbeit fixiert, selbst Stunden nach dem offiziellen Feierabend.

»Wunderbar. Und am Montagnachmittag besprechen wir im Team deine Textprobe. Wenn es gut läuft, liegt deine Versetzung in den Händen des Managements. Ich bin da völlig unbesorgt. Was du ablieferst, ist immer erstklassig.«

»Das kann ich bestätigen.« Boyd Hudsons amüsierte Stimme zauberte unwillkürlich ein Lächeln auf Janies Lippen.

Boyd arbeitete nur ein paar Tage im Monat bei TEC. Janie kannte ihn eher flüchtig, doch er hatte meist einen Scherz auf Lager und war immer zum Flirten aufgelegt. Damit brachte er etwas Leben in ihre ansonsten sehr einförmigen Arbeitstage.

»Hudson«, begrüßte Clay ihn trocken. »Okay. Es ist schon spät, also ...«

»Dann also bis Montag, Clay.« Janie hörte ihn weggehen und atmete erleichtert durch.

»Er hätte dich beinahe wieder ertappt, stimmt's?«

Sie hörte das Grinsen in Boyds Stimme. »Beim letzten Mal hat er mich nicht *ertappt*. Da hatte ich Mittagspause. Und außerdem habe ich nur die Nuancen romantischer Literatur analysiert.«

»Wenn ›analysiert‹ bedeutet, in das brandheiße erfundene Leben eines unfassbar unerreichbaren Romanhelden abzutauchen, kaufe ich dir das ab.«

»Warum hackst du auf meinen Büchern rum, wo du doch weißt, dass sie für mich pure Entspannung bedeuten?« Sie sammelte ihre Sachen zusammen.

»Weil es mir Spaß macht. Ein so kluger Kopf wie du passt nicht ins Klischee. Das ist dir sicher bewusst, oder? Blindes Mädchen verträumt seine freie Zeit mit Liebesromanen, weil seine Eltern es immer viel zu sehr behütet haben. Wünscht sich in ein erfundenes Leben, das es in Wahrheit niemals geben kann.« Er redete sich in Rage. »Mach dich frei davon. Liebesromane haben mit der Realität nichts zu tun. Sie sind wie Junkfood, nur zum Lesen. Seichte Geschichten über erfundene Figuren.«

Hätte sie mal letzte Woche im Pausenraum lieber den Mund gehalten und nichts über ihre Eltern gesagt. Ein paar Kollegen hatten Kindheitserinnerungen ausgetauscht, und während die anderen lustige Geschichten über Ausflüge in Shopping-Malls oder spontane Unternehmungen mit Freunden erzählt hatten, hatte sie kaum etwas beisteuern können. Ihre Eltern hatten jeden ihrer Schritte genauestens beobachtet, sich ständig gesorgt, ob sie sich in Gefahr brachte und ob sie sich auch wirklich zurechtfand, wenn sie sie gerade einmal nicht an der Hand hielten. Manchmal hatte sie die beiden fast als Schlinge um ihren Hals empfunden, und sich in eine Fantasiewelt zu flüchten, war schlichtweg einfacher gewesen, als ständig um ihre Freiheit zu kämpfen.

»Weil deine Science-Fiction-Abenteuer ja so viel realer sind als meine Liebesromane. Ha!« Sie warf sich ihre Tasche über die Schulter. »Ich nehme an, du hast noch nie eine romantische Geschichte gelesen.«

»Muss ich auch nicht. Purer Mist.«

»Von wegen. Ich wette, ich könnte einen Liebesroman schreiben, den du nicht bloß lesen, sondern verschlingen würdest.« Janie schaltete ihren Computer und das Braille-Display aus.

»Bloß wenn die Heldin darin Science-Fiction mag, schlauer ist als ich und Spaß an ausgefallenen Sexspielchen hat.«

»Himmel, was hast du bloß für eine versaute Fantasie. Aber okay, Science-Fiction mit ausgefallenen sündigen Spielchen. Und die Protagonistin schlauer als dich zu machen, dürfte nicht allzu schwer sein.« Sie hob in gutmütigem Spott die Brauen. »Aber wenn ich die Geschichte schreibe, musst du nicht bloß jede einzelne Seite davon lesen, sondern auch im Oktober mit mir zum Romance Writers Festival kommen und den ganzen Tag bleiben. Und …«, die Idee mit der Wette gefiel ihr immer besser, »… du musst mir einen Monat lang jeden Liebesroman auf meiner Wunschliste kaufen.«

Er legte Janie ihren Stock in die Hand. »Kann es sein, dass du ein bisschen unersättlich bist?«

»Hey, wenn ich ein ganzes Buch schreibe, muss sich das auch lohnen.«

»Okay. Aber dass ich dir einen vollen Monat lang kitschige Geschichten kaufe, kannst du dir abschminken.«

»Na schön. Dich einen ganzen Tag mit dem Festival zu quälen, ist vielleicht schon Belohnung genug. Aber, hey, es ist Freitagabend. Was tust du noch hier?« Es war bereits nach neun, und ein paar Leute aus der Abteilung saßen sicher im NightCaps, einer Bar um die Ecke.

»Bei mir war heute tagsüber ziemlich viel los, deshalb bin ich erst später gekommen.«

»Und gehst du jetzt noch ins NightCaps, oder *verträumst du deine freie Zeit* mit einem Weltraumroman?«

Janie liebte die Atmosphäre im NightCaps. Lachen, Flüstern, Flirten, die Bar war voller prickelnder Schwingungen. Aber ihre beste Freundin, Kiki Vernon, war gerade nicht da, und ohne Kiki ging sie nicht gerne in Bars oder Kneipen. Deshalb hatte sie ein ruhiges Wochenende zu Hause geplant, aber sie nahm an, dass Boyd ins NightCaps wollte.

»Ich habe ein Date, der Weltraum muss warten. Aber wir können gerne ein Stück zusammen gehen. Ich wollte sowieso in die Richtung. Vorher aber noch ein Handschlag auf unsere Wette.«

»Die Wette gilt, Freundchen.« Sie drückte ihm die Hand. »Du wirst dich wundern. Für mich fällt das NightCaps heute aus. Eigentlich wollte ich gemütlich auf dem Sofa ein bisschen lesen, aber jetzt denke ich mir lieber schon mal die Handlung für meinen Liebesroman aus. Hmmm. Wie soll ich ihn nennen? *Wilde Nächte im All?*« Sie konnte es kaum erwarten, Kiki von der Wette zu erzählen. Auch Kiki mochte heiße Liebesromane und würde es sicher spannend finden, wenn Janie versuchte, einen zu schreiben.

»Das klingt kein bisschen romantisch«, gab Boyd zurück. »Diese Wette werde ich gewinnen. Und dann musst du mit mir zur Comic-Con. In einem sexy Catwoman-Kostüm.«

Janie lachte. »Träum weiter. Ich werde dieses Buch schreiben und du wirst einen ganzen Tag lang andächtig Romanautorinnen lauschen und die männlichen Cover-Models bewundern.«

Boyd hakte sie unter, sie ließ die Spitze ihres Stock auf den Boden sinken.

»Weißt du, was mir für Gedanken kommen, wenn ich den Stock in deiner Hand sehe?«, schnurrte er.

»Ich weiß, was dieser Stock mit dir machen wird, wenn du

nicht aufhörst, mich aufzuziehen.«

Draußen strich die kühle Nachtluft über Janies Haut. Die Geräusche der Passanten, vorbeifahrender Autos und das übliche Gehupe waren ihr bestens vertraut. Abgasdunst mischte sich mit dem, was sie als die dunklen Gerüche der Stadt bezeichnete. Nachts lag in New York City eine besondere Spannung in der Luft. So als wären alle noch wacher, so als müsste bald etwas Besonderes geschehen. Janie spürte es als Kribbeln auf der Haut.

»Soll ich ein Taxi für dich herwinken?«, fragte Boyd.

»Nein danke. Hier in New York macht mir Taxifahren eine Heidenangst. Ich nehme lieber die U-Bahn.« Als sie und Kiki nach dem College in die Stadt gezogen waren, hatten sie ein paarmal ein Taxi genommen. Aber der ständige Wechsel aus heftigem Beschleunigen und ruckartigem Abbremsen, auf den sie keinerlei Einfluss hatte, war purer Stress. Und nicht nur die Fahrt selbst war eine Herausforderung. Auch die Vorstellung, sich auf Gedeih und Verderb einem Wildfremden anzuvertrauen und schlimmstenfalls mit einem irren Taxi-Mörder in einer verlassenen Seitenstraße zu landen, war alles andere als verlockend.

»Die U-Bahn? Wenn du meinst …«

Janies Telefon klingelte. Sie blieb stehen und kramte es aus ihrer Tasche. »Sorry. Wenn du mich führst, können wir weitergehen. Aber meinen Stock benutzen und gleichzeitig telefonieren, geht nicht. Da bin ich zu abgelenkt.«

Boyd legte eine Hand an ihren Arm. »Ganz schön raffiniert. So kriegst du mich dazu, dich anzufassen.«

Janie schüttelte den Kopf und nahm den Anruf an. Kiki begrüßte sie mit aufgeregter Stimme.

»Hey. Ich wollte dir bloß sagen, weil du an diesem

Wochenende nicht mit mir nach Hause fahren wolltest, erzähle ich dir auch nichts von meinem Date gestern Abend.«

Kiki war seit der dritten Klasse ihre beste Freundin. Damals hatte sie sich mit einem Jungen angelegt, der Janie wegen des beleuchteten Vergrößerungsglases und der Bücher in Großdruck verspottet hatte. Nicht, dass Janie eine Beschützerin gebraucht hätte. Schon als Kind war ihr klar gewesen, dass manche Leute sich vor allem um sich selbst drehten und sich wenig für das Leben anderer interessierten. Im Gegensatz zu Kiki. Sobald sie mit dem Jungen fertig gewesen war, hatte sie alles über Janies Augen wissen wollen. Die Zapfen-Stäbchen-Dystrophie war eine degenerative Erkrankung, bei der die Sehfähigkeit im Lauf der Zeit immer weiter abnehmen konnte. Möglich war eine Bandbreite von schweren Sehstörungen bis hin zur völligen Erblindung. Janie schätzte sich glücklich, dass sie noch Helligkeitsunterschiede wahrnehmen konnte. Sehr helles Licht oder große Flächen mit starken Farben und ganz bestimmte Kontrastverhältnisse ermöglichten es ihr manchmal, am Rand ihres Blickfeldes Umrisse zu erkennen. Allerdings musste sie dazu sehr nahe an die Person oder den Gegenstand heranrücken.

»Also waren das deine Bettfedern, die ich um drei Uhr morgens habe quietschen hören?« Sie zog Kiki nur allzu gerne mit deren sexuellen Abenteuern auf.

»Schön wär's. Aber sobald ich zurück bin, brauchen wir einen Mädelsabend«, sagte Kiki. »Außerdem muss ich deinen Ansatz nachfärben. Wir treffen uns zu Margaritas, Farbe und Fixierer. Geniale Kombination.«

Kiki hatte von Anfang an darauf bestanden, Janie mit allem Mädelszeug zu helfen, wie sie das nannte. Aus Kikis Sicht gehörten dazu Haare, Make-up, Kleidung und Fingernägel. Sie war der einzige Mensch, der sich nie gescheut hatte, Janie in diesen sehr persönlichen Dingen unter die Arme zu greifen. Dafür liebte Janie sie noch mehr. Außerdem sorgte Kiki dafür, dass sie nichts verpasste. Da konnte sie richtig hartnäckig werden.

»Als wir uns das letzte Mal zu Margaritas, Farbe und Fixierer getroffen haben, hast du mich komplett erblonden lassen. Nur deshalb gibt es Ansätze, die nachgefärbt werden müssen.«

»Dafür bist du jetzt eine heiße Blondine«, gab Kiki zurück.

»Früher hast du behauptet, ich wäre eine heiße Brünette. Du, ich muss Schluss machen. Hab ein schönes Wochenende.« Sie beendete den Anruf.

Boyd lachte leise. »Du bist immer heiß, ganz gleich mit welcher Haarfarbe. Vorsicht, gleich endet der Gehsteig.«

Janie war an Boyds flapsigen Flirtmodus gewöhnt und nahm seine Worte nicht persönlich. Im Büro verteilte er Komplimente, so wie sie Punkte auf ihre Is setzte und Striche durch ihre Ts zog. Damit lockerte er die ansonsten recht gleichförmigen Tage in der Firma immer ein bisschen auf.

»Achtung Gehsteigkante«, sagte er, als sie die Straße überquert hatten.

Sie fand es toll, mit welcher Selbstverständlichkeit er sie auf diese Hindernisse aufmerksam machte. So viel Umsicht war selten, deshalb benutzte sie vorsichtshalber immer zusätzlich ihren Stock. Vor allem wenn jemand sie führte, den sie nicht gut kannte. Bis zur U-Bahnstation war es nun nicht mehr weit, deshalb hängte sie sich schon mal die Tasche über die andere Schulter. Dabei fiel ihr das Handy zu Boden.

»Ich mach das.« Boyd hob es für sie auf. »Du willst diesen Roman also tatsächlich schreiben?«

»Worauf du dich verlassen kannst.« Sie rückte ihre Tasche zurecht und fasste den Stock etwas fester. Dann gingen sie weiter.

»Willst du wirklich mit der U-Bahn fahren?«, fragte Boyd noch einmal. »Falls du dir Gedanken ums Geld machst, kann ich dir das Taxi spendieren.«

»Ums Geld geht es mir nicht. Aber hier in New York beschleunigen die Taxifahrer immer gnadenlos, um gleich darauf wieder heftig auf die Bremse zu treten. Da ist mir die U-Bahn lieber. Viel Spaß bei deinem Date. Und bis bald, wenn du wieder bei uns in der Firma bist.«

Während sie die Stufen zur U-Bahn hinunterstieg, dachte Janie bereits über die Zutaten für ihre Liebesgeschichte nach. Mit ihren siebenundzwanzig Jahren konnte sie durchaus ein paar eigene erotische Erfahrungen zugrunde legen. Auch wenn die weit entfernt waren von den atemberaubenden Erlebnissen der Figuren in ihren geliebten Romanen. Und über Science-Fiction und ausgefallene Sexpraktiken wusste sie sowieso nur das, was sie darüber gelesen hatte. Erfahrungen aus erster Hand mochten ihr fehlen, doch schließlich musste sie auch in ihrem Job ständig Neues recherchieren.

Ihr fiel auf, wie ungewöhnlich still es heute auf dem Bahnsteig war. Geradezu unheimlich. Sie versuchte, sich auf die Wette zu konzentrieren, anstatt dem Hall bei jedem Auftippen ihres Stockes nachzulauschen. War die Haltestelle denn wirklich völlig menschenleer? Sie fuhr häufig ohne Begleitung U-Bahn. Und während viele Menschen die Gegenwart Fremder lieber argwöhnisch mieden, gaben ihr die Geräusche der anderen Fahrgäste wichtige Hinweise auf das, was in ihrer Umgebung gerade vorging. Beklommenheit machte sich in ihr breit, das Klicken ihrer Absätze schien viel zu laut.

Mithilfe ihres Stocks tastete sie sich bis zu dem mit Rillen und Erhöhungen versehenen Fliesenstreifen auf dem Boden vor, der signalisierte, dass sie sich der Bahnsteigkante näherte. Ihre Tasche rutschte ihr auf den Arm, und um sie aufzufangen, drehte sie sich rasch zur Seite. Dabei blieb sie mit der Fußspitze an einer Unebenheit hängen und stolperte. Im nächsten Moment stach ihr Stock ins Leere und plötzlich befand sie sich im freien Fall. Panik durchzuckte sie, und schon landete sie dumpf und hart auf der Seite. Sie schnappte nach Luft, spürte Schmerzen. Eine Sekunde lang war sie vor Schreck wie gelähmt. Aber etwas Spitzes grub sich in ihre Wange. Steine? In der kalten, abgestandenen Luft hing der durchdringende Geruch von Schmierölen und Metall. Sie war ganz offenbar vom Bahnsteig ins Gleisbett gestürzt.

Ihr Herz begann zu rasen und lieferte sich einen Wettlauf mit dem Blut, das in ihren Ohren rauschte. Fieberhaft tastete sie nach ihrem Stock, während sie gleichzeitig angespannt auf die Geräusche lauschte, die einen einfahrenden Zug ankündigten. Tränen schossen ihr in die Augen, die Angst drohte, sie zu überwältigen. *Steh auf. Runter von den Schienen. Beweg dich. Weg hier. Weg!* Sie fand den Stock, drückte ihn an ihre schmerzende Brust und zog die Knie unter sich. Ein messerscharfer Schmerz in ihrem Knöchel nahm ihr den Atem. Sie kämpfte den aufkommenden Schwindel nieder, rappelte sich vorsichtig hoch und winkelte das rechte Knie ab, um den Knöchel möglichst nicht zu belasten. Dann umklammerte sie die kalte, harte Kante des Bahnsteigs und versuchte, sich hochzuziehen.

»Hilfe!« Der Hall ihrer Stimme in dem verlassenen Bahnhof machte ihre Angst noch größer.

Die Steine unter ihren Füßen boten keinen festen Halt. Sie rollten weg, ihr Knöchel knickte ein, und erneut landete sie im

Gleisbett. Der Aufprall tat rasend weh. *Aufstehen. Schnell!* Entschlossen, sich in Sicherheit zu bringen, ignorierte sie den Schmerz und stemmte sich hektisch hoch. Ihre Finger ertasteten die Unebenheiten auf dem Bahnsteig über ihr, die sie hatten stolpern lassen. Mit dem linken, unverletzten Fuß drückte sie sich ab und zog sich mit den Händen hoch. Tief unter sich hörte sie ein Rumpeln und spürte Vibrationen. In der Ferne quietschten die Räder eines Zuges. Endlich lag sie oben auf dem Bahnsteig. Sie rollte sich auf den Rücken. Nach Luft ringend drückte sie den Stock an die Brust. Der näherkommende Zug ließ den Beton unter ihr vibrieren. Sie schluchzte auf, spürte aber zugleich, wie sich von irgendwo ein Lächeln auf ihre Lippen stahl. Denn der verdammte Zug würde sie nicht überrollen.

Boyd Hudson fuhr sich mit der Hand durch sein dichtes Haar und stieg die Stufen zum Bahnsteig hinunter. Als er hörte, dass sich ein Zug näherte, ging er schneller. Er hatte eine knochenharte Schicht auf der Feuerwache hinter sich, gefolgt von ein paar Stunden bei TEC. Vermutlich war sein Hirn einfach zu müde gewesen, um zu registrieren, dass er Janies Telefon noch in der Hand hielt. Er erreichte den verlassenen Bahnsteig. Weshalb kam er sich plötzlich vor wie in einer Geisterstadt? Warum war hier keiner? Er ging um den Treppenaufgang herum und sein Herzschlag setzte aus. Ein paar Schritte entfernt lag Janie auf dem Rücken, gefährlich nahe an der Bahnsteigkante.

»Nicht bewegen!« Er rannte zu ihr, ging zwischen ihr und

der Bahnsteigkante auf die Knie und suchte sie mit Blicken nach Verletzungen ab. Ihren Stock hielt sie so fest, dass ihre Fingerknöchel weiß hervortraten. Über einem Auge hatte sie eine böse Platzwunde, auf ihrer Wange bildete sich gerade ein Bluterguss. Zorn und Mitgefühl packten ihn, sein Magen zog sich zusammen. Er schaute den verlassenen Bahnsteig entlang.

»Wer zum Teufel war das?«

»Boyd?« Sie setzte sich auf, wollte noch etwas sagen, doch es wurde nur ein Schluchzen daraus.

Großer Gott, er wollte jemandem den Hals umdrehen. Vorsichtig nahm er die zitternde junge Frau in die Arme. »Beweg dich so wenig wie möglich, Janie. Alles wird gut. Ich bin bei dir. Was ist denn passiert?«

Er hielt sie fest, bis ihr Atem wieder ruhiger ging, murmelte beschwichtigende Worte und versuchte, seine wachsende Wut im Zaum zu halten. Als Janies Zittern etwas nachließ, lehnte er sich zurück und musterte ihre Arme und Beine und die Schürfwunden und Blutergüsse in ihrem Gesicht noch einmal eingehend.

»Du bist ziemlich durcheinander. Kannst du mir trotzdem sagen, was passiert ist?«

»Ich bin gestolpert und ins Gleisbett gefallen. Mein Knöchel …« Sie versuchte, ihr Bein anzuheben, und schnappte nach Luft. Neue Tränen rannen ihr über die Wangen, und sie begann, den Boden um sie mit den Händen abzutasten.

Ins Gleisbett? Die Vorstellung, wie geschockt und verängstigt sie gewesen sein musste, tat ihm geradezu körperlich weh. Ein Zug fuhr ein und er schaute gebannt auf die Gleise. Wie in aller Welt hatte sie es ohne Hilfe aus diesem Graben mit den hohen, steilen Wänden geschafft?

»Meine Tasche. Hast du meine Handtasche irgendwo

gesehen?« Sie warf sich hektisch herum. Die Bewegung erschütterte auch ihren Knöchel und sie schrie wieder auf.

»Nicht bewegen, Janie. Nach der Tasche suche ich gleich. Ich will mir nur kurz deinen Knöchel ansehen. Glaubst du, du warst bewusstlos?«

»Nein, ich denke nicht. Bitte, nicht anfassen.« Abwehrend hob sie die Hand.

Nur wenige Leute stiegen aus dem Zug, Boyd bat einen Mann, einen Krankenwagen zu rufen. Glücklicherweise gab es nur ein paar neugierige Blicke. Niemand blieb stehen und gaffte.

»Ich will mir bloß ein Bild von deinen Verletzungen machen.« Er griff nach Janies Hand. »Ich werde dir nicht wehtun. Je mehr du dich bewegst, desto schlimmer werden die Schmerzen. Lass mich einfach kurz nachschauen und deinen Knöchel stabilisieren. Dann wird es gleich ein bisschen besser.«

Sie drückte seine Hand, wieder rannen ihr Tränen übers Gesicht. Boyd nahm sie noch einmal vorsichtig in die Arme. Der Zug verließ den Bahnhof. Über die Schulter schaute er noch einmal ins Gleisbett.

»Keine Sorge, Janie, alles wird gut. Ich bin bei dir, ich passe auf dich auf.«

Sie nickte an seiner Schulter. »D… Danke. Du riechst gut.«

Es dauerte einen Moment, bis ihm klar wurde, was sie gesagt hatte. Erleichterung durchrieselte ihn. Wenn sie schon wieder scherzen konnte, waren die Schmerzen wohl nicht völlig unerträglich.

»Falls das ein Anmachspruch war, muss ich dich warnen. Ein Date mit mir kann kostspielig werden.«

Er lehnte sich zurück, schaute ihr ins Gesicht und wischte ihr die Tränen ab. Nicht zum ersten Mal fuhr ihm dabei durch den Kopf, wie schön sie war. Trotz der Kratzer, Wunden und Blutergüsse. Janie hatte ihm vom ersten Augenblick an gefallen. Sie hatte zarte, geradezu exquisite Züge, eine schmale Nase, deren Spitze ein wenig nach oben zeigte, hohe Wangenknochen und mandelförmige Augen. Ihre Brauen waren dunkler als ihr blondes Haar und sie hatte einen vollen kleinen Mund. *Einen Erdbeermund.* Wo um alles in der Welt kam das jetzt bloß her?

»Das war kein Anmachspruch, das war eine Feststellung.« Wundersamer Weise hob ein Lächeln ihre Lippen. »Ich bin jetzt eine Liebesromanautorin. Da fällt mir so was auf.«

»Ach, tatsächlich?« Boyd war baff. Janie hatte gerade einen Sturz hinter sich, nach dem die meisten Menschen in eine Schockstarre gefallen oder in Panik geraten wären, und sie machte Witze?

Sie straffte die Schultern und schniefte, versuchte offenbar mit aller Macht, ihre Gefühle unter Kontrolle zu bekommen. Ihre Bluse war zerrissen, ein Stück von ihrem BH war zu sehen. Boyd streifte sein Hemd ab und legte es ihr um die Schultern.

Sie beugte sich von ihm weg. »Was tust du da?«

»Deine Bluse hat einen Riss und ich leihe dir mein Hemd, damit du keine allzu tiefen Einblicke bietest.« Er half ihr, die Arme in die Ärmel zu stecken und krempelte sie hoch.

»Danke, dass du mir einen Busenblitzer ersparst.«

»Gern geschehen.«

»Das kann ich mir vorstellen«, schnaubte sie.

»Ich habe nicht hinge…« Er bemerkte ihr kleines Grinsen. Janie Jansen war anders als die anderen Frauen, die er kannte. Die hätten viel heftiger geweint, und aus gutem Grund. Aber sie hätten die sowieso schon schlimme Situation noch zusätzlich dramatisiert, hätten geschrien und lamentiert, um Aufmerksamkeit zu erregen. Und sie hätten sich um ihr Haar und ihr Make-up gesorgt. »Kann ich jemanden für dich anrufen? Angehörige? Deinen Freund?«

Sie schüttelte den Kopf. »Nein. Aber das war eine raffinierte Weise rauszufinden, ob ich single bin.«

»Hey, du hast mit den Anmachsprüchen angefangen …« Klug, humorvoll und schön, das war eine seltene Kombination. Und Boyd konnte nicht abstreiten, dass sein Interesse an Janie immer größer wurde. Doch er schob diese Gefühle beiseite. Erst mal wollte er sich um ihren Knöchel kümmern.

»Ich bin ausgebildeter Rettungssanitäter. Tut außer deinem Knöchel noch was weh? Dein Rücken? Deine Brust? Dein Kopf?«

Sie schüttelte den Kopf.

»Es muss doch jemanden geben, den ich für dich anrufen kann.«

»Weshalb wegen eines verstauchten Knöchels noch andere in Angst und Schrecken versetzen?«

Er dachte an seinen Bruder und seine Schwester. Beim Tod ihrer Eltern waren sie alle noch sehr jung gewesen, und wenn einem von den beiden so etwas passiert wäre wie jetzt Janie, wäre er gerne für sie da gewesen. Umgekehrt galt das auch, das wusste er. Dass Janie glaubte, diese Notsituation alleine durchstehen zu müssen, machte ihn beklommen. »Du hast ganz schön was abgekriegt. Du musst dich dringend durchchecken lassen. Und weil ich mir deinen Knöchel nicht anschauen darf, wissen wir nicht, ob er verstaucht, gezerrt oder vielleicht sogar gebrochen ist.« Er wischte ihr eine Träne von der Wange.

Sie schüttelte den Kopf. »Ich bin bald wieder fit. Aber … meine Tasche.« Sie wollte sich hochstemmen.

»Nein, Janie, nicht …«

Beim ersten Versuch, den Knöchel zu belasten, knickte sie

weg und landete in seinen starken Armen.

»Du bist mindestens so stur wie schön.« Er half ihr, sich wieder auf den Boden zu setzen.

»Schmeicheleien bringen dich nicht weiter«, scherzte sie trotz ihrer schmerzverzerrten Grimasse.

»Ich gebe dir nur Futter für deinen Roman. Kannst du eine Minute lang hier sitzen bleiben? Oder rennst du gleich davon?«

»Ha, ha.«

Froh, dass sie nun nicht mehr zitterte, hielt er ihre zarte Hand zwischen seinen. Er wollte sicher sein können, dass sie ganz ruhig hier wartete und ihre Verletzungen nicht noch schlimmer machte. »Ich schaue nach, ob deine Tasche unten auf den Gleisen liegt. Bitte keine weiteren Aufstehversuche.«

Sie nickte. Er spähte über den Rand des Bahnsteigs, entdeckte die Tasche und sprang ins Gleisbett, um sie zu holen. Während er sich wieder hochzog, fragte er sich erneut, wie zum Teufel es ihr gelungen war, sich ohne Hilfe in Sicherheit zu bringen. Schließlich hatte sie sich nur mit einem Fuß abdrücken können. Er ging neben ihr auf die Knie und legte ihr die Tasche in den Schoß.

»Sie lag zum Glück ganz an der Wand, nicht auf den Gleisen. Der Krankenwagen müsste eigentlich längst hier sein. Ich glaube, ich rufe noch mal an.«

»Ein Krankenwagen? Ich …« Neue Tränen stiegen ihr in die Augen und er legte die Arme um sie.

»Ich bleibe bei dir. Aber du musst dich unbedingt durchchecken lassen.«

Sie biss sich auf die Unterlippe und wandte sich ab.

»Jetzt mal ganz ehrlich, Janie. Tut dir sonst noch was weh?«

»Nein. Ja. Meine ganze rechte Seite. Aber das ist nicht das Problem. Ich … ich habe dir doch gesagt, dass ich hier in New

York lieber nicht in irgendwelchen Fahrzeugen auf den Straßen unterwegs bin.«

Er legte einen Finger unter ihr Kinn und drehte ihr Gesicht zu ihm. Ihre Schönheit, ihre Stärke, aber auch diese plötzlich durchschimmernde Verletzlichkeit nahmen ihm den Atem.

»Ich fahre mit. Und ich bleibe bei dir. Aber lass dich bitte untersuchen.«

Für den Fall, dass der Mann vorhin es nicht getan hatte, wählte er noch mal den Notruf. Zu gerne hätte er gewusst, was mit ihrem Knöchel los wer, denn jedes Mal, wenn sie sich bewegte, zuckte sie zusammen und verzog das Gesicht. Endlich erlaubte sie ihm, einen Blick darauf zu werfen. Nach einem Bruch sah es nicht aus. Er war zwar kein Arzt, aber das würde sich hoffentlich ändern. Vor zwei Wochen hatte er ein Bewerbungsgespräch an der medizinischen Fakultät der Universität von Washington gehabt und hoffte, noch an weiteren Unis zu einem Gespräch eingeladen zu werden.

»Ich stabilisiere deinen Knöchel jetzt mit meinen Händen. Je weniger er bewegt wird, desto besser.«

»Okay.«

»Wie hast du es bloß geschafft, dich in Sicherheit zu bringen?«

»Ich habe mich hochgezogen. Die Angst, dass ein Zug kommen könnte, muss mir Superkräfte gegeben haben.«

»Unfassbar. Du bist eine mutige Frau, Janie.«

Sie hob das Gesicht, als könnte sie ihn anschauen. Oder als würde sie ihn mustern, wie man es tat, wenn man überlegte, ob jemand wirklich ehrlich war. Boyd wollte das Knistern nicht spüren, das zwischen ihnen in der Luft lag. Doch er konnte es nicht verleugnen.

»Mutig? Ich weiß nicht. Ich wollte vor allem keinen

schmerzhaften Tod in einer New Yorker U-Bahnstation sterben.«

Ihre Bescheidenheit machte sie noch attraktiver. Ein paar Minuten später trafen die Sanitäter ein. Auf dem Weg zum Krankenwagen krallte sie die Hände in die Seiten der Trage und begann erneut zu zittern. Boyd stieg hinter ihr ein und hielt ihre Hand.

»Ich bin da. Und ich bleibe bei dir.«

»Ich … ich hasse es einfach, hier im Auto gefahren zu werden. An anderen Orten komme ich klar. Aber hier in New York kriege ich meine Angst nicht unter Kontrolle. Seltsam, ich weiß. Aber das ist mein einziger Spleen.« Sie hielt seine Hand so fest, dass sich ihre Fingernägel in seine Haut gruben. »Wirklich. Abgesehen davon bin ich völlig normal.«

Sie war gerade in ein Gleisbett gestürzt und hatte es ganz allein wieder zurück auf den Bahnsteig geschafft. Und jetzt sorgte sie sich, dass er ihre Angst vor einer Fahrt im Krankenwagen spleenig fand?

»Da hast du mir was voraus. Ich glaube ich habe mehr als eine Macke.«

»Du musst nicht bei mir bleiben«, sagte sie zittrig.

Er fragte sich, ob ihr klar war, dass ihr Schraubstockgriff um seine Hand etwas anderes sagte als ihre Worte.

»Wolltest du nicht zu einem Date?« Sie stellte die Frage in dem leicht angriffslustigen Ton, den er inzwischen als ihren Schutzmechanismus betrachtete.

»Was für eine raffinierte Weise herauszufinden, ob ich single bin.«

»Du hast vorhin von einem Date gesprochen.«

»Stimmt. Aber es wurde abgesagt.« Dass er die angebliche Verabredung nur vorgeschoben hatte, behielt er lieber für sich.

Er hatte nicht wie ein Loser klingen wollen, der an einem Freitagabend nach Hause ging, um für die Bewerbungsgespräche zu büffeln, die er hoffentlich noch haben würde. Dass Janie ihm schon seit ihrer ersten Begegnung im Empfangsbereich ihrer Firma unheimlich gut gefallen hatte, musste sie ebenfalls nicht erfahren. Schon zu diesem Zeitpunkt hatte er an den Bewerbungen für das Medizinstudium getüftelt. Für eine Freundin war in seinem Leben einfach kein Platz. Deshalb hatte er den sonnigen Playboy gespielt. Zum Teil wohl auch, um sein eigenes Interesse an ihr in Schach zu halten. Netter Versuch.

»Jetzt habe ich ein neues«, fuhr er fort. »Im Krankenhaus. Mit einer ziemlich eigenwilligen Blondine, die nicht auf den Mund gefallen ist. Ich wüsste nicht, wo ich lieber wäre.«

Ende des Auszugs

Wenn Ihnen der Auszug gefallen hat, können Sie *Von der Liebe berührt* bei Ihrem Online-Buchhändler bestellen, um weiterzulesen!

Lesen Sie hier einen Auszug aus dem ersten Band der Serie
Seaside Summers und verlieben Sie sich mit Bella Abbascia und
Caden Grant in:

Träume in Seaside

Eins

Bella Abbascia mühte sich mit einer Kloschüssel ab, als sie den
Kiesweg in Seaside überquerte, der Feriensiedlung, in der sie
ihre Sommer verbrachte. Es war ein Uhr nachts, und Bella hatte
einen Streich für Theresa Ottoline in petto, einer sittenstrengen
Bewohnerin von Seaside und der gewählten Verwalterin der
Siedlung. Bella und zwei ihrer besten Freundinnen, Amy
Maples und Jenna Ward, hatten zwei Flaschen Wein namens
Middle Sister geleert, während sie darauf gewartet hatten, dass

die anderen Ferienhausbewohner sich zur Nachtruhe begaben. Jetzt, in Nachthemdchen und mit einem kleinen Schwips, versuchten sie krampfhaft, nicht die Kloschüssel fallen zu lassen, die Bella in den vergangenen zwei Tagen hellblau angemalt, mit bunten Blumen bepflanzt und mit Muscheln verziert hatte. Sie trugen ihr Werk zu Theresas Auffahrt, um Regel Nummer 14 der Richtlinien des Eigentümervereins zu brechen: *Vor den Ferienhäusern sind keine geschmacklosen Dekorationsobjekte aufzustellen.*

»Bist du sicher, dass sie schläft?«, fragte Bella, als sie den Rasen vor dem Haus der vierten Freundin, Leanna Bray, erreichten.

»Ja, sie hat um elf das Licht ausgemacht. Wir hätten das Klo nicht in meinem Garten verstecken sollen. Es ist so weit. Können wir mal kurz anhalten? Das Ding ist sauschwer.« Amy zog ihre dünn gezupften Augenbrauen zusammen.

»Ach, komm, wirklich jetzt? Ist doch nicht mehr weit.« Bella deutete mit dem Kopf auf Theresas Auffahrt, die auf der anderen Seite der Straße gegenüber von ihrem Ferienhaus lag, etwa dreißig Meter weiter.

Amy sah Jenna flehend an. Jenna nickte, und die beiden ließen die Kloschüssel langsam Richtung Boden sinken, sodass Bella ihre Seite fast aus den Händen fiel.

»Viel besser!« Jenna strich sich ihre glatten braunen Haare hinter die Ohren und schüttelte die Arme aus. »Wir stemmen ja nicht alle schon zum Frühstück Gewichte.«

»Von wegen! Das Einzige, was ich den Sommer über stemme, sind Weinflaschen«, sagte Bella. »Solche Möpse herumzuschleppen, wie du sie hast, das nenne ich Fitness-training.«

Jenna war etwa eins fünfzig groß, hatte Brüste wie Bowlingkugeln und eine zierliche Taille. Sie hätte für eine moderne Barbiepuppe Modell stehen können, während Bellas Figur eher der einer fast dreißig jährigen Frau entsprach. Sie war groß, muskulös und relativ schlank, weigerte sich aber, auf kulinarische Seelentröster zu verzichten, was ihr an manchen Stellen weiche Rundungen bescherte und ihre Figur aussehen ließ wie die von Julia Roberts oder Jennifer Lawrence.

»Die trag ich ja nicht mit meinen Armen durch die Gegend.« Jenna sah an sich hinunter und umfasste ihre Brüste mit den Händen. »Aber stimmt schon, das wäre ein großartiges Training.«

Amy verdrehte die Augen. Spindeldürr und nahezu flachbusig war sie die Bescheidenste der Truppe, und in ihrem langen T-Shirt und der Unterwäsche wirkte sie neben der kurvigen Jenna fast wie ein Teenager. »Eine Sekunde noch, Bella.«

Sie drehten sich um, als sie ein leidenschaftliches Stöhnen aus Leannas Ferienhaus hörten.

»Sie hat schon wieder vergessen, das Fenster zu schließen. Typisch Leanna. Ich mache es nur schnell zu«, flüsterte Jenna und schlich zum Haus.

Leanna hatte sich im vergangenen Sommer in den Bestsellerautor Kurt Remington verliebt, und obwohl sie ein Haus an der Cape Cod Bay auf der Westseite des Kaps hatten, waren sie oft in dem Drei-Zimmer-Ferienhaus, damit Leanna Zeit mit ihren Sommer-Freundinnen verbringen konnte. Die Seaside-Ferienhäuser in Wellfleet waren seit Jahren im Besitz der Familien der Mädels, und seit Kindertagen hatten sie die Sommer dort gemeinsam verbracht.

»Warte, Jenna. Lass uns zuerst das Klo zu Theresa bringen.« Bella stemmte die Hände in die Hüfte, damit alle wussten, wie ernst es ihr war. Jenna hielt an, und Bella merkte, dass es ohnehin vergebliche Liebesmüh gewesen wäre. Jenna hätte einen Hocker gebraucht, um an das Fenster zu kommen.

»Oh … Kurt.« Leannas Stimme drang durch die Nacht.

Amy hielt sich die Hand vor den Mund, um ein Lachen zu unterdrücken. »Okay, aber beeilen wir uns. Der armen Leanna wird es so peinlich sein, wenn sie merkt, dass sie wieder das Fenster aufgelassen hat.«

»Ich bin die Letzte, die sie beim Sex hören will. Von Männern habe ich fürs Erste genug, zumindest von ernsthaften Beziehungen, bis mein Leben wieder in geordneten Bahnen läuft.« Seit letztem Sommer, als Leanna Kurt kennengelernt, ihre eigene Marmeladen-Firma in Gang gebracht hatte und ganz ans Cape gezogen war, hatte Bella darüber nachgedacht, selbst auch einiges in ihrem Leben zu verändern. Leannas Erfolg hatte sie dazu ermutigt, es endlich in Angriff zu nehmen. Na ja, das und die Tatsache, dass sie den Fehler gemacht hatte, eine Beziehung mit einem Kollegen namens Jay Cook anzufangen. Ihre Trennung lag Monate zurück, aber sie hatten an derselben Highschool in Connecticut unterrichtet, und bis sie zu ihrem Sommerurlaub aufgebrochen war, hatten sie sich zwangsläufig täglich gesehen. Es war der letzte kleine Schubs gewesen, den sie gebraucht hatte, um den Sprung in ein neues Leben zu wagen, zu kündigen und neu anzufangen. *Neuer Job, neues Leben, neuer Ort.* Ihren Freundinnen hatte sie es allerdings noch nicht gesagt. Eigentlich hatte sie es ihnen sofort nach ihrer Ankunft in Seaside erzählen wollen, vielleicht wenn sie alle zusammen bei einer Flasche Wein oder am Strand säßen. Aber Leanna hatte eine Menge Zeit mit Kurt verbracht, und wenn sie dann doch mal alle vier beisammen gewesen waren, hatte sie es nicht herausgebracht. Sie wusste, dass die anderen sich Sorgen machen und Fragen stellen würden, und sie wollte erst einiges für sich selbst klären, bevor sie ihren Freundinnen Antworten gab.

»Bella, du kannst doch nicht die Männer aufgeben. Jay war eben einfach nur ein Blödmann«, meinte Amy und legte die Hand auf Bellas Arm.

Sie musste ihnen wirklich bald die ganze Sache mit Jay und der Kündigung erzählen. Über Jay war sie lange hinweg, aber Bella galt als die Gefestigte in der Gruppe, und das Gespräch über ihre plötzliche Veränderung erforderte andere Umstände als den Kampf mit einer schweren Kloschüssel.

»Stimmt, du hast recht, aber ich werde all meine zukünftigen Entscheidungen unabhängig von irgendeinem Mann treffen. Also, bis mein Leben wieder in geordneten Bahnen verläuft, lasse ich mich auf keinen Mann ernsthaft ein.«

»Das gilt nicht für mich. Ich würde alles dafür geben, so etwas zu haben wie Kurt und Leanna«, sagte Amy.

Bella hob ihre Seite der Kloschüssel mühelos an, während Jenna und Amy sich abrackerten, um ihre Seite vom Boden zu hieven. »Habt ihr's?«

»Ja, mach schnell. Dieses blöde Ding ist wirklich sauschwer«, sagte Jenna, als sie über das Gras stiefelten.

»Mehr …«, hörten sie Leanna flehen.

Amy stolperte und ließ los. Das Klo fiel auf den Boden und Jenna schrie auf.

»Pssst. Du weckst ja die ganze Siedlung auf!« Bella kam zu ihnen herüber.

»Oh, Kurt!« Jenna machte eindeutige Beckenbewegungen. »Mehr, Baby, mehr!«

»Dein Ernst?« Bella versuchte, keine Miene zu verziehen, aber als Leanna erneut laut stöhnte, bog sie sich vor Lachen.

Amy, stets die Stimme der Vernunft, flüsterte: »Kommt schon, wir *müssen* ihr Fenster schließen.«

»Ja!«, schrie Leanna.

Erneut brachen sie in Gelächter aus und stolperten zu

Leannas Ferienhaus.

»Ich könnte Popcorn machen«, sagte Jenna, während sie sich um einen ernsten Ausdruck bemühte.

»Als du das das letzte Mal gemacht hast, war sie stinksauer«, ermahnte Amy sie. Sie griff nach Bellas Hand und flüsterte ihr zu: »Nimm das Fliegengitter weg, damit du das Fenster schließen kannst, bitte.«

»Ich hab doch gesagt, wir hätten draußen an ihrem Fenster ein Schloss anbringen sollen«, erinnerte Jenna sie. Im vergangenen Sommer, als Leanna und Kurt gerade zusammengekommen waren, hatten die beiden oft vergessen, das Fenster zu schließen. Um Leanna die Peinlichkeit zu ersparen, hatte Jenna angeboten, Kontrollgänge zu unternehmen und das Fenster zu schließen, sollte Leanna es mal vergessen. Einige Drinks später hatte sie die Idee für den restlichen Sommer unglücklicherweise aufgegeben.

»Während ihr das Fenster zumacht, hole ich schon mal das Schild für das Klo.« Amy eilte in ihren Boxershorts und dem T-Shirt zurück zu Bellas Veranda.

Bella schob das Fliegengitter zur Seite, damit sie das Fenster herunterziehen und schließen konnte. An dieser Seite von Leannas Haus fiel das Gelände ein wenig ab, und obwohl Bella groß war, musste sie sich auf Zehenspitzen stellen, um den Fensterrahmen zu fassen zu bekommen. Dabei rutschte der Saum ihres T-Shirts hoch und legte den Blick auf ihr üppiges Hinterteil frei.

»Süßes Seidenhöschen.« Jenna wollte Bellas T-Shirt nach unten ziehen und Bella gab ihr einen Klaps.

Bella drückte nun mit aller Kraft von oben auf das Fenster, wobei sie gleichzeitig versuchte, das sinnliche Stöhnen und das Quietschen der Bettfedern, das aus dem Haus drang, zu ignorieren.

»Das verdammte Ding klemmt«, flüsterte sie.

Jenna stellte sich neben sie und streckte sich. Ihre Fingerspitzen reichten gerade mal an den unteren Rand.

Amy eilte zu ihnen und wedelte mit einem langen Stab herum, an dessen Ende ein Papierschild mit der Aufschrift WILLKOMMEN ZU HAUSE angebracht war.

Leanna stöhnte wieder, Jenna lachte und verlor das Gleichgewicht. Als Bella die Hand nach ihr ausstreckte, knallte das Fenster zu und klemmte Bellas Haare ein. Daraufhin fing Leannas Hund Pepper an zu bellen und löste weitere Lachanfälle bei Amy und Jenna aus.

Mit den Haaren im Fenster gefangen und dem Kopf ans Fensterbrett geklemmt legte Bella einen Finger auf die Lippen. »Psst!«

Scheinwerfer fielen auf Leannas Ferienhaus, als ein Auto in den Kiesweg einbog.

»Oh nein!« Bella stellte sich auf Zehenspitzen und versuchte krampfhaft, das Fenster hochzuschieben und ihre Haare zu befreien. Es fühlte sich an, als risse man ihr den Schopf vom Schädel. Die Vorhänge wurden aufgerissen und Leanna schaute hinaus. Bella winkte ihr zu. *Mist.* Sie hörte, dass Leannas Haustür geöffnet wurde, und schon kam Pepper um die Ecke geflitzt, bellte wie von Sinnen und riss Jenna um. Genau in dem Moment hielt ein Polizeiauto vor ihnen an und die Scheinwerfer strahlten direkt auf Bellas Hintern.

Caden Grant gehörte erst seit drei Monaten dem Wellfleet Police Department an. Nachdem sein Partner, mit dem er neun Jahre lang zusammengearbeitet hatte, im Dienst getötet worden war, hatte er sich versetzen lassen. Mit seinem heranwachsenden Sohn Evan war er in die kleine Stadt gezogen, um in einer sichereren Umgebung arbeiten zu können. Bisher hatte er den Eindruck, dass die Bevölkerung von Wellfleet die Bemühungen der örtlichen Polizeibeamten mit Respekt und Dankbarkeit quittierte, was eine willkommene Abwechslung von Boston war, wo an jeder Straßenecke Aggressivität an der Tagesordnung war. In Wellfleet waren in der letzten Zeit eine Reihe von kleineren Diebstählen verübt worden, es gab aufgebrochene Autos und durchwühlte Ferienhäuser. Daher fuhr die Polizei nun öfter Streife in den Siedlungen an der Route 6. Caden fuhr den Kiesweg von Seaside entlang und entdeckte einen Hund, der um eine auf dem Boden liegende Person herumrannte.

Er schaltete den extra Scheinwerfer ein, wurde langsamer und hielt schließlich an. *Meine Güte! Was ist da denn los?* Rasch erfasste er die Situation. Eine blonde Frau hämmerte mit beiden Händen gegen ein Fenster. Ihr T-Shirt war hochgerutscht und das schwarze Seidenhöschen verdeckte kaum den hinreißendsten Hintern, den er seit Langem gesehen hatte.

»Mach das dämliche Fenster auf!«, brüllte sie.

Caden stieg aus dem Auto. »Was ist hier los?« Er machte einen Bogen um die dunkelhaarige Frau, die sich auf dem Boden hysterisch lachend von einer Seite auf die andere schmiss, und den fluffigen weißen Hund, der um sein Leben zu bellen schien, und erkannte schnell, dass die Haare der blonden Frau im Fenster eingeklemmt waren. Hinter ihm kauerte noch eine Blondine auf dem Boden und lachte so sehr, dass sie immer wieder schnaubte. *Warum zum Henker hat keine von euch eine Hose an?*

»Leanna! Ich hänge fest!«, rief die Blonde am Fenster.

»Officer, es tut uns leid.« Die Blondine hinter ihm stand auf und zupfte an ihrem T-Shirt, um ihre Unterwäsche zu verbergen, dann hielt sie die Hand vor den Mund, als der Lachanfall sich wieder durchsetzte. Der Hund bellte und kratzte an Cadens Schuhen.

»Kann mir bitte mal jemand erzählen, was hier los ist?« Caden wollte nicht mal versuchen, sich selbst einen Reim auf alles zu machen.

»Wir haben …« Die Brünette fing wieder an zu lachen, als sie aufstand und versuchte, ihr Top zurechtzurücken, das für ihre riesigen Brüste kaum ausreichte. Ihr Blick wanderte von oben bis unten über Cadens Körper. »Aber *hallo*, schöner Mann!« Sie fiel nach hinten und lachte wieder.

Na super. Genau das brauchte er: drei betrunkene Frauen.

Die Brünette im Ferienhaus öffnete das Fenster und befreite so die Haare der Blonden, die dadurch ins Wanken geriet, nach hinten stolperte und geradewegs gegen seinen Oberkörper prallte. Die verführerischen Kurven unter dem dünnen Stoff konnte man nicht ignorieren. Ihre Haare waren dicht und zerzaust, und sie sah zu ihm auf, mit kakaobraunen Augen und so süßen Lippen, dass er sie zu gern gekostet hätte. Die Luft um sie herum schwirrte vor Hitze. Mann, war sie schön.

»Hoppla! Alles okay?«, fragte er. Er befahl seinen Armen, sie loszulassen, aber die Verbindung zum Hirn schien unterbrochen, und so blieben seine Hände an ihrer Taille.

»Es … es ist ganz anders, als es aussieht.« Ihr Blick fiel auf ihre Hände, die seine Unterarme umklammerten, und als hätte sie sich verbrannt, lies sie ihn sofort los. Sie trat einen Schritt zurück und half der Brünetten beim Aufstehen. »Wir haben …«

»Sie haben versucht, unser Fenster zu schließen, Officer.« Ein großer, dunkelhaariger Mann kam um die Ecke des Hauses herum, bekleidet mit einer Jeans und sonst nichts. »Kurt

Remington.« Er streckte Caden seine Hand entgegen und sah kopfschüttelnd zu den Frauen, die sich nun aneinander festhielten, kicherten und flüsterten.

»Officer Caden Grant.« Er gab Kurt die Hand. »Wir hatten in letzter Zeit Probleme mit Einbrüchen. Kennen Sie diese Frauen?« Sein Blick wanderte zu der großen Blonden. Er folgte den Kurven ihrer Oberschenkel, bis sie unter ihrem Shirt verschwanden, dann hinauf zu ihren vollen Brüsten und erreichte schließlich ihre schönen dunklen Augen. Es war lange her, dass er sich so zu einer Frau hingezogen gefühlt hatte.

»Natürlich kennt er uns.« Die heiße Blondine trat vor, die Arme verschränkt und die Augen nun nicht mehr aufgerissen und freundlich, sondern zusammengekniffen und wütend.

Männer, die Frauen anstarrten, konnte er nicht ausstehen, aber er war machtlos und musste ihren Anblick noch eine letzte Sekunde in sich aufsaugen. Die anderen beiden Frauen waren auf ihre Art auch hübsch, aber kein Vergleich zu der großen Blonden mit dem Feuer in den Augen und einem Körper, der für die Liebe geschaffen schien.

Kurt nickte. »Ja, Officer, wir kennen sie.«

»Mensch, Leute, was treibt ihr denn da?«, fragte die Dunkelhaarige durch das geöffnete Fenster.

»Du hast Tote geweckt, so laut warst du«, antwortete die große Blonde.

»Oh Mist, tut mir leid, Officer«, sagte die Brünette durchs Fenster. Sie wurde rot, zog ihren Kopf zurück und schloss das Fenster.

»Ich kann Ihnen versichern, dass hier alles in Ordnung ist.« Kurt warf der heißen Blonden einen wütenden Blick zu.

»Okay, ja dann … Wenn Ihnen irgendwelche verdächtigen Aktivitäten auffallen, wir sind nur einen Anruf entfernt.« Er ging einen Schritt auf sein Auto zu.

Die große Blonde stellte sich ihm rasch in den Weg. »Hat jemand von Seaside die Polizei gerufen?«

»Nein, ich bin hier nur Streife gefahren.«

Sie hielt seinen Blick gefangen. »Nur hier Streife gefahren? Niemand fährt in Seaside *Streife*.«

»Bella«, zischte die andere Blonde.

Bella.

»Im Ernst. Niemand fährt in unserer Siedlung Streife. Noch nie.« Sie hob ihr Kinn auf eine Art, die wohl provokant wirken sollte, aber es hatte die gegenteilige Wirkung. Sie sah unglaublich süß aus.

Caden trat näher an sie heran und versuchte, einen ernsten Ausdruck beizubehalten. »Sie heißen Bella?«

»Vielleicht.«

Auch noch frech. Das gefiel ihm. »Nun, Bella, Sie haben recht. In Ihrer Siedlung sind wir in der Vergangenheit nicht Streife gefahren, aber die Dinge haben sich geändert. Wir werden nun öfters Streife fahren, um für Ihre Sicherheit zu sorgen, bis wir die Leute finden, die in der Gegend Einbrüche verübt haben.« Er beugte sich vor und flüsterte: »Aber Sie sollten darüber nachdenken, ob Sie bei Ihren Fenster schließenden Nachtspaziergängen nicht lieber eine Hose anziehen. Man kann nie wissen, wer sich hier so herumtreibt.«

Ende des Auszugs

Wenn Ihnen der Auszug gefallen hat, können Sie *Träume in Seaside* bei Ihrem Online-Buchhändler bestellen, um weiterzulesen!

was ihr fehlt.

Dae Bray ist ständig unterwegs und doch kein Mann für eine Nacht. Als Abrissunternehmer kommt er viel in der Welt herum. Je mehr, je lieber. Eigentlich ist er nur wegen eines Auftrags in der Toskana. Aber dann begegnet ihm die kluge, unglaublich aufregende Emily und stellt seine Welt auf den Kopf. Er muss sich fragen, warum er feste Bindungen ebenso scheut wie kurze Abenteuer, und über sich und sein Leben neu nachdenken.

Auf ihren Erkundungszügen durch die schöne, geschichtsträchtige Toskana entwickelt sich zwischen Emily und Dae eine knisternde Leidenschaft. Gemeinsam bewundern sie Sehenswürdigkeiten und Kunstschätze und landen schließlich im Bett. Bald spüren sie, dass es eine tiefe Verbindung zwischen ihnen gibt. Doch als Emily das Gebäude erhalten möchte, das Dae abreißen soll, prallen Welten aufeinander. Können eine Frau, die schöne alte Dinge bewahren will, und ein Mann, der stets alles niederreißt, tatsächlich ein tragfähiges Fundament für ihre Liebe finden?

Bestellen Sie *Trotz allem Liebe* bei Ihrem Online-Buchhändler.

stellt der Drogentod seiner Mutter sein Leben erneut auf den Kopf, und so übernimmt er die Verantwortung für die Kinder, die sie zurückgelassen hat. Truman ist hart, er ist verschlossen, und er versucht, einen Bruder zu retten, der mit noch mehr Problemen zu kämpfen hat als er selbst. Sein Leben lang hat Truman keine Hilfe gebraucht, und als die schöne Gemma Wright versucht, ihm unter die Arme zu greifen, reagiert er nicht gerade charmant. Aber Gemma hat ihre ganz eigene Art und schafft es schließlich, den Panzer um sein Herz zu durchdringen. Als Trumans dunkle Vergangenheit seine Zukunft in Gefahr bringt, steht seine Loyalität auf dem Prüfstand und er muss die schwerste aller Entscheidungen treffen.

Bestellen Sie *Tru Blue – Im Herzen stark* bei Ihrem Online-Buchhändler.

Frangelico-Pfirsich

Ergibt etwa zehn 250 ml-Gläser

1,5 kg Pfirsiche

2 Esslöffel Zitronensaft

50–55 g Pektinpulver

1,5 kg Zucker

60 ml Frangelico Haselnusslikör

Pfirsiche in einen Mixer geben und fein pürieren. Pfirsichmasse und Zitronensaft in einen großen Topf geben und unter Rühren zum Kochen bringen. Pektin hinzugeben und erneut aufkochen. Weiter langsam umrühren, damit am Topfboden nichts anbrennt. Langsam den Zucker hinzugeben, zum Kochen bringen. 60 ml Frangelico Haselnusslikör hinzugeben und 2 Minuten köcheln lassen. Heiß in Gläser abfüllen.

Aprikose-Limette

Ergibt etwa zehn 250ml-Gläser

1,5 kg Aprikosen

2 Esslöffel Zitronensaft

50–55 g Pektinpulver

90 g Limettenfruchtfleisch

1,5 kg Zucker

Aprikosen im Mixer pürieren. In einen großen Topf geben, Zitronensaft und Limettenfruchtfleisch hinzugeben und unter ständigem Rühren zum Kochen bringen. Pektin hinzugeben und noch einmal aufkochen. Langsam den Zucker hinzugeben; 1 Minute lang kochen. In Gläser abfüllen.

Erdbeere-Aprikose

Ergibt etwa zehn 250ml-Gläser

1 kg Erdbeeren

0,5 kg Aprikosen

50–55 g Pektinpulver

2 Esslöffel Zitronensaft

1,5 kg Zucker

60 ml Weißwein – kann weggelassen werden

Erdbeeren und Aprikosen im Mixer fein pürieren. Fruchtmasse in einen großen Topf geben und unter ständigem Rühren zum Kochen bringen. Zitronensaft und Pektin hinzugeben, erneut aufkochen und 1 Minute lang kochen lassen. Langsam den Zucker hinzugeben, weiter rühren und noch einmal zum Kochen bringen. Wahlweise den Weißwein hinzugeben; eine Minute lang kochen. In Gläser abfüllen.

*Die Rezepte entstanden mit freundlicher Unterstützung von Al Chisholm von Al's Backwoods Berries.

www.alsbackwoodsberrie.com

Danksagung

Da ich aus einer Familie mit sieben Kindern stamme, ist die enge Verbindung innerhalb der Familie ein Thema, das mir immer am Herzen liegt. Ich habe so viele E-Mails und Nachrichten über die sozialen Netzwerke von meinen Lesern erhalten, denen das Thema Familie in meinen Büchern gefällt, und ich freue mich über jede einzelne dieser Nachrichten. Wie immer haben meine Fans mich inspiriert, unterstützt und ermutigt. Danke! Es freut mich wirklich sehr, dass meine Geschichten über die Remingtons Sie berührt haben, und ich bin dankbar für die Bitten, mehr über die Bradens zu schreiben. Wie wunderbar, dass die Bradens sich genauso in Ihr Herz gestohlen haben wie in meins! Ich freue mich darauf, noch mehr Geschichten über sie zu schreiben.

In diesem Buch haben Sie außerdem einige Figuren aus der Serie *Seaside Summers* kennengelernt, und ich hoffe, sie haben Ihnen ebenso gefallen. Wenn Sie mir in den sozialen Medien folgen, dann wissen Sie, dass Cape Cod mein absoluter Lieblingsort ist, und darüber zu schreiben, erfüllt mich mit großer Freude.

Herzlichen Glückwunsch an Denise Smith, die ein Preisausschreiben zur Benennung einer Figur in diesem Buch gewonnen hat. Danke, dass du mir Leanna gegeben hast, und einen besonderen Gruß an deine Tochter Olivia.

Ich bedanke mich bei all meinen Freunden und meiner Familie dafür, dass sie mich ermutigen, mich stets vor der

Verzweiflung retten und Nachsicht üben, wenn ich mich meinen obsessiven Schreibunterfangen hingebe.

Nicht genug Dank kann ich meinem Lektoratsteam aussprechen: Kristen Weber, Penina Lopez, Jenna Bagnini, Juliette Hill, Marlene Engel sowie meinem deutschen Team: Janet König, Rabea Güttler und Judith Zimmer. Vielen Dank für eure endlose Geduld und Sachkenntnis.

Vielen Dank auch an Al Chisholm von Al's Backwoods Berries, meinem Partner in der Schöpfung von Luscious Leanna's Sweet Treats und dem allerbesten Marmeladenmacher überhaupt. Wenn Sie jemals im Sommer in Wellfleet sein sollten, können Sie Al und Luscious Leanna's Sweet Treats auf dem Flohmarkt finden. Oder Sie besuchen einfach seine Webseite, die auf den Rezeptseiten in diesem Buch vermerkt ist.

Zu guter Letzt danke ich meinem Mann und meiner Familie, die mich stets unterstützen und mein Schreiben ermöglichen.

Im Zweifel Liebe
Bei Rückkehr Liebe
Trotz allem Liebe
Bei Aufprall Liebe

Die Bradens (Peaceful Harbor)

Geheilte Herzen
Voller Einsatz für die Liebe
Liebe gegen den Strom
Vereinte Herzen
Melodie der Liebe
Sieg für die Liebe
Endlich Liebe – ein Braden-Flirt

Die Remingtons

Spiel der Herzen
Im Dschungel der Liebe
Herzen in Flammen
Herzen im Schnee
Liebe zwischen den Zeilen
Von der Liebe berührt

Die Bradens & Montgomerys (Pleasant Hill and Oak Falls)

Von der Liebe umarmt
Alles für die Liebe
Pfade der Liebe
Wilde Herzen
Schenk mir dein Herz

Der Liebe auf der Spur
Verrückt nach Liebe

…

Die Whiskeys: Dark Knights aus Peaceful Harbor

Tru Blue – Im Herzen stark
Truly, Madly, Whiskey – Für immer und ganz
Driving Whiskey Wild – Herz über Kopf
Wicked Whiskey Love – Ganz und gar Liebe
Mad About Moon – Verrückt nach dir
Taming My Whiskey – Im Herzen wild

…

Seaside Summers

Träume in Seaside
Herzen in Seaside
Hoffnung in Seaside
Geheimnisse in Seaside

…

Entdecken Sie Melissa Fosters Bücher auch auf:
www.MelissaFoster.com/Herzen-im-Aufbruch